맞춤형 와이프

맞춤형 와이프 2

초판 1쇄 찍은 날 | 2018년 3월 29일
초판 1쇄 펴낸 날 | 2018년 4월 13일

지은이 | 정이연
펴낸이 | 예경원

편집 | 주승아

펴낸곳 | 예원북스
등록번호 | 제396-2012-000132호
등록일자 | 2012. 7. 25
YRN | 제1-0214호

주소 | 경기도 고양시 일산동구 호수로 646-24 위너스 21-Ⅱ 206A호 (우) 10401
전화 | 031-819-9431 팩스 | 031-817-9432
http://cafe.naver.com/yewonromance
E-mail | yewonbooks@naver.com

ISBN 979-11-6098-851-2 04810
ISBN 979-11-6098-849-9 (세트)

※ 이 도서의 국립중앙도서관 출판시도서목록(CIP)은 서지정보유통지원시스템 홈페이지(http://seoji.nl.go.kr)와 국가자료공동목록시스템(http://www.nl.go.kr/kolisnet)에서 이용하실 수 있습니다.

Goldline Romance Story

맞춤형 와이프

2

정이연
장편 소설

C • O • N • T • E • N • T • S

3부.
함께하다

4. 누구의 잘못도 아니다

"조심히 들어가십시오."

민성우의 말에 강 의원은 그의 어깨를 두어 번 두드린 후 차에 올랐다. 강 의원이 오른 검은 세단이 눈앞에서 사라지자 곁에 서 있던 지아의 태세가 변했다.

"어떻게 됐습니까?"

이성적인 표정으로 그의 곁에 서 있던 지아가 성급하게 물었다. 그러자 민성우는 가볍게 고개를 끄덕였다. 일이 자신이 원하던 방향으로 흐르게 됐다는 말이다.

이에 지아는 안도의 한숨을 내뱉었다.

"주말인데 죄송합니다."

"아닙니다. 회사 일인데 나와야죠."

"회사 일이 아니라 제 개인적인 일입니다. 앞으론 이런 일이 없도록 하겠습니다.”

의외의 말에 지아는 깜짝 놀란 듯했지만 이내 웃었다.

손목시계를 확인한 그가 성급한 걸음을 옮겨 주차장으로 향했다. 차가 막히지 않아야 겨우 두 시에 집에 도착할 수 있을 것 같아 마음이 다급해졌다.

하지만 이런 그의 마음을 알 리 없는 지아가 그를 부른다.

“저, 사장님.”

걸음을 멈춘 그가 고개만 돌려 지아를 보았다. 그녀는 손바닥을 내밀고 있었다. 손바닥 위엔 반짝이는 무언가가 놓여 있었다.

“떨어뜨리셨습니다.”

지아가 건넨 건 커프스였다. 소매를 확인해 보니 오른 손목이 허전했다.

“감사합니다.”

그가 커프스를 받아 소매에 끼자, 지아는 이를 말간 눈으로 보았다.

“사모님께서 선물하신 건가요?”

“맞습니다. 어떻게 아셨습니까?”

“최근엔 계속 그것만 하셔서요.”

꽤 날카로운 말에 민성우의 표정이 멍해졌다. 여자의 감이 무섭다는 건 알고 있었지만 이토록 놀라울 정도로 정확할 줄은 몰랐다. 허를 찔린 기분에 그가 커프스를 보며 피식, 바람 소리를 내며 웃었다.

“사장님과 잘 어울립니다.”

“그렇습니까?”

그렇게 되물은 그가 차에 올랐다.

“그럼 다음 주에 봅시다.”

그의 차가 빠르게 주차장을 벗어났다.

오늘따라 유독 차가 막히는 느낌에 그가 몇 번이고 짜증스럽게 미간을 좁혔다. 막히는 구간을 지나 보니 3중 추돌이 나 차들이 얽혀 있었다.

한참을 달리던 차가 집 앞에 도착한 건 약속 시간보다 20분이 지나서였다. 차를 세운 그가 나연에게 전화를 걸자마자 현관문이 열렸다. 두툼한 재질의 원피스를 입은 나연은 손에 꽃다발 하나를 들고서 총총걸음을 옮겼다.

"급히 나간 일은, 잘 해결하신 건가요?"

"네."

그는 답을 하면서도 안전벨트를 매는 나연을 보았다. 그녀는 처음 집을 나섰던 그때처럼 해사한 웃음을 짓고 있었다.

예전엔 시시각각 변하는 김나연의 모습에 절로 시선이 갔던 때가 있었다. 그땐 어느 모습이 진짜 그녀인지 몰라 고민했고, 결론을 내렸었다. 그 어느 모습이든 진짜 김나연이라고.

하지만 결혼 생활을 하면서 알게 된 게 있었다. 이 여자는 자주 거짓된 웃음을 지어 상황을 모면하는 버릇이 있다고. 그것이 꽤 불만스러워 나연에게 감정을 솔직히 표현하라고 자신답지 않게 한마디 했었다.

하지만 지금 그녀가 짓는 웃음은 진짜라는 걸 안다.

"왜 그렇게 보세요?"

나연의 물음에 그는 퍼뜩 정신을 차렸다. 뒤늦게 너무 빤히 얼굴을 보고 있었다는 걸 눈치챘다.

그가 아니라고 고개를 저은 후에 어디로 가면 되냐고 물었다. 그러자 나연은 휴대전화 메모장에 기록되어 있는 주소를 그에게 보여주었다.

양평까지는 가까운 길이 아니었다. 하지만 나연은 최근 들어 이 길을 이틀에 한 번꼴은 가고 있었다.

예전엔 김나연과 대화를 나눌 필요성을 느꼈던 때도 있었다. 하지만 결혼을 한 후에는 무리한 일과 상황들에 거의 대화를 나누지 않았다. 같은 집에 살고 있음에도 하루에 스무 마디 이상 하는 일이 드물었다.

오랫동안 대화를 나누지 않다 보니 어떤 말로 운을 떼야 할지도 감이 잡히질 않았다. 그래서 그는 미간을 좁혔고, 간혹 힐끗 나연을 보기도 했다.

나연은 창밖 세상에 정신이 팔려 있었다. 자주 지나다녔던 길일 텐데도.

"뭘 그렇게 보십니까?"

적당한 대화 주제는 될 거라고 생각했다. 하지만 나연의 입에서 흘러나온 말은 그렇지 않았다.

"오늘 어머니께 어떤 말을 할까 생각 중이에요."

어머니.

지금 가는 길이 친모의 묘였으니까 이상한 말은 아니었다. 하지만 그에게 나연의 친모는 불편한 사람이 되어 있었다. 그가 미간을 좁혔다.

"평소엔 어떤 말을 했습니까?"

"음. 별 의미 없는 말들이요. 하지만 다른 사람한테는 못하는 말."

죽은 사람에게 할 법한 별 의미 없는 말들이 뭐가 있을까.

그가 고민해 보았지만 딱히 떠오르지 않았다. 그는 살아 있는 사람에게도 못하는 말이 없었다. 최근엔 김나연에게 하지 못할 말들이 늘어나긴 했지만.

"어머니가 살아 계셨으면…… 어머니한테도 말 못했을 거예요."

멈추지 않고 이어진 말에 그는 뻥 뚫린 도로를 보았다. 지나가는 차조차 드문 도로를 달리며 그는 핸들을 손가락으로 툭툭 두드렸다.

그가 아무런 말도 하지 않은 채 정면을 주시하고 있자 나연이 뒤늦게 말을 덧붙였다.

"그렇다고 특별한 건 아니고요."

분위기를 상기시키려 노력했지만 민성우는 끝내 입을 열지 않았다. 차 안엔 무거운 침묵이 흘렀다. 나연에게는 무섭게 느껴지는 침묵이기도 했고.

그래서 나연은 정면만 보고서 운전하고 있는 민성우의 눈치를 연신 살폈다.

평소의 김나연이라면 그의 기분이 한없이 다운되어 있을 땐 침묵으로 자신의 존재를 지우려 애를 썼을 것이다. 이제껏 그렇게 살아왔다. 남의 심기를 읽는 것이 그녀의 생존 방법이었다. 하지만 김나연은 주먹을 꼭 쥐었다. 그의 눈동자를 바라보며 운을 떼는 그녀는 한없이 조심스러웠지만, 확실히 자신의 생각을 전했다.

"왜 그러세요?"

"제가 지금 어떻습니까?"

"요즘 들어서 계속 기분이 좋아 보이지 않으셔서요. 제게 문제가 있어서 그런 거라면 말씀해 주세요. 고치든 아니면 해명을 하든 하고 싶어요."

그녀의 말에 그는 힐끗 나연을 보았다. 그러더니 시선을 다시 도로 위로 옮기며 미간을 좁혔다.

그녀의 문제이다. 자신의 기분이 한없이 다운된 건. 결혼 생활은 자신의 생각처럼 흐르지 않았고, 그녀에게 너무 많은 신경을 쓰고 있었다.

하지만 돌려서 생각해 보면 김나연의 문제가 아니기도 하다. 그녀는 자신을 신경 써달라고 한 번도 요구하지 않았다. 사생아 문제를 두고서 김 회장이 협박처럼 한 말 역시, 생각해 보면 김나연의 잘못은 아니었다.

그가 입을 꾹 다물었지만 나연은 물러서지 않았다.

"이틀 전에, 왜 그러셨어요? 밤에요."

"그건……."

말끝을 흐린 그가 저 멀리서 옆쪽 골목으로 빠지라는 안내에 차선을 바꿨다.

"운전 중입니다. 조금 있다가 이야기해도 되겠습니까?"

신경이 계속 그녀에게 향하자 운전에 집중을 할 수가 없었다. 냉정하게 느껴지는 말에 나연은 입을 다물었고, 차는 얼마 가지 않아 목적지에 도착했다.

차에서 내린 그녀는 민성우가 차에서 내리길 기다렸다.

"조금 걸어 올라가야 해요."

그녀의 말에 민성우의 시선이 아래로 향했다. 오늘도 나연은 힐을 신고 있었다. 길은 제대로 정돈이 되어 있지 않았다.

그는 씩씩하게 앞서 걷는 나연의 뒤를 따랐다. 아무리 동호건설이 기울어가는 그룹이라 하더라도 사모의 묘가 있는 곳이라 하기엔 이상하게 느껴지는 장소였다. 길이 안 닦여 있는 건 둘째 치고, 무성하게 자라난 잔디가 그의 의문을 더욱 커지게 만들었다. 하지만 나연은 익숙하다는 듯 이를 헤치고 걷는다.

그녀는 한 번도 멈춰 서지 않았다. 삐끗거리면 도와주기라도 할 텐데 걸음엔 흔들림이 없다. 힐 굽이 바닥에 푹푹 꽂혔지만 이도 상관없다는 걸음이었다.

그래서 그는 묘가 있는 평평한 곳에 도착할 때까지 나연의 뒤만 보고 걸었다. 묘비는 깨끗하게 관리되어 있었지만 이도 나연이 한 것인지, 그녀는 도착하자마자 가방에서 손수건부터 꺼냈다.

무릎을 꿇고서 묘비를 닦는 나연의 모습이 처연해 보였다. 그녀는 어떤 말도 하지 않았지만, 뒷모습을 바라보는 것만으로도 나연의 감정이 고스란히 전해졌다.

"제 어머니예요."

그렇게 말한 나연이 자리에서 일어났다. 그러면서 괜스레 잡초를 찾는 듯 봉분 주위를 돌아다니며 손으로 어루만진다.

"어머니, 성우 씨랑 같이 왔어요."

그렇게 말한 나연이 눈을 감았다. 지금부터는 길을 오면서 생각했던 대화들을 나눌 터다.

그는 나연과 봉분을 번갈아 보며 걸음을 뒤로 물렸다. 그녀에게 아주 잠시라도 시간을 줘야 할 것 같다. 왠지 그런 생각이 들었다.

서늘한 가을바람이 불어와 두 사람을 갈랐다. 그 바람이 침묵까지 갈라주면 좋겠지만, 소리 없이 사라진다.

나연은 그렇게 한참 눈을 감고 있었다. 하고 싶은 말이 뭐가 그리 많을까. 지금, 어떤 이야기를 하고 있을까.

가늠해 보려고 했지만 딱히 특별한 생각은 떠오르지 않았다. 그녀는 최근까지 어머니가 있었지만 민성우는 아니었다. 그가 태어나고 얼마 후에 친모는 이혼을 했고, 다음에 그 자리를 차지한 건 남보다 못한 여자였다.

"3년 전에 돌아가셨어요. 이미 알고 계시겠지만."

언제 대화가 끝난 걸까.

나연은 그를 바라보며 말을 걸어왔다. 그래서 그는 차에서 마무리하지 못한 대화를 이어 나갔다.

"김나연 씨의 어머니는 어떤 분이셨습니까?"

"왜요? 그 답이 중요한가요?"

눈치 빠른 여잔 그렇게 물었지만, 이내 답을 해줬다.

"어머니는 들에 핀 꽃 같은 분이셨어요. 꿈도 많으셨죠."

들에 핀 꽃.

그 말을 속으로 읊조려 본 민성우가 상상이 가지 않는다는 듯 김나연을 보았다. 김나연은 들꽃보단 하우스에서만 키울 수 있는 꽃 같았다. 우리나라 기후와는 맞지 않아서 계속 관리해 주고 키워야 하는.

"사랑스러운 분이셨어요. 많은 사람들이 어머니를 사랑했고, 지켜주려고 애를 썼어요."

그런 면에선 나연과 닮았다. 그녀는 누군가가 지켜줘야 할 것 같은 분위기를 흘렸다.

김나연은 신기루 같은 여자였다. 손에 쥘 듯 잡히지 않는. 물론 자신은 이 여자의 손잡을 수 있고 섹스를 할 수 있었지만, 다른 면에서 그런 생각을 불러일으켰다.

그녀는 희미했고, 미색 같았다. 어떤 색을 섞어도 비슷할 것 같은, 그런 이미지.

그가 아무 말 없이 자신의 이야기를 들어주고 있자, 나연은 다시 한 번 입술을 달싹였다.

"나연아."

그의 얼굴에 의문이 떠올랐다. 그러자 나연은 의뭉스럽게 웃는다.

"나연아, 라고 불렀어요. 어머니만."

김나연은 자신이 사생아라는 걸 알고 있을까. 대화를 통해 유추해 보려고 했지만 쉽지 않았다.

그녀가 어머니에게 특별히 유대감을 느끼는 것은 아니었다. 어머니가 살아 계셨다면, 타인에게 말 못할 것들을 친모에게도 못했을 거라고 하지 않는가.

그렇다고 어머니를 미워하고 어려워했나, 생각해 보면 그건 또 아닌 것 같았다. 그녀의 목소리에 애정이 그득했으니까.

"이제 답해주세요. 왜 최근에 제게 냉랭했는지. 왜 내가 계속 민성우 씨의 눈치를 보게 만들었는지."

"장인어른을 만났습니다."

"그래서요?"

"당신의 비밀을 들었습니다."

"내 비밀이라……."

그렇게 말한 나연은 시선을 옮겨 알록달록한 단풍으로 갈아입은 산을 본다. 바람이 불어와 나연의 머리카락을 흩뜨렸다. 높은 콧날에 머리카락이 걸려 힘없이 움직인다.

나연의 표정에선 그 어떠한 생각도 읽을 수가 없었다. 역시나, 김 회장의 말대로 그녀는 아무것도 모르고 있는 것일까? 당사자인데?

의문은 눈덩이처럼 커져 갔다.

"아버지가 뭐라던가요?"

"당신의 비밀 말입니까?"

"아니요. 그 말을 하면서 뭐라 했는지 궁금해서요."

나연의 말에 그의 얼굴이 일그러졌다. 이제껏 품어왔던 의문에 대한 답을 찾았다.

하지만 그는 나연에게 그걸 말하지 않았다. 그저 그녀가 궁금한 것을 말해주었을 뿐이다.

"협박을 했습니다. 그 비밀을 당신에게 알리겠다고."

어떤 협박을 했는지는 묻지 않아도 알겠다는 표정이었다. 그래서 그는 가타부타 말없이 입을 닫았다.

그의 모습에 나연은 입가에 미소를 머금었다. 그러면서 그 누구에게도 털어놓지 않았던 말이었다는 듯이 조심스레 입을 열었다.

"어머니는 사랑하는 사람이 계셨어요. 자세히는 모르지만 아주 많이 사랑하셨던 거 같아요."

"장인어른은……."

"아버지 말고요. 저의 생물학적 아버지요."

그의 입술이 작게 벌어졌다. 역시나 자신의 예감이 틀리지 않았다. 김나연은 자신의 비밀을 모두 알고 있었다. 김 회장의 생각과는 달리. 아니, 어쩌면 김 회장이 자신을 현혹하기 위해 일부러 속여 말한 것일지도 모른다.

"그걸 장인어른은 당신이 모르고 있다고 생각……."

"아버지 뜻에 따라서 살았어요. 아버지가 하시는 말씀엔 토를 단 적이 없어요. 제가 왜 그렇게 지내왔겠어요?"

김나연은 민성우의 말을 중간에서 잘라낸 후에 물었다. 그러면서 얼굴을 일그러뜨렸다.

"알았기 때문이에요."

아주 오래전부터.

나연은 끊어질 것 같은 어조로 뒷말을 이었다. 공기가 부족하다는 듯이 숨을 헐떡거리며.

"어머니는 사랑하는 사람과 함께 있고 싶어했어요. 그래서 절 가졌고 낳았겠죠. 하지만 그러질 못했어요. 제 생물학적 아버지가 빨리 죽었거든요.”

‘그래서 절 가졌고 낳았겠죠.’

그 말은 자신 혼자 생각하고 결론을 내렸다는 거다. 김나연은 김 회장에게 자신이 비밀을 알고 있다는 말을 하지 않았듯, 친모에게도 그랬나 보다.

그래서 민성우는 김나연이 바보 같았다. 자신은 어머니의 부재로 상처받지 않았다. 쉼 없이 바뀌는 아버지의 여자들도 그의 인생엔 아무런 걸림돌이 되지 못했다. 아버지의 인생이었고, 그건 자신과는 별개라 생각했다. 이혼 후 미국으로 떠난 어머니가 연락하지 않는 것에도 상처받지 않았다.

하지만 김나연은 달랐다. 그녀는 부모님의 관계로 상처받았고, 그것이 그녀 인생 전반을 뒤흔들었다.

자신이라면 부모님께 욕을 했을 것이다. 길들이려 하는 김 회장에게도 힘껏 반항했겠지. 그녀의 인생이 안쓰럽다기보단 멍청하다는 생각이 들었다.

“그래서 지금쯤 어머니는 아주 즐겁고 행복하게 지내고 계실 거예요. 두 분이 함께일 테니까. 함께 있고 싶어서 급하게 떠나셨으니까.”

거기까지 말을 마친 김나연은 고개를 돌려 민성우를 보았다. 그리고 무감한 그의 눈동자를 보며 고저 없이 묻는다.

“후회하나요, 결혼을?”

“김나연 씨는 어떻습니까.”

“후회하지 않아요. 전 당신을 아주 많이 좋아하고 있는걸요. 그래서 매번 감사하고, 매번 다짐해요. 아버지처럼 되지 않기로.”

말을 마친 나연이 아랫입술을 깨물었다.

그녀는 울지 않았다. 감정의 동요 역시 크게 보이지 않았다. 그건 아마도 오랜 시간 감정을 단련해 온 결과물일 것이다. 김나연은 한없이 순수하고 한없이 착한 사람임에는 틀림이 없었다.

방금 전의 그는 김나연의 인생을 멍청하다고 생각했다. 그녀의 결정 역시 이해할 수 없었다.

그러니 이에 대한 말을 해야 했다. 인생 전반을 아버지에게 위임했으면서 결혼까지 그에게 맡긴 너의 결정은 바보 같았다고. 심지어 그로 인해 만난 사람을 좋아하게 되는 건 너무 웃기지 않느냐고. 김 회장이 결정한 것들을 흘러가는 수순대로 받아들이고 수동적으로 행동하는 널, 나는 이해할 수가 없다고.

하지만 그는 침묵을 지켰다. 침묵이 길어질수록 나연의 표정은 흐려진다. 거짓처럼 짓고 있던 미소도 사라졌고, 하늘을 향해 올라가 있던 입꼬리도 바닥으로 끌어 내려졌다.

"……다짐했단 말이에요."

나연은 방금 전 했던 말을 다시 한 번 되풀이했다.

"아버지처럼 애정을 구걸하지 않겠다고. 그게 받아들여지지 않는다고 해서…… 상대를 상처 입히고, 날 상처 입히지 않겠다고……."

힘겹게 말을 이어나가는 그녀를 바라보던 그가 입술을 달싹였다. 그리고, 자신도 이해할 수 없는 한마디를 뱉는다.

"나연아."

"……."

"나연아."

그는 어떠한 움직임도 보이지 않았다. 표정 역시 굳어 있었다.

하지만 '나연아'. 그렇게 그녀의 이름을 불러주는 목소리는 떨렸다. 흔들리는 그녀의 눈망울처럼 이리저리.

그의 부름에 나연은 '아' 하며 짧게 신음을 내뱉었고, 이내 손을 들어 눈을 가렸다.

"이젠 제가 그렇게 부르겠습니다."

나연은 한참을 말없이 그렇게 서 있었다. 그 역시 가까이 다가가지 않아 두 사람 사이엔 꽤나 먼 간극이 있었다. 하나 두 사람 모두 이를 줄일 생각은 하지 않았다. 두 사람 모두 생각을 정리할 시간이 필요했다.

그는 왜 그런 말을 했는지 몰라 스스로를 이해해 보려 애를 쓰고 있었다. 그녀가 자신을 좋아한다는 건 알고 있었다. 그 마음이 생각보다 크다는 건 오늘 깨달았지만, 어찌 되었든 꽤 오래전부터 알았다. 상대의 감정에 누구보다 민감한 그였으니까.

지금 자신이 한 행동은 나연에게 있어 '희망 고문' 같은 것이었다. 자신은 김나연이 원하는 것만큼 해줄 수가 없다. 그는 기본적으로 사랑이라는 감정을 믿지 않았다.

그런데도 왜 그런 행동을 한 걸까.

자신이 그 말도 안 된다 생각했던 감정을 느끼기라도 한 걸까?

곰곰이 생각하던 그는 바람처럼 웃었다.

개소리다.

자신의 생각에 그는 일침을 가했다.

그의 웃음에 나연이 손을 내렸다. 울고 있는 줄 알았는데 눈자위가 붉어져 있을 뿐, 눈물을 흘린 자국은 없었다.

그가 자신을 바라보자 나연은 소녀처럼 활짝 웃었다. 그러더니 묻는다.

"자전거 탈 줄 아세요?"

"네?"

"보통 자전거는 부모님이 가르쳐 주잖아요. 전 못 배웠거든요. 가르쳐 주세요."

탈 줄 아냐고 앞서 물었지만 그녀는 이미 알고 있다는 표정이다.

당신, 자전거 탈 줄 알죠? 내게 가르쳐 주세요.

그 말에 민성우의 얼굴이 당혹으로 젖었다. 살면서 이렇게 당황한 적은 처음이었다.

❖

1차선을 빠른 속도로 달리던 차가 갑자기 차선을 변경한다. 1차선에서 2차선으로, 곧 3차선으로 진입한 차가 속도를 줄이고 있었다. 아무리 국도라고 하더라도 속도 변화는 위험할 정도였다. 아무래도 초보 운전자가 운전대를 잡고 있나 보다.

엉금엉금 달리던 차가 갑자기 샛길로 빠지더니 민가라고는 없을 것 같은 구불구불한 산길을 올랐다. 자갈이 드륵드륵 바퀴에 짓눌리고 부서지는 소리가 들렸다. 깨진 파편이 차 밑을 긁고 튕겨져 나갔지만, 값비싼 차의 주인은 이를 개의치 않고서 계속 산을 오른다.

그러더니 5분 정도 후, 속도를 늦출 때처럼 급히 멈춘다. 앞은 길이 끊겼고, 주위에 보이는 거라고는 거목뿐이다. 뿌옇게 일어난 먼지가 검은 자동차 위로 내려앉았다.

성급하게 차를 세우고 시동을 끈 사람은 면허를 취득한 지 얼마 안 된 김나연이 아닌 민성우다. 그는 엔진이 돌아가는 소리가 사라지자마자 나연에게 손을 뻗었다. 갑작스럽게 손이 잡힌 김나연 역시 그에 호응하듯 앞으로 몸을 기울였다. 두 사람은 불편한 자세에서도 깊게 입을 맞췄다.

깊게 입을 맞춘 그는 살짝 벌어진 틈으로 혀를 밀어 넣었다. 그리고 자신에게 뜨겁게 호응해 주는 말캉한 혀를 옭아매고 자신의 입으로 힘껏 빨아들였다.

"……으응!"

나연의 신음에 그의 몸짓은 더욱 노골적으로 변했다. 성우는 긴 팔을 뻗어 나연의 안전벨트를 품과 동시에 의자를 뒤로 밀었다.

덜컹!

몸이 뒤로 눕혀지자 나연은 눈을 동그랗게 떴지만, 이내 그의 단단한 턱을 붙잡고 자신의 쪽으로 잡아당겼다.

그녀는 훌륭한 학생이었다. 그와의 관계를 통해 이미 많은 것들을 깨우치고 알아차린.

그는 그녀가 바라는 만큼만 해주었다. 아니, 대부분은 그녀가 안달을 내야 달콤한 쾌락을 안겨주었다.

그걸 잘 알고 있었기에 나연은 비스듬히 마주친 입술을 더욱 깊숙이 맞추고 열렬히 호응했다. 차 안은 두 사람이 내뿜는 열기와 외설스러운 소리로 가득 찼다.

그가 나연의 원피스를 들쳐 가느다란 허벅지를 붙잡았다. 부드러운 살결에 그의 입술에서 나지막한 신음이 터져 나왔다.

"으!"

안달이 났다. 열매가 익어야 달콤한 과즙을 맛볼 수 있다는 것을 알고 있음에도, 오늘따라 참아내기가 쉽지 않았다.

하지만 안타깝게도 지금은 좁은 차 안이었다. 집으로 갈 때까지 버틸 수가 없어 무작정 모르는 길로 빠져 깊은 산속을 찾았다.

움직임은 제한적이었다. 벌써부터 어깨 부분이 차 천장과 부딪혀 움직일 수가 없었고, 비틀린 허리 역시 아팠다.

그가 혀를 빼내 입술을 핥았다. 그런 후 아쉬움이 그득한 눈으로 자신을 올려다보는 나연과 눈을 맞췄다.

“멈춰야 합니다.”

이가 으드득 갈렸다. 참아야 하는 순간이라는 걸 알면서도 이성을 배반하는 욕망에 인내심을 끌어모아 봤지만 쉽지가 않았다.

평소 그의 인내심은 타의 추종을 불허하나, 욕구에 관해선 사정이 달랐다. 촉촉하게 젖은 눈망울로 자신을 올려다보는 나연을 내려다보며 이마에 입을 맞췄다.

“같은 생각이지만 참겠습니다. 분명 나중에 후회할 테니까.”

“같은 생각……? 후회……?”

나연은 말을 배우는 아이처럼 민성우가 하는 말을 따라했다. 그 뜻을 모르는 것 같기도 하다. 그래서 성우는 친절한 선생님처럼 설명했다.

“난 상관없지만 김나연 씨에겐 큰일이란 뜻입니다. 여긴 사람은 없지만 밖이고 야산입니다.”

그러면서도 그는 다시 한 번 입을 맞췄다. 그는 야외에서 사랑을 나눠야만 쾌감을 느끼는 변태도 아니었고, 성적 판타지도 없었다. 하지만 참는 게 쉽지가 않다. 없던 판타지가 생길 것 같다.

집까지는 족히 한 시간 반은 더 달려가야 했지만 그는 힘겹게 나연의 어깨를 밀어냈다. 좁은 간극은 그의 이성을 팽팽하게 당겨 긴장시켰다.

머릿속에 위험 경보가 울렸다. 그녀와 함께 있을 때면 간혹 듣곤 하는 소리다. 이 소리를 무시하면 어떠한 일이 생기는지, 처음 김나연에게 욕정을 느꼈던 날 겪었다.

그가 몸을 뒤로 물렸다. 아니, 물리려고 했다. 그러나 그의 행동보다 나연의 팔이 더 빨랐다.

민성우의 목에 팔을 두른 나연은 그의 몸을 잡아당겼다. 커다란 몸이 쉽게 앞으로 딸려왔다. 그의 가슴에 뺨을 기댄 나연이 작게 고개를 저었다.

"싫어요."

투정처럼 한 말이었다. 나연은 어린아이가 갑자기 어머니와 떨어지게 된 것처럼 불안해했다.

그녀의 머리를 감싸 안은 그가 숨을 억눌렀다. 감정을 억눌러야 했다는 게 더 정확했다.

김나연은 분명 후회할 것이다. 지금에야 이성이 날아가 몸을 간질이고 자극하는 쾌감에 반응하고 그에 따르려고 하겠지만, 정신이 돌아온 후엔 오늘의 일을 부끄러워하겠지.

그래, 그러니까 참아야 한다. 그래, 참아보자.

난생처음 착한 생각을 하고 있으면서도 민성우는 다시 감나연의 뺨을 붙잡고 입을 맞췄다. 달콤한 향내는 진해서 계속 갈증을 일으켰다.

갈증을 풀어내기 위해 그는 혀를 빼내 말캉한 입술을 핥았다. 그가 원하던 대로 작은 입술은 열렸지만 나연의 몸은 뒤로 기울어 거의 눕다시피 한 자세가 됐다. 이미 이성은 가루가 되어 사라진 뒤다.

그는 나연이 창에 뒤통수를 박지 않도록 손바닥을 대어준 후에 목에 입술을 가져다 대려 했다.

"아."

짜증이 난 민성우가 미간을 좁히더니 이내 차에서 내렸다. 나연은 안에서 멍하니 보닛 앞을 돌아오는 그를 본다.

나연은 넋이 나가 있었다. 입술을 살짝 벌려 옅은 숨만 내뱉을 뿐, 지금 자신이 무얼 하고 있는지도 깨닫지 못한 표정이었다.

달칵!

문이 열리자 맑은 공기가 안으로 쏟아져 들어왔다. 그와 동시에 성우 역시 상체를 밀어 넣어 나연의 입술에 입을 맞췄다.

쪽.

시원한 풀 내음에 나연 역시 정신이 번뜩 들었다. 산중 공기는 도시보다 차가웠고, 날 역시 빨리 저무는 듯 점차 어두워졌다.

목덜미에 닿는 숨결과 공기의 온도 차가 커 소름이 돋았다. 하지만 나연은 그를 밀어내지 않는다. 오히려 그의 머리를 끌어안고 자신의 쪽으로 잡아당겼다.

"후회할지도 모릅니다. 자신이 본능을 참지 못하는 짐승처럼 느껴질 수도 있을 겁니다."

"안 해요. 그런 생각."

단호한 말엔 힘이 실려 있었다. 그래서 그는 기꺼이 나연의 몸 위에 제 무게를 실었고, 차 안에 커다란 몸을 구겨 넣었다.

자유로운 몸이 된 그는 나연의 치마 안으로 손을 밀어 넣었다. 브래지어를 파고드는 손길에 나연의 몸이 파르르 떨렸다.

야외였다. 차가운 공기가 낯설었다. 침대에서처럼 편한 자세도 아니었고, 성우가 움직일 때마다 버석거리는 모래 소리가 났다.

그럼에도 나연은 아주 용감하고 호기로운 여자처럼 그의 행동에 장단을 맞춰 주었다. 그가 원피스를 벗기려 할 때 엉덩이를 들어주었고, 속옷과 팬티가 한꺼번에 내려갈 때 역시 허리를 비틀었다.

그는 버클을 푼 후에 바지를 내렸다. 그리고 곧장 성이 난 페니스를 붙잡아 여성의 겉면에 문질렀다. 손길은 다급했고 여유 따윈 없었다. 마치 성욕을 제어하지 못하는 풋내기 소년처럼, 그는 촉촉하게 젖은 눈동자를 보며 안달 냈다.

미끈거리는 감촉에 나연의 몸이 파르르 떨렸다. 낯선 것에서 오는 흥분 때문일까. 나연은 성우의 가슴에 이마를 대고서 거친 숨을 토해낸다.

"후우."

깊게 내뱉어지는 소리에 그가 겉면을 부드럽게 문지르던 페니스를 안으로 밀어 넣었다.

움찔!

나연의 몸이 크게 떨렸다. 하지만 민성우는 나연의 양 허벅지를 붙잡아 위로 들어 올렸다. 순간 매끄러운 애액에 페니스가 뿌리 끝까지 밀려 들어 갔다. 두 사람의 입에서 동시에 만족스러운 신음이 터져 나왔다.

그의 허릿짓이 빨라질수록 허공에 들린 하이힐 또한 힘없이 흔들렸다.

"아앙!"

찰싹! 찰싹!

조용한 산중이 소란스러워졌다. 지나가는 새가 들을까 봐 조심조심 내뱉던 신음 또한 점차 높아져 간다.

나연의 눈가에 눈물이 맺혔다. 거친 그의 몸짓에 이마에 맺혀 있던 땀방울이 나연의 얼굴 위로 툭 떨어졌다. 땀은 눈물과 섞여 나연의 뺨을 타고 아래로 흘러내렸다.

"서, 성우 씨……. 성우 씨."

민성우를 꼭 끌어안은 나연은 연신 그의 이름을 불렀다. 지금 자신을 안고 있는 남자가 누구인지 끊임없이 확인하려는 듯이.

그녀의 부름에 그가 고개를 들어 나연을 내려다보았다. 커다란 손으로 젖은 머리카락을 쓸어주던 그는 허공에서 갈 길을 잃고 허우적거리는 손을 붙잡았다.

"……나연아."

깍듯하게 존대를 했음에도 그는 나연의 이름을 불러주었다.

나연아.

나연아.

그녀가 바라던 바다.

몸을 내린 남자가 자신의 몸을 부숴 버릴 듯 폭풍처럼 몰아붙였다. 그의 아래서 나연은 연신 몸을 떨었다.

"나연아……."

귓가에서 울리는 달콤한 속삭임에 나연은 아랫배에 힘을 꽉 주었다. 그러지 않으면 참고 있는 것을 쏟아버릴 것만 같다.

그녀는 행복을 손에 잡은 기분에 몸을 떨며 절정으로 내달렸다. 그 행복의 입자가 모래알처럼 작고 가볍다 하더라도. 그의 품에 안겨 있는 지금은 상관없었다.

눈물지은 그녀가 손을 뻗어 성우의 뺨을 감싸 쥐었다.

절정에 닿기 전.

나연은 자신의 가슴속에 차오른 감정을 내뱉었다.

"좋아해요, 성우 씨."

멈칫.

빠르게 안으로 파고들었다가 나가길 반복하던 페니스가 멈췄다. 두터운 페니스는 흥분을 모두 풀어내지 못했음에도, 민성우는 얼어버린 듯 나연을 바라본다.

"좋아해요, 아주 많이."

하지만 나연은 계속 자신의 마음을 토로했다.

그가 굳은 표정을 하고 있음에도.

"……싫어요? 민성우 씨는."

그녀가 답을 구하는 것처럼 입술을 달싹였다. 그러자 정지 화면처럼 멈춰 있던 허리가 다시 움직이기 시작한다.

찰싹! 찰싹!

안으로 밀고 들어왔다가 나가길 반복하는 페니스는 파도와 닮았다.

하얗게 부서지고, 물러설 때야 푸른 기운을 내뿜는.

❖

야심한 시각.

누군가와 통화를 나누기엔 늦은 시간이었지만 김 회장은 끊임없이 전화를 걸었다. 어떤 이는 아예 전화를 받지 않았고, 어떤 이는 전화를 받은 후에도 난색을 표했다.

다들 한결같은 반응들이어서 김 회장의 심기는 극도로 나빠지기 시작했다. 그건 마지막으로 통화를 하는 국토위 국회의원과의 통화에서 극에 달했다.

—아마 법안 통과는 쉽지 않을 걸세. 사실 그걸 알고 모두들 돌아서는 분위기야.

"그게 무슨 말씀이십니까? 약속과는 다르지 않습니까."

—그걸 왜 내 탓인 것처럼 이야기하나, 김 회장? 나도 답답하긴 마찬가지이네. 도대체 일 처리를 어떻게 했기에 분위기가 이렇게 변하나?

김 회장의 어조가 다소 짜증스럽게 나오자 이 의원 역시 날카롭게 말했다. 김 회장은 터져 나오려는 욕설을 애써 집어삼켰다.

그는 이번 일에 대부분의 현금을 쏟아 넣었다. 처음에야 위험부담을 고려해 얼마 되지 않은 금액만 투자했지만 시간이 지날수록 일이 딜레이가 되다 보니 금액은 점차 커져 갔다. 그리고 발을 빼야 한다고 느낀 순간에는 이미 너무 많은 현금을 로비를 위해 사용해 버린 뒤였다. 그로 인해 김 회장은 어떤 일이 있어도 이번 일을 성공시켜야 한다는 강박에 시달렸다. 그렇지 않으면 손해가 너무 컸다.

그런데 문제가 생겼다. 최근, 이번 건과 관련된 사람들의 분위기가 한 달 전과는 180도로 바뀌었다는 것은 어렴풋이 느끼고 있었다. 그때부터 김 회장은 그들과 함께 식사 약속이라도 잡아보려고 애를 썼지만 쉽지가 않았다. 당사자와 연락이 되지 않자 이 비서에게 시켜 보좌관과 연락을 취했지만, 다들 시간을 내주지 않았다.

뭔가 일이 잘못 돌아가고 있다.

그제야 김 회장은 이미 늦었다는 걸 깨달았다. 이 의원과의 통화로 확신이 섰다.

—하지만 나도 다른 사람들과 마찬가지로 이번 일엔 손을 뗄 작정이야. 이대로라면 투자한 금액도 회수 못하게 생겼으니까.

그 역시 이번 일에서 손을 떼겠다는 의사를 전해왔다. 김 회장은 목을 죄는 넥타이를 양옆으로 흔들어 풀어내며 물었다.

“갑자기 이러시는 이유가 뭡니까?”

김 회장의 물음에 전화 너머로 기가 막힌다는 듯 헛웃음이 들려왔다.

—자네, 사업을 하려면 집안 단속부터 해. 집안도 단속 못하는 사람이 무슨 사업을 하겠다고.

집안 단속…….

신경에 거슬리는 말을 되뇌는 순간이었다.

—그럼 이만 끊겠네.

이 의원은 그의 답도 듣지 않은 채 전화를 끊어버렸다.

부들부들 떨리는 손으로 휴대전화를 들고 있던 김 회장은 결국 성질을 이기지 못해 휴대전화를 벽으로 내던졌다.

"이 새끼가……."

그가 거친 욕설을 내뱉었다. 그러면서도 현 상황을 빠르게 머릿속으로 정리하기 시작한다. 김 회장 역시 산전수전 다 겪은 노장이었다. 더욱이 잔머리에 있어서는 타의 추종을 불허하는 사람이기도 했다.

누군가가 그린벨트를 풀려던 그의 계획을 막았다. 그리고 마지막 이 의원의 말을 종합해 보자면 그건 자신의 가족 중 한 사람의 소행이란 뜻이다.

"민성우 이 새끼!"

김 회장의 몸이 분노로 부들부들 떨렸다. 민성우와 자리를 가진 게 일주일도 채 되지 않았다. 그 자리에서 김 회장은 민성우에게 더 많은 투자금을 유치해 내기 위해 같잖은 협박을 했었다.

민성우는 큰 금액을 들여 쓰레기 땅을 구입하는 출혈까지 기꺼이 감수했다. 그 땅을 구입한 이유는 단 하나밖에 없었다. 자신의 계획을 막아 동호건설을 무너뜨리려는 것이다.

"어떻게 할까요? 여론이 생각보다 빠르게 바뀌고 있습니다."

김 회장 역시 이렇게 빠르게 일이 돌아갈 줄은 몰랐다. 머리끝까지 화가 뻗쳤지만 지금은 화를 내고 있을 때가 아니었다. 힘들게 빼낸 자금들이 가루가 되어 사라질 판이었으니 빠르게 판단을 내리고 계획을 세워야 했다.

"민성우가 뭐 때문에 내 일을 막으려 하는 것 같나?"

그의 물음에 이호성이 몸을 낮췄다.

"거기까진 잘……."

"생각보다 내 딸이 쓸모가 있다는 생각이 들기 시작했어."

고저 없이 말한 김 회장이 헛웃음을 뱉었다.

민성우, 그자를 특별하게 봤었다. 아주 좋은 사업 파트너가 될 줄 알았는데 자신의 생각이 틀렸다.

"그자도 결국은 남자구만."

그것도 여자 하나에 빠져 앞뒤 분간도 못하는.

차갑게 눈을 빛낸 김 회장이 의아한 표정으로 자신을 바라보는 이호성에게 말했다.

"그 아이를 봐야겠어."

최선의 방어는 공격이다.

김 회장은 그 사실을 새삼 떠올리며 김나연과의 자리를 주선하라 명령했다.

"때가 된 것 같아."

❖

민성우 사장 비서실은 아침부터 정신없이 돌아가고 있었다. 그가 결혼하면서부터 되도록 출장 일정을 잡지 않도록 노력은 하고 있었지만, 피치 못할 일들도 있었다. 제주도 호텔과 평창 호텔이 거의 동시에 건설에 들어갔고, 공장 건설 또한 세 곳이나 진행 중이었다.

최근 사드 여파로 중국 시장 대신 판로를 열어야 하는 유럽 시장은 민성우의 큰 숙제였다. 덕분에 출장 일정을 잡는 비서진들은 되도록 날짜를 맞춰 진행할 수 있도록 담당자들과 쉼 없이 통화를 하고 있었다.

출장 일정뿐만 아니라 회사 내부에서도 수많은 미팅이 있었기에, 세 명의 비서가 일사불란하게 회의를 하고 정리했다. 민 회장 관련 일 역시 비서진들을 거쳐 올라가기에, 김지아 비서가 마케팅 부서가 있는 11층에 내려갔다가 급히 올라왔다. 이 자리에서 소외된 건 김나연의 생활 전반을 담당하는 김경아뿐이었다.

잠시 앉아 있을 시간도 없이 계속해 움직이는 지아를 멍하니 바라보던 경아가 고개를 숙였다. 김지아는 진이 빠진 얼굴로 옆자리에 앉더니 서둘러 온 팩스 내용과 메일을 확인한다. 아주 민감한 사안의 경우, 지아 홀로 처리하고 있어 더 바빴다.

"안 힘드세요?"

곁에서 지아를 힐끗 본 경아가 물었다. 그러자 지아는 갑자기 그런 말을 물어오는 저의를 몰라 눈을 동그랗게 뜨더니 이내 고개를 젓는다.

"힘들기야 하지. 그래도 그만큼의 보람도 느껴."

"보람이요?"

"내가 모시는 분이 점점 높은 위치로 올라갈수록 내 가치도 상승하는 기분이거든."

김지아가 민성우를 모신 지도 벌써 9년째다. 그 시간 동안 민성우는 앞으로 DG를 이끌어 나갈 후계자에서 본부장이 되었고, 곧 사장까지 올랐다. 그러면서 지아의 위치 역시 자연스럽게 올라갔다.

눈코 뜰 새 없이 바쁜 시간이었지만 그만큼 보람 있는 시간이었다. 민성우 사장은 김지아의 많은 것들을 배려해 주고 있었고, 결혼하고 출산을 한 후에도 돌아올 수 있도록 자리를 남겨뒀다.

고된 시간들이 상상되었지만 그만큼 부러웠다. 경아의 표정이 흐려졌다.

"……그런 기회조차 주어지지 않는다면요?"

"뭐?"

"아니, 아니에요."

서둘러 고개를 저은 경아가 다시 모니터로 시선을 돌렸다. 그러자 지아는 이상하다는 듯 경아를 내려다보더니 이내 자리를 뜬다. 탕비실로 들어간 지아는 커피 한 잔을 들고서 사장실 안으로 쑥 들어갔다.

이제 비서실 안에 남은 건 김경아뿐이었다. 모두들 자신의 능력을 인정받고 열심히 일하고 있었지만, 김경아는 자신의 능력을 보여주기도 전에 한직으로 밀려났다. 아니, 어쩌면 민성우 사장을 계속 모셨다고 하더라도 단단히 지키고 있는 김지아 때문에 자신이 원하는 위치까지는 못 올라갈지도 몰랐다.

자신의 위치는 여기였다. 그리고 어쩌면 앞으로도…….

드르륵.

바퀴 달린 의자를 움직여 지아의 자리로 슬쩍 이동한 경아가 업무 폴더로 들어갔다. 그런 후 수많은 파일을 하나씩 클릭해 보았다.

비밀번호가 걸려 있지 않은 파일들을 차례대로 보던 경아가 미간을 좁혔다. 중요한 파일이라면 지아 성격에 모두 비밀번호가 걸려 있을 터였다. 더욱이 이렇게 쉽게 찾게 해놓을 리도 만무하다. 다른 방법을 강구해야 하나, 고민할 때였다.

『대응 매뉴얼.』

파일 제목도, 안에 적혀 있는 제목도 특별할 게 없었다. 다른 파일 역시 어떤 상황에서 대응해야 하는 방법인지 제목에 적혀 있다는 것에 차이만 있을 뿐, 이와 비슷한 파일은 많았다.

하지만 내용을 읽는 경아의 표정은 예사롭지 않았다.

한참 심각한 표정으로 매뉴얼을 읽던 경아가 인쇄한 후에 자신의 자리로 돌아갔다. 손톱을 딱딱 뜯으며 불안을 감추지 못하던 그녀가 시간을 확인했다.

아직 나연을 만나러 가기엔 이른 시간이었다. 조금 더 빨리 만나러 간다고 해서 문제 될 건 없었지만, 괜한 의심을 살 것 같기도 했다. 그녀가 어떻게 해야 할지 고민에 잠겨 있을 때였다.

~~우웅~~ ~~우우웅~~

갑작스레 울리는 진동에 경아의 몸이 위로 튀어 올랐다. 도둑이 제 발 저리는 것처럼 놀란 그녀가 가슴을 쓸어내린 후 액정을 확인했다. 슬쩍 주위를 둘러본 경아가 조심스럽게 사무실을 빠져나왔다.

"네, 이 비서님. 무슨 일이시죠?"

비상구로 들어간 경아는 이호성과 짧은 통화를 했다. 용건은 간단했다. 지금 당장 나연을 데리고 김 회장의 집으로 오라는 것이었다.

손엔 동호건설 쪽 사람들을 충분히 만족시킬 서류가 들어왔다. 직접 이 서류를 김나연에게 건넬지 판단이 서지 않았지만 우선은 그들이 원하는 대로 하는 게 좋을 것 같다는 판단이 섰다.

경아는 직접 운전을 해 나연의 집으로 향했다. 그리고 오늘도 꽃 시장에 가기 위해 기다리고 있던 나연을 보며 허리를 숙였다.

"좋은 아침이에요. 오늘은 일찍 오셨네요?"

나연은 해사한 얼굴로 경아를 맞이했다.

평소보다 웃음이 더 밝다 느낀 건 단순한 착각일까. 아니면 지금부터 이 웃음이 지워질 것을 생각하자 마지막 불꽃처럼 느껴지는 것일까.

알 수는 없었지만 경아는 나연을 보며 사무적인 어투로 말했다.

"사모님을 뵙고 싶다는 분이 계십니다."

"네? 그게 누군데요?"

나연의 고개가 옆으로 기울어졌다. 의아해하는 나연을 보며 경아가 조금의 텀을 두고 답했다.

"동호건설 김 회장님입니다."

"……."

예상했던 대로 나연은 입술을 굳게 다물었다. 그리고 말없이 경아의 얼굴을 본다.

표정을 살피고 있는 건지, 아니면 다른 생각에 잠긴 건지 감이 잡히질 않았다. 그래서 오히려 당황해 버린 건 김경아였다.

뭐라도 물을 줄 알았다. 어떻게 김 회장의 전언을 자신이 전하냐고.

하지만 김나연은 말없이 경아를 보더니 이내 몸을 돌린다.

"잠시만 기다려 주세요."

끝내 김나연은 김경아에게 아무것도 묻지 않았다. 닫힌 문을 바라보던 경아가 몸을 돌리더니 고개를 젖혀 하늘을 보았다.

"나, 참."

뭔데 저 여자의 무감한 표정이 마음에 걸리는 거야?

경아는 뒤숭숭한 마음을 애써 갈무리했다.

차에 오른 나연은 오늘도 창밖에 시선을 둔 채였다. 차 안은 무거운 침묵이 흘렀다. 엔진 소음만이 소리의 빈 공간을 간간이 메워주었다.

커다란 눈을 깜빡이며 이젠 익숙해질 법도 한 창밖 세상을 생경한 눈으로 바라보던 나연은 고개를 돌려 운전을 하는 경아의 뒷모습에 시선을 두었다. 물어야 할 것들이 많았지만 굳이 물어보지 않았다. 그러지 않아도 답을 알 수 있을 것 같았다. 김경아는 민성우의 눈만 하고 있는 게 아니었다. 그녀의 아버지, 김강철 회장의 눈도 되어주고 있었던 거다.

그녀의 계산하에 움직인 행동이니 탓하고 싶지 않았다. 아니, 탓한다 해도 바뀔 것은 없다. 자신의 주위에 있는 사람들 대부분은 감시자였다. 자유롭게 움직이고 있다고 생각해도, 자신은 여전히 누군가가 만들어놓은 세상 안에서 움직이고 있을 뿐이었다.

그래, 그런 거야.

빠르게 달린 차가 익숙한 골목 안으로 들어서자 나연의 몸이 뻣뻣하게 굳었다. 눈을 질끈 감은 나연이 숨을 왈칵 들이켰다.

괜찮아. 괜찮아.

긴장감에 몸이 달달 떨렸다.

이젠 본가에서 갇혀 지내지 않아도 되었다. 아버지가 민성우 씨에게 어떠한 협박을 했든 상관없다. 아버지가 날 어떻게 생각하든, 상관없다. 그래. 상관없다.

천천히 눈을 뜬 나연은 커다란 대문이 열리는 걸 보았다. 수없이 마인드컨트롤을 하며 흔들리는 감정을 애써 갈무리했다.

차에서 내린 나연은 자신도 모르게 몸을 돌려 차에 비친 제 모습을 점검했다. 그러다 습관이 무섭다며 웃는다.

“차에서 기다리세요.”

경아를 보지 않은 채 경직된 목소리로 말한 나연은 허리를 꼿꼿하게 세운 후 저 멀리 보이는 현관문을 향해 걸음을 옮겼다. 푸른 잔디가 깔려 있는 마당을 지나던 그녀가 어둠 속에서 들리는 인기척에 고개를 돌렸다.

"……아."

나연의 입에서 작은 신음이 흘러나왔다. 굳어 있던 얼굴 또한 부드럽게 풀린다.

"찬희 씨. 오랜만이에요."

결혼식 이후로 처음 본 그에게 나연은 인사부터 건넸다. 하지만 찬희는 어둠 속에서 걸어나올 생각이 없는지 멀찍이 떨어져 그녀를 바라보고 있기만 했다.

"왜 그렇게 봐요?"

"언제든지 도움이 되어드리겠습니다."

"네, 그렇게 말했었죠."

찬희는 결혼식장에서 마지막 인사처럼 했던 말을 회상하듯 말했다. 기억 속에 확연히 박혀 버린 그 말들을 쉬이 떠올린 나연이 찬희를 보았다.

"대화 상대가 필요하다면 해드리겠습니다."

"네, 그런 말도 했죠."

이 역시 결혼식장에서 했던 말이었다. 그래서 나연은 답을 하면서도 의아한 표정을 지었다.

"그게 왜요?"

"필요한데 왜 오지 않으셨습니까."

"무슨 뜻이죠?"

"아시면서 묻지 마십시오. 안 속습니다."

단정 지어 하는 말에 나연은 진심을 다해 고개를 저었다.

"정말이에요. 정말 몰라서 묻는 말이에요."

"……"

찬희는 그제야 걸음을 옮겨 어둠 속에서 나왔다. 그리고 나연의 얼굴을 들여다보았다.

그는 그제야 나연의 본심을 읽었나 보다. 나연은 정말 아무것도 모른다는 표정이었고, 이에 찬희는 많이 놀란 듯 보였다.

예전의 김나연은 그렇지 않았다. 누구보다 눈치가 빨랐다. 주위에서 그녀의 눈을 가리고 귀를 막더라도, 자신의 주변에서 일어나는 일들을 알고 있었다. 그런데 지금의 그녀는 아니다.

찬희는 짧은 기간 놀랍도록 변한 김나연을 보았다.

"불안하게 왜 그래요."

나연은 웃는 얼굴로 물었지만 심상치 않은 반응에 벌써부터 겁을 잔뜩 집어먹은 표정이었다.

하지만 찬희가 나연을 위해 해줄 수 있는 건 아무것도 없었다. 그저 그녀가 조금이라도 덜 아프길 바랄 뿐.

찬희는 아무 말 없이 나연을 보았다. 그러더니 고개를 숙인다.

"안에서 회장님께서 기다리고 계십니다."

5. 마음이, 가난해서

그 말을 저토록 심각한 표정으로 할 필요가 있나.

생각해 보던 나연이 미간을 좁혔다.

“말해주지 않을 거죠? 아버지가 날 부른 이유.”

“전 말할 수 없습니다.”

박찬희가 잘라 말했다. 하지만 나연은 그를 힘껏 노려보았다. 어서 말해보라는 표정이었다.

“죄송합니다.”

그는 끝내 사과의 말을 했다. 절대 말해줄 수 없다는 말이다.

뭔가 아버지에게 일이 생겨 자신을 부른 게 확실해졌다. 그러니까 단순하게 밥이나 먹자고 부른 건 아니란 말이다.

찬희를 보던 나연은 고개를 돌렸다. 그러더니 턱을 들고, 걸음을 옮겼다. 그가 말해주지 않는다면 직접 알아보면 그만이다. 하지만 그 이전에 할 일이 있었다. 예전으로 돌아갈 것. 김나연은 이 집에서 지냈던 그때로 돌아가 마음을 죽였다.

문을 열고 안으로 들어간 나연은 거실에서 책을 읽고 있는 김 회장을 보았다.

"저 왔습니다."

양손을 가지런히 모은 나연은 고개를 숙여 인사부터 건넸다. 하지만 김 회장은 그녀를 바라보지도 않은 채 답했다.

"이리 와 앉아라."

"네."

나연은 김 회장의 표정을 힐끗 살핀 후에 빠르게 시선을 아래로 내렸다. 그러면서 걸음은 자연스럽게 김 회장이 앉아 있는 맞은편 소파로 향한다. 그곳은 예전부터 나연의 지정석이었다.

김 회장은 딸인 나연을 사랑으로 키우지 않았다. 나연 역시 김 회장을 부모가 아닌 높은 직급에 있는 직장 상사처럼 대했었다.

그런데 왜 이제 와 그런 생각이 든 것일까.

어떻게 지내고 있냐.

결혼 생활은 행복하냐.

요즘 고민은 없냐.

그런 사소한 질문을 해줄 거란 생각은 하지 않았다. 그런 생각을 할 만큼 자신은 순진하지도 않았고, 김 회장에 대한 기대감이 높지도 않았다. 그런데도 서글펐다.

그녀는 마음의 준비를 했다. 지금부터 날아들 날카로운 말들을 대비해서. 하지만 마음처럼 쉽지가 않았다.

"분명 결혼하기 전에 이야기했을 텐데. 네 어깨에 수많은 직원의 일자리가 달려 있다고."

그 두 마디만으로도 나연의 고개는 아래로 떨어졌다. 그것이 자신과 무슨 상관이 있냐며 말하고 싶었지만, 도저히 입이 떨어지지 않았다. 그래서 나연은 변명이나 방어조차 하지 못한 채 가시 같은 말들을 고스란히 들어야 했다.

"도대체 결혼 생활을 어떻게 하기에 민 사장이 사사건건 동호건설의 일에 끼어들고 방해하는 거냐."

"무슨 말씀이세요?"

퍼뜩 고개를 든 나연이 멍하니 되물었다. 그러자 김 회장은 무심한 표정으로 말을 잇는다.

"마치 처음 듣는 이야기처럼 말하는구나. 그렇다면 더더욱 문제다. 넌 아무것도 모르고 있다는 거니까."

"……성우 씨에게 들은 건 아무것도 없어요. 성우 씨는 사업과 관련된 그 어떤 이야기도 해주지 않아요."

정말 그랬다. 그 커다란 집에서 김나연은 늘 혼자였고, 민성우가 퇴근하고 나서도 두 사람은 각자 시간을 보냈다.

김 회장은 탐탁지 않은 표정으로 나연을 보았다. 냉정한 표정은 타인을 바라보는 듯했다.

"민성우 사장이 동호건설을 갈가리 찢으려 한다. 아무리 가족이라 하더라도 이 회사가 부도를 맞든 말든 상관하지 않기로 한 모양이야. 아니, 오히려 부도를 내고 싶어하는 것 같다. 그러면 동호건설이 현재 가진 제주도 땅은 DG로 넘어가니까. 어디 그뿐인 줄 아느냐. 꽤 쓸 만한 사업권 역시 DG로 넘어가지. 이혼남이 되는 조건으로 가져가기에 차고 넘치는 것들뿐이다. 아주 계산적인 남자야. 모든 것을 철저하게 계산하는."

"……."

나연의 표정이 흔들렸다. 동호건설과 자신은 분리해서 보고 싶어도 그렇게 할 수가 없는 입장이었다. 더욱이 민성우와 자신의 결혼은 기업과 기업 간의 만남이었다.

……뭘까.

그에게 동호건설은 더 이상 필요치 않은 존재가 된 걸까? 그럼 나는?

나연의 기분이 한없이 아래로 내려앉았다. 그 순간 귓가에 다정한 목소리가 이명처럼 들려왔다가 멀어진다.

「나연아.」

나연아. 나연아. 나연아.

그 목소리에 나연이 눈을 감았다.

세상에서 자신을 그렇게 불러주는 건 민성우뿐이었다. 눈앞에 있는 자신의 아버지는 그렇게 불러주지 않는다. 아니, 자신의 이름조차 부르려 하지 않았다. 자신을 칭하는 호칭은 '너', 그뿐이다. 타인보다 못한 사이였다.

자신 역시 민성우는 필요에 의해 움직이는 사람이라는 걸 안다. 그의 다정함에는 다 이유가 있다. 그런데 그에게 동호건설이 필요 없어진 이 시점에서 잘해주는 건……?

하지만 이와는 상반되게 그는 자신에게 단 한 번도 좋아한다고 말해준 적이 없었다. 손길은 다정했지만 그건 잠자리에서뿐이었다.

섹스할 땐 세상 누구보다 가깝게 느껴졌지만, 침대를 벗어나면 아주 멀게 느껴졌다. 그가 등을 돌리고 잘 때면…… 평생 그의 눈을 마주치지 못할 것 같은 외로움과 공허함이 사무치도록 느껴진다.

나연의 시선이 김 회장에게로 향했다.

"아버지, 제게 그런 말씀하지 마세요. 전 더 이상 동호건설 사람이 아니에요. 저는……."

흔들리는 눈망울만큼이나 떨리는 목소리로 말했다.

그래, 이제 자신은 동호건설 사람이 아니다.

"민성우의 사람이에요, 이젠."

그의 사람이다.

아버지의 회사가 무너짐으로 인해 수많은 실업자가 생기는 건 가슴이 아팠다. 다른 업체에서 동호건설을 인수한다고 하더라도 대규모 실직은 불 보듯 뻔한 일이었다.

여기저기 가시처럼 박힌 생각들이 우후죽순 떠올랐지만 나연은 애써 무시했다. 그리고 자신을 한심하다는 듯 바라보는 김 회장의 시선을 피하지 않은 채 곧게 응시했다.

"그 사람을 사랑하는 것처럼 말하는구나."

아버지의 입에서 나오기엔 너무나 감성적인 말이었다. 하지만 나연은 그 말을 마음에 담은 후 곰곰이 생각해 보았다.

내가 그 사람을 사랑한다고?

한 번도 생각해 본 적 없는 문제였다. 누군가를 사랑해 본 적도, 사랑하는 건 아닐까, 하는 생각도 한 적이 없었으니까.

나연은 멍한 눈으로 김 회장을 보았다. 그를 좋아하는 마음을 갑작스레 깨달았던 것처럼 이번 역시 마찬가지였다.

내 감정을 좋아한다는 그 말로 전부 표현 가능할까?

나연이 천천히 고개를 끄덕였다.

"……맞아요. 좋아하는 감정이 무척 큰 게 사랑이라면, 전 그걸 하고 있는 거예요."

누구나 한다는 첫사랑을 나연은 스물여섯이나 되어서야 가져 보았다. 그녀의 첫사랑은 민성우였다. 그리고 그가 마지막 사랑이 되길 바랐다. 진심으로.

하지만 김 회장은 딸아이의 말에 혀를 끌끌 찼다.

"웃기는구나. 민 사장도 널 사랑한다더냐?"

"그 사람도 절……."

조금은, 아주 조금은 생각해 주지 않을까요?

물음은 입 밖으로 나오지 않았다. 입술을 앙다문 나연은 홧홧한 눈가를 느끼며 눈동자를 도로로 굴렸다.

그녀가 시선을 피하자 김 회장은 마치 승리에 도취된 사람처럼 말했다.

"네가 민성우 사장과 함께 있었던 첫날 밤. 민성우 사장에게 자금 유통을 부탁했다. 그리고 민성우 사장은 이를 들어줬지."

"아버지."

나연의 얼굴이 얼음장처럼 차가워졌다. 하지만 김강철 회장은 차가운 말을 계속 쏟아냈다.

"너와 민성우 사장의 결혼이 그랬던 것처럼 그 역시, 거래의 일환이다."

나연이 숨을 들이켰다. 호흡을 내뱉는 것조차 잊은 듯 커다랗게 부풀어 오른 가슴은 아래로 꺼지지 않았다.

처음 그와 밤을 보내고 돌아온 후. 김 회장은 나연을 통해 서류를 전달하게 했다. 그리고 민성우 역시 이에 대한 답을 나연에게 전달해 달라고 했다.

거래.

그래. 거래다. 결혼 역시. 거래의 일환.

얕은 믿음이 아래로 무너졌다. 지면 안 된다는 걸 알면서도, 자신이 괴로움에 떨수록 아버지의 얼굴이 점차 밝아지고 있다는 걸 알면서도 나연은 비틀거리며 자리에서 일어났다.

금방이라도 눈물을 쏟아낼 것처럼 나연의 흰자위가 붉어졌다. 빨간 물감을 하얀 물감에 떨어뜨린 것처럼 점차 번지기 시작한 붉은 기운은 슬픔을 가득 머금고 있었다.

"더러운 아이다, 너는. 그리고 말을 안 듣는 나쁜 아이지."

그렇지 않아요, 아버지.

전 더럽지 않아요.

나연의 입술이 이에 씹혀 하얗게 질렸다. 김 회장은 괴로움에 몸을 떠는 나연을 보며 날 선 현실을 계속 쏟아냈다.

"민성우 사장이 왜 너와 결혼을 했겠느냐. 첫눈에 반해서? 사랑이란 그 허상에 가까운 감정 때문에? 다 쓰러져 가는 동호건설을 보고?"

……그러게.

입술을 달싹인 나연은 결국 한마디도 내뱉지 못하고 입을 다물었다.

"동호건설이 쓰러지면 너 역시 버릴 거다. 그리고 민성우 사장은 동호건설이 내뱉는 것들로 이득을 취하겠지."

"그럼 아버지는……."

"처음부터 알고 있었다. 그래서 나는 기업을 지키기 위해 노력했고, 너도 그만한 노력을 하라고 이야기한 거다."

묻기도 전에 나온 답에 나연은 힘없이 자리에 앉았다. 그런 후에 울지 않기 위해 이를 악문다.

자신도 모르게 이루어진 거래들. 그리고 첫 경험 이후에 오간 큰 금액의 거래. 이걸 내가 어떻게 받아들여야 하는 걸까.

방금 전까지 충만했던 감정들은 눈 녹듯 사라졌다. 누군가가 눈을 짓밟아 녹아 버린 듯한 느낌이다. 물론 누군가가 짓밟은 눈은 사라지고 남은 것은 까만 흙탕물이다.

"지금부터 네가 할 일을 이제야 알겠냐. 난 네게 입안의 혀처럼 굴라고 했지, 멍청한 년처럼 굴라고 한 적 없다."

멍청한 년.

김 회장은 그렇게 말했지만, 나연은 몸을 파는 값싼 여자가 된 듯한 느낌에 몸을 움츠렸다.

시간이 필요했다. 엉망이 된 이 마음을 추스를.

하지만 자신도 모르게 일어난 이 상황들을 정리하고 받아들일 준비도 되지 않은 채, 계속 휘몰아치는 바람에 힘없이 흔들렸다.

휘청. 휘청.

운전석에 앉아 있던 경아는 생각보다 나연과 김 회장의 대화가 길어지자 차에서 내렸다. 차에만 있었더니 몸의 근육이 뭉친 것인지 찌뿌둥했다. 크게 기지개를 켠 경아는 드넓은 마당을 보며 입맛을 다셨다.

마당은 웬만한 주택을 하나 더 지어도 될 정도로 넓었다. 예전엔 김나연의 삶이 어땠던 간에, 자신은 평생 이런 집에서 살 일 따위 없다는 걸 알고 있기에 부러움을 느꼈을 거다. 하지만 김나연과 가까이 지내면서 그녀에 대해 많은 걸 알게 된 김경아는 호화로운 저택이 부럽지가 않았다. 아니, 미생인 자신의 삶이 나아 보일 정도였다.

김경아의 시선이 현관문 앞에 앉아 있는 남자에게로 향했다. 돌로 만들어진 계단에 앉아 있는 남자는 김나연이 저택 안으로 들어갈 때까지 못 박힌 것처럼 그 자리에 서 있었다. 그러다가 등 뒤에서 문이 닫히자마자 주저앉기에 아픈 건가 했는데, 그건 아닌 것 같았다.

남자는 집 안으로 들어간 김나연을 기다리고 있는 것 같았다. 간혹 고개를 들고 소리에 귀를 기울이는 것처럼 행동하는 게 딱 그래 보였다.

김나연과 무슨 사이지?

경아는 호기심을 숨기지 않은 채 남자를 보았다. 방금 전 심상치 않았던 분위기가 의심을 더욱 키웠다. 그 여자에게 다른 남자가 있을 거란 생각은 들지 않았지만, 남자의 행동을 보았을 때 애정이 묻어나 있었다.

짝사랑일까?

남자를 관찰하는 경아의 눈매가 가늘어졌다.

김나연은 여자가 보기에도 충분히 예쁜 사람이었다. 아직 어려서 단순히 '예쁘다' 라고 말했지만, 나이가 좀 더 들고 세월이 흐르면 아름답다고 느낄 만큼 훌륭한 외모였다. 기다란 검은 머리카락은 남자들이 이상형으로 꼽는 여자 그 자체였고 빼빼 마른 몸은 보호본능을 일으켰다.

그러니까 저 남자가 김나연을 좋아한다고 해서 놀라울 건 없었다. 물론 나연은 유부녀였지만, 이 세계는 사회적인 통념과 거리가 먼 곳이었다. 결혼을 해도 언제든 이성적인 관계를 맺는 사람을 둘 수 있는. 경아의 시점에서 보았을 땐 요상한 세계였지만, 이 바닥에선 일상처럼 평범한 일이었다.

"세상 말세다."

한숨처럼 말한 경아가 한숨을 푹 내뱉었다. 자신 역시 돈으로 움직인다는 걸 뒤늦게 깨닫고 씁쓸했기 때문이다.

한참 남자를 보고 있던 경아가 고개를 돌렸다. 남자의 시선이 닿은 곳을 따라간 것이었는데, 시선 끝엔 나연이 있었다. 그녀가 현관문을 열고 밖으로 나오고 있었다.

주위는 가로등 불빛만이 세상을 밝히고 있었고, 두 사람과 경아의 거리는 꽤 됐다.

두 사람은 가만히 서로를 바라보았다. 그러다가 먼저 걸음을 옮긴 건 나연이다.

남자의 앞에 선 나연은 잠시 무언가를 말하고 있는 것 같았다. 그러더니 남자에게 다가가 그의 어깨를 주먹으로 내려쳤다.

"……말해주지! 왜!"

나연의 목소리가 어둠을 가른다. 하지만 그 뒤의 이야기는 귀를 쫑긋 세우고 들어보려 했지만 쉽지가 않았다.

하지만 두 사람의 행동은 어둠 속에서도 아주 잘 보였다. 나연은 남자가 원망스럽다는 듯 가슴을 힘껏 내려쳤고, 남잔 나연의 손길을 고스란히 받아내고 있었다.

"도대체 무슨 사이야?"

경아는 두 사람을 보며 자신도 모르게 읊조렸다. 김나연의 저런 모습을 보는 건 처음이었다. 그녀는 의뭉스러운 행동을 하고, 간혹은 알아들을 수 없는 말을 했지만 늘 담담했다. 웃는 것은 몇 번 봤지만 대부분은 무표정했고, 감정 표현을 하지 않으려 애쓰는 모습도 보았다. 그런데 지금의 그녀는 어떤가.

이성을 내려놓고서 무너지는 여잔 나약했다. 남자의 가슴을 연신 내려치던 나연은 자리에 주저앉았고, 남자는 그런 나연을 내려다보았다.

멀리서 들려오는 울음소리에 경아가 숨을 왈칵 내뱉었다. 어찌나 구슬

프게 들리는지, 그녀에 대한 연민이 저절로 일어났다.

남자의 표정은 먼 거리 때문에 자세히 보이지 않았지만, 그 마음은 보였다. 그는 분명, 김나연을 좋아하고 있는 것 같았다.

흥미진진했다. 세상에서 가장 재미있는 싸움 중엔 사랑싸움도 포함되어 있었고, 두 사람의 분위기는 가볍지 않아 보였다. 방금 전까지만 해도 남자의 일방적인 마음인 줄 알았는데, 나연의 반응을 보아하니 일방통행은 아닌 것처럼 보였다. 두 사람은 꽤 애달픈 사랑을 하는 연인처럼 보였다.

“쌍방이네.”

그렇게 단정 지은 경아는 자신이 너무 흥미진진한 눈으로 두 사람을 보고 있다는 사실을 뒤늦게 깨달았다. 남자가 한쪽 무릎을 꿇어 나연을 바라보는 순간, 경아는 몸을 돌렸다.

❖

딩동—

초인종을 누른 민성우는 안에서 아무런 인기척도 들리지 않자 미간을 좁혔다. 다시 한 번 초인종을 눌러봤지만 역시나 반응이 없었다. 아무래도 나연이 외출을 한 모양이었다.

문을 열고 안으로 들어온 그는 서늘한 공기와 어두운 공간을 눈으로 훑었다. 불을 켜고, 보일러를 조금 올린 그가 곧장 드레스 룸으로 향했다. 그는 가장 먼저 샤워를 한 후에 옷을 갈아입었다. 그때까지도 나연은 귀가하지 않았다.

자신이 귀가할 때까지 나연이 집으로 돌아오지 않은 적은 없어서 이상

했다. 그가 휴대전화에서 나연의 번호를 찾았다. 액정 귀퉁이엔 22시 39분이라 떠 있다. 시간이 이렇게까지 흘렀는지도 몰랐다.

몇 번의 통화음이 흘렀지만 그때까지도 나연은 전화를 받지 않았다. 민성우의 표정이 굳어졌다.

결국 나연과 연결되지 않자 이번엔 경아에게 전화를 걸어보았다. 그녀는 금세 전화를 받았다.

—사장님, 무슨 일이십니까.

"이 사람 어디 있습니까?"

—네?

"제 안사람 말입니다."

민성우의 물음에 김경아는 선뜻 답하지 못했다. 대단한 일이 일어난 게 틀림이 없었다. 그래서 김경아가 선뜻 답하지 못하고 있는 거라고.

하지만 곧 들려온 답은 그의 예상을 깨는 것이었다.

—8시쯤에 댁으로 모셔다 드렸습니다. 외출하실 거라는 말씀은 딱히 없습니다.

"네, 알겠습니다."

통화는 연결되었지만 원하던 답은 듣지 못했다. 휴대전화를 내려놓은 그가 집 안을 휘둘러보더니 침실로 향했다.

문을 열고 안으로 들어가니 어둠 속에서도 높게 솟은 둔덕이 보였다. 침대맡으로 걸음을 옮겨 확인해 보니 그곳에 나연이 있었다. 그녀는 잠들어 있었다.

목 아래까지 이불을 덮고서 몸을 돌린 채 잠든 나연을 바라보던 그가 미간을 좁혔다.

뭐지? 이 기분은?

집에 귀가할 때면 늘 자신을 반겨주는 사람이 있었다. 나연은 먼저 식사를 하는 법도, 잠드는 법도 없었다.

그런 일상에 익숙해져 버려서일까.

먼저 잠든 나연의 모습을 보고 있는 것만으로도 속이 울렁거렸다.

❖

끔뻑. 끔뻑.

평소보다 이른 시간에 일어난 나연이 천천히 눈을 깜빡였다. 아직도 눈가가 홧홧했다.

손을 들어 손바닥으로 눈두덩을 꾹꾹 누른 그녀가 나지막한 한숨을 내뱉었다. 하루가 시작되었지만 몸은 묵직했고, 피곤했다.

상체를 일으킬 힘도 없어서 나연은 잠시 누워 있었다. 때때로 가빠지려는 호흡을 고르며 시간을 흘려보내던 나연은 고개만 돌려 옆자리를 보았다. 민성우가 등을 돌린 채 잠들어 있었다.

나연의 눈망울이 원망으로 물들었다. 그의 앞섶을 붙잡고 흔들며 욕지거리라도 내뱉고 싶었다. 그래야 터져 버릴 것 같은 가슴이 조금이나마 위로받을 수 있을 것 같다. 그래야, 그래야, 자신이 조금은 안쓰럽지 않을 것 같았다.

하지만 나연은 그렇게 하지 않았다. 넓은 등을 가만히 바라보다가 상체를 일으켰다. 조심스럽게 침실을 빠져나온 그녀가 곧장 욕실로 향했다.

평소처럼 깨끗하게 샤워를 한 후에 옅게 화장을 했다. 조금은 부어오른 눈가가 신경 쓰여 손으로 꾹 눌러보았다.

"바보 같아."

거울 속 제 모습을 바라보며 읊조린 나연이 자리에서 일어났다.

아침상을 준비할 때쯤 민성우가 일어나 밖으로 나왔다. 평소라면 운동하는 방으로 곧장 들어갔겠지만, 오늘은 나연이 있는 부엌을 기웃거렸다.

"뭐 필요하세요?"

나연의 물음에 민성우는 자신의 행동을 뒤늦게 깨달은 사람처럼 놀란 표정을 짓더니 이내 고개를 저었다. 그러더니 운동 기구가 놓인 방으로 향한다. 나연은 그의 뒷모습을 보지 않았다.

여느 때와 같은 아침이었다. 진창이 되어버린 나연의 마음을 제외하고선 똑같았다. 운동을 마친 그가 출근 준비를 마칠 때쯤 아침상을 차려냈고, 두 사람은 마주 보고서 식사를 했다.

쌀알이 모래처럼 느껴졌지만 나연은 애써 아무렇지도 않은 척 식사를 이어 나갔다. 그리고 민성우가 숟가락을 내려놓음과 동시에 자신 역시 내려놨다. 밥을 반도 채 비우지 못했다.

그녀가 자리에서 일어나 식탁을 정리하자 민성우도 자리에서 일어났다. 뒤도 돌아보지 않고 방으로 돌아가야 할 그가 그 자리에서 미적거리고 있자, 그릇을 치우던 나연이 그를 바라보았다.

그는 곤란한 표정을 짓고 있었다. 하고 싶은 말이 있는 표정이었지만 입이 안 떨어지나 보다.

평소라면 무슨 일이냐고 물어봤을 그녀지만 오늘은 달랐다. 나연은 이를 무시했고, 지금 가장 중요한 일은 설거지라는 듯 싱크대 앞에 섰다.

그릇이 몇 개 되지 않아 설거지는 금방 끝냈다. 앞치마에 손을 닦은 나연이 몸을 돌리자, 가방을 든 그가 부엌 앞에 서 있는 게 보였다.

그녀는 말없이 민성우를 보았다. 그러자 그는 뭐라 말하는 대신 몸을 돌려 현관으로 향한다. 나연이 뒤늦게 성우의 뒤를 따랐다.

신발을 신은 그는 문을 열고 밖으로 나가는 대신에 입술을 달싹였다. 아침 내내 고민하던 말을 이제야 할 건가 보다.

"어제 무슨 일 있었습니까?"

"왜요?"

나연은 아무렇지도 않은 척 되물었다. 입가엔 슬쩍 미소까지 머금고 있었다.

민성우는 이를 살폈고, 곧 고개를 젓는다.

"아닙니다."

예전엔 현관문 앞에서 그가 자신에게 5초만 시간을 내줬으면 했을 때도 있었다. 나에게 그 짧은 시간만 내준다면 얼마나 좋을까, 하고.

하지만 지금은 달랐다. 그가 망설이며 걸음을 돌리지 못하는 이 시간이 지옥 같다.

"늦지 않으시겠어요?"

나연의 물음에 성우가 시간을 확인하더니 '다녀오겠습니다' 라고 인사 후 나간다.

탕.

닫힌 문을 바라보던 나연이 몸을 돌렸다. 그리고 넓은 거실을 보며 헛웃음을 뱉었다.

"……혼자다."

처음 이 집에서 홀로 시간을 보냈던 때, 이곳이 낯설게 느껴졌었다. 하지만 지금처럼 외롭고 씁쓸했던 적은 없었다.

낯선 감정 때문일까.

나연은 생경한 눈으로 집 안을 둘러본 후에 걸음을 옮겼다.

그녀가 향한 곳은 민성우의 드레스 룸이었다. 닫힌 문을 열고 안으로 들어간 그녀는 말끔하게 정돈된 공간엔 시선을 두지 않은 채 한곳에 멈춰 섰다.

그녀가 뚫어져라 바라보고 있는 건 유리 장식장 안에 든 결혼반지였다. 심플한 디자인의 반지를 바라보던 그녀가 얼굴을 일그러뜨렸다.

생각해 보면 남편은 늘 자신이 행복을 꿈꿀 수 있을 만큼만 해줬다. 자상함도 거기까지였고, 가정일 역시 그랬다.

결혼반지를 낀 건 결혼식장에서뿐, 그 후로 그의 결혼반지는 이 장식장 안에서 나온 적이 없었다.

그런데 자신은…… 그에게 아주 많은 기대를 했다.

천천히 자리에 주저앉은 나연이 무릎을 끌어안았다. 그러더니 무릎 사이에 얼굴을 묻고서 깊은 한숨을 내뱉는다.

자신이 상스럽게 느껴졌다. 천박하게 굴었다는 생각도 들었다. 그의 품에서 음란하게 젖었던 자신의 모습을 떠올릴 때면 이를 아드득 깨물게 되었다.

지금 자신의 처지가 사창가에서 몸을 대가로 돈을 버는 여자와 다를 게 뭐가 있단 말인가.

"……더러워."

울먹인 나연이 눈을 질끈 감았다.

◈

꽉 막힌 도로를 바라보던 정유화가 짜증스럽게 미간을 좁혔다.

"아, 이래서 이 시간에는 안 나오는데."

핸들을 손가락으로 톡톡 두드린 유화가 차에 설치되어 있는 시계를 보았다. 약속 시간과 가까워져 있었다. 자칫 잘못하면 많이 늦을 것 같았다.

목적지를 코앞에 두고서 엉금엉금 기어가는 차에 얼굴을 구긴 유화는 그 후로 10분을 더 가서야 〈탄콩〉 주차장에 차를 세웠다. 약속 시간이 조금 지나 있었다.

다급한 걸음을 옮겨 커피숍 안으로 들어온 정유화는 습관적으로 한영부터 찾았다. 카운터에는 아르바이트생이 있었고, 바 안에도 바리스타만 보일 뿐 한영의 모습은 보이지 않았다.

하지만 유화는 집요하게 2층으로 올라가는 계단을 힐끗 보았다. 계단 앞은 막혀 있었다. 2층은 일하는 직원들의 사무실이 있어 그곳에 있을지도 몰랐다.

마음 같아서는 당장 계단을 오르고 싶었지만 그녀는 고개를 돌려 나연을 찾았다. 꽉 막힌 도로를 달려온 것은 갑작스럽게 약속을 청한 김나연 때문이었으니까.

일일이 사람들의 얼굴을 확인한 유화는 가장 구석진 자리 창가에 앉아 있는 여자를 발견했다. 한가로이 햇살을 받고 있는 여잔 턱을 괴고서 창밖을 보고 있었다.

"미안. 차가 워낙 막혀야지."

핸드백을 옆자리에 내려놓은 유화가 사과하며 맞은편에 앉자, 나연이 멍한 시선을 옮기더니 웃는다.

"아니에요. 많이 늦지도 않았는데요, 뭐."

"커피는? 주문했어?"

"오면 같이 주문하려고 기다렸어요."

두 사람은 가장 먼저 커피부터 주문했다. 따뜻한 아메리카노를 주문하자 직원은 주문이 밀려 10분은 기다려야 한다고 했다. 유화는 괜찮다고 말한 후에 맞은편에 앉아 있는 나연을 보았다.

이 여잔 볼 때마다 생각하는 거지만 참 유약한 이미지였다. 햇살을 받고서 있는 모습이 곧 녹아 사라질 것처럼 느껴졌다.

무슨 일이야?

그렇게 물으려던 유화는 평소와 다른 걸 발견하고선 미간을 좁혔다.

“커다란 다이아는 어쨌어?”

“다이아요?”

유화는 테이블 위에 있던 나연의 손을 힐끗 가리켰다.

“반지.”

짧은 답에 나연은 서둘러 자신의 손을 가렸다. 이에 의아함을 느낀 유화가 얼굴을 구겼다.

“뭐야, 혹시…….”

미처 말이 끝나기도 전에 나연은 어수룩하게 웃었다. 그 모습에 유화는 굳이 말을 듣지 않아도 알겠다는 듯 손을 들어 말을 막았다.

아, 머리야.

갑자기 두통이 지끈 몰려오자 유화가 머리를 부여잡았다.

“말 안 해도 알 것 같아. 잠시만 기다려 봐. 생각 좀 정리하고.”

나연에게서 연락이 왔을 때부터 무슨 일이 생긴 거라 생각은 하고 있었다. 연락처를 교환한 후에 나연은 간간이 문자를 해왔을 뿐, 만나자고 청한 적은 없었다.

하지만 그게 이런 이유 때문일 줄은 몰랐다. 지난번에 만났을 때 나연은 민성우를 진심으로 좋아하는 것처럼 보였었다.

그사이에 무슨 일이 있었던 걸까?

유화는 점차 어두워지는 나연의 표정을 보며 생각했다.

이럴 땐 눈치가 너무 빠른 자신이 원망스러웠다. 그냥 가볍게 근황이나 물어볼걸.

슬쩍 나연의 눈치를 살핀 유화가 한숨을 푹 내뱉었다.

"물론 나라도 너와 똑같은 생각을 했을 거야. 시아버지 되는 사람이 별을 달다니. 그것도 폭력 때문에. 진짜 쪽팔리는 일이라는 건 알거든?"

자신이어도 이혼을 생각했을 거다. 사회적인 체면이 있었고, 결혼이란 양가의 만남이었다.

물론 처음 김나연과 민성우의 결혼 이야기가 나올 때부터 민 회장은 이미 구속 상태였다. 여론도 좋지 않았고, DG그룹의 주식은 곤두박질쳤었다.

하지만 지금처럼 돌아가는 분위기가 최악은 아니었다. 들리는 이야기로는 실형이 내려질 거라는 의견이 지배적이었다. 그것도 4년 이상. 재벌가 총수로는 처음 있는 일이었다. 시아버지가 불미스러운 일로 '최초 타이틀'을 달게 되니 나연의 마음이 바뀐 것도 이해는 갔다.

하지만 김나연 역시 마찬가지다. 그녀 역시 집안을 내세울 만한 여건은 되지 않았다.

"그런데 냉정하게 말해서 너희 집도 만만치 않잖아. 요즘 동호건설 언제 쓰러질지 모른다고 말이 많던데."

"알아요."

무심한 표정으로 고개를 끄덕인 나연이 잠시 말을 멈췄다. 다음은 어떻게 이어야 할지 떠오르지 않는 모양이다.

진짜 심각하게 고민하고 있는 건가?

정유화는 김나연의 마음이 손바닥 뒤집듯 바뀐 걸 민성우 역시 알고 있는지 궁금했다. 그러다 곧 나연이 더듬더듬 잇는 말에 곧장 고개를 저었다.

"성우 씨도 안 껴서…… 그래서 뺀 거예요."

"이런. 미움받고 있나 보네?"

그렇게 눈치 빠른 인간이 모를 리가 없지.

애초에 민성우에게 있어 김나연은 그 정도의 사람이었을지도 모른다. 세상의 모든 부부가 서로를 사랑해서 결혼하고, 가정을 유지하진 않을 테니까. 민성우 역시 그러했을 터다.

"그래도 자전거는 배우기로 했어요."

"뭐? 진짜?"

끄덕.

유화가 작게 고개를 끄덕이는 나연을 멍하니 본다. 방금 전에 결론 내린 사실이 몇 초도 되지 않아 뒤집히는 순간이었다.

"나중에 가르쳐 준대요."

천하의 민성우가 자전거를 가르쳐 준다고?

상상을 해보던 유화는 이내 가볍게 넘긴 말이라 결론짓고는 단정 지어 말했다.

"퍽이나. 그 인간이 잘도 시간 내겠다. 시간을 금보다 더 귀하게 생각하는 사람인데."

상상도 되지 않는 모습이었다. 그를 오랫동안 알아왔지만 인간적인 모습을 본 적이 단 한 번도 없었는데, 그런 상큼한 짓을 할 리가 없다.

하지만 어수룩하게 웃는 나연을 보자 정유화는 입술을 안으로 말아 넣었다. 웃고는 있었지만 상처받은 기색이 역력했다.

아, 이런.

또다시 필터링을 거치지 않고 말을 내뱉었다는 사실에 그녀가 뒤늦게 말을 바꿨다.

“아니, 뭐……. 너라면 가능할 것 같기도 하네.”

그래. 민성우에게 입바른 말이라도 하게 만든 여자이니 가능할지도.

하지만 나연은 그 말을 인정하지 않는 것인지 작게 고개를 저은 후에 커피를 마셨다.

이 일을 말하고 싶어서 자신을 부른 걸까?

유화는 나연이 왜 갑자기 자신에게 만남을 청한 것인지 가늠이 되지 않았다. 단순히 투정을 하기 위해서라면 통화로 해도 됐다. 다른 이유가 있을 거란 생각이 들던 찰나였다.

“나중에…….”

나중에 뭐!

말을 잇던 나연이 입을 꾹 다물자 유화의 눈매가 뾰족해졌다. 답답함에 어서 다음 말을 이으라 독촉하고 싶을 정도였다.

하지만 유화 역시 나연처럼 입을 다물어 버렸다. 뒤늦게 한 남자를 발견했기 때문이다. 남자는 유화의 뒤에 서 있었다. 그래서 나연보다 한발 늦게 보았고, 유화는 곧 그리움과 당혹감으로 점철된 눈으로 그를 보았다.

“……오빠.”

이한영이었다. 얼굴이라도 보고 싶어 이곳으로 계속 발걸음 하게 만든 남자. 하지만 남자는 말없이 정유화를 노려보았다.

“전 이만 가볼게요.”

자리에서 일어난 나연은 눈치 빠르게 유화에게 인사를 건넸다. 한영은 뒤늦게 정유화와 함께 있는 여자가 김나연이라는 걸 알아본 것 같았다.

“그럼.”

한영에게 고갯짓을 한 나연이 커피숍을 벗어나자 한영은 그제야 무겁게 닫고 있던 입술을 달싹였다.

"가."

"……오빠, 나는."

"아무 말도 하지 말고 가. 너와 할 이야기 없어."

차갑게 말을 쏟아낸 한영이 뒤돌아섰다.

그를 잡아야 했지만 유화는 그렇게 하지 못했다. 그저 멀어져 가는 그의 모습을 바라보고 있기만 할 뿐.

"민성우나 나나."

자조 섞인 목소리로 말한 유화가 헛웃음을 뱉었다. 그러더니 다시 자리에 앉는다.

커피는 미지근하게 식은 후였다.

더딘 걸음을 옮겨 밖으로 나온 나연은 잠시 주위를 둘러보았다. 오늘 외출엔 모든 감시자를 떼어놓고 왔다. 그가 준 카드도 사용하지 않았다. 그의 신용카드는 또 다른 감시자였으니까.

집이 아닌 다른 곳으로 가고 싶었지만 마땅히 떠오르는 곳도 없었다. 택시를 타고 갈 수 있는 장소는 한정적이었고, 잘 알지도 못했다.

"이젠 어디로 가야 하나."

나연은 혼잣말을 내뱉으며 씁쓸한 표정을 지었다. 집으로 돌아가긴 죽어도 싫었다. 홀로 있어도 성우와 함께 있는 듯한 느낌이었고, 집 안 곳곳에 아주 작은 추억들이 있어서 괴로웠다.

내밀어진 작은 손길에도 감동하며 행복해하던 자신이 그곳에 있었다. 비참함에 전신이 떨렸다.

이제껏 자신의 세계를 만들기 위해 꾸준히 노력해 왔음에도 불구하고 예전과 바뀐 게 없다는 생각에 헛웃음이 나올 때였다.

"저 여자가 부른 겁니까?"

이한영이었다. 자신을 뒤쫓아온 그는 나연의 앞을 막아서며 다급한 목소리로 물었다.

나연은 놀란 표정으로 그를 보았지만 이내 고개를 저었다.

저 여자.

그 표현에서 악의가 느껴졌다.

이한영은 크게 오해하고 있었다. 정유화를 악당으로 생각하는 것 같았고, 김나연을 피해자로 인식하고 있었다. 사실 처음부터 유화를 괴롭힌 건 그녀였다.

"유화 언니를 말씀하시는 건가요?"

"유화 언니……?"

혼란스러운 표정에 나연은 힘껏 고개를 끄덕였다.

"네, 유화 언니요."

힘주어 한 말에도 한영은 의구심을 풀지 못한 모양이었다. 이해도 됐다. 객관적으로 봤을 때 두 사람의 만남은 기이하고 이상했다.

하지만 나연은 한영의 오해를 풀어줘야 한다는 생각에 하지 않아도 될 말을 주절주절 내뱉었다.

"언니를 부른 건 저였어요. 무슨 일을 당했을까 봐 걱정하시는 것 같은데 그런 일도 없었고요. 언니를 괴롭힌 건 저예요. 바쁜 시간 내어달라고 졸랐거든요."

두 사람의 관계를 자세히 알지는 못했다. 하지만 유화가 당시 사귀고 있던 한영을 배신하고 민성우와 결혼을 하려 했던 과거는 알았다.

처음 이 커피숍에 유화가 자신을 데리고 왔을 때 의식적으로 한영을 찾던 눈길은 오늘도 마찬가지였다. 유화의 마음은 그것만으로도 설명이 가능했다.

둘 다 불행할 필요는 없잖아.

입안이 썼지만 나연은 아무렇지도 않은 척 말을 이었다.

“그러니까 오해하지 마세요, 한영 씨.”

“……오해입니까?”

“네. 이곳을 약속 장소로 정한 것도 저예요. 커피가 맛있어서요.”

“아…….”

멍한 표정으로 고개를 끄덕인 한영이 숨을 왈칵 내뱉자, 나연은 입가에 잔잔한 미소를 머금었다.

“오해는 다 풀리셨나요?”

“언제부터…… 그러니까 유화와 언제부터 알고 계셨던 사이입니까?”

“결혼한 후예요. 미술관에서 우연히 만났어요. 하지만 그게 한영 씨에게 중요한 문제인가요?”

나연의 물음에 한영은 혼란스러운 표정으로 시선을 옮겼다. 아무런 답도 하지 못하는 그를 보며 나연은 웃음기 섞인 목소리로 말을 마쳤다.

“자세한 건 언니에게 물어보세요.”

고개를 숙여 인사를 건넨 나연이 몸을 돌렸다. 그리고 유동인구가 많은 쪽으로 사뿐사뿐 걸음을 옮긴다.

이한영은 이 사실을 민성우에게 전할 것이다. 이한영에겐 두 사람의 만남이 그리 중요하진 않았지만 민성우는 달랐다. 아마 신경을 쓸 것이고, 무슨 꿍꿍이인지 궁금해할 것이다.

예전이라면 이한영에게 이 사실을 비밀로 해달라고 부탁했을 그녀였지만, 지금은 달랐다.

민성우가 신경 써줬으면 했다.

안절부절못했음 한다.

그럼 조금은 속이 시원할 것 같았다.

한참 걸음을 옮기던 나연은 어느 정도 거리가 떨어지고 나서야 고개를 돌렸다.

한영은 어느새 커피숍 안을 보고 있었다. 그의 시선 끝에 정유화가 있을 것이다.

"잘됐으면 좋겠다."

오지랖이라는 걸 알면서도 나연은 진심으로 바랐다.

둘 중 한 명은 행복했으면, 하고.

❖

"투자했던 금액, 회수 들어가세요."

민성우는 지아에게 동호건설로 들어간 자금 회수 작업에 들어가라고 말했다. 제주도 호텔 건이야 어쩔 수가 없었지만, 나연과의 첫날 밤 이후에 투자했던 112억은 이번 기회에 돌려받아야 했다.

아니, 단순히 그 금액을 돌려받으려 이런 지시를 한 건 아니었다. 현재 동호건설에는 그 금액을 변제할 능력이 없다는 걸 안다. 동호건설은 겉으론 안정화에 접어든 것처럼 보였지만, 실제는 빈 깡통이나 다름이 없었다. 그 사실을 세상에 알릴 필요가 있었다.

일은 착착 진행되고 있었다. 시흥 땅을 가지고 있는 국토위 관계자 중 다섯 명에게 관련 땅을 시세보다 비싼 가격으로 사들였고, 법안 통과는 불투명하게 됐다.

이 사실을 안 김 회장은 끊임없이 만남을 청해오고 있었지만, 그는 대응하지 않았다. 자신의 손을 놓은 파트너와 다시 함께 일할 만큼 그는 자비롭지 못했다.

민성우의 지시에 지아와 DG그룹 법무팀은 빠르게 움직이기 시작했다.

사무실에 홀로 남은 그는 일상으로 돌아가 업무를 봤다. 다음 주부터는 유럽 출장이 잡혀 있어, 신속하게 처리해야 할 현안들부터 손에 쥐었다.

자신의 승인만 기다리고 있는 서류부터 결재를 마친 그는 휴대전화 벨소리에 액정을 확인했다. 발신자는 이한영이었다.

"무슨 일이야."

—무슨 일이 있어야만 전화하는 사이였냐, 우리?

"그건 아니지만."

장난스러운 물음에 그는 잘라 말했다. 두 사람은 시답잖은 통화를 자주 나누는 건 아니었지만, 간혹 안부를 묻고 만날 만큼의 사이는 됐다. 그에게 있어 친구라고 부를 법한 사람은 이한영뿐이었다.

그 답에 한영은 '그렇다고 할 줄 알았어' 라고 답하더니 가볍게 웃는다. 그 웃음이 어쩐지 어설프게 들려서, 성우의 고개가 옆으로 기울었다.

"무슨 일이야?"

결국 독촉을 해버렸다. 그가 차갑게 묻자 이한영은 잠시 망설이더니 이내 본론을 꺼낸다.

—그런데 무슨 일이 있긴 있어. 오늘 김나연 씨 봤다.

오늘 김나연이 외출했다는 보고는 듣지 못했다. 김나연은 아침부터 김경아에게 오늘 하루 종일 외출을 하지 않을 거라며 연락을 해왔다. 덕분에 김경아는 하루 종일 회사에서 자리를 지키고 있었다.

나연에게 준 카드 역시 오늘은 결제된 적이 없었다. 민성우의 표정이 굳어졌다.

—정유화와 함께 숍에 앉아 있더라. 두 사람 사이, 알고 있었어?

알지 못했다.

김나연이 〈탄콩〉에 간 것도. 정유화와 알고 있는 사이라는 것도.

민성우의 심기가 극도로 나빠졌다.

6. 헤어지는 수많은 이유

민성우는 당장이라도 나연에게 전화를 걸어 이게 어찌 된 일이냐고 물을 기세였다. 하지만 한영과 통화를 끊은 후에도 그는 자신에게 주어진 일을 했다. 나연에게 연락을 하지도 않았다.

감정의 흔들림도 보이지 않은 채 자신에게 주어진 일을 착실하게 해냈다. 그리고 평소와는 달리 퇴근 시간에 맞춰 집으로 향했다.

딩동—

초인종을 누른 민성우는 아무렇지도 않은 얼굴로 자신을 맞이하는 김나연을 보았다.

"오늘도 수고 많으셨어요."

거짓된 웃음 속에 마음을 숨긴 김나연은 짜증을 불러일으켰다. 그녀의 인생 전반을 김 회장처럼 통제할 마음은 없었지만, 정유화와 관련된 문제만은 달랐다. 단순히 정유화가 과거 그와 결혼 이야기가 오고 갔던 여자

이기 때문만은 아니었다. 정유화는 그를 몇 번이나 화나게 했던 사람이었고, 되도록 얽히고 싶지 않은 사람이기도 했다.

하지만 그는 나연에게 차가운 말을 쏟아내는 대신에 드레스 룸으로 향했다. 입고 있던 옷을 벗고 곧장 욕실로 향한 그가 깊은 한숨을 내뱉었다.

쏴아아—

샤워기 아래 선 그가 세수부터 했다.

날카로워진 신경 때문일까.

두통이 몰려왔다.

지끈거리는 머리를 손가락으로 꾹꾹 누른 그가 수도꼭지를 차가운 물 쪽으로 돌렸다. 얼음장 같은 온도에 정신이 번쩍 들었다.

샤워를 하면서도 그는 머릿속으론 나연과 해야 할 대화를 곱씹어보았다. 김나연을 비난할 생각은 없었다. 하지만 그와 비슷한 강도의 말은 할 참이었다.

온몸에 오소소 소름이 돋고 나서야 그는 생각을 정리했고, 밖으로 나왔다.

머리를 대충 툴툴 말린 그가 거실로 나오자 고소한 음식 냄새가 코를 찔렀다. 뒤늦게 허기가 졌지만 그는 무심한 표정을 가장해 부엌 안으로 들어갔다. 나연은 앞치마를 입고서 조리대와 식탁을 바쁘게 오가고 있었다.

드르륵.

그가 자리에 앉자 나연은 국그릇을 그의 앞에 놓아둔 후에 맞은편 자리에 앉았다.

나연은 식사를 하면서 그를 한 번도 보지 않았다. 평소라면 간간이 그의 기색을 살폈겠지만 오늘은 식사만 묵묵히 이어 나갔고, 딱히 무어라 말하지도 않았다.

달그락. 달그락.

수저와 식기가 부딪히는 소리만이 두 사람 사이를 갈랐다.

평소에도 재잘재잘 떠드는 사람은 아니었지만 오늘따라 분위기가 달라, 그는 도통 식사에 집중할 수가 없었다. 더욱이 한영과의 통화로 알게 된 것들 역시 물어야 했기에 머릿속이 실타래처럼 엉켰다.

"오늘 외출했었습니까?"

숟가락을 내려놓은 그가 질문을 던졌다. 아직 식사를 마치지 않았지만 그는 더 이상 음식을 먹을 마음이 없어 보였다.

나연이 그의 의중을 읽으려는 사람처럼 빤히 바라본다. 그 눈빛이 불편하게 느껴졌다. 지금 이 자리가 불편해야 하는 건 자신이 아닌 김나연이었음에도 불구하고.

"전화 받으셨을 텐데, 왜 그렇게 물으세요? 이미 알고 계시잖아요. 유화 언니와 만난 거."

언니.

그 호칭보다 더 거슬렸던 건 앞선 나연의 물음이었다. 뾰족하게 말하진 않았지만 말속엔 가시가 숨어 있었다.

김나연답지 않다.

그런 생각을 하면서도 그는 냉정한 기색을 숨기지 않은 채 답했다.

"먼저 말해주길 기다리고 있었습니다. 왜 말하지 않았습니까."

취조하는 형사처럼 딱딱한 어조에 나연의 얼굴이 일그러졌다. 그녀도 어느새 숟가락을 놓은 후였다.

"모든 걸 말해야 한다고 생각하지 못했어요. 민성우 씨가 밖에서 있었던 일을 모두 말하지 않듯 저 역시 그랬던 거예요."

"다른 건 몰라도 정유화와의 일은 말해야 했습니다."

"왜요. 언니는 민성우 씨와 과거에 결혼을 이야기했던 사람이어서?"

따지듯 묻는 말에 민성우의 입술이 무겁게 닫혔다. 이를 악물자 턱이 움찔거렸다. 생각해 보면 이 여잔 자신에게 잘 맞는 아내는 아니었다. 처음 생각했던 이미지는 수동적이었고 순종적인 여자였지만, 실상은 달랐다.

그는 김나연에게 왜 정유화만은 예외로 두는지 설명하려다 말고 입을 닫았다. 가타부타 말해봤자 변명처럼 들릴 게 빤했다. 그러자 말하고 싶은 마음이 사라졌다.

"……피곤하다."

분명 혼잣말이었다. 하지만 나연의 귀에 들릴 만큼 큰 목소리였다. 나연의 몸이 떨렸음에도 민성우는 이를 보지 못한 채 한숨처럼 말을 이었다.

"이 이야기는 그만합시다."

입맛이 없었다. 몇 술 뜨지 않았지만 더 이상 먹을 마음이 들지 않았기에 성우가 자리에서 일어났다.

그가 방으로 들어가 버리자 부엌엔 나연 홀로 남았다. 그가 앉아 있던 자리를 멍하니 바라보던 나연이 숟가락을 들었다. 그러더니 밥을 크게 떠 입안으로 밀어 넣는다.

"……윽."

속이 메스꺼워 입을 틀어막았다. 체기가 있었지만 나연은 계속해 음식을 입안으로 밀어 넣었다.

입맛이 없다는 나연의 말에 여주댁은 솜씨를 부려 냉면을 만들었다. 물론 식당에서 파는 것처럼 맛있게 만들 수는 없었지만 입맛이 없을 때 냉면처럼 입맛을 돋우는 것도 없다는 생각이 들어 정한 메뉴였는데, 나연은 젓가락으로 면만 휘젓고 있었다.

여주댁은 나연의 눈치를 연신 살폈다. 출근했을 때부터 워낙 안색이 나빠 무슨 일이 있을 거란 생각은 했으면서도, 막상 물을 수는 없었다. 우울한 표정이 아무런 말도 묻지 말아달라고 말하는 것 같아서.

하지만 언제까지 조용히 있을 수가 없어 여주댁이 슬쩍 운을 뗐다.

"요즘은 꽃다발 안 만드시네요?"

"네. 손이 안 가서요."

다행히도 나연은 웃으며 답을 해줬다. 그래서 여주댁은 거실 창 너머로 관리가 안 된 마당을 보았다. 한쪽에는 나연이 심어놓은 꽃밭이 있었다. 한동안 열정을 다해 돌보던 꽃들이 힘을 잃고서 시들거리고 있었다.

"마당은요?"

"……날이 추워서."

말끝을 흐린 여주댁이 걱정스러운 표정으로 나연의 안색을 살폈다. 물어선 안 된다는 생각이 계속 들면서도, 한편으로는 급격하게 나빠진 나연의 상태가 걱정되었다.

"요즘 무슨 일 있으세요?"

나연은 외로운 사람이었고, 그녀의 마음을 다독여 주고 보듬어줄 사람이 없다는 걸 알고 있었기에 물어야 한다는 쪽으로 생각이 기울었다.

그래서 여주댁은 조심스러운 어조로 물었다. 만약 무슨 일이 있다고 한다면 위로를 해줄 참이었다.

"그냥 나른해서 그래요. 몸을 움직이면 금방 잠이 몰려와서."

"많이 그래요?"

그녀가 천천히 고개를 끄덕이자 여주댁의 걱정이 깊어졌다. 기분을 상하게 만드는 일이 있을 거라는 생각과는 달리 몸이 좋지 않아 표정이 어두운 거였다.

하지만 곧 걱정은 사라지고 놀라운 이유 하나가 떠올랐다.

"왜 그렇게 보세요?"

여주댁이 눈을 동그랗게 뜨자 나연의 고개가 옆으로 기울었다. 의문이 가득한 표정에 여주댁은 뺨을 긁적이더니 이내 조심스럽게 제 생각을 전했다.

"아니, 뭐 신혼부부니까…… 임신했을 수도 있고."

"임신이요?"

"네, 그럴 수도 있잖아요."

부부 관계는 좋았다. 최근에야 잠자리 횟수가 줄었지만 피임을 한 적도 없었다.

"임신이 아니더라도 류 박사님은 부르세요. 다른 곳이 안 좋을 수도 있잖아요."

임신.

나연이 납작한 배를 손바닥으로 쓰다듬었다.

그럴 확률이 적다는 것을 알면서도 아이가 찾아온다면 얼마나 좋을까, 라고 생각하자 우울했던 감정이 조금은 풀렸다.

주치의에게 연락을 받은 민성우는 평소보다 빠르게 귀가했다. 산적해 있는 일들은 과감하게 무시한 채였다. 문을 열고 안으로 들어오자 나연은 소파에 앉아 있었다. 세상이 어두워진 것도 모르는 것인지 불은 켜지 않은 채였다.

어둠 속에서 나연의 표정을 살피려 애를 쓰던 그가 불을 켜려고 했다. 하지만 나연이 짧게 일갈하며 이를 막는다.

"싫어."

날카로운 목소리에, 그는 나연의 얼굴을 빤히 보았다.

표정은 보이지 않았다. 하지만 신경질적인 반응과는 상반되게 양손을 모은 채 단정하게 앉아 있는 모습은 잘 보였다. 꼿꼿하게 세운 허리는 거친 감정과는 달리 절제되어 있었다.

후.

한숨을 내뱉은 그가 스위치에서 손을 뗀 후 나연에게 다가갔다. 그녀가 바랐던 대로 불은 켜지 않은 채였다. 그가 나연과 일정한 간극을 둔 채 걸음을 멈췄다. 그제야 나연의 표정이 명확히 보였다.

그녀는 예상과는 달리 눈을 감고 있었다.

무슨 말이라도 해야 했지만 입술이 떨어지지 않았다.

「사모님께서 계속 여쭤보셔서…… 어쩔 수 없었습니다.」

전화를 걸어온 주치의는 계속 어쩔 수 없었다며 변명을 했다. 그는 오랫동안 DG그룹 오너가의 건강을 책임져 온 남자였지만, 이번 일로 인해 자리를 내놔야 했다.

김나연과 민성우는 부부였다. 건강 문제 역시 한 사람만의 일이라고 규정지을 수 없는 사이였다.

하지만 주치의는 김나연이 굳이 알 필요 없는 사실을 전달했다. 이제껏 신경 쓰지 않았던 문제였지만, 이를 알게 된 김나연이 눈물을 쏟았다는 보고를 들었을 땐 아차 싶었다.

주치의의 말이 호들갑은 아니었던지 나연의 눈가가 붉게 부어 있었다. 그녀의 감정이 손에 잡힐 듯 가까이 느껴지자 그가 다물고 있었던 입술을 애써 달싹였다.

"결혼 전에 피임을 위해서 했던 겁니다."

"……말해주셨으면 좋았을 거예요."

나연의 목소리가 잔뜩 쉬어 있었다. 이에 그는 꿀 먹은 벙어리가 되어 버렸다.

이 문제를 가지고 김나연이 이 정도까지 상처를 받을 줄은 몰랐다. 그러고 보니 두 사람은 결혼 전, 아이에 대한 문제만은 합의하지 않았다. 지금이라도 합의를 해야 했지만 느낌상 쉬이 의견을 좁힐 수 없을 것 같았다.

"아이를…… 원하지 않나요?"

"아직은 원하지 않습니다."

"그렇군요……."

예상과는 달리 나연은 그렇게 답한 후 입을 다물었다. 행동은 아이를 원하는 사람 같았지만, 특별히 요구하지는 않았다.

아, 맞다. 김나연은 이런 여자였지.

그가 뒤늦게 생각했다.

김나연은 자신의 의사를 피력하지 않는다. 자신의 생각을 전달하는 것에 어려움을 겪는 사람이었다. 타인이 원하는 대로 살아왔으니 자신이 원하는 것이 무엇인지 모를 때도 있었다.

다행이다.

성우가 안도했다. 너무 성급하게.

그래서 뒤이어진 말에 더 큰 충격을 받았다.

"성우 씨."

"말씀하십시오."

조용히 민성우를 부른 김나연은 다시 입을 닫았다. 그러더니 생각에 잠긴 얼굴로 그를 올려다본다.

나연의 눈빛이 너무 깊어 그는 불안했다. 왠지 저 입술에서 폭탄 같은 말이 나올 것 같았다.

하지만 그는 김나연이 수동적인 사람이라는 걸 애써 떠올리며 마음을 다독였다. 김나연은 자신이 싫어하는 말을 하지 않는다. 정도를 아는 사람이었고, 무언가를 바라는 사람이 아니었다.

그래, 그런 사람이야. 내 아내는.

그런 생각을 하는 순간이었다.

"사랑해요."

"……."

처음엔 잘못 들었나 싶었다. 그래서 아무런 반응 없이 나연의 표정을 살폈다.

그러다 곧 알게 되었다.

제대로 들었어. 이 여자가 나한테 사랑한다고 했어.

좋아한다는 말은 몇 번이나 들었다. 자신을 봐달라고, 아주 좋아하고 있다고.

하지만 사랑한다는 말을 한 건 이번이 처음이었다. 아이 이야기를 하고 있는 와중에.

그가 그 어떠한 말도 하지 못한 채 나연을 멍하니 본다. 그는 혼이 나간 사람 같았다.

그래서 나연은 웃어버렸다. 바람처럼, 후후.

그런 후에 스스로도 잘 알고 있다는 듯 자조 섞인 어조로 말했다.

"저, 바보 같죠?"

그래. 너 바보 같아.

너무 바보 같아서 비웃음도 안 나와.

하지만 민성우는 그런 생각을 숨겼다. 곧장 쏟아지는 눈물에.

나연은 소리 없이 뚝뚝 눈물을 흘렸다.

❖

나연은 상체를 일으켜 텅 빈 옆자리를 보았다. 손바닥으로 쓰다듬어 보자 아직 체온이 남아 있었다.

결혼하고 난 후에 그녀는 늘 민성우보다 먼저 일어나 아침을 열었다. 풀어진 모습을 보인 적도 없었고, 항상 출근하는 그를 배웅했다.

하지만 오늘은 그가 출근할 때까지 침대에서 일어나지 않았다. 늦잠을 자는 사람처럼 눈을 꼭 감았고, 평온을 가장한 표정으로 곤한 숨만 뱉었을 뿐이다. 자신의 연기를 그가 눈치챘을지도 모른다. 하지만 상관없었다. 지금은 그를 보고 싶지 않았다.

퉁퉁 부은 눈으로 그를 배웅하고 싶지 않아 침대에서 미적댔는데, 잘했다는 생각이 뒤늦게 들었다.

어젯밤 그에게 사랑한다고 말했다. 그리고 비참하게도 울어버렸다. 얼마나 울었던지 눈알이 뽑힐 것처럼 아팠다.

어젯밤, 민성우는 그녀에게 그 어떠한 말도 하지 않았다. 위로의 몸짓도 없었다. 그래서 다시 한 번 마음은 추락했다.

그가 안아주었다면 어땠을까.

떠올려 보니 그럼 더 지옥 같았을 것 같았다. 그가 자신을 가엽게 여겨주었으면 하는 마음과 상반되게도 그런 생각이 들었다.

옆자리를 손바닥으로 한참 쓰다듬던 나연이 자리에서 일어났다. 이젠 하루를 열어야 했다. 마음은 지옥 같아도 샤워를 했고, 부은 눈을 가리기 위해 평소보다 진하게 화장을 했다. 거울 속에 비친 자신의 모습이 낯설었다. 진하게 한 눈 화장 때문인지 표독해 보였다.

한참 거울 속 제 모습을 보고 있던 나연은 초인종 소리에 자리에서 일어났다. 그리고 인터폰 속 경아를 확인하자마자 현관문을 열어주었다. 연락 없이 찾아온 경아를 바라보던 나연은 몸을 비켜 길을 열어줬다. 하고 싶은 말이 있는 표정에 불안했지만 겉으론 평온을 가장했다.

"뭐 마실래요?"

"아닙니다. 괜찮습니다."

경아는 나연의 안내를 받아 소파에 앉았다. 그리고 만날 때면 으레 하곤 하는 인사도 없이 맞은편에 앉는 나연을 보았다. 무표정한 얼굴에 경아가 한숨을 집어삼켰다.

퉁퉁 부어 있는 눈이 마음에 걸렸다. 타이밍이 좋지 않다는 생각을 하면서도 경아는 자신이 이곳에 온 이유를 말했다.

"모시고 갈 곳이 있습니다."

동호건설에서 새로운 오더를 내렸다. 이호성 비서는 오늘 당장 그 오더를 실행해 주길 바랐고, 경아는 아침 일찍 이곳에 왔다.

마음은 동호건설로 굳어졌지만, 이호성 비서가 바랐던 드라마틱한 상황을 만들기엔 나연의 표정이 걸렸다.

굳이 그런 충격을 줄 필요가 있을까?

옆에서 들쑤시지 않더라도 나연의 마음은 충분히 진창이 난 것처럼 보였다.

"어딘지 여쭤봐도 되나요?"

나연의 물음에 경아가 한숨을 집어삼켰다. 그러더니 이호성 비서가 오늘 아침에 가라고 했던 장소를 떠올리며 답했다.

"민성우 사장님의 명의로 된 빌라입니다."

"그럼 거기에 살고 있는 사람을 제게 보여주고 싶으신 거겠군요."

눈치 빠른 김나연은 그렇게 답한 후에 자조 섞인 웃음을 지었다. 경아의 마음이 내려앉을 만큼 안쓰러운 웃음이었다.

"아버지의 생각인가요?"

나연의 물음에는 확신이 섞여 있었다. 그리고 아마도 거기에 살고 있는 사람 역시 예상하고 있을지도 모른다.

경아는 답하길 망설였지만 이내 고개를 끄덕였다. 이미 수를 다 읽은 사람에게 거짓말을 할 수는 없었다.

"그렇습니다. 사모님과 결혼하기 전부터 계속 만나오고 계신 분입니다."

"얼마나요?"

"1년 넘었다고 알고 있습니다."

그리고 그 만남이 계속 이어지는지 경아는 알지 못했다. 동호건설 쪽에서도 이에 대해선 말해주지 않았다.

나연은 충격을 받은 듯 보였지만 작게 고개를 젓는다. 이미 마음의 결정을 내린 듯 나연은 담담해 보였다.

"김경아 씨는 누구의 사람인가요? 아버지의 사람인가요, 아니면 성우 씨의 사람인가요?"

그게 지금 와서 뭐가 중요할까.

지금 자신은 김 회장의 뜻에 따라 움직이고 있었다. 민성우 사장의 비밀을 발설하고 있지 않은가.

하지만 그녀는 김 회장의 사람이라는 답 대신에 솔직한 속마음을 터놓았다.

"누구의 사람도 아닙니다. 그저 제 생각대로 행동하고 있을 뿐입니다."

동호건설에서 시키는 대로 이곳까지 왔지만, 이번 행동은 김경아의 독단적인 선택이었다. 앞으로 내미는 서류 역시 마찬가지였다. 이 서류를 발견한 건 오래였지만 동호건설에도 알리지 않았었다.

나연은 자신의 앞으로 내밀어진 서류를 말간 눈으로 바라보더니 읽을 생각도 하지 않은 채 물었다.

"이걸 보여주는 이유가 뭔가요?"

"솔직히 말씀드려도 될까요?"

"그렇게 말하니까 무섭네요."

그러더니 나연은 선택의 여지가 없다는 듯이 고개를 끄덕인다.

"말씀해 보세요."

나연의 허락에 김경아는 이 서류를 내밀기까지 했던 수많은 고민을 말해줬다.

"이제껏 했던 행동으로 인해 전 많은 이득을 얻었습니다. 하지만 변명처럼 말해보자면…… 사모님을 위한 일이기도 합니다."

"날 위한 일이요?"

"네. 이 서류를 사모님께 건네는 건 제 독단적인 선택입니다. 동호건설에서도 이 서류에 대해선 모르고 있으니까요."

경아가 지아의 컴퓨터에서 발견한 건 서류 초본이었다. 오탈자도 제대로 잡히지 않은 걸 보면 완성되지 않은 보고서 같았다. 완성된 서류였다면 이렇게까지 손쉽게 손에 넣지 못했을 거다. 김지아의 꼼꼼한 성격을 볼 때, 아마도 비밀번호가 걸려 컴퓨터 어딘가에 저장되어 있을 게 빤했다.

하지만 크게 중요하지 않았다. 민성우 사장이 김나연을 어떻게 생각하고 있는지 모두 적혀 있었으니까.

김경아는 김나연이 안쓰러웠다. 사랑하는 남자가 그녀를 어떻게 생각하는지 알게 된다면 큰 충격을 받을 게 뻔했지만, 모르고 있다면 지금처럼 계속 이용당하다가 버림받을 것 같았다.

처음엔 김나연을 크게 신경 쓰지 않았다. 순진한 눈망울에 생각이 변하긴 했지만, 김나연을 둘러싼 것들을 보며 누가 누굴 안타까워하냐고 스스로를 비웃었다.

하지만 이 서류를 발견한 순간부터는 진심으로 김나연을 불쌍하게 여기게 되었다. 같은 여자였기에, 어쩜 동화되어 버린 걸지도 모르겠다.

"읽어보세요."

경아의 말에 나연은 서류를 말간 눈으로 바라보더니 조금의 시간이 흐른 후에야 집어 들었다.

안에 적힌 건 동호건설과 DG그룹의 관계였다. 두 회사는 겉으로 보기에는 한 가족처럼 보였지만, 실상을 들여다보면 관련이 없으며 오히려 사이가 나쁘다는 게 요지였다. 그 근거로 김나연은 동호건설 김강철 회장의 딸이 아니란 사실이 적혀 있었다.

사생아.

김나연은 김 회장의 딸이 아닌 그의 사별한 아내, 정미희의 딸이었다.

그녀의 친부에 대한 사실은 적혀 있지 않았지만 이것 때문에 김나연은 김 회장에게 사랑받지 못했고, 동호건설 지분은 하나도 물려받지 못했다. 이를 알게 된 민성우는 김나연과 결혼을 결심하고, 그녀를 보듬어주고 있다고 적혀 있었다.

나연이 종이를 다시 테이블 위에 올려놓았다.

"제가 불쌍한가요?"

김나연이 상처받으리라고 생각했는데, 표정은 일상적인 대화를 나누듯 무심했다.

감정을 감추는 것에 익숙한 여자란 생각은 이전부터 하고 있었기에 경아는 크게 놀라지 않았다. 하지만 그것과는 별개로 적당한 답은 떠오르지 않았다.

"김경아 씨는, 제 사람이네요. 이걸 주신 걸 보면. 고마워요. 정신이 번쩍 들었어요."

"저는……."

나연은 진심이었다. 정말 김경아를 자신의 사람으로 생각하는 모양이다. 경아는 저도 모르게 입을 뗐지만 이내 꾹 다물어 버렸다.

"빌라 주소 적어주실래요? 데려다주실 필요는 없어요."

나연은 웃었다.

하지만 어찌 된 일일까.

"더 이상 비참해지고 싶지 않아요."

경아는 눈시울이 붉어지는 걸 느꼈다.

❖

세상이 소란스러워졌다. 뉴스에는 DG그룹 민철환 회장의 1심 판결을 두고서 하루 종일 떠들어댔다.

민 회장에게 구형된 건 6년이었다. 이를 두고서 정치 프로그램에 나온 패널은 물론이고 사실만을 전달해야 하는 앵커들 역시 놀랍다는 반응을 전했다.

국민의 반응 역시 다르지 않았다. 기껏해야 집행유예를 받을 줄 알았는데, 예상보다 강한 처벌이 내려졌기에 통쾌해하기까지 했다.

하지만 자세히 들여다보면 사람들의 반응은 다양했다. 이로 인해 대한민국 경제가 어려워질 거라고 걱정하는 사람들도 있었고, 현재 그룹은 민성우 사장이 직접 운용하고 있어 걱정할 필요 없다고 말하는 사람들도 있었다.

하지만 대부분의 반응은 '정의는 살아 있다' 였다. 아무리 많은 돈을 가지고 있는 사람이라 하더라도 법 앞에선 평등해야 한다는 생각이 통했다는 사실에, 대한민국이 변했다고 평했다.

DG그룹의 반응도 의외였다. 처음부터 그룹은 이번 재판과 관련하여 그 어떠한 대응도 하지 않을 거라고 하긴 했지만, 실형이 내려진 이후에도 그룹에선 말을 아꼈다. 민 회장 역시 이번 재판에 승복해 벌을 받을 거라고 했다.

덕분에 민 회장의 일에도 불구하고 DG그룹엔 피해가 가지 않았다. 개중에서는 아무리 그래도 자식이 아버지를 돕지 않는다며 손가락질을 해대는 사람도 있었으나 주식 그래프는 안정적이었고, 본사 주식은 오히려 상승세였다.

그러나 나연은 이를 두고 많은 걱정을 했다. 요즘 두 사람의 사이가 소원해졌다고는 하나, 이번 일은 별개였다.

더욱이 그녀는 사랑이란 걸 하고 있었다.

민성우가 힘들어할 걸 생각하자 그녀는 뉴스를 접한 순간부터 안절부절못했다.

휴대전화를 힐끗 본 나연이 헛웃음을 뱉었다. 이런 순간에도 그를 걱정하는 자신이 멍청하게 느껴졌다.

하루 종일 아무것도 하지 못한 채 그의 귀가를 기다리던 나연은 자정이 가까워져서야 귀가한 민성우를 맞이했다. 그는 나연이 자신을 기다리고 있을 거라 생각하지 못한 건지 놀란 표정을 지었지만, 이내 드레스 룸으로 향한다.

나연은 그의 뒤를 따랐다. 그러면서도 하루 종일 걱정했던 마음을 억누르지 못한 채 묻는다.

"힘들죠?"

"뭐가 말입니까?"

"저, 아버님 일이……."

우뚝.

순간 민성우의 걸음이 멈췄다.

"아버님? 저희 아버지 말씀하시는 겁니까?"

나연은 민성우의 표정을 살폈다. 그는 정말 아무렇지도 않아 보였다.

마음이 왈칵 내려앉았다. 그는 혈육에게도 냉정했다.

"쓸데없는 곳에 마음 쓰지 마세요. 애초부터 예상했던 일입니다. 지금 김나연 씨가 신경 써야 할 일은……."

말끝을 늘인 그가 나연을 힐끗 보더니 이내 말을 잇는다.

"다음 주에 동호건설 도산 소식이 전해질 겁니다. 김 회장님 연락은 받지 마세요. 괜히 신경만 쓰일 겁니다."

그의 결정은 결국 그것인가 보다.

장인어른이라는 호칭은 ‘김 회장’으로 바뀌어 있었다.

나연 역시 김 회장이 밉지 않다면 거짓말이었다. 하지만 나연은 김 회장을 이해했다. 자신에겐 나쁜 아버지였지만, 어머니는 더 나빴다. 3년 전, 어머니는 자살로 아버지와 자신을 버렸다.

장례식장에서 보았던 아버지의 상처받은 눈망울이 아직도 가슴에 남아 있었다. 평생 사랑을 갈구했던 아버지는 끝내 그 마음을 이루지 못했다. 부모님은 서로를 상처 입혔고, 그 사이에서 나연은 씻을 수 없는 상처를 받았다.

하지만 이번 일은 단순히 아버지가 밉다는 말로 정의 내릴 수 없었다.

“……도와주실 생각은 없으신가요? 많은 사람이 일자리를 잃을 거예요.”

수많은 가장이 길거리로 나앉을 것이다. 가족들은 생계에 위험을 받을 터다.

그게 걱정이 되었고, 나연은 성우에게 부탁했다. 다시 한 번 생각해 봐 줄 수 없냐고.

하지만 민성우는 단호하게 이를 거절했다.

“도와주더라도 다음에 또 이런 일이 생길 겁니다. 불필요한 일에 쓸 돈은 없습니다.”

“제게 조금이라도 마음이 있다면…… 아니, 아내로 생각한다면…….”

말을 잇던 나연이 끝내 입을 다물었다. 그의 표정이 너무 냉철해서. 그 눈빛 하나만으로도 나연은 큰 상처를 받았다.

“동호건설이 도산하더라도 김나연 씨가 제 아내라는 사실에는 변함이 없습니다.”

"……."

버리지 않아줘서 감사하다고 말해야 하는 건가?

나연은 그가 사라진 자리를 멍하니 보았다.

❖

경아의 사직서를 받아 든 지아가 굳은 표정으로 물었다.

"갑자기 이러는 이유가 뭐야?"

그 물음에 경아는 아무런 답도 할 수가 없었다. 거짓말은 하고 싶지 않았다. 그렇다고 사실을 전할 수 있는 상황도 아니어서 침묵으로밖에 답할 수 없었다.

이에 지아는 꽤 그럴듯한 물음을 던졌다.

"스카웃 제의라도 받은 거야?"

"그건 아니고요. 조금 쉬고 싶어서요."

스카웃 제의라고 하면 그렇게 답할 수도 있었다. 하지만 스카웃 제의를 한 회사가 곧 도산된다는 소식이 어제저녁 9시 톱뉴스로 전해졌다.

아, 젠장.

뉴스를 볼 때 경아는 욕지거리를 내뱉었다. 새 직장이 없어졌으니 욕이 안 나올래야 안 나올 수가 없었다.

지금이라도 태세를 전환해 DG그룹에 남기 위해 노력해야 했지만 경아는 사직서를 작성했다. 동호건설과의 일을 비밀로 부치고 회사에 남아도 됐지만, 그러고 싶진 않았다.

"죄송합니다."

"아니야. 김 비서의 마음이 그렇다면 어쩔 수 없지. 그래도 알지? 후임

정해질 때까진 일해줘야 해. 사모님 업무는 김경아 씨 혼자 했으니까 인수인계도 확실하게 해야 하고."

인수인계라니.

웃음이 나왔다.

김나연의 비밀을 털어놓는 게 인수인계일까?

감도 잡히지 않았지만 경아는 그렇게 하겠노라고 답한 후에 자리에서 일어났다.

자리로 돌아온 경아가 어지러운 자신의 책상을 정리했다. 이제 곧 떠날 자리라고 생각을 하자 마음이 뒤숭숭했지만 손길은 거침이 없었다. 필요 없는 건 버렸고, 개인 물건은 한쪽에 정리해 뒀다. 시간이 날 때면 읽곤 했던 책 역시 챙겼다.

서랍이 모자랄 정도로 가득 찼던 물건을 정리하던 경아는 책상 위에 올려둔 휴대전화가 울리자 액정을 확인했다. 김나연에게서 걸려온 전화였다.

경아의 미간이 좁혀졌다. 지난번, 김나연의 모습이 떠올라서였다.

나연은 자신이 한 말을 덤덤하게 받아들였다. 그에게 여자가 있다는 사실도, 나연에게 상처가 되는 비밀을 사람들에게 까발리려고 했던 사실조차도.

오히려 울어버린 건 자신이었다. 부끄러움에 서둘러 눈물을 가렸지만, 나연은 아무 말 없이 자신에게 휴지를 내밀었다.

"후."

왜 그렇게까지 반응했는진 아직도 이해가 가지 않았다. 남의 일로 울 만큼 자신은 감성적이지 않았다.

정들어 버린 건가?

경아가 전화를 받으며 생각했다.

“네, 사모님.”

—지금 집으로 와줄래요?

나연은 한동안 자신을 찾지 않았다. 항상 가곤 하던 꽃시장에도 발길을 끊었었다. 꽃을 만지작거릴 만큼 상황이 녹록지 않았는데, 무슨 일 때문에 부르는 건지 궁금했다.

경아의 침묵에 전화 너머로 한숨 같은 말이 들려왔다.

—민성우 씨 명의로 된 빌라, 혼자선 못 가겠어요. 함께 가주세요.

나연의 말에 경아의 마음이 덜컹 내려앉았다.

—용기가 나지 않네요.

나연의 목소리엔 웃음이 섞여 있었다.

“여기서 기다려 주세요.”

빌라 앞에 도착한 나연은 경아를 밑에서 대기시킨 후에 엘리베이터로 걸음을 옮겼다. 호수는 외워두었다. 경아가 적어두고 간 메모를 밤새 보았더니 외우고 싶지 않아도 저절로 외워졌다.

층수 표시가 점차 올라가는 것을 바라보던 나연이 눈을 감았다.

그녀는 마음을 다잡기 위해 이곳에 왔다. 김경아가 거짓말을 했다곤 생각하지 않았지만, 그래도 두 눈으로 확인을 하고 싶었다.

엘리베이터가 도착하자 나연은 곧장 걸음을 옮겨 현관문 앞에 섰다.

“후우.”

호흡을 가다듬은 나연은 초인종을 누르기 위해 손을 뻗었다.

지금부터 무얼 보든 상처받지 않을 생각이었다. 스스로를 깎아내리고, 자괴감에 빠지기 위해 여기까지 온 건 아니었으니까.

자신의 행동을 결정짓기 위해 여기에 왔다. 그러니까, 그러니까…….

초인종을 누르기 위해 손을 뻗은 나연은, 그것보다 더 빨리 문이 열리는 걸 보았다. 안에서 나온 여잔 외출을 하려던 참인지 진한 화장을 하고 있었다.

나연은 핑크빛 화장이 잘 어울리는 여자를 보았다. 여자 역시 나연을 빤히 바라보더니 이내 깜짝 놀란 듯 숨을 들이켰다.

"어…… 그게……."

민아는 이미 나연을 알고 있는 듯 당혹스러운 표정이었다. 나연 역시 그녀를 알고 있었다.

결혼반지를 맞추기 위해 주얼리 숍에 갔을 때, 이 여잘 보았다. 민성우에게 줄 이별 선물을 사러 왔다고 했다.

그때 나연은 두 사람의 연이 완전히 끊긴 줄 알았다. 순진하게, 그렇게 믿었다.

변명을 내뱉으려는 듯이 연신 작은 입술을 오물거리는 걸 본 나연은 곧장 몸을 돌렸다.

울지 않으리라 다짐했건만 눈물이 쏟아졌다.

모든 게 확실해졌다.

그는 자신만 둔다는 그 약속조차 지키지 않았다.

❖

다음 주에 유럽 출장이 잡혔다. 함께 출장길에 오를 임원 및 실무진들과 밤늦게까지 장거리 미팅을 이어 나간 민성우는 걱정을 안고서 집으로 돌아왔다.

시장 상황이 녹록지가 않았다. 사드 때문에 중국 시장이 막힌 상황에서, 미국은 FTA를 손봐야 한다고 요구를 해왔다.

이로 인해 제조업 전반에 큰 충격이 갈 거라 사람들은 내다보고 있었다. 그리고 민성우 역시 이와 같은 생각이었다.

개중 가장 큰 피해를 보는 업체 중 하나가 DG전자였다. 미국 시장에서 한해에 벌어들이는 금액은 컸다. 전체 수출 중에서 43%를 미국 시장에 의존을 하고 있는 상황에서 제대로 대처를 하지 못한다면 큰 타격을 입을 터였다.

피곤한 몸을 이끌고 집으로 돌아온 그는 조용한 침묵이 감도는 거실을 눈으로 훑었다. 김나연의 모습은 그 어디에도 보이지 않았다. 그는 자신도 모르게 나연을 찾기 위해 침실로 향했다.

문을 열고 안으로 들어가자 침대 옆 의자에 나연이 앉아 있었다. 침대 맡에 앉아 있던 그녀는 민성우가 안으로 들어오자 천천히 자리에서 일어났다.

"안 자고 뭐 하십니까."

자신을 기다렸다면 침실에 있진 않았을 거다.

그래서 그는 물었고, 나연은 주저 없이 말했다.

"저만 둔다고 했잖아요. 그걸 당신이 어겼어요. 그러니까 이혼해 주세요."

"그게 무슨 소립니까?"

이혼?

그 단어 하나에 그의 얼굴이 종잇장처럼 일그러졌다. 짜증이 가득한 얼굴은 피곤과 뒤섞여 살벌하기까지 했다.

하지만 나연은 물러서지 않았다.

"당신이 나와의 약속을 지키지 않았다고 말하는 거예요. 여자가…… 있잖아요."

거친 욕설이 목구멍까지 올라왔다. 그래서 입을 꾹 다물었다. 그렇지 않으면 사납게 그녀를 몰아붙일 것 같아서.

하지만 나연은 그의 노력을 몰랐다. 알았다면 지금처럼 멍청한 말을 하지도 않았겠지.

"사랑이 그렇잖아요. 한쪽에서 계속 요구하지 않으면 그 관계는 유지되지 못하잖아요. 그런데, 요구하고 싶지 않아졌어요. 필요에 의해 만났지만, 더 큰 걸 원하게 됐어요. 그래서 이 관계를 끝내야겠다고 생각한 것뿐이에요."

뜬구름 잡는 말에 그의 눈매가 날카로워졌다.

그러니까, 사랑해 주지 않아서 항의하는 건가?

그렇다면 그녀는 없는 여자를 만들어 협박처럼 말하는 대신에 구걸을 해야 했다. 그게 오히려 더 씨알이 먹혔을 것이다. 아니, 적어도 자신의 기분이 이렇게 더럽진 않았을 것이고 지금처럼 잔인한 말을 하지 않았을 거다.

"김나연, 너도 필요에 의해 날 만난 거야."

그가 낮게 으르렁거렸다. 늘 깍듯했던 경어 역시 하지 않았다.

"여자? 지금 여자라고 했어? 그런 시답잖은 거짓말을 꾸미는 것보단 차라리 솔직하게 말하는 게 더 좋았을 거야. 너 역시 그 집에서 나오기 위해 이 결혼을 받아들인 거 아닌가? 자유롭고 싶어서. 아니야?"

"맞아요. 근데 난, 알고 보니 욕심이 아주 많아서 더한 걸 받고 싶어졌어요. 그건, 당신이 줄 수 없는 거고."

살벌한 반응에도 나연은 무심히 말을 이었다. 겁을 상실한 게 분명했다.

“사랑. 그걸 원하게 됐어요. 그런데 나만 요구해야 하는 지금이 너무 힘들고 지쳐요.”

그가 머리카락을 거칠게 쓸어 올렸다. 개소리를 내뱉는 저 입술을 당장이라도 틀어막고 싶은 감정에 휩싸였다. 그건 아주 잔인하고 폭력적인 감정이었다. 그녀가 계속 조잘댔다간 분노에 휩싸여 사고라도 칠 것 같았다.

크게 호흡을 가다듬은 그가 감정을 다스리기 위해 애를 썼다.

“이 이야기는 다음에 합시다. 오늘은 피곤하니까.”

그리고 이 자리를 회피하기 위해 걸음을 옮겼다. 하나 곧 이어진 그녀의 말에 자리에 멈춰 선다.

“동호건설도 도산 작업에 들어간다면서요. 민성우 씨도 이 결혼을 유지할 이유가 없어진 거 아니에요? 오히려 제 요구에 감사할 줄 알았어요. 먼저 말해줘서.”

멍청한 여자는 감정적이었다.

이혼?

못할 것도 없다.

이혼을 하면 그녀의 말대로 자신은 손해 볼 게 없었으니까.

다만 시기가 나빴다. 민 회장의 실형이 내려진 지 이틀이 지났다. 동호건설이 도산 작업에 들어간다는 사실이 알음알음 전해졌고, 그는 김나연과 사랑을 해서 결혼을 한, 그러니까 순애보적인 사랑을 한 남자가 되어야 했다. 사생아조차 사랑했고, 이득 없는 이 결혼을 감정 때문에 정한 그런 남자 말이다.

앞으로 일 년까지는 이 결혼을 유지해야 자신의 계획은 완벽하게 이뤄진다. 원하던 제주도 땅, 그리고 DG그룹의 이미지.

그걸 위해선 지금은 김나연을 달래야 했다.

“이혼하면 어쩔 겁니까? 앞으로 어떻게 살 겁니까?”

“앞으로 찾아볼 생각이에요.”

“평생 일 한번 해본 적 없는 사람이?”

그가 헛웃음을 내뱉었다. 세상의 쓴맛을 모르는 순진한 여자는 가당치도 않은 말을 내뱉었다.

“가난이 얼마나 불편하고 어려운 건지 몰라 그런 말을 하는 겁니다.”

가난이란 건 김나연의 인생에서 가장 이해하기 힘든 것 중 하나였다. 그녀는 풍족한 삶을 살았다. 적어도 금전적으로는 그랬다.

하지만 감정적으로는 전혀 풍족하지 않았다. 물질적으로 풍족하지 않은 삶은 사람을 비참하게 만들었다. 다음날 아침이 밝지 않았으면 하는 마음마저 들게 했다.

그녀가 겪은 가난이란 단어는 단 하나의 감정을 떠올리게 만들었다.

춥다.

견딜 수 없는 추위처럼 살을 에는 것만 같은 단어가 바로 가난이었다.

“불편하고 어렵겠죠. 특히 제겐 더 그렇겠죠. 정말 가난한 게 아직도 뭔지 모르고, 사랑으로 키워주지 않았지만 부모님께선 풍족한 뒷바라지를 해주셨으니까.”

감정적 가난에서 벗어나기 위해 나연은 민성우의 곁을 떠나기로 마음먹었다. 매일 이 집에서 감정을 죽여가며 살 수는 없었다. 그건 또 다른 지옥일 뿐이니까. 앞서 겪어온 가난을 앞으로도 겪을 자신이 없었다.

“역경과 고난이 날 강하게 할 거라 믿어요. 그러니까 이혼해 주세요.”

“그래도 안 됩니다. 아버지가 구형받은 이 상황에서 저까지 이혼하면 그룹 이미지가 어떻게 되는지 아십니까?"

나연은 이런 와중에도 그룹부터 걱정하는 그가 미웠다. 생각 같아서는 뺨이라도 때리고 싶었다. 하지만 꾹꾹 참아내며 말을 이었다.

"아버지의 회사도 무너지는 걸 지켜보고 있어요. 그런데 제가 DG그룹을 신경 쓰겠어요?"

"안 돼."

차갑게 잘라낸 남자는 더 이상 이 대화로 시간 낭비하고 싶지 않다는 듯 나연을 노려보았다.

"김나연, 주제 파악을 해. 넌 나한테 이혼을 요구할 주제가 못 돼. 그건 내가 결정하는 거야."

바사삭.

마음이 부서졌다.

❖

민성우가 출장을 떠났다. 이번 일정은 아주 길 거라는 말과 함께 그가 집으로 들어오지 않은 지도 사흘이 지났다.

신혼집은 나연에게 또 다른 새장이 되었다. 민성우는 이혼은 절대 없을 거라고 말했고, 자신이 시키는 대로만 하라고 했다. 요즘 그는 마치 야차 같아서 무서웠다. 간혹 보여주던 자상함 역시 사라졌다.

나연은 긴긴 하루를 멍하니 보냈다. 예전처럼 무얼 해야 하나, 고민하는 시간도 없어졌다. 해야 할 일들이 가득 적힌 메모가 떠올랐지만, 이를 보는 일은 없었다. 그저 시간을 죽였다.

눈물도 나오지 않았다. 여주댁은 말은 하지 않았지만 늘 자신을 살폈고, 경아 역시 부르지 않아도 집을 찾았다. 두 사람 모두 나연과 성우의 관계 변화를 눈치채고는 걱정했다. 집 앞엔 늘 검은 양복을 입은 남자들이 지키고 있었다.

나연은 민성우의 책상 위에 놓여 있는 작은 화분을 보았다. 열심히 물을 주고 관리했지만 애초에 씨앗 자체가 문제였던 모양이다. 결국 싹도 나지 않았다.

그게 마치 자신의 마음 같았다. 무심했던 얼굴이 일그러졌고, 작게 벌어진 잇새로 숨이 터졌다.

나연은 도망치듯 서재에서 벗어났다. 그런 후에 꺼두었던 휴대전화를 켰다.

뚜루루— 뚜루루—

몇 번의 통화음. 그 후엔 나지막한 남자의 목소리가 들렸다.

하지만 나연은 인사 대신에 본론부터 꺼냈다.

"찬희 씨, 저번에 했던 말 아직도 유효해요?"

목소리엔 울음이 가득했다. 밖에 서 있는 남자들을 바라보는 눈동자에도 슬픔이 차올랐다.

"……도와줘요."

내가 도망칠 수 있도록.

이 지옥 같은 상황에서 벗어날 수 있도록.

"제발 도와주세요."

4부.
나를 찾다

1. 홀로서기

드레스 룸 한쪽에 세워져 있던 커다란 캐리어를 가져온 나연이 가방을 열었다. 이 집을 떠나기로 마음먹었다. 다시 이 집으로 돌아올 생각은 없었으니 그만큼 가방도 컸다.

나연은 손에 잡히는 대로 물건을 집어넣었다. 개중엔 이 계절과는 어울리지 않는 옷이 대부분이었다. 얇은 질감의 원피스를 집어넣은 그녀가 이번엔 유리 진열장에 들어가 있는 핸드백을 무작위로 집어넣었다. 당장 필요한 게 뭔지 생각조차 하지 않은 채 다급한 손길로 짐을 싸던 그녀가 갑자기 자리에 주저앉았다.

"하."

머리카락을 쓸어 올린 나연은 자신이 들어가도 될 만큼 커다란 캐리어를 보았다. 엉망으로 구겨진 원피스가 자신의 신세처럼 느껴졌다. 처량한 얼굴로 이를 바라보던 나연이 몇 번이고 눈을 깜빡였다. 눈이 건조해 쓰렸다.

결심하는 순간부터 이상하게도 눈물이 나지 않았다. 앞으로의 삶이 막막하긴 했지만, 그것보단 이 집에서 벗어나고 싶은 마음이 더 컸다. 이를 민성우가 들으면 철이 없다며 비웃을 게 분명했지만 상관없었다. 지금 머릿속을 가득 채운 건 남편에 대한 미움. 자신을 철저히 배신한 그에 대한 분노. 그리고, 이렇게 살 수밖에 없는 자신에 대한 한심한 마음뿐이었다.

안주했다. 새로운 삶을 살고 싶다고 생각하면서도 자신은 조금도 변하지 않았다. 그리고 계속 이렇게 살다간 변하는 것 없이 이대로 살아가리라는 명확한 결론이 섰다. 그건, 죽어도 싫었다.

찬희는 새벽이슬이 내려앉는 시간이 되어서야 나연을 데리러 왔다. 집 앞을 지키는 남자들의 긴장감이 허술해지는 시간이기도 했지만, 낮과는 달리 사람의 숫자도 적어 매수도 쉬웠다.

"왔습니다."

찬희는 가볍게 인사를 건넨 후에 나연의 옆에 세워져 있는 캐리어를 보았다.

"짐은 이게 답니까?"

"……네."

그에게 부탁을 한 건 김나연이었다. 하지만 나연은 자신을 데리러 온 찬희의 얼굴을 보지 못한 채 고개를 숙였다. 민성우에게서 도망을 치는 이 순간에도 남의 도움을 받아야만 하는 자신이 바보처럼 느껴졌다.

"미안해요. 이런 일에 끼어들게 만들어서……."

기어들어 가는 목소리로 사과한 그녀가 입을 꾹 다문다.

찬희는 말없이 그녀를 보았다. 하고 싶은 말이 많은 표정이었지만, 그는 침묵으로 나연에게 답한 후 곁에 있던 캐리어를 끌고 밖으로 나간다.

앞서 걷는 찬희를 따라 밖으로 나온 나연이 어둠 속에 있는 두 남자를 발견하고선 어깨를 움츠렸다. 남자들은 집 앞을 지키고 있었다.

그들은 민성우가 김나연에게 붙인 새로운 감시자였다. 이혼을 요구한 그날 이후로, 나연은 집에 발이 묶였다. 남자들은 그녀의 외출을 허용하지 않았다.

나연은 찬희의 뒤를 바짝 따르면서도 대문 앞을 지키고 있는 남자들의 시선을 피했다.

하지만 그녀의 예상과는 달리 30대 초반으로 보이는 세 명의 남자는 그들을 제지하지 않았다. 두 사람이 투명인간이라도 되는 것마냥 군다.

그러고 보면 찬희는 이곳을 찾을 때도 현관으로 왔다. 분명 그때도 남자들과 마주쳤을 텐데, 지금처럼 제지받지 않았다.

나연은 의아한 표정으로 찬희를 보았다. 이게 어떻게 된 일이냐고 묻는 표정에 그는 심플한 답을 해줬다.

"돈으로 부릴 수 있는 자들은 더 큰 돈을 주면 쉽게 움직입니다."

털컹.

가벼운 캐리어를 트렁크에 실은 찬희가 뒷좌석 문을 열어주었다.

그러나 나연은 보조석에 올랐다. 그가 나연을 보았지만 그녀는 안전벨트를 맨다.

나연은 찬희의 도움을 받아 집에서 도망쳤다. 새벽이었고, 차가운 가을바람에 몸이 얼어붙어 달달 떨릴 정도로 추운 날이었다. 양팔을 손바닥으로 비볐다. 하지만 추위는 쉬이 가시지 않아 몸의 떨림은 점차 커졌다.

힐끗 나연의 표정을 살핀 찬희가 히터를 틀어주었다. 그런 후 부드럽게 핸들을 돌려 어둠에 젖은 길로 숨어든다.

"계획은 있으십니까? 원하시는 곳이 있으면 거기까지 모셔다 드리겠습니다."

"집부터 구하려고요."

"서울에서 지내실 생각이십니까?"

먼 곳으로 떠나는 게 좋을 거라는 생각은 들었다. 하지만 아무것도 모르는 동네에 가서 터전을 잡고 산다는 것에 두려움을 느꼈다.

그래서 나연은 서울에서도 1인 가구가 많이 살고 있는 동네를 말했다. 찬희의 얼굴이 놀라움에 젖었지만, 곧 말없이 고개를 끄덕였다.

차는 한참을 달렸다. 이제 겨우 날이 밝는 시간이었기에 도로는 막히지 않았다.

창밖만 내다보고 있는 나연을 힐끗 본 그가 고저 없이 물었다.

"앞으로 어떻게 지내실 겁니까?"

어조는 감정 한 터럭 느껴지지 않았지만 눈빛엔 그의 마음이 고스란히 비쳤다. 그래서 나연은 시선을 비스듬히 내려 그의 감정을 피해 버렸다.

"잘 지내도록 노력할 거예요. 혼자서도. 다른 누군가에게 의지하지 않고도 잘."

선을 긋는 말에 찬희는 더 이상 말하지 않았다. 그가 입을 다물자 차 안엔 침묵이 흘렀다.

서울 도심에 들어서자 차들이 많아지기 시작했다. 어느덧 출근 시간인지 도로 위 차들은 엉금엉금 움직이고, 길가엔 깔끔하게 차려입은 사람들이 바삐 움직이고 있었다.

이 시간에 외출할 일이 거의 없었던 나연은 이를 생경한 눈으로 보았다. 거리에 있는 사람 중에서 한가해 보이는 사람은 없었다. 다들 귀에 이어폰을 꽂고, 스마트폰을 보고 있었지만 하나같이 빠르게 걷고 있다.

높은 빌딩이 이어진 길을 지나 낮고 낡은 건물이 이어지는 동네로 들어섰다. 김나연은 자신의 입으로 말한 대학가의 모습에 깜짝 놀랐다. 이곳에 와본 건 처음이었다. 차가 멈춰 선 건 대학가 부동산 앞이었다.

차에서 내린 나연은 찬희가 캐리어를 내려주는 걸 도왔다. 앞으론 자신의 일을 도와줄 사람이 없을 터다. 하나부터 열까지, 스스로 해내야 했다.

"고마워요."

"잠시만."

나연은 금방이라도 떠날 것처럼 인사를 건넸고, 찬희는 급한 마음에 그녀가 가려던 길을 막아섰다. 그녀는 무슨 일이냐는 표정으로 찬희를 보았지만, 그는 쉽게 답하지 못했다.

미간을 좁힌 그가 몇 번이고 입술을 달싹였다. 그러다가 어떤 말로도 나연을 설득하지 못할 거라고 판단한 건지, 안주머니에서 하얀 봉투를 꺼내 내밀었다.

"받을 수 없어요."

힘껏 고개를 저은 그녀는 굳이 봉투를 밀어냈다. 어떻게 이 돈을 받을 수가 있겠는가. 이제껏 찬희에게 위안받고 도움받은 것만 해도 갚을 수 없을 것 같은데, 여기서 더한 도움을 받을 순 없었다.

나연은 다시 한 번 '못 받아요' 라고 말했다. 하지만 찬희 역시 물러설 수 없다는 듯이 봉투를 내밀며 단호하게 말했다.

"그럼 아가씨 혼자 보낼 순 없습니다."

"저도 돈 있어요."

"얼마나 있습니까?"

"필요한 만큼은 있어요."

두 사람의 실랑이가 계속되었다.

"당장 생활할 정도는……."

"방 빌리려면 얼마가 있어야 하는지 아십니까? 발 뻗고 잘 수 있는 공간을 한 달 유지하려면요? 당장 일은 하실 수 있겠습니까? 그럼 몇 달을 지금 있는 돈에서 생활하셔야 하는데, 가능하겠습니까?"

빠르게 쏟아지는 질문에 나연의 입술이 굳게 다물렸다. 결국 이 논쟁의 승자는 박찬희였다. 그는 나연이 거부할 수 없는 말을 한 후에 다시 한 번 봉투를 내밀었다.

"빌려 드리는 겁니다."

나연이 빤한 눈으로 봉투를 봤다. 세상 물정 모르는 그녀는 찬희의 말에 겁을 잔뜩 집어먹은 표정이었다.

어쩌지.

봉투는 나연을 번뇌에 빠지게 만들었다.

"받으세요. 나중에 자리 잡고 난 후에 돌려주시면 되지 않습니까. 이자까지 톡톡히 쳐서 받겠습니다."

그의 설득에 나연은 결국 봉투를 받아 들었다.

"고마워요."

나연의 사정을 누구보다 잘 알고 있는 찬희는 마지막 순간에도 많은 도움을 줬다. 그는, 나연에게 키다리 아저씨 같은 사람이었다.

"보증금 얼마에 몇짜리 집 찾으시는데요?"

부동산 주인의 물음에 나연은 생각해 둔 적당한 금액을 이야기해 봤다.

"에이, 아가씨. 세상에 그런 방이 어디 있어? 있어도 반지하나 구할 수 있어, 그 금액이면."

"……정말요?"

"그래. 방 한 칸짜리에 월 20 이하면 보증금 1,000은 있어야 해요. 어딜 가든 마찬가지야."

주인의 말에 나연의 얼굴이 하얗게 질렸다.

보증금 1,000만 원.

예전의 나연에겐 큰 금액의 돈이 아니었다. 아니, 그 돈이 어떤 가치를 가졌는지 생각해 본 적이 없다고 말하는 게 더 정확할 듯했다.

하지만 지금의 나연에게 1,000만 원은 무척 큰 금액이었다. 이 돈을 보증금으로 사용해 버리면 당장 생활할 수 있는 현금이 없었다.

집에 있으면서 돈을 벌어야겠다는 생각도, 있는 돈을 저금해야겠다는 생각도 해본 적이 없었다. 이제 와 그게 후회되었다.

"어떻게, 일단 방이라도 보여줄까요?"

"그럼…… 가장 저렴한 방으로 보여주세요."

"그렇게 하죠. 두세 곳 정도 돼요."

자리에서 일어난 주인은 나연의 옆에 세워져 있는 커다란 캐리어를 보았다. 급히 방을 구한다는 여자가 캐리어까지 들고 있다면 상상할 수 있는 일은 단 한 가지뿐이었다.

그렇게 저렴한 방은 이 동네밖에 없다고 설명한 주인은 나연에게 총 네 곳을 보여주었다. 그중 나연이 선택한 건 버스도 들어오지 못하는 높은 언덕길 위에 있는 2층 집이었다. 가장 저렴하다는 이유로 선택한 곳이었다.

제대로 칠이 되지 않아 괴상한 소리를 내는 문을 열고 안으로 들어온 나연은 습한 곰팡이 냄새에 미간을 좁혔다.

삐그덕, 삐그덕.

문이 제대로 맞물리지 않아 기괴한 소리를 냈다.

예전엔 생각해 본 적도 없는 더럽고 좁은 방에, 나연은 홀로 남았다.

"끅."

주위를 둘러보던 나연이 울음을 삼켰다. 그러더니 이내 홀로 남은 걸 방패로 감정을 풀어놓기 시작한다.

"흐윽."

그래, 이제 자신의 주위엔 아무도 없었다. 그러니까 더 이상 참을 필요 없다.

마음엔 절망뿐이었다. 길을 잃은 아이처럼 앞으로 어떻게 살아가야 할지 막막했고, 녹진녹진해져 버린 마음을 어떻게 달래야 할지도 몰랐다.

하지만 저질렀다. 더 이상 견디기 힘들어서.

새로운 인생을 시작하기 전, 그녀는 묵은 감정을 털어내듯 한참을 그러고 있었다.

독일 프랑크푸르트 중앙역에 위치한 호텔에 민성우가 묵게 된 건 이틀 전, 그전엔 네덜란드와 프랑스를 다녀왔다.

유럽 대륙을 속속들이 돌아다니며 출장 일정을 소화하고 있는 민성우는 아침 일찍 하루를 열었다. 김나연의 이혼 소동으로 인해 기존에 잡았던 일정을 앞당겨야 했던 터라, 그의 일정은 분 단위로 나눠져 진행되고 있었다. 보통은 조찬 모임을 시작으로 해서 저녁 아홉 시가 넘어서야 호텔에 들어오곤 했다.

겉으로 보기에 그는 외부에 알려진 것처럼 행복한 새신랑이었다. 누구를 만나더라도 당당한 웃음이라든가 카메라 앞에서 짓곤 하는 미소는 행복해 보여서, 암스테르담 정상 모임에 초대되어 참석했을 때, 대한민국 대통령에게도 보기 좋다는 말을 들었을 정도였다. 시커멓게 타들어간 그의 속마음을 눈치챈 사람은 없었다.

업무적인 부분 역시 마찬가지다. 공과 사는 분명하게 분리를 하는 성미답게, 출장을 온 그는 기존에 계획했던 대부분을 이뤘다.

물론 앞선 네덜란드 암스테르담 일정은 국가에서 진행하는 사업의 일환이라 참석만 해도 되는 것들이었지만, 그 외에 현지 관계자들과의 만남이나 각국 본사에서 진행된 미팅들은 그가 걱정했던 것보다 훨씬 상황이 좋았다.

그래, 다 좋았다. 불행 중 다행이라면 그렇게도 볼 수 있을 것 같다.

거울 앞에 선 그가 힘껏 넥타이를 매면서 굳어진 얼굴을 폈다. 그가 집중해야 하는 건 시답잖은 요구를 해온 아내가 아니라, 자신의 앞에 산적해 있는 일들이었다. 김나연은 홧김에 이혼을 입에 올렸을 것이다. 표정은 단호했지만 세상 물정에 어두운 그녀가 할 수 있는 건 아무것도 없었다.

김 회장에게 두둑한 재산이라도 받았다면 모르겠지만, 그녀는 현금도 보유하고 있지 않았다. 그녀가 따로 비빌 언덕이라도 있었다면 그녀를 홀로 두고 출장길에 오르지 못했을 것이다.

김나연에겐 아무것도 없다. 그런 상황도 되지 못했고, 용기조차 없다.

한국에 들어간 후엔 이에 대해 다시 한 번 못을 박을 생각이었다. 지금 당장 이혼은 없다고. 다시 한 번 그런 소릴 입에 담는다면 그다음엔 참지 않을 작정이다.

그녀의 자유를 막는 것도 한 방법일 터다. 김 회장과 지냈던 때처럼,

모든 걸 억압하면 김나연은 크게 좌절할 것이다.

여주댁을 자르는 것도 괜찮을 것 같다. 두 사람은 꽤 가까워졌고, 김나연은 알게 모르게 여주댁에게 많은 것을 의지하고 있었다.

“그래……. 그것도 좋겠네.”

남자의 입술이 비틀렸다.

그 두 방법이면 김나연은 자신을 거역할 수 없을 것이다. 거기에 더해 카드를 잘라 버리면 김나연은 다신 ‘이혼’을 입에 담지 않을 게 분명하다.

그가 마지막으로 거울 속에 비친 자신의 모습을 점검하고 있을 때였다. 때마침 노크 소리가 들리더니 지아가 안으로 들어왔다.

성우는 자신이 답하기도 전에 들어온 지아를 보았다. 그녀는 답지 않게 다급한 표정이었다.

“무슨 일이십니까?”

“한국에서 연락이 왔습니다. 사모님께서 사라지셨다고…….”

“사라져요?”

“네. 서연주 씨에게 확인해 보니 아침에 출근하셨을 땐 이미 안 계셨다고…….”

서연주는 여주댁의 이름이었다. 그가 미간을 좁힌 후 두통이 몰려오는 머리를 손가락으로 꾹꾹 눌렀다.

분노에 민성우의 몸이 떨렸다. 하지만 자신의 감정을 입 밖으로 내뱉는 짓은 하지 않았다.

“당장 귀국 편을 알아보겠습니다.”

“아닙니다.”

그는 예정된 스케줄을 모두 지키겠다고 말했다. 김지아는 두 사람이 어떤 말을 나눴는지 알지 못했고 갑자기 사라진 김나연이 걱정스럽겠지만, 민성우는 아니었다.

그녀는 이혼을 요구했다. 그리고 그는 이를 들어줄 수 없다고 말했다. 그에게 씨알도 먹히지 않자 김나연은 무책임하게 도망쳐 버린 것이다.

"사장님……?"

지아가 의아한 얼굴로 바라보았지만, 이런 속마음을 말할 수 없었던 민성우가 고개를 저었다.

"호들갑 떨지 마십시오."

"하지만……."

"스스로 걸어나간 겁니다. 앞에 세워둔 사람들을 피해서."

그런 앙큼한 짓을 했다.

사실 어느 정도 예상한 상황이었다. 그래서 앞에 가드들을 세워뒀으니까. 그걸 피해 집에서 도망친 것은 놀라웠지만, 어찌 되었든 나연의 신변엔 문제가 없을 것이다.

혼자 나간 걸까. 아니면 조력자가 있는 걸까.

머리를 굴려보았지만 아무런 답도 내려지지 않았다.

그녀의 주위엔 사람이 없었다. 그럼 홀로 나갔다는 답이 나왔지만, 김나연은 아무것도 할 줄 몰랐다. 얼마 전까지 커피숍에서 커피 주문 한 번 해본 적이 없는 사람이었다.

하지만 그녀는 눈치가 빠른 사람이기도 하다. 혼자 나가선 답이 없다는 걸 누구보다 잘 알고 있을 테니 조력자가 있을 게 분명했다.

순간 정유화가 떠올랐지만, 그녀를 찾아가는 멍청한 짓거리 따윈 하지 않을 생각이다. 여자 하나 찾는 일은 그렇게 어렵지 않을 것이다.

"김경아 비서가 김나연 담당이었습니까?"

"네, 맞습니다. 그런데……."

지아가 곤란하다는 듯 표정을 굳힌다. 그녀가 말을 미처 끝맺지 못하고 길게 늘어뜨리자, 민성우의 미간에 주름이 잡혔다.

"뭡니까?"

"어제 퇴사했습니다."

그가 이를 악물었다. 그러자 턱이 쑥 꺼지면서 우물이 생긴다.

하나같이 자신의 생각과는 다르게 흘러가는 상황에 감정이 거칠어졌다.

김나연에 대한 분노가 커져 갔지만, 화를 쏟아낼 당사자는 자신의 앞에서 사라졌다. 하지만 그에겐 그녀를 찾을 만한 권력도, 돈도 있었다.

"한국에 귀국하기 전까지 찾아서 집에 데려다 놓으세요. 이 사실이 외부로 알려지면 안 됩니다."

"네. 움직이겠습니다."

똑 부러지는 대답은 만족스러웠지만 바닥으로 꺼진 기분은 좀처럼 좋아지지 않았다.

민성우가 심호흡을 하며 감정을 갈무리하려 애썼다. 그렇게 몇 번을 반복한 그는 어느새 무심해진 얼굴로 손목시계를 확인했다. 아침 일정에 맞추려면 지금 당장 움직여야 했다.

"이동합시다."

민성우는 김나연의 일은 듣지 않은 사람처럼 무심히 굴었다. 어쩜 호텔을 나서는 순간부터 그에게 도망친 아내의 존재는 정말 잊혀졌는지도 모른다.

❖

아팠나 보다.

나연은 눈을 뜨며 그런 생각을 했다. 배가 고픈지도, 시간이 얼마나 흘렀는지도 모른 채 이틀을 보내고 난 후에야 컨디션이 안 좋다는 걸 알았다.

하지만 몸을 움직일 수는 있어 자리를 털고 일어났다. 그냥 누워만 있을 수는 없었다.

그녀가 가장 먼저 한 일은 집을 깨끗하게 청소하는 것이었다. 편안한 복장으로 갈아입고 머리를 높이 묶어 올렸다. 구석에 놓여 있는 청소도구를 깨끗이 세척한 후, 먼저를 뒤집어쓰는 것도 개의치 않은 채 방을 쓸고 닦았다. 하지만 아무리 청소해도 낡은 장판과 노랗게 변색된 벽지 때문인지 깨끗해 보이지 않았다.

"후!"

만족스러울 때까지 걸레질을 한 후에야 이마에 맺힌 땀을 닦아낸 나연이 지친 몸을 벌러덩 누인다.

걱정은 많았다. 수중에 가진 현금을 보증금으로 모두 써버렸기 때문에, 당장 돈이 필요했다. 찬희가 준 돈이 있었지만 그걸 쓸 순 없었다. 그럼 집을 나온 보람이 없지 않은가. 지금부터는 힘들어도 혼자 헤쳐 나가 볼 생각이었다.

돈은 꼭 돌려주자.

결심한 나연은 몸을 바쁘게 움직였다. 걸레를 깨끗하게 빨아 햇볕이 잘 드는 곳에 널었다. 그 후엔 메모지와 펜을 들고서 바닥에 엎드렸다. 그녀의 손길에 따라 하얀 메모지 위에는 당장 필요한 생활용품들이 하나둘 적혔다. 적어놓고 보니까 꽤 많았다.

내가 가진 돈으로 이걸 다 살 수 있을까?

고민하던 나연의 시선이 힐끗 자신의 캐리어로 향했다.

캐리어를 열어보자 계절과는 상관없는 옷들이 가득했다. 가을에서 겨울로 넘어가는 시점이었지만, 가지고 온 옷들은 봄 원피스나 여름옷이 대부분이었다. 가방도 몇 개 있었지만, 작은 클러치백이 대부분이라 자신이 생각해 봐도 필요 없을 것 같았다. 웃긴 건 신발은 하나도 들고 나오지 않았다는 거다.

"운동화도 사야겠다."

집을 나올 때 충분한 시간이 있었음에도 불구하고 똑똑하게 굴지 못했다. 이젠 제정신이 아니었다며 웃어넘길 수 있지만.

캐리어에서 필요한 것만 뺀 나연이 자리에서 일어났다. 이 집에 오고 나서 처음으로 하는 외출이었다.

캐리어에 있던 옷과 가방을 모두 팔아치웠다. 손엔 꽤 많은 현금이 쥐어졌지만, 앞일을 생각하자 걱정이 이만저만이 아니었다.

어떻게 하지?

일자리부터 구해야 했다.

나연은 미대를 졸업했다. 대학 은사님을 찾으면 아이들을 가르치는 일 정도는 할 수 있겠지만, 그럼 성우에게 들킬 수도 있다는 생각이 들었다. 직장 생활은 꿈도 꾸지 않았다.

터덜터덜, 언덕을 올라가던 나연은 돈이 든 주머니를 양손으로 꾹 눌렀다. 그러다 시선이 한곳에 닿는다.

『태운 금은방』

간판은 녹이 쓸어 볼품없었다. 하지만 금은방과 자신의 네 번째 손가락을 번갈아보던 나연은 곧 결심한 듯 안으로 들어갔다.

"어떻게 오셨습니까?"

나이가 지긋한 남자는 나연을 환대해 줬다. 동네가 동네이다 보니 손님 자체도 워낙 귀했기 때문이다.

중년 남성에게 고개 숙여 인사를 건넨 나연은 네 번째 손가락에 자리 잡고 있던 반지를 빼내 남자의 앞에 내려놓았다.

"반지를 처분하려고요."

"흐음…… 큐빅이죠?"

중년 남자가 반지를 이리저리 돌려보며 물었다. 겉으로 보기엔 다이아몬드와 큐빅을 가려내는 게 어렵다 보니, 사이즈를 보고서 당연히 그렇게 생각했나 보다.

그러다가 링 부분 안을 살펴보더니, 브랜드 이름이 찍힌 걸 확인한 후에야 놀란 눈으로 나연을 본다.

"다이아몬드입니까?"

"네."

나연이 내민 반지 브랜드에선 큐빅을 사용하지 않는다. 18k 골드도 잘 사용하지 않는 고급 브랜드였다. 처음엔 화이트 골드인 줄 알았던 반지 역시 백금이었다.

남자가 나연의 얼굴을 힐끗 보았다. 입고 있는 옷이나 반질반질한 피부가 꽤나 가진 사람처럼 보였다.

"보증서는요?"

"잃어버렸어요."

사실은 집에 두고 왔지만, 나연은 뻔뻔하게 거짓말을 했다. 그러자 남자는 의심을 거두지 않은 눈빛으로 말했다.

"잠시만요."

중년 남자는 첫 번째 서랍에서 다이아몬드 감별기를 꺼냈다. 확실하게 확인하기 위해서였다. 다이아몬드 위에 뾰족한 심을 가져다 대니, 감별기가 삑삑 소리를 내며 다이아몬드가 맞다고 알린다.

그는 고민에 빠졌다. 이렇게까지 비싼 제품의 보증서를 잃어버렸다는 말을 쉽게 믿을 수가 없었기 때문이다.

하지만 여자가 입고 있는 옷 역시 브랜드 제품 같았고, 표정은 거짓말을 하고 있는 것 같진 않았다. 사람을 믿는 게 어리석고 바보 같은 일이라는 걸 알 만큼의 나이는 먹었지만, 남잔 고민에 빠졌다. 그러다가 이내 결심한 표정으로 고개를 끄덕였다.

"보증서가 없으면 제값 쳐 주기 힘든데 괜찮아요?"

"네, 괜찮아요. 급하게 돈이 필요해서……."

"좋아요. 그럼 인적 사항 적어놓고 가세요."

중년 남자가 종이를 내밀었다. 종이엔 기본적인 인적 사항을 적도록 되어 있었다. 나연은 막힘없이 적은 후에 종이를 다시 내민다.

그는 나연에게 주민등록증을 받아 종이에 적힌 것과 비교해 봤다. 주소가 다르자 나연에게 직접 묻기까지 했다.

"이번에 이사했어요."

착실한 답에 고개를 끄덕인 남자가 주민등록증을 나연에게 주었다. 사실 주소는 크게 상관없었다. 주민등록번호만 알고 있다면, 문제가 있는 물건일 경우 나연을 쉽게 잡을 수 있을 테니까. 게다가 여자는 순진해 보여서 속여먹기도 쉬워 보였다.

"이 번호 맞아요?"

"네."

"잠시만요."

남자가 의심스러운 표정으로 물었다. 집을 나선 순간부터 꺼두었던 휴대전화를 켠 나연은, 쏟아지는 문자를 무시한 채 남자에게 전화를 걸어보라 했다. 남자가 전화를 걸자 벨 소리가 울렸다. 나연은 액정을 남자에게 직접 확인까지 시켜줬다.

"맞죠?"

"맞네. 자, 여기 백만 원. 많이 쳐 준 거예요. 백금이나 다이아몬드나, 살 땐 비싼데 팔 땐 제값 못 받거든요."

남잔 손해 보는 장사는 하지 않았다. 아니, 오히려 보증서가 없다는 이유를 들어 후려친 금액을 나연에게 내밀었다. 하지만 순진한 여자는 돈을 받아 든 후에 고맙다고 고개를 꾸벅 숙인다.

"잘 가요."

중년 남자가 가게를 나서는 나연의 뒷모습을 보며 혀를 끌끌 찬다.

"아무것도 모르네."

정말 세상 물정 모르는 여자인가 보다. 분명 반지를 살 때 얼마를 지불했는지도 모르는 게 분명하다.

"……설마 훔친 건가?"

남자가 화들짝 놀라 혼잣말을 내뱉더니 이내 고개를 저었다. 그런 거라도 상관없었다. 인적 사항을 꼼꼼하게 확인했으니까.

작게 콧노래를 부른 남자가 금고에 반지를 넣었다. 이 물건을 어떻게 처리해야 더 큰 돈을 받을 수 있을지, 남자가 빠르게 머리를 굴렸다.

❖

인천국제공항 출국장이 모여든 기자들로 인해 소란스러워졌다. 혹 유명한 아이돌이 오는 건 아닌가, 사람들의 시선이 힐끗힐끗 모여들었을 때였다. 문이 열리더니 민성우가 밖으로 나왔다.

사람들을 이끌고서 카메라 세례를 받고 있는 그는 여유로운 표정이었다. 아직도 김나연을 찾지 못했다는 보고를 받고 귀국한 길이었지만, 적어도 겉으론 아무렇지도 않아 보였다. 그는 카메라 앞에 선 배우처럼 연기를 하고 있었다.

로비에 세워져 있던 차에 오른 민성우는 집으로 가는 대신에 곧장 DG그룹 본사로 향했다. 유럽에서 가지고 온 성과들을 정리해야 하기도 했고, 그에 맞춰 발 빠르게 움직여야 할 건은 미리 처리해야 했다.

회사로 돌아가 미팅을 했고 일곱 시가 넘어서야 혼자 남을 수 있었다. 사무실에 홀로 앉아 있던 그가 건조한 눈을 손바닥으로 꾹꾹 눌렀다.

겉으론 아무렇지도 않은 척했지만 피곤했다. 해야 할 일도 많았고, 생각해야 할 것도 많았다. 이대로 그만 잠들었으면 좋겠다는 생각만이 머릿속에 가득 찰 때였다.

"차 대기시켜 뒀습니다."

민성우는 지아가 하는 말에 몸을 일으켰다. 이제 그만 집으로 돌아가 출장의 여독을 풀 시간이었다.

차에 오른 그가 눈을 감았다. 자신도 모르는 사이에 까무룩 잠이 든 민성우는 집 앞에 도착하자 직접 캐리어를 이끌고 안으로 들어갔다.

현관문을 열기 전 그는 걸음을 멈췄다.

그의 시선은 갈색으로 죽은 꽃들이 널어져 있는 꽃밭에 닿아 있었다.

김나연의 손길을 받지 못한 생명체들은 힘없이 죽어 있었다.

책임지지 못할 거면 애초에 손을 대면 안 되는데.

생명을 책임진다는 건 그런 거였다. 한 번 손길을 주면 끝까지 책임을 져야 하는.

그래서 민성우는 작은 화분조차 키우지 않았다. 김나연과는 달리. 애초에 사랑을 주지 못한다는 걸 알고서.

하지만 김나연은 모르고 있는 것일까. 아니면 정성스럽게 키우던 꽃들이 눈에 보이지 않았을 만큼 이 집에서의 시간이 괴로웠던 것일까.

그의 시선이 이번엔 화분으로 향했다. 화분은 여주댁이 물을 주고 있는 것인지 아직은 살아 있었다. 하지만 이조차도 언제까지 살아 있을지 모른다. 식물 역시 자신이 사랑받고 있는지, 아니면 귀찮은 짐인지 느낀다.

그가 초인종을 보았다. 나연이 사라졌다는 건 잘 알고 있다. 유럽에 있는 동안 몇 번의 보고를 받았으니까. 하지만 혼자 비밀번호를 눌러 집으로 들어가고 싶지 않았다. 괜스레.

딩동—

그래서 그는 초인종을 눌렀고, 이내 헛웃음을 뱉었다.

뭔 머저리 같은 짓인가.

스스로도 이해할 수 없는 행동에 고개를 저었다. 하지만 곧 거짓말처럼 열리는 문에 눈을 동그랗게 뜬다.

"사장님, 다녀오셨어요?"

문을 연 건 여주댁이었다. 기대했던 여자의 모습이 아니자 그의 표정이 빠르게 식었다.

"이 시간까지 어쩐 일이십니까?"

"저녁 식사를 봐드리고 퇴근하려고요."

여주댁의 퇴근 시간은 여섯 시였다. 그가 혼자 살 땐 여주댁의 얼굴을 보는 일도 드물었었다. 집안일을 봐주고 식사 준비를 하는 건 그녀의 일이었지만, 저녁을 해주기 위해 퇴근을 미루고 남아 있는 일은 없었다.

"저 그게……."

민성우 사장의 표정에 여주댁이 고민하는 표정을 짓더니, 망설인 끝에야 더듬더듬 답했다.

"사모님이 메모를 남기고 가셔서요. 오늘은 봐드리라고."

사모님.

그 한마디에 민성우의 표정이 다시 굳어졌다. 바늘 하나 들어가지 않을 것 같은 냉정한 표정에, 여주댁은 호들갑을 떨며 캐리어를 들고 안으로 들어갔다.

"국만 데우면 돼요."

그러면서 바쁘게 조리대 앞을 오고 가는 여주댁의 모습에 그는 옷을 갈아입지도 않은 채 식탁 의자에 앉았다.

김나연은 왜 굳이 그의 저녁을 차려달라고 부탁을 한 걸까.

그렇게 도망칠 거면서.

내게 이혼을 요구했으면서.

진창이 되어버린 머릿속은 여주댁이 차려준 1인 밥상에 더욱 복잡해졌다.

도대체 무슨 생각이야, 넌.

민성우의 눈빛이 무겁게 가라앉았다.

식사 준비를 마친 여주댁은 그의 앞에 종이를 내려놓았다.

"전 이만 퇴근하겠습니다."

여주댁이 가방을 들고 빠르게 사라졌다. 그럼에도 민성우는 여주댁이 내려놓고 간 메모지를 말없이 바라보았다.

『인사도 없이 떠나게 됐어요. 죄송해요.』

자신에겐 미안하다는 말 한마디 없이 사라졌으면서 여주댁에겐 마지막 인사를 남겼다.

속이 부글부글 끓었지만 그는 애써 억눌렀다. 이런 사소한 문제에 화를 내는 자신이 이해가 가지 않으면서도, 김나연에 대한 원망으로 속이 까맣게 타들어갔다.

『사장님 출장 돌아오는 날 저녁 식사 부탁해요.』

'사장님'.

처음엔 그 호칭에서 마음이 덜컥 내려앉았다. 하지만 곧 이어진 문장에 그는 뒤통수를 얻어맞은 것만 같은 느낌이 들었다.

『지금은 그것만 마음에 걸리네요.』

'그것만'.

그 말에서 민성우의 시선이 떨어지지 않았다.

눈을 질끈 감은 그가 잠시 숨을 골랐다. 활어처럼 팔딱팔딱 뛰던 마음이 조금 진정되고 나서야 그는 다음 문단을 읽어 내렸다.

『잘 지내세요, 아주머니.

저도 잘 지내도록 노력해 볼게요.』

"김나연……."

무엇이 잘못된 걸까.

김나연은 그에게 많은 것을 요구하지 않았다. 그녀가 제대로 된 요구를 해온 건 이번이 처음이다.

이혼.

그녀는 이 집에서 나가고 싶다고 했다. 자신에게 말도 안 되는 이유를 들어가며 화를 냈다.

만약 이혼하자는 요구를 들어줬다면 이렇게 극단적으로 사라지는 일은 없었을까?

하지만 자신은 그 요구를 들어줄 수가 없었다. 그 이유를 나연에게 이야기했다.

그럼 방법은 하나뿐이었다. 김나연이 말한 그 '사랑'이란 감정에 호응해 주는 것. 거짓이라도 말했다면, 아니, 노력하겠다는 말만이라도 했다면 김나연은 떠나지 않았을지도 모른다.

"어디 있는 거야, 도대체."

지금 머릿속을 가득 채운 건 어떻게 해서든 김나연을 찾아야겠다는 생각뿐이었다. 그리고 찾고 난 후엔…….

그다음은 어떻게 해야 할지 몰라 민성우는 한참 식어가는 국을 보고만 있었다.

❖

블라인드가 걷혀진 창 앞에 선 민성우는 비서진과 홍보팀 직원들이 자신의 오더를 기다리고 있다는 걸 알면서도 팔자 좋게 하늘을 올려다보았다.

그의 시선은 창밖을 향해 있었다. 하늘에선 올해 첫눈이 내리고 있었다.

작년보다 빠르네.

그는 심각한 사안을 앞에 두고 있었음에도 그런 생각을 했다. 그의 관심사는 온통 눈뿐이라는 듯이.

심상치 않은 분위기에 직원들은 서로 눈치를 보았다. 그러다가 홍보팀 팀장이 용기 내 운을 뗐다.

“저, 사장님…….”

지금 이 상황을 허투루 넘기면 안 된다는 걸 누구보다 잘 알고 있는 건 한가롭게 창밖을 내다보고 있는 민성우 사장이다.

언론을 통해 동호건설의 도산 소식이 기정사실화됐다. 그 과정에서 동호건설 김강철 회장이 엄청난 금액의 비자금을 만들었고, 시흥 쪽에 수상한 땅을 대거 구입했다는 것도 알려졌다.

이때 DG그룹 또한 언급됐다. 민성우 사장 역시 이곳에 땅을 가지고 있었기 때문이다.

두 사람을 검찰이 직접 조사해야 한다는 여론이 지배적이었다. 김강철 회장의 경우엔 다음 주쯤 검찰에 나가 조사를 받는다는 뉴스까지 나왔다.

거기에 휩쓸리지 않기 위해선 이에 관해 보도 자료를 내야 할 타이밍이었다. 그리고 민성우는 이를 미리 예상하고서 대응책 또한 마련해 두었다. 보도 자료만 낸다면 대부분의 의혹을 해소할 수 있었지만, 어째선지 그는 망설이고 있었다. 아니, 자신의 일이 아니라는 듯이 창밖만 보고 있다.

만지면 보송보송할 것 같은 눈꽃을 바라보는 그는 홍보팀 팀장의 부름에도 시선을 옮기지 않았다. 그저 눈을 처음 보는 사람마냥 세상 밖 구경에 여념이 없다.

이를 직원들은 이상하다는 듯 보았다. 이 자리에서 민성우 사장의 행동을 이해하고 있는 건 김지아뿐이었다.

민성우는 많은 돈을 들여 자신의 아내를 찾고 있었다. 하지만 김나연은 마치 증발이라도 해버린 양 찾을 수가 없었다.

그녀와 관련된 모든 사람들을 찾았고, 수소문했다. 하지만 김나연은 그들을 찾지도 않았고, 통장 거래 또한 없었다.

자리에서 일어난 지아가 민성우 사장에게 다가갔다.

"사장님, 지금도 늦었습니다."

대응할 시기는 이미 한 박자 늦었다. 동호건설이 도산 위기에 처했다던 그때에 나서서 해명했어야 했지만, 민성우는 그렇게 하지 않았다. 평소 그의 성정을 보았을 땐 이상한 일이었다.

지금이라도 수습을 해야 한다는 말에 민성우는 고개를 돌려 지아를 보았다. 까슬한 피부가 그간 그의 심정을 대변하고 있었다. 지아가 입을 꾹 다물자 그는 생각 끝에 결론을 내놓았다.

"유보합니다."

민성우의 결론은 동호건설과 관련해 그 어떠한 것도 대응하지 않겠다는 것이었다. 김나연이 사생아라는 사실을 알리는 것 역시.

❖

홀로서기를 위해 나연은 바쁘게 움직였다. 일자리도 구했다. 동네 편의점에서 카운터를 보고 물건을 제때 채워 넣는 일이었다.

낮 시간만 일해도 돼서 좋았지만, 그것보단 다른 사람들과 많은 대화를 나누지 않아도 된다는 점 때문에 편의점을 선택했다. 최저 시급도 받지 못하는 일이었지만 상관없었다. 지금 그녀에겐 일을 해서 스스로 돈을 벌 수 있다는 게 더 중요했다.

일한 지 얼마 되지 않아 간혹 실수도 했지만, 나연은 그럭저럭 잘 적응해 나가고 있었다. 몸은 피곤했지만 마음은 여유로웠다.

"누나, 수고했어요."

다음 타임 아르바이트생이 옆으로 다가와 인사를 건넸다. 대학교 등록금을 벌기 위해 제대 후 아르바이트를 시작했다는 형우는 싹싹해서 금방 친해질 수 있었다.

"수고해."

"네, 누나. 내일 봐요!"

앞치마를 벗고 밖으로 나온 나연은 오늘 저녁은 뭐로 해결해야 할지 고민했다. 오늘 아침에 만든 된장찌개가 있었지만, 같은 메뉴를 두 번 먹고 싶진 않았다.

된장찌개는 내일 아침에 먹기로 하고 다른 메뉴를 계속 생각해 보던 나연이 집으로 올라가는 골목길 앞에서 멈춰 섰다.

"아가씨."

찬희였다. 그는 처음 나연을 내려줬던 부동산 앞에 서 있었다.

"어떻게 알았어요? 여기 있으면 날 만날 수 있다는 거."

"전에 이 앞에 있는 부동산에 세워 드렸잖아요. 서울 시내에서 적은 돈으로 집을 구할 수 있는 동네도 많지 않고요."

그의 말에 나연은 얼떨결에 고개를 끄덕였다.

그렇구나…….

생각보다 서울에서 사람을 찾는 게 그리 어렵지 않다는 걸 깨달은 나연은, 말없이 그를 보다 말고 말했다.

"여기서 잠시만 기다리세요."

찬희를 그곳에 세워둔 나연은 높은 언덕길을 힘차게 오르기 시작했다. 처음 이 길을 오를 땐 숨이 허덕거릴 만큼 힘들었는데, 이젠 제법 익숙해져 괜찮았다.

집에 돌아온 그녀는 숨을 고르지도 않은 채 방 한구석에 놓아둔 바구니에서 봉투를 꺼냈다. 하얀 봉투는 모서리가 조금 닳아 있었다.

안에 있는 내용물을 확인한 나연은 문을 잘 잠근 후에 올라왔던 길을 다시 내려가기 시작했다. 찬희는 부동산 앞에 서서 자신을 보고 있었다.

나연은 가타부타 말없이 하얀 봉투를 찬희에게 내밀었다.

"빌려주신 거 갚는 거예요. 이자도 넣었어요. 얼마 되진 않지만."

찬희는 그녀가 건넨 봉투를 받아 들지 않았다. 그 대신 짧은 시간 많이 변해 버린 나연을 본다.

나연은 늘 아름답고 정돈된 모습이었다. 아침엔 화장을 잊지 않았고, 집에 있을 때도 늘 긴 홈드레스를 입고 있었다.

그녀는 편한 신발을 신는 일도 좀처럼 없었다. 늘 예쁜 꽃이 되기 위해 여성으로서의 매력을 한껏 뽐냈었다.

그런데 지금의 나연은 아니다. 긴 머리카락은 고무줄로 질끈 묶고 있었고, 얼굴엔 옅은 화장이 되어 있긴 했지만 대부분 지워져 있었다. 옷은 대학생이 입을 법한 캐주얼한 차림이었고, 신발은 단화였다.

늘 고혹적이었던 김나연은 평범한 스물여섯의 여자가 되어 있었다.

"받으세요. 그리고 이제 그만 오세요."

그녀가 강요하듯 봉투를 몇 번 흔들자, 찬희가 뒤늦게 받아 들었다. 그런 후 나연을 묵직한 시선으로 내려다본다.

"불편하십니까?"

그의 물음에 나연은 작게 고개를 저었다.

"그런 건 아니에요."

"그럼 왜 밀어내십니까."

"박찬희 씨가 계속 이곳에 오면 그 사람이…… 날 찾을 수도 있으니까요."

"그렇게 허술하게 움직이진 않습니다."

"하지만 그 사람은 더 치밀하죠."

찬희의 입술이 굳게 다물렸다.

나연도 자신이 잔인하다는 걸 알고 있었다. 하지만 어쩔 수 없다. 그녀는 지금의 삶을 유지하고 싶었다. 작은 일도 스스로 하는, 그래서 보람을 찾는.

월급을 받는다면 무척 기쁠 것이다. 적은 금액이었기에 할 수 있는 것이 그리 많지는 않겠지만, 신중하게 물건을 고르는 즐거움도 느껴보고 싶었다.

그러기 위해선 절대 들켜선 안 됐다. 좀 더 강해지고, 좀 더 자리 잡아, 성우를 만났을 때 '나 무척 잘 지내고 있어요' 라고 말하기 위해선 시간이 더 필요했다.

"이만 돌아가 주세요."

나연의 말에 찬희가 무겁게 다물고 있던 입술을 달싹였다.

“좋아합니다.”

그가 어떠한 감정으로 고백하는 것인지 나연은 알고 있었다. 그의 눈빛, 그의 행동 하나하나에 담긴 많은 의미를 읽었다. 그랬기에 나연은 웃으며 답할 수 있었다.

“저도 찬희 씨 좋아해요.”

이성이 아닌 사람으로.

그건 진심이었다.

그러니까 지금 그녀가 할 일은…….

“그러니까 이만 돌아가 주세요.”

그를 밀어내는 것.

그가 빠르게 마음을 접을 수 있도록 도와주는 것.

희망 고문이 얼마나 아프고 힘든 것인지 누구보다 잘 알고 있었기에, 나연은 그의 마음을 단호하게 거절했다.

찬희는 그녀를 붙잡으려고 했지만 나연은 몸을 돌려 언덕을 오르기 시작했다.

자신이 있어야 하는 그곳으로.

2. 여름에서 가을로, 그리고 겨울

민성우는 자신의 책상 위는 물론이고 바닥에까지 떨어져 있는 원피스와 핸드백을 보았다. 물건은 모두 여성의 것이었다. 개중엔 그의 눈에 낯익은 것도 있었다. 하얀 원피스를 집어 든 그가 당장이라도 찢어버릴 것처럼 손에 힘을 주었다. 그의 손에서 구겨진 원피스는 친구들과의 모임에서 김나연이 입었던 거였다.

그가 새삼 김나연에 대해 새롭게 본 날에 입었던 옷.

자연스럽게 떠오르는 기억 속에서 김나연은 고교 동창 사이에서 이 옷을 입고서 웃고 있었다.

"이게 정말 다 중고샵에 나와 있었단 말입니까?"

그가 곁에 선 지아를 보지 않은 채 물었다. 그러자 지아는 잠시 망설이는 듯하더니 이내 짧은 답을 한다.

"네."

그의 신경을 어지럽히지 않기 위해 최대한 짧게 답한 것이었겠지만, 이미 충분했다. 시선을 어지럽히는 물건들은 그의 기분을 한없이 다운되게 만들었다.

물건은 모두 아내가 팔아치운 것들이었다. 디자이너 제품이 대부분이었기에 넘버가 붙은 옷과 가방을 발견할 수 있었다. 그리고 중고샵에서 한 여자가 많은 물건을 팔아넘겼다는 사실을 말해주었고, 남겨놓고 간 거라곤 그도 이미 알고 있는 휴대전화 번호가 전부였다.

휴대전화는 그녀가 가출한 후로 계속 꺼져 있었다. 1분 이내로 폰이 켜졌을 수도 있다고는 하지만, 김나연은 마치 이 세상에서 완전히 로그아웃해 버린 사람처럼 흔적을 찾을 수가 없었다.

아드득.

이를 악문 그가 손가락으로 관자놀이를 꾹꾹 눌렀다. 몰려온 두통은 두개골을 깰 것처럼 강력했다.

"후."

거친 한숨에, 곁에 서서 눈치를 보고 있던 김지아가 허리를 숙여 인사한 후에 밖으로 나간다. 사무실에 홀로 남은 그가 들고 있던 원피스를 거칠게 내던졌다.

김나연은 장기전을 준비 중에 있나 보다. 그렇지 않다면 가져갔던 물건을 이렇게 다 팔 리가 없다. 수중에 돈이 없어서 짧은 시간 내로 돌아올 거라는 생각과는 전혀 다른 방향으로 흘러가고 있었다.

"김나연."

그의 얼굴이 종잇장처럼 일그러졌다.

민성우의 인내심이 슬슬 한계를 드러내고 있었다.

❖

대한민국 팔도를 이 잡듯 뒤졌다고 해도 과언이 아니었다. 각 터미널로 가서 김나연의 소재를 알아보았지만, 어찌 된 일인지 김나연은 연기처럼 사라져 버렸다.

얼마나 대단한 여자인지 큰 금액을 들여 수많은 사람들을 풀었는데도 찾을 수가 없었다. 김나연의 숨바꼭질이 예상한 것보다 길어지고 있었다.

그렇게 되자 민성우는 하나를 깨달았다. 사람을 써서 찾아서 될 일이 아니다. 김나연은 생각보다 치밀하고 똑똑한 여자였다.

그래서 그는 하나의 수를 다시 떠올렸다. 최근 김나연과 가장 가까이에 있었던 여자를 만나보는 것.

처음부터 생각했던 거지만 김나연에게 붙여줬던 감시자는 회사를 그만두자마자 잠적했다. 후에 알아보니, 회사를 그만두기 전 무슨 심경의 변화가 생겨서인지는 몰라도 유럽 배낭여행을 계획했고, 그만둔 다음날 훌쩍 떠나 버렸다. 그래서 만날 수가 없었다.

"김경아 씨, 어제 인천공항을 통해 귀국했다고 합니다."

때마침 김지아가 전해준 반가운 소식에 그는 반색했다. 김나연이 집을 떠난 지도 두 달, 도통 꼬리를 잡을 수가 없자 그의 마음이 애가 타던 차였다.

"약속을…… 아. 김 비서가 먼저 만나보겠습니까?"

언론에선 아직 아내가 사라진 걸 모르고 있었다. 섣불리 움직였다간 그들에게 먹잇감만 안겨주는 꼴이 될 거다.

고민하던 그는 가장 먼저 김지아를 보냈다. 그리고 일주일 뒤에 그가 받은 답은 어쩌면 뻔한 전개였다.

“아무것도 모른다는 답만 했습니다. 자신은 아무 낌새도 눈치채지 못했다고.”

그 말을 순순하게 믿을 수 있을까.

정말 김경아는 아무것도 모를지도 모른다. 하지만 김나연이 사라진 타이밍과 김경아가 배낭여행을 떠난 타이밍이 너무 절묘하게 들어맞았다. 이를 우연이라고 생각할 수도 있겠지만, 그는 ‘운명’이나 ‘인생의 타이밍’ 같은 건 믿지 않았다

“좋습니다. 직접 만나보겠습니다.”

직접 추궁해 보면 알게 될 것이다. 자신이 붙인 감시자가 훌륭한 인재였는지, 아니면 아무것도 모르는 바보 천치였는지.

약속 날.

민성우는 답지 않게 긴장까지 했다. 약속 시간은 낮 두 시였지만, 출근하면서부터 김경아를 만나면 어떤 식으로 입을 열게 만들지 고민하기까지 했다.

약속된 커피숍으로 들어서던 민성우가 손바닥에 맺힌 땀을 바지에 닦아냈다.

마인드컨트롤.

마음을 안정시키기 위해 애를 써봤지만 쉽지 않았다.

“젠장.”

바보 같아서 욕이 나왔다.

김경아의 입에서 어떤 답이 나올지 몰라 도망치고 싶기까지 했다. 자신이 예상하지 못하는 일을 겪는다는 것에, 민성우는 큰 두려움 같은 걸 느끼고 있었다. 그처럼 철저한 계산 아래에 움직이는 사람은 이런 상황에

약했다.

혹 자신이 감당하지 못할 이야기를 듣게 된다면 어떻게 할까.

스스로 감당하지 못할 이야기가 뭐가 있을까 고민해 보던 민성우는 여러 가정이 아닌 단 하나의 이유를 떠올렸다.

다른 남자.

그 이유만은 아니었으면 좋겠다는 생각과는 달리, 커피숍에서 먼저 기다리고 있던 김경아의 입에서 나온 말은 전혀 의외의 것이었다.

"사장님, 전 아무것도 모릅니다."

아무것도 모른다.

김경아는 김지아에게 했던 말을 그대로 읊조리고 있었다.

"정말 아무것도 모릅니까?"

"네. 저는 사모님이 원하시는 것만 충실히 수행했을 뿐, 아무것도 듣지도 보지도 못했습니다."

오랜만에 만난 김경아는 많은 게 변해 있었다. 단순하게 까무잡잡하게 탄 피부 때문에 그렇게 느낀 것일 줄 알았는데, 아니었다. 옷차림 역시 편해져 있었고, 표정 역시 사무적인 표정을 유지하기 위해 노력하고 있었지만 마음은 참 편해 보였다.

예전엔 그저 좋은 대학을 나온 사회 초년생인 줄 알았더니 답을 하는 걸 들어보니 아니다. 김경아는 아주 훌륭한 비서였다. 자신이 모시는 사람의 비밀을 충실히 지킬 줄 아는.

계속 말을 해봤자 벽에 대고 말하는 것밖에 되지 않을 걸 알기에 민성우는 고개를 끄덕였다. 그러면서 말한다.

"혹시 생각나는 게 있으시면 연락해 주십시오."

"사장님의 번호는 퇴사하면서 이미 지웠는데요?"

당돌한 답에 민성우는 지친 기색으로 자신의 명함을 꺼내 경아에게 건넸다. 예전이라면 하지 않았을 행동이다.

“제 개인 연락처입니다.”

“네, 알겠습니다. 생각나는 게 있으면 연락드릴게요.”

가볍게 말하는 경아는 전혀 그럴 것 같지 않아 보였다. 하지만 민성우는 더 이상 경아를 붙잡지 않았다.

“후.”

생각보다 쉽지 않았다.

멀어지는 그녀의 뒷모습을 말없이 바라보던 그는 이른 시간이었음에도 불구하고 집으로 향했다.

집에 도착해 보니, 여주댁이 놀란 눈으로 자신을 바라본다.

“식사는 하셨어요?”

여주댁은 어쩐 일로 이렇게 이른 시간에 퇴근했냐는 듯한 표정이었지만, 입으론 전혀 다른 말을 하고 있었다. 민성우 역시 동상이몽처럼 답했다.

“네.”

짧은 답과 함께 그는 부엌 의자에 앉았다. 나연이 있을 때면 습관적으로 드레스 룸으로 향했는데, 이젠 부엌에 앉아 여주댁이 바쁘게 조리대 앞을 돌아다니는 걸 보는 게 어색하지 않았다.

만약.

김나연에게도 이런 모습을 보여줬다면 지금쯤 많은 게 바뀌지 않았을까?

자신의 아내는 작은 호의, 작은 관심만 보여줘도 충분한 사람이었는데.

그랬다면 온 신경을 한 사람에게 쏟는 이 짜증스러운 상황이 일어나지 않았을 수도 있지 않을까?

민성우는 조리대 앞을 바쁘게 오고 가는 여주댁의 뒷모습을 보며 그런 생각을 했다. 그리고 곧 그럴 듯한 밥상을 눈으로 훑는다.

"오랜만에 갈치조림 해봤는데…… 마음에 들지 않으세요? 치울까요?"

"아닙니다."

그가 곧 하얀 생선살을 발라 쌀밥과 함께 먹었다. 부드러운 생선살에서는 단맛마저 느껴졌지만 예전처럼 식사가 더 이상 즐겁게 느껴지진 않았다.

❖

"민성우 사장님께서 오셨습니다."

임시 관장이라는 직함을 받고서 정유화가 나래 미술관에 출퇴근을 한 지도 세 달이 흘렀다. 그사이 정유화를 찾아온 손님은 없었다. 그런데 처음으로 찾아온 손님이 민성우란다. 유화가 놀라는 것도 당연했다.

"지금 어디 있습니까?"

"1층 로비에 계십니다."

약속된 만남은 아니었다. 하지만 정유화는 민성우가 왜 자신을 찾아왔는지 알 것 같았다. 한 여자의 행방을 가운데 두면 모든 건 쉽게 설명이 됐다.

자리에서 일어난 정유화는 큐레이터의 안내를 받아 민성우 사장에게로 향했다. 1층 로비, 꽤 비싼 비용을 지불하고서 구입한 소파에 한 남자가 앉아 있었다.

몸에 딱 붙는 슈트를 입고 있는 남자는 기다란 다리를 꼬고서 창밖을 보고 있었다. 창에서 쏟아지는 햇볕을 고스란히 받고 있는 남잔 생각에 잠겨 있었다.

무심한 표정으로 남자를 바라보던 정유화가 또각또각, 하이힐 소리를 내며 그에게 다가갔다. 자신이 다가왔다는 걸 알고 있을 게 분명한데도 민성우의 시선은 여전히 창밖을 향해 있었다.

"무슨 개폼을 잡고 있어?"

정유화가 민성우의 맞은편에 앉으며 시니컬하게 웃었다. 그제야 민성우의 시선이 그녀를 향한다. 곧은 시선은 우직하기까지 해서 비웃음이 절로 나왔다.

이런 날을 바랐던 적도 있었다. 하지만 최근엔 그 마음이 바뀌었다. 한 여자를 진심으로 받아들이게 되면서부터였다.

하지만 마음 한편으론 이런 날이 올 줄은 알고 있었던 거 같다. 그러니까 남자가 자신을 갑자기 찾아와도 놀라지 않았던 거 같다.

정유화는 남자의 뺨이 움푹 들어간 것을 말없이 보았다. 움푹 꺼진 눈 밑도 이 남자의 상황을 고스란히 대변하고 있었다.

민성우답지 않다.

몇 달 사이, 어색한 몰골로 나타난 민성우를 보며 정유화는 입술을 비틀었다. 이 남자의 마음속에 김나연이 있긴 있는 모양이다. 그런데도 놓쳐 버린 것이다.

바보 같은 남자.

정유화는 씁쓸한 마음이 들면서도 겉으론 입술을 휘며 웃었다.

"그래, 그런 얼굴이 보고 싶었어."

유화의 웃음은 표독했다. 하지만 맞은편에 앉은 민성우는 눈 하나 깜빡하지 않은 채 유화를 바라보았다. 흔들림 없는 눈빛은 속을 알 수가 없었다.

이에 웃음을 머금고 있던 유화의 입술이 일그러졌다. 남잔 뻔뻔하게도 자신의 죄가 무엇인지 모르는 사람처럼 보였다. 자신의 일이 아님에도 속이 부글부글 끓었다.

"그런데 왜 내 기분이 더럽냐?"

혼잣말처럼 읊조리는 말에 입술을 굳게 다물고 있던 민성우가 고개를 비스듬히 기울였다. 그러더니 방금 전과는 달리 날카로운 표정으로 정유화를 본다.

그가 이곳까지 직접 걸음을 한 데엔 이유가 있었다. 이런 비웃음이나 사고자 어려운 걸음을 한 것은 아니기에, 굳은 얼굴로 입술을 달싹였다.

"알고 있는 것 다 말해."

알고 있는 것.

민성우는 정유화가 김나연의 행방을 모두 알고 있다고 생각하는 모양이었다. 유화는 정말 그랬으면 얼마나 좋았을까, 라는 생각을 했다.

김나연이 처음으로 자신에게 만남을 청했을 때. 그래서 커피숍에서 만났을 때. 정유화는 이상한 낌새를 느꼈었다. 그날 김나연은 반지를 끼지 않았었고, 하고 싶은 말이 있는 사람처럼 자신을 보았다.

"알고 있는 거라니?"

그렇게 물으면서도 유화는 고개를 숙였다.

알고 있었다. 그날 김나연이 평소와는 달랐다는 걸.

하지만 묻지 못했었다. 아니, 묻지 않았다. 나연이 둘러대는 말을 곧이곧대로 믿었고, 갑자기 나타난 한영으로 인해 나연을 그냥 보냈다.

후회가 됐다. 왜 그때 묻지 않았을까. 물어보았다면 김나연이 갑자기 사라지는 일 따윈 없었을 텐데. 아니, 눈앞에 있는 이 지독한 남자에게서 도망치는 순간에 많은 도움을 줄 수 있었을 텐데.

하지만 이제 와 후회한들 무슨 소용이 있을까. 김나연은 자신에게도 연락을 끊어버렸는데.

민성우의 몰골을 보아하니 많은 심경의 변화가 생긴 건 분명했다. 하지만 그 속이 얼마나 깊을진 알 수 없었다.

"뭔가 알고 있기는 한 모양이군."

유화의 반응에 민성우는 그렇게 단정 지었다. 그는 매사 이렇게 독단적이었다.

겉으론 억누르고 있었지만 신경질적으로 느껴지는 반응에 유화는 헛웃음을 뱉었다. 강압적으로 말하는 행동 역시 그녀의 심기를 뒤틀었다. 이런데 말이 곱게 튀어나올 리가 없다.

"가르쳐 주지 그랬어."

"뭘."

짧은 말에 정유화는 심드렁한 표정을 지었다. 하지만 하는 답엔 뼈가 있었다.

"자전거."

"……뭐?"

멍청한 남자.

그 말에 어떤 뜻이 있었는지 모르고.

김나연이 어떤 생각으로 그 부탁을 했는지도 모르고.

"그것만 가르쳐 줬어도 안 떠났을 거야."

민성우는 끝내 이해하지 못한 표정이었다. 하지만 상관없었다. 민성우가 끝내 이 말을 이해하지 못하더라도. 김나연은 그의 곁을 떠났다.

“잘못 찾아왔어. 난 정말 아무것도 몰라. 그리고 설사 내가 안다고 해도 오빠한테 가르쳐 줄 것 같아? 언제부터 날 그렇게 친절한 여자로 인식하고 있었던 거야? 웃기게.”

톡 쏘아붙인 정유화가 자리에서 일어났다. 그리고 느릿하게 걸음을 옮겨 자신의 사무실로 향한다.

행동 하나하나는 의도된 것이었다. 작은 행동에도 의미를 부여하는 남자이기도 했고, 속마음을 읽는 것에도 능숙한 사람이었으니 조심해야 했다.

사무실로 돌아온 정유화는 문이 닫히자마자 신경질적으로 머리카락을 쓸어 넘겼다. 그런 후에 휴대전화를 꺼내 연락처를 검색했다.

『김구일 기자.』

김구일 기자와 마지막으로 통화를 나눈 건 사흘 전이었다. 너무 독촉을 한다는 생각이 들면서도 조급한 마음에 통화 버튼을 누를 수밖에 없었다.

“김 기자님, 어떻게 되고 있어요?”

통화음이 끊기자마자 유화가 제 마음을 숨기지 못하고 다급하게 물었다. 상대는 이에 조금 놀란 듯했으나 곧 알아낸 사실을 말해줬다.

—꽤 그럴듯한 증언을 들었습니다. 김나연 씨가 집을 나갔을 때 한 남자와 함께였다고.

“……남자요?”

—네. 그래서 그 남자에 대해서 알아보고 있는 중입니다.

김나연이? 남자와 집을 나갔다고?

정유화의 얼굴이 일그러졌다.

“도대체 무슨 일이야.”

❖

퇴근하는 길은 언제나 발걸음이 가볍다. 높은 언덕길을 올라가야 했지만 이젠 제법 이 길이 익숙해졌다. 간혹 바닥이 얼어 미끄러지기도 했지만.

집과 가까운 곳에서 만화책까지 빌려 집으로 향하는 나연은 계단을 오르려다 말고 소란스러운 소리에 걸음을 멈췄다.

"아, 글쎄. 밥 먹고 가라니까? 이렇게 어떻게 보내? 도움도 받았는데."

주인집 할머니 목소리였다. 할머니는 잔뜩 흥분해 있었다.

대문 안쪽에서 들려오는 소란스러운 소리에 나연의 고개가 옆으로 기울어졌다. 할머니는 홀로 살고 계셨기에 좀처럼 시끄러울 일이 없었다.

무슨 일이지?

의아한 마음에 조금 열린 문 안을 슬쩍 들여다보았다. 그러자 주인 할머니가 한 남자의 옷자락을 붙잡고 역정을 내고 있었다.

"왜? 이 할미가 해준 건 싫다 이거야?"

"아니, 저……."

남잔 뒤돌아서 있어서 얼굴이 보이지 않았다. 하지만 당황스러운 음색은 익숙해서 단번에 누구인지 알아챌 수 있었다.

나연이 깜짝 놀란 눈으로 남자를 바라보고만 있자, 뒤늦게 그녀를 발견한 할머니가 반색했다.

"아가씨 왔네! 아가씨, 내 말 좀 들어봐. 아가씨 친구가 우리 집 문을 고쳐 줬거든. 그런데 글쎄 늙은이가 고마워서 저녁 먹고 가라는데, 싫다는 거 있지? 아가씨가 총각한테 말 좀 해봐."

그러고 보니 두 사람의 앞에 공구 통이 놓여 있었다. 문을 열고 닫을 때마다 집 문의 아귀가 제대로 맞지 않아 낑낑거렸던 주인 할머니의 모습이 떠올랐다.

나연의 시선이 찬희에게로 향했다. 찬희는 곤란한 웃음을 짓고 있었다.

"밥 먹고 가요."

그렇게 말하는 목소리엔 진심이라곤 없었다. 그는 곤란해하고 있었고, 나연 역시 찬희가 이만 돌아가 줬으면 했다.

그걸 찬희 역시 알고 있을 텐데, 되돌아온 답은 의외의 것이었다.

"그럴까요?"

"찬희 씨."

나연이 나지막하게 말했다. 하지만 찬희는 그녀를 보지 않았다.

"정말? 그럴 거야?"

"네. 주신다면 맛있게 먹고 가겠습니다."

"진즉에 그러지! 아가씨도 먹고 갈 거지? 오늘 마침 고등어찜을 했거든. 근데 괜히 손만 커서 엄청 많이 했지 뭐야?"

할머니가 서둘러 집 안으로 들어서자, 찬희도 나연이 붙들세라 뒤따라 들어간다. 아스팔트가 깔린 마당에 나연 홀로 남았다.

"이게 무슨 상황이야."

나연은 자신의 손에 들린 만화책을 보았다. 오늘은 저녁은 간단하게 해결하고 만화책이나 읽을 생각이었다. 그런데…….

"아가씨, 뭐 해! 들어오지 않고!"

"네, 네!"

간혹 주인 할머니에게 음식을 받아먹거나 함께 먹기도 했지만, 그 사이에 찬희가 낄 줄은 몰랐다.

신발을 벗고 안으로 들어간 나연은 할머니의 옆에 앉아 있는 찬희를 보았다.

"앉지 않고 뭐 하십니까?"

찬희의 말에 나연이 어색하게 웃은 후 앉았다. 그사이 할머니는 신이 난 얼굴로 밥을 펐다.

"안 그래도 혼자 때우려고 생각하니까 외로웠는데, 잘됐어."

주인 할머니의 말에 나연은 군말 없이 밥그릇을 받아 들었다.

세 사람의 식사 시간은 소란스럽지도, 조용하지도 않았다.

"자, 이거 먹어봐. 맛있어."

"네, 잘 먹겠습니다."

어미 새처럼 연신 찬희와 나연의 밥그릇 위에 반찬을 올려놓는 주인 할머니의 얼굴에 곱게 주름이 졌다.

"잘 먹었습니다."

"같이 먹어줘서 이 할머니가 고맙지."

두 사람은 밥그릇을 싹싹 비우고 나서야 주인 할머니 집에서 나올 수 있었다. 할머니는 다음에 또 밥을 먹으러 오라며 찬희에게 신신당부했고, 찬희 역시 넉살 좋게 그렇게 하겠노라고 답했다.

밖으로 나온 나연은 할머니의 집 마당을 힐끗 본 후에야 그의 앞에 섰다.

"아까 뭐예요?"

"뭐가 말입니까?"

나연은 따져 물었지만 찬희는 마치 아무것도 모르는 사람처럼 되물었다. 나연의 얼굴이 얼음장처럼 굳어졌다.

"내가 지금 뭘 말하는 건지 알고 있잖아요. 거절할 생각이었는데 왜 승낙하신 거예요? 전 찬희 씨가 제 영역에 들어오는 걸 원치……."

"아가씨."

찬희가 중간에서 말을 잘라냈다. 그녀가 자신을 날카로운 흉기로 상처 내기 전에.

"아가씨가 무슨 말을 하는 건지 알고 있습니다. 하지만 아가씨의 그 말만큼은 들어줄 수가 없습니다."

"……아가씨라고 부르지 마세요. 이젠 아니에요."

계속되는 호칭이 신경에 거슬렸나 보다. 나연이 정정하자 그는 놀란 듯이 눈을 커다랗게 뜨더니 이내 웃는다.

"나연 씨."

"……."

덜컹.

심장이 내려앉았다.

"저는 분명히 말씀드렸습니다."

"이혼하지 않았어요."

"곧 할 거라는 것 압니다."

"……."

원한 건 이런 게 아니었다. 뒤늦게 잘못된 선택이었다는 생각이 들었지만 되돌리기엔 늦은 후다.

서글픈 웃음에 나연의 고개가 아래로 떨어졌다.

이를 어쩌면 좋을까.

박찬희가 좋은 사람이라는 걸 알게 되는 시간이 길어지고 있었다.

안타깝게도.

❖

삶은 달걀. 컵라면. 에너지드링크.

삑. 삑. 삑.

능숙하게 바코드를 찾아 찍은 나연이 계산대 위의 물건을 봉투 안에 차곡차곡 담으며 말했다.

“15,800원입니다.”

물건을 봉투에 거의 다 담았는데도 불구하고 손님은 카드를 내밀지도, 현금을 주지도 않았다. 그제야 나연이 고개를 들어 손님을 보았다. 많아 봤자 이십대 후반처럼 보이는 젊은 남자는 안절부절못하고 있었다.

혹시 지갑이라도 두고 온 걸까?

나연은 화면을 힐끗 본 후에 다시 한 번 금액을 말해줬다. 그제야 남자는 운을 뗐다.

“저…… 한데요.”

“네?”

기어들어 가는 목소리여서 뒷말은 거의 들리지 않았다. 옹알이처럼 들리는 말에 나연이 되묻자 남자가 입술을 잘근잘근 깨물었다.

뭐지?

나연이 의아한 표정으로 바라보자 남자가 침을 꼴깍 삼켰다.

“남자친구 있으세요?”

“네, 있어요.”

용기 낸 말에 되돌아온 건 거절이었다. 남자의 얼굴이 화르륵 붉어졌다.

뒤도 돌아보지 않고 도망치는 남자의 모습에 나연은 한숨을 푹 내뱉었다. 계산 취소를 누른 나연이 물건을 제자리에 가져다 놓으려다 말고 카운터로 돌아갔다. 계산대 앞에 손님들이 하나둘 줄을 서기 시작했다.

점심시간이 되자마자 손님들이 몰려들었다. 나연의 파트 시간 중에서 가장 바쁜 시간이었다.

삑. 삑. 삑.

쉴 새 없이 계산을 마친 나연은 숨을 돌리기도 전에 들리는 종소리에 카운터 앞에 섰다. 손님은 곧장 카운터로 오더니 옆에 놓인 막대사탕을 내밀었다.

삑.

"300원입니다."

카드가 앞으로 쑥 내밀어졌다. 얼마이던 간에 카드 계산을 할 수 있었지만 300원은 좀 너무하다 싶었다.

슬쩍 고개를 든 나연은 손님의 얼굴을 보고서 표정을 굳혔다.

"여기서 뭐 하는 거야, 김나연."

딱딱거리는 말과는 달리 손님의 얼굴은 슬픔으로 일그러져 있었다.

"어, 언니."

붉어진 흰자위에 나연의 표정 역시 흐려졌다.

"그래, 언니다."

나연의 앞에 갑자기 나타난 건 정유화였다.

깜짝 놀란 나연은 숨을 들이켰다. 무슨 말을 해야 할지 몰라 빤히 유화를 바라보는 눈동자는 당혹스러운 기운으로 가득했다.

어떻게 찾았지?

나연은 가장 먼저 그 생각부터 했다. 하지만 그 후에 이어진 생각은 나연의 심장을 덜컥 내려앉게 만들었다.

언니도 날 찾았으니까 그 사람도 날 찾을 수 있을 거야!

당혹감으로 가득 찼던 눈망울이 이젠 슬픔으로 일렁였다.

나연의 얼굴을 가만히 바라보던 유화가 뒤를 힐끗 보며 물었다.

"일은 언제 끝나? 할 이야기가 많아."

손님들이 두 사람을 힐끗거리고 있었다. 이곳이 나연의 일자리라는 생각 정도는 유화도 할 수 있었다. 하지만 갑작스럽게 들이닥친, 잊고 싶었던 과거 속에 있는 사람의 등장에 나연은 정신을 차리지 못하는 모습이다.

잔혹한 생각들에 휩싸인 나연은 아무런 답도 하지 못하고 어버버거렸다. 그러자 유화가 다시 한 번 물었다.

"네가 무슨 생각을 하는지는 알겠는데, 아직 민성우는 몰라."

"……정말이에요?"

"그래. 일주일 전에 날 찾아와서 네가 어디 있는지 물었었어. 자신의 능력으로도 안 되는 일이 있다는 것에 무척 놀랍고 짜증스러운 얼굴이었고."

"……."

나연은 여전히 걱정스러운 표정이었지만 이내 고개를 끄덕였다.

"일은 여섯 시에 끝나요."

아직 다섯 시간이나 남았다. 하지만 유화는 쉽게 물러날 생각이 없는 모양인지 편의점 맞은편에 있는 작은 커피숍을 고갯짓했다.

"저기서 기다릴게. 일 끝나면 바로 와."

"다음에……."

“네가 또 사라질지 어떻게 알고?”

“언니.”

“기다릴 테니까 바로 와.”

딱 잘라 말한 유화는 계산대에 놓여 있던 사탕을 원래 있던 위치에 돌려놓고선 몸을 돌렸다.

딸랑.

맑은 종소리와 함께 유화가 밖으로 향했다. 유리창 너머로 그녀가 맞은편 커피숍으로 향하는 것을 힐끗 본 나연은 숨을 쉬는 것도 잊은 듯 뒤늦게 숨을 훅 내뱉었다.

어쩌지.

나연은 지금 당장이라도 도망쳐야 한다는 걸 알고 있었다. 하지만 그럴 수가 없다.

“계산해 주세요.”

자신에겐 일이 있었고, 주인 할머니 역시 마음에 걸렸다.

짧은 시간, 그녀는 평생 살아왔던 본가보다 이곳에서의 삶이 더 중요해졌다. 이곳에선, 자신이 할 일들이 있었으니까.

“죄송합니다. 7,200원입니다.”

손님이 내미는 카드를 받아 든 나연은 계산을 마친 후에 돌려주었다. 신경은 맞은편에 있는 커피숍으로 향했지만 애써 아무렇지도 않은 척.

탁. 탁.

테이블을 손톱으로 두드리던 유화가 한숨을 푹 내뱉었다. 바로 옆엔 입에도 대지 않은 아메리카노가 고스란히 식어가고 있었다.

평소 커피라면 물보다 많이 마시는 그녀였지만, 오늘은 시선도 두지 않은 채다. 그러다가 문득 커피 잔에 입을 댔을 땐 흘러가는 시간만큼이나 미지근해져 버린 후였다.

"아메리카노 한 잔 주세요."

유화는 종업원을 불러 커피 한 잔을 다시 주문했다. 종업원은 고스란히 남아 있는 커피에 당혹스러운 눈치였지만, 이내 알았다고 답한 후 돌아간다.

테이블 위엔 식은 커피 한 잔과 김이 모락모락 올라오는 커피 한 잔이 나란히 놓였다. 하지만 유화는 다시 커피엔 시선도 주지 않은 채 생각에 잠겼다. 아무리 생각에 잠겨봤자, 나연이 없다면 답을 찾을 수 없는 것들뿐이었지만.

정유화는 나연을 찾았다는 보고를 들었을 때, 그녀가 이렇게 살고 있으리라고는 상상조차 하지 못했다. 아주 낡은 다세대주택에 살면서 편의점에서 알바를 하고 있다니.

매일 대여점을 찾아 만화책을 빌리고, 가끔 간단한 주전부리를 사먹기도 하는 게 전부라는 이야기를 들었을 땐 더더욱 놀랐다. 지금이야 관리에 들어간 기업이긴 하지만, 김나연은 동호건설의 유일한 딸이었다. 그런데 지금의 그녀를 보면 평범한 20대 여자의 삶이라고도 할 수 없을 만큼 단순하고 또 비참해 보였다.

거기에다가 결혼 전 그녀의 삶 전반을 봐주던 남자와 아직도 만나고 있다니.

"……미쳤어."

혼잣말을 내뱉은 유화가 지끈 아픈 머리를 손가락으로 꾹꾹 눌렀다. 자신이 들은 보고에는 과거의 김나연을 떠올릴 만한 게 아무것도 없었다. 그리고 실제로 만난 김나연 역시 그렇다.

도대체 그녀에게 어떤 변화가 생긴 걸까.

편의점에서 바코드를 찍고 있던 나연의 모습을 떠올린 유화가 입술을 깨물었다.

나연을 찾은 건 순전히 운이었다. 사실, 뉴욕에서부터 연이 있어서 믿고 있던 김구일 기자에게 부탁했을 때도 못 찾을 확률이 더 높을 거라고 생각했었다. 사람을 아무리 잘 찾는 김구일 기자라고 하더라도 김나연이 꽁꽁 숨고자 마음만 먹는다면 아무리 작은 땅덩어리라고 하더라도 힘든 일이라는 걸 알고 있었기 때문이었다.

하지만 김구일 기자는 김나연을 찾아냈다. 가장 먼저 집 앞에 있는 남자들을 통해 김나연이 다른 남자와 사라졌고 들었던 게 첫 번째 키였다.

김나연은 말없이 그 남자를 따라나갔고, 두 사람은 친분이 있어 보였다고 했으니 그 남자를 찾기만 한다면 김나연의 행방을 알 수 있을 거란 일말의 기대를 갖게 됐다.

그러다가 운 좋게도 김나연의 곁을 지켰던 김경아 비서가 정유화를 찾아왔다. 민성우 사장이 김나연을 찾고 있다고. 혹시 김나연과 연락이 되냐고.

「표정을 봐선 사모님을 가만히 두지 않을 것 같았어요. 그게 걱정이 되어서…….」

김경아는 진심으로 김나연을 걱정하고 있었다. 그랬기에 정유화는 자신이 김나연을 찾고 있다는 걸 그녀에게 말할 수 있었다.

김경아를 통해 정유화는 나연의 옆에 있던 남자에 대해 들을 수 있었다. 그녀는 김 회장의 집에서 있었던 일에 대해 말해줬고, 정유화는 남자의 뒤를 쫓기 시작했다.

남자의 이름은 박찬희. 과거 김나연이 결혼하기 전 그녀의 삶 전반을 봐주던 남자라 했다.

그때부터는 일이 술술 풀리기 시작했다. 박찬희를 찾았고, 그의 뒤를 쫓자 곧 김나연을 찾을 수 있었다.

김나연의 현재 삶에 대해 들은 후에 정유화의 머릿속은 복잡해졌다. 하지만 무작정 그녀가 일하고 있다는 편의점을 찾았다.

묻고 싶은 말도 많았고, 하고 싶은 말도 많았다. 왜 자신에게도 한마디 말없이 떠났냐며 서운한 마음도 비쳐야 했고, 또 도와줄 일이 없냐고…… 묻고도 싶었다.

딸랑.

맑은 종소리와 함께 새하얀 피부의 여자가 안으로 들어왔다.

얼굴을 보아하니 살은 조금 올랐다. 하지만 보풀이 일어난 스웨터는 그녀의 삶이 그리 행복하지만은 않다고 말하는 것 같아 가슴이 철렁했다.

달그락.

맞은편에 앉는 나연을 말없이 바라보던 유화는 '뭐 마실래?' 라고 물었고, 나연은 작게 고개를 젓는 것으로 답을 대신했다. 뭐라도 마시라며 더 권할 수도 있었지만 그러지 않았다. 그러는 대신에 유화는 나연을 기다리는 동안 머릿속으로 곱씹던 생각을 물었다.

"이런 모습으로 살려고 그 집에서 떠난 거야? 이게 뭐야, 속상하게."

이 말은 진심이었다. 눈가에 눈물이 고이는 느낌에 정유화가 고개를 홱 돌려 창밖을 보았다. 하필 방금 전까지 나연이 일하던 편의점이 보였다. 무게를 이기지 못한 눈물이 아래로 떨어졌다.

두 사람의 사이에 무거운 침묵이 흘렀다. 유화는 눈물을 수습했고, 나연은 말없이 그녀가 감정을 추스를 때까지 기다려 주었다.

얼마의 시간이 흐른 후 유화의 시선이 다시 나연에게 닿았다.

"도대체 왜 그런 거야? 그 집을 떠나더라도 이렇게 살지 않을 수 있었잖아."

"제가 어떤데요?"

"몰라서 묻는 거야, 아니면 모르는 척하는 거야?"

나연은 정말 모르겠다는 듯한 표정이다. 그래서 유화는 멍한 표정으로 물을 수밖에 없었다.

"행복해?"

"네. 이곳이 너무 좋아요. 마음만은 너무 편해요."

그렇게 답하며 나연은 살풋 미소를 지었다. 거짓 하나 없는 표정에 정유화의 표정이 복잡해졌다.

자신이라면 불행했을 것이다. 볼품없는 옷을 입어야 하는 상황이 짜증나서 견딜 수가 없었을 것이고, 예전엔 당연했던 것들을 누릴 수 없게 되었다는 걸 깨닫는 순간 자살 충동까지 느꼈겠지.

하지만 김나연은 그렇지 않았다. 그래, 생각해 보니 김나연은 그런 것에 구애받는 여자가 아니었다.

김나연이 원했던 건 오롯이 사랑뿐이었다.

민성우 사장의 사랑.

그 사랑을 받지 못해 그녀는 많은 것들을 버리고 떠났고, 현재엔 안식을 얻은 듯했다.

"표정 보니 사실인가 보네."

나연의 반응을 인정하는 순간 유화는 그렇게 말할 수밖에 없었다.

그녀가 행복하다고 하니 머릿속에 가득하던 질문은 모두 사라져 버렸다. 행복하다는 사람을 데리고, 어떻게 살아왔는지 물어봤자 쓸모없는 질문밖에 되지 않을 테니까.

마음만은 편하게 잘 지내고 있다는 답이 이어졌고, 유화는 '다행이다'라고 말했다. 정유화가 할 말은 그게 전부였다.

하지만 나연은 아닌가 보다. 곧 근본적인 질문이 이어졌다.

"어떻게 찾았어요?"

"말하자면 길어. 짧게 설명하자면 김경아가 날 찾아왔어."

"……김 비서가요?"

짧게 고개를 끄덕인 유화는 최대한 짧게 자신이 나연을 찾게 된 과정에 대해 말해주었다.

"그래. 성우 오빠가 자신을 찾아와 널 찾았다고. 혹시 난 너와 만나고 있지 않냐고. 만나고 있다면 이 사실을 알려달라고."

나연의 표정이 딱딱하게 굳어졌다. 이에 유화는 굳이 덧붙이지 않아도 될 말을 했다.

"김 비서가 널 무척 걱정하고 있었어."

"내 사람이거든요."

조금은 느슨해진 표정으로 답한 나연이 잔잔한 웃음을 짓자 유화가 고개를 끄덕였다.

"그래. 그런가 보네."

경직되었던 분위기가 느슨하게 풀렸다.

두 사람은 그간 있었던 일들을 말했다. 김나연은 정유화와의 생각과는 달리 정말 잘 지내고 있었다. 새로운 취미로 만화책을 읽는다는 말에서는 웃음을 내뱉었지만, 나연은 정말 재미있는 책이라며 몇 가지 추천까지 해줬다.

날이 어두워져서야 커피숍을 나온 두 사람은 근처에 있는 식당으로 향했다.

"평소에 밥하기 싫으면 여기에 와서 먹을 때도 있어요."

좁고 볼품없는 식당을 둘러보던 유화가 한숨을 푹 내뱉었다. 제일 비싼 메뉴가 8,000원인 식당은 평소 정유화라면 절대 오지 않았을 곳이다. 내부는 깔끔하게 정돈되어 있었지만, 그게 전부다. 식기 역시 낡고 잔 상처가 많아 미간을 찌푸리게 만들었다.

"정말 맛있는 거 맞아?"

"네, 알아요. 분식집은 처음 와보시죠?"

나연의 물음에 정유화는 망설임 없이 고개를 끄덕였다.

"그리고 마지막일 거야."

유화의 답은 아주 단호했다. 하지만 나연의 추천으로 시킨 음식을 마주한 순간 유화는 자신의 말을 정정할 거란 예감이 들었다.

시장이 반찬이라는 말도 있었지만 한술 뜨는 순간, 유화의 눈이 동그랗게 떠졌다. 나연은 그럴 줄 알았다며 작게 웃음을 뱉는다.

"어때요? 맛있죠?"

"……음."

유화는 자신의 그릇을 보았다. 제육볶음은 평범했다. 커다랗게 썰어서 볶은 돼지고기나 청양고추 맛을 모르는 것도 아니었다. 거기에다가 평소에 돼지고기를 좋아하는 편도 아니었는데, 왠지 오늘부터 좋아하게 될 것 같은 예감이 들었다. 하지만 입술은 전혀 다른 말을 하고 있었다.

"자극적이네."

돼지고기는 연해서 입에서 녹았고, 자극적인 양념 때문에 입안엔 계속

해 침이 돌았다.

유화가 다시 한 번 밥을 크게 떠 입으로 밀어 넣었다. 맞은편에 앉은 나연이 작게 웃고 있는 것도 모른 채.

3. 나의 세계가, 무너져

평화로운 시간이 흘렀다. 그사이 유화는 나연을 세 번 찾았다. 말로는 바빠서 시간을 내기 힘들다고 했지만, 다시 만났던 날 갔던 식당에서도 두 번이나 식사를 했다. 그때마다 유화는 새초롬한 얼굴로 '음식이 너무 달고 짜' 라고 말하면서도 그릇을 깨끗하게 비웠다.

처음엔 자신의 앞에 유화가 나타나 무척 놀랐다. 자신이 애써 만들어 놓은 세계가 이대로 무너지는 건 아닐까, 걱정했다.

민성우가 자신을 찾고 있다.

그런 생각은 집을 나서는 순간부터 했었다. 하지만 상상을 하는 것과 타인의 입을 통해 듣는 건 느낌이 전혀 달랐다. 이대로 그 감옥 같은 집으로 돌아가고 싶지 않았기에, 나연은 발밑이 푹푹 꺼지는 느낌을 받았다.

유화는 그런 나연의 마음을 정확하게 읽었다. 만남이 이어질 때마다 유화는 '걱정 마' 라고 말했다.

"그 인간 곁에 사람을 붙여뒀어. 너 찾으러 오면 내가 말해줄게."

그 말로 안심을 하진 못했다. 매사 마음은 불안했지만, 어쩔 도리가 없었다. 다른 곳으로 또다시 숨어들기엔 이곳에서 쌓은 것들이 눈에 밟혀 그럴 수도 없었다.

하지만 이런 마음은 시간이 갈수록 점차 사라졌다. 당장이라도 들이닥칠 것만 같던 민성우도 눈앞에 나타나지 않았다. 과거를 모두 잊고 싶었지만, 유화의 존재는 반가웠다. 간혹 뉴스에서 보는 민성우 사장과 아버지의 일 때문에 마음이 술렁거리기도 했지만, 곧 빠르게 일상으로 돌아왔다.

"오늘은 딱 맞춰서 왔어."

나연의 퇴근 시간에 맞춰 편의점으로 찾아온 유화는 손을 흔들며 인사를 건넸다. 나연 역시 이젠 불쑥불쑥 찾아오는 유화가 놀랍지도 않았던 터라 인사를 건네려던 차, 유화가 말을 덧붙였다.

"근데 휴대전화 켜놓을 생각 없어? 연락할 방법이 없어서 답답하잖아."

"……하지만."

"왜. 민성우 그 인간이 연락할까 봐?"

정유화는 더 이상 민성우를 '오빠'라 호칭하지 않았다. 나연을 만나면서부터 어느새 그의 호칭은 '그 인간'으로 변해 있었다.

나연이 어색한 웃음을 머금자 정유화는 알 만하다는 듯 고개를 끄덕였다. 그러더니 식당 방향으로 자연스럽게 길을 잡는다.

"밥 먹자. 먹으면서 이야기해."

그간 유화는 나연에게 아무것도 묻지 않았다. 하지만 오늘은 하지 못했던 질문들을 할 작정인지 유화는 식당으로 향하는 내내 단 한 번도 나연을 돌아보지 않았다.

이젠 익숙하게 먼저 자리를 잡은 유화는 다양한 메뉴를 눈으로 훑으며 고민에 잠겼다.

“오늘은 뭘 먹나. 메뉴가 너무 많아도 안 좋아.”

그렇게 말한 것과는 달리 유화는 금방 메뉴를 골랐다.

“아주머니, 전 돌솥비빔밥이요.”

“저도 같은 거로 할게요.”

주문을 마치자마자 유화가 나연을 힐끗 보더니 손바닥만 한 핸드백에서 휴대전화를 꺼낸다. 평소 유화가 사용하는 휴대전화는 아니었지만 나연은 별로 신경 쓰지 않았다. 유화가 물건에 쉽게 싫증을 내 자주 바꾸는 걸 몇 번 보았기 때문이다.

휴대전화를 바꿨구나, 라고 생각했는데 예상과는 달리 자신의 앞으로 내밀어지는 메틸 소재의 휴대전화에 나연이 고개를 갸웃거렸다. 그러자 유화는 어떻게 말해야 하나, 고민하는 표정을 짓더니 이내 말했다.

“연락이 안 되니까 내가 답답해서 그래.”

“제 거예요?”

나연의 눈이 동그랗게 떠졌다. 첫 휴대전화는 민성우에게 선물받았지만 전원을 꺼둔 지 두 달이 흘렀다. 두 번째 휴대전화는 정유화가 안겨줄 모양이다.

“휴대폰값 달라는 것도 아니고, 네가 전화를 꼬박꼬박 받길 바라는 것도 아니야. 그냥 전처럼 소소하게 연락이나 주고받자고 주는 거야. 다음 주부터 바빠서 한동안 얼굴 보러 오기 힘들거든. 거기에다가 전에도 말했잖아. 그 인간이 네게 오면 먼저 연락 주기로. 그러려면 휴대전화가 필요하지 않겠어?”

나연이 난색을 표하자 유화의 미간에 주름이 잡혔다. 하지만 그녀답지 않게 이어지는 말은 부탁하는 어조였다.

"응? 이렇게까지 말하는데, 내 얼굴 봐서라도 한 번은 받아주지?"

그렇게까지 말하니 나연은 고민에 빠졌다. 유화가 이 휴대전화 번호를 다른 사람에게 알려줄 것 같지도 않았다.

휴대전화가 없다고 해서 불편한 것도 없었지만, 유화가 한동안 오지 못한다고 하니 마음이 흔들렸다.

받아도 되지 않을까……?

나연이 고민하는 기색으로 휴대전화를 바라보자 유화는 이때라고 생각한 모양이다. 휴대전화를 밀어 나연의 앞으로 바싹 밀어놓으며 '받아' 라고 말한다.

"잘 쓸게요."

"당연하지. 간간이 연락도 먼저 하고 그래."

"알았어요."

"도움이 필요하면 언제든지 연락하고."

나연은 말없이 고개를 끄덕이는 것으로 답을 대신했다. 그것만으로도 유화는 안도를 한 것인지 곧 나온 돌솥비빔밥에 시선을 둔다. 이번에도 유화는 참 맛있게 식사를 했다.

예전에 이상한 나라의 앨리스 같았던 그때, 평생 자신이 살아왔던 세상이었지만 한없이 낯설었던 때에는 유화와 함께 밥을 먹어본 적이 없었다. 어쩜 평소에도 잘 먹는 사람일지도 모른다는 생각을 하던 때에, 유화가 숟가락을 내려놓았다. 그릇에는 어느새 나물만 조금 남았을 뿐 대부분은 먹고 없었다.

"네가 뭘 생각하는지 아는데, 평소엔 조금만 먹어. 다이어트 때문에.

어제도 헬스장에서 두 시간이나 뛰었다고."

입을 닦은 유화가 새초롬하게 말했다. 그러더니 '안 먹고 뭐 해?' 라고 묻는다.

"먹어요. 먹어야죠."

식사를 시작한 나연은 결국 몇 술 뜨지 못하고 숟가락을 내려놓았다.

"다 먹었어?"

"네. 점심을 조금 늦게 먹어서요."

거짓말을 하는 눈치였지만, 유화는 굳이 더 권하지 않았다. 대신 물을 마시며 생각에 잠겼고, 나연은 유화의 말을 기다렸다.

"돌아갈 생각은 없는 거지?"

결국 하고 싶었던 말은 이것이었나 보다.

유화는 이제 행복하다는 나연의 말을 의심하지 않았다. 편의점에서 일하고, 소소한 일상을 즐기는 나연은 편안해 보였다.

하지만 언제까지 이렇게 지낼 순 없지 않은가. 편의점 알바로 인생을 연명하기에 삶은 너무 길었다.

"동호건설…… DG그룹에서 인수할 수도 있다더라. 뭐, 부피를 줄여야 하는 건 어쩔 수 없지만 공중분해되는 것보단 나을 거니까."

"아."

처음 들은 소식이었기에 나연의 입에서 작은 신음이 흘러나왔다. 자신이 그토록 부탁할 땐 그럴 수 없다며 단호하게 거절했던 민성우였다.

자신이 떠난 것이 마음 쓰여서일까?

아니면 자신에게 돌아오라는 시그널일까.

아버지의 회사 문제는 나연에게 그다지 큰 문제는 아니었다. 자신의 부탁에 단호한 반응을 보여 상처받긴 했지만, 그것보다 더 큰 상처들이 산재해 있었다.

첫날밤을 두고 거래를 하듯 돈을 주고받았던 아버지와 민성우.

기업 이미지를 위해 자신의 상처를 세상에 알리려고 했던 매정한 남자.

파트너는 자신만 두겠다던 약속을 어긴 남편.

가정을 꾸릴 생각도 없었던 듯이 했던 피임.

이혼 요구에도 '사업' 을 들먹였던 사람.

"그냥 그렇다고."

나연의 표정이 흐려지자 유화는 가볍게 대화를 넘기려고 했다. 하지만 나연의 기분은 이미 한없이 가라앉은 뒤다. 무언가가 심장의 양쪽을 붙잡고 비틀어 짜는 것 같다.

몇 번이고 심호흡을 내뱉으며 감정을 추슬러 보려고 했지만 쉽지가 않았다. 잔잔한 물 위에 내던져진 돌덩어리는 나연을 뒤흔들었다.

"아버지 회사 때문에 도망친 건 아니에요."

"……나도 그럴 거라고 생각하고 있었어."

가슴속에 쌓여 있는 수많은 말들을 유화에게라도 털어놓고 싶었다. 그렇다면 이 마음이 조금은 가벼워지지 않을까. 애증 또한 사랑의 한 형태라고들 하는데, 그 남자를 잊고 정말 잘살 수 있지 않을까. ……찬희를 받아들일 수 있게 되지 않을까.

하지만 머릿속이 곤죽이 되어 아무런 말도 할 수가 없었다. 그렇다고 걱정스러운 눈빛을 마주할 용기도 없어서, 나연은 다시 숟가락을 집어 들었다.

식어버린 돌솥비빔밥은 참 맛이 없었다. 고추장의 텁텁한 맛에 나연은 애써 다른 걸 시킬걸, 이란 생각을 해본다. 바보 같은 생각이란 걸 알면서도 꽤 진지하게.

❖

차에서 내리는 유화의 표정이 어둡다. 나연과 만나고 돌아올 때면 늘 이런 표정이었다.

"후."

미술관 주차장에 차를 세운 유화가 핸들에 이마를 기댔다. 왜 자신의 가슴이 이렇게 답답한지 모를 일이다.

곁에서 지켜본 나연은 행복해 보였다. 처음엔 모든 걸 뒤로한 채 도망쳐 버린 나연이 답답했었다. 왜 그렇게 사는 거냐며 울기도 했다. 자신의 눈엔 나연의 삶이 너무 초라하고 비참해 보였다.

하지만 소소한 것에서 행복을 찾는 나연을 보면서 이런 생각은 조금씩 바뀌기 시작했다.

나도 그랬었다면…….

가지지 못한 것을 탐내지 않고, 내 손에 쥔 것들을 소중히 여겼다면…… 지금쯤 김나연처럼 웃을 수 있지 않았을까.

예전의 자신은 모든 일에 과신했었다. 사랑도 쉽게 잊을 줄 알았다. 아주 멍청하고 못된 생각이었다.

자신은 김나연처럼 현명하지 못했었다. 용기가 있지도 않았다. 그리고 지금도 그랬다. 이한영을 붙잡고 진심을 쏟아낼 용기도 없으면서 바보처럼 애만 끓이고 있었다.

뒤늦은 후회가 들었다. 하지만 이젠 되돌릴 수 없는 일이다.

한참 진이 빠진 표정으로 앉아 있던 유화는 벨 소리가 들리자 고개를 돌렸다. 보조석에 올려놓은 휴대전화가 울리고 있었다.

보나마나 미술관에서 온 연락이라고 생각했다. 하지만 아니었다. 액정엔 〈한영 오빠〉라고 떠 있었다.

깜짝 놀란 유화가 전화를 받지 못한 채 액정을 노려보았다.

뭐지?

이별한 이후로 한영에게서 연락이 온 적은 처음이었다.

잘못 건 걸까.

유화가 조심스럽게 전화를 받았다.

"오빠가 어쩐 일이야?"

다행히 목소리는 떨리지 않고 흘러나왔다. 정말 다행이라고 생각했다. 괜한 기대감을 보여선 안 됐으니까.

역시나 잘못 건 전화인지 전화 너머로는 아무런 말도 들려오지 않았다. 그래서 유화는 모르는 척 '여보세요? 오빠, 안 들려?' 라고 말했다. 뻔뻔하게도 연기까지 섞어가면서 말이다.

이런 순간조차 그깟 자존심 때문에 가면을 뒤집어쓰는 자신이 너무 바보같이 느껴졌지만 어쩔 수 없었다. 이렇게 생겨먹었는 걸 어떻게 하겠는가. 헛웃음이 나올 지경이었다.

"내 말 안 들려? 할 말 있으면……."

—성우가 많이 힘들어해.

한영이 고민 끝에 말했다. 심장이 덜컹 내려앉는 느낌이 들었다.

민성우가 힘들어한다. 그러니까 김나연이 어디 있는지 알고 있다면 솔직하게 말해달라는 뜻이었다.

"친구 아내가 어디 있는지 말해달라고 전화한 거야? 오랜만에 전화해서 한다는 소리가 그거야? 오빠, 나와 통화하고 싶어서 전화한 것……."

—괜히 전화했다. 이만 끊을게.

한영의 말에 유화의 얼굴이 굳어졌다.

이대로 전화가 끊기면 안 된다는 생각만이 들었다. 그럼 앞으로 이한영이 전화하는 일은 없을 거라는 확신이 들었다.

그래서 유화 역시 다급하게 말했다.

"사랑해."

짧은 고백이었다. 하지만 이 순간에 가장 필요한 말이기도 했다.

"사랑해, 이한영."

난 여전히 널 잊지 못하고 있다고 말했다. 그러니까 당신도 솔직해지라고.

그녀의 종용에 침묵만이 흘러오던 전화 너머로 거친 숨소리가 들려왔다.

—넌 날 뭐로 보는 거냐, 도대체.

내가 호구야?

거친 뒷말에 유화의 얼굴이 굳어졌다. 한영의 분노가 고스란히 느껴졌다.

—내가 얼마나 우습고 멍청해 보이면 나한테 그런 말을 해!

귀가 따가울 만큼 커다란 분노였다. 그가 이렇게 화를 내는 것도 당연했다.

—어떻게 이제 와서 그런 말을 할 수 있어! 어떻게!

"……오빠, 사랑해."

—정유화!

"미안해."

사과의 말을 하자마자 전화가 끊겼다. 한영의 답이었다.

핸들에 이마를 기댄 유화가 거친 숨을 토해낸다.

유화는 직감했다.

"조금만 더 빨리 알아차렸으면……."

되돌리기엔 이미 늦었다는 걸. 이젠 정말…… 그를 놓아줘야 한다는 걸.

눈물이, 걷잡을 수 없이 쏟아졌다.

❖

민성우는 노크와 함께 깜짝 놀란 얼굴로 뛰어들어 오는 김지아를 보았다. 평소의 침착함을 잊은 그녀는 당황스러운 일을 겪은 사람처럼 보였다.

"사장님, 이것 좀……."

다짜고짜 김지아가 내미는 휴대전화를 보며 민성우는 미간을 좁혔다.

『국내 굴지의 그룹 D사. 다양한 사업을 문어발식으로 하고 있으면서도 한국에서 가장 많은 현금 보유액을 자랑하는 회사의 젊은 오너는 올해 가장 핫한 로맨스의 주인공이었다. 젊은 오너의 피앙세는 그에 걸맞은 여자인 것처럼 보였지만, 최근 그 출생에 대한 불미스러운 소문이 알려진 기업의 딸이다.

두 사람은 뜨거운 연애 후에 결혼한 것으로 알려져 있었는데, 사실은 그게 아니다. 두 사람은 정략혼을 올렸고, 두 그룹은 함께 사업을 진행하면서 꽤 많은 주가를 올렸다. 하지만 이는 앞서 언급했듯 여자 쪽 회사가 기울어지고 도산하면서 정략혼이 무색하게 되었다고 한다.

그것 때문에 두 사람의 사이가 극도로 안 좋아져 신혼의 단꿈에 빠져야 할 신부가 집을 나갔다는 이야기가 있으나, 사실은 그게 아니다. 새신랑에게 결혼 전부터 만나온 다른 여자가 있다는 소식을 신부가 알았기 때문이라는 사실이 알음알음 전해진다.

소문을 눈치채서 일까? 아니면 타이밍이 절묘했던 걸까.

젊은 오너는 부적절한 관계를 계속 이어오던 여자를 크리스마스 때 해외로 보냈지만, 신부는 아직도 집으로 돌아오지 않고 있다. 또 다른 소문에 의하면 신부 역시 집을 나가 새로운 남자와 미래를 꿈꾸고 있다고 하는데, 이는 정확하지 않다.

하지만 두 사람의 이혼 소식이 세상에 전해지는 건 시간 문제인 것만은 분명한 팩트다.』

휴대전화로 뿌려진 찌라시였다. 기사 형태로 된 내용은 누가 봐도 민성우와 김나연의 이야기였다. 어떻게 안 것인지 크리스마스 때 유학을 떠난 민아까지 언급이 되어 있었다.

"언제 돌았습니까."

"오늘 새벽 기사 형태로 제작되어 돌았다고 합니다."

"……계속 숨길 수 있을 거라고 생각하지 않았습니다."

"하지만 이건 너무 악의적이지 않습니까, 사장님. 대응해야 합니다."

악의적이긴 했지만 그렇다고 틀린 이야기도 없었다. 대응해야 한다는 건 그 역시 동의했지만, 공식 매체가 아닌 찌라시로 돌고 있었으니 할 수 있는 일도 없다. 기사가 나기도 전에 반박했다간 찌라시가 더 빨리 퍼질 것이고, 이에 민성우가 신경을 쓰고 있다는 걸 스스로 알리는 꼴이니 좋은 방법 같지도 않았다.

"무시합시다."

"하지만 사장님……."

"아내를 찾으면 모든 건 제자리로 돌아올 겁니다."

정말 그럴까?

그럴 것 같지 않았지만 김지아는 짙은 그늘이 진 오너의 얼굴을 보고 선 입을 굳게 다물었다.

최근 들어 민성우는 옆에서 보기에도 위태로워 보일 지경이었다. 잠도 제대로 자고 있지 못한지 늘 피곤한 얼굴이었고, 예전이라면 무난히 소화했을 스케줄도 버거워했다.

"사장님, 이후의 스케줄은 없습니다. 내일 역시 스케줄이 없습니다. 내일은 집에서……."

"알겠습니다."

나지막한 말에 김지아가 아차 한 표정을 지었다. 너무 오지랖이라는 생각이 들어서였다. 하지만 곧 이어진 반응은 의외였다.

"김 비서를 걱정시켰군요."

무심한 어투였지만 마치 사과처럼 들렸다. 김지아가 눈을 커다랗게 떴지만 민성우는 거기에서 그치지 않고 말을 이었다.

"내일은 집에서 쉬겠습니다."

그가 조금씩 변하고 있었다.

❖

끼이익, 탕.

대문을 열고 안으로 들어온 민성우는 곧장 집으로 들어가는 대신 걸음을 멈췄다. 그의 시선은 마치 생경한 물건을 보는 것처럼 마당과 집을 잇는 돌길에 머물렀다.

며칠 전, 많은 눈이 내렸다. 내릴 땐 새하얗고 손만 대도 녹을 것만 같은 눈송이는 마당과 길 곳곳에 내려앉은 후 얼어버렸다. 관리하던 사람이 떠난 마당은 볼품이 없었다.

하얗게 눈이 쌓인 마당과 화분을 말간 눈으로 바라보던 그가 손을 들어 마른세수를 했다. 어쩐 일인지 피곤이 몰려왔다. 해가 지긴 했지만 아직 일곱 시도 되지 않았다. 예전이라면, 아니, 얼마 전까지만 해도 이 시간이면 없던 일도 찾아서 했었다. 최근엔 더욱이 그가 신경을 써야 하는 일들이 산적해 있지 않던가.

결국 자신의 손으로 무너뜨린 동호건설을 인수하기 위한 과정에 들어간다. 아직 공식화도 하지 않았지만 알음알음 새어 나가기 시작한 이야기를 들은 주주들은 이에 대해 큰 반발을 하고 있었다.

제대로 된 데이터를 뽑고, DG그룹에 건설 분야가 없다는 걸 들어 설득에 들어가기 위해 대비해야 했지만, 몸은 아래로 한없이 내려앉았다. 어쩜, 예상하지 못한 일을 스스로가 떠안아 버려 바보 같은 결정에 힘이 나지 않는 걸지도 모른다.

그렇게 생각하던 민성우가 차가운 웃음을 머금었다. 자위를 위한 예시에 스스로를 향해 조소를 날린다.

최근 들어 민성우는 쉽게 피로함을 느꼈고, 간혹 몸살에 걸린 것처럼 시큰시큰 아프기도 했다. 그게 일 때문이 아니라는 걸 그도 알고 있었다. 아내 때문이다. 바보 같은 일을 한 것도, 사업적으로 전혀 이득이 될 일이 없는 인수 과정을 거치려는 것도 모두 김나연 때문이었다.

그걸 알고 있는데도, 인정하지 않으면 안 될 만큼 확실히 인식하고 있음에도, 그는 무시했다. 김나연이 원하는 대로 일이 돌아가 그런 것은 아니었다. 그저, 자신의 마음에 어느새 자리 잡아버린 그 감정을 인정하기엔 당혹스러웠다.

메마른 정원을 바라보던 그는 간혹 느끼던 아픔이 찾아오자 가슴께를 손바닥으로 문질렀다. 몸의 고통은 마음에서 기인한 것이란 걸 자신의 감정에 무딘 민성우도 알고 있었지만, 그는 아플 정도로 가슴을 꾹꾹 눌렀다. 결코 '사실' 을 받아들이지 않을 듯, 얼굴은 짜증스럽기까지 했다.

"젠장."

짧게 욕설을 내뱉은 그가 현실을 피해 집 안으로 들어갔다. 하지만 그곳은 또 다른 잔영들이 남아 있다. 일부러 끄고 나가지 않은 전등이 밝히고 있는 집 안에서 사람의 온기는 느껴지지 않는다.

어제만 해도 민성우는 이를 무시한 채 곧장 편안한 운동복으로 갈아입고서 러닝머신 위를 달렸다. 온몸이 땀에 흠뻑 젖고, 몸엔 힘 한 자락 들어가지 않을 때가 되어서야 샤워를 했다. 그렇게까지 했는데도 잠은 오지 않았다. 하지만 애써 침대에 누웠고, 눈을 감았다. 그렇게 시간을 무던히 보내다 보면 날이 밝아올 때쯤 겨우 잠들 수 있었다.

오늘도 그렇게 할 참이었다. 하지만 민성우는 다소 충동적으로 거실을 둘러보았고, 가운데 섰다. 그의 시선은 화병을 향해 있었다. 김나연이 있을 때는 매일 다른 꽃이 꽂혀 있었는데, 여주댁이 시들어 버린 걸 치운 건지 용도를 잃고 덜렁 놓여 있다.

화병은 하나만 있는 게 아니었다. 김나연이 있을 때 집은 온통 생화 냄새로 가득 찰 정도로 많은 꽃으로 채워졌었다.

김나연은 꽃을 좋아했다. 그게 어디에서부터 기인한 건지, 그는 알고 있다.

그녀는 시간을 흘려보낼 때 꽃을 만졌다. 웃음이 줄어들었을 무렵부터 손에서 꽃을 놓지 않는 것인지 집은 온통 꽃으로 가득했었다.

그것 말고도 거실엔 나연의 흔적이 많이도 남아 있었다. 거실 협탁 위엔 가죽으로 된 멋스러운 연필꽂이가 놓여 있었고, 색색의 볼펜이 서로 얽혀 있었다. 김나연이 운전면허를 딸 때 공부를 할 거라며 샀던 볼펜이었다.

그는 거실을 말없이 둘러보다 말고 소파에 앉았다. 그리고 그는 보지 못한, 하지만 분명 김나연이 가졌을 법한 조용한 시간을 보냈다.

불을 켜두었는데도 몸을 감싸는 스산한 느낌에 저절로 어깨가 움츠러들었다.

"……집이 참 크네."

거실에 홀로 앉은 그가 멍하니 읊조렸다. 눈빛은 멍하니 자신의 맞은편으로 향한다. 웃기게도 김나연이 마치 그곳에서 자신을 바라보고 있는 것만 같은 느낌에, 그의 눈빛이 어둡게 가라앉았다.

"어디 있어."

너.

깜빡. 깜빡.

천천히 눈을 깜빡이던 민성우가 미간을 좁혔다. 오랫동안 거실에 홀로 앉아 있다 해가 떠오를 무렵에야 겨우 잠들 수 있었다. 하지만 몇 시간 자지 못하고 일어난 민성우의 얼굴은 창백하게 질려 있다.

상체를 일으킨 성우가 관자놀이를 꾹꾹 눌렀다. 두통이 몰려왔다.

평소에는 조금 시간이 지나면 괜찮아졌지만 오늘은 그렇지 않았다. 두통이 계속되자 두통을 참지 못하고 자리에서 벌떡 일어났다. 그가 약을 찾기 위해 방 안을 오고 갔다.

드르륵.

약을 찾기 위해 서랍장을 연 그가 동글동글한 글자가 적혀 있는 메모지를 보았다. 평소라면 신경 쓰지 않았겠지만 메모지에 적혀 있는 글씨는 자신의 것이 아니었다.

그가 두통도 잊고서 메모지를 집어 들었다.

『〈하고 싶은 일〉

꽃 시장.

미술관(토우 작가).

마트.

고양이 카페.

한강.

자전거 배우기』

그것 말고도 많은 것들이 적혀 있었다. 직접 해본 일 위엔 동그라미가 쳐져 있었다. 하지만 동그라미가 쳐져 있는 건 그리 많지가 않았다.

꽃 시장, 미술관, 마트.

돈도 있고, 시간도 있었을 텐데 그녀는 이 집에서 지내면서 많은 일을 하지 못했다. 하고자 했다면 얼마든지 할 수 있었을 텐데.

"……바보 같은 여자."

아주 바쁘게 지냈으면서.

하지만 그렇게 생각했던 것과는 달리 성우의 표정은 흐려져 있었다.

『자전거 배우기』

자전거.

그 문구에서 성우의 시선이 떨어질 줄 모른다. 유독 이 글자가 신경 쓰인 건 최근 이와 관련된 이야기를 너무 많이 들었기 때문이다.

「자전거 탈 줄 아세요?」

「네?」

「보통 자전거는 부모님이 가르쳐 주잖아요. 전 못 배웠거든요. 가르쳐 주세요.」

김나연은 과거의 이야기를 하며 자신에게 자전거를 가르쳐 달라고 했었다. 그땐 별 의미 없이 넘겼다. 가끔 종잡을 수 없었던 여자이기 때문에 그 일환인 줄 알았다.

하지만 거기에 많은 의미가 담겨 있었다는 걸 최근에야 알게 됐다.

「가르쳐 주지 그랬어.」

정유화가 그렇게 말했다. 그럼 떠나지 않았을 거라고.

김나연에겐 특별한 일이었다는 걸 뒤늦게 알게 됐다.

정말 자전거를 가르쳐 줬다면 김나연이 떠나는 일은 없었을까?

그의 눈동자가 후회로 점철되었다. 그렇게 간단한 일로 그 여자를 붙잡아둘 수 있었다면 기꺼이 시간을 냈을 것이다.

"후."

한숨을 내뱉은 그가 손을 들어 다시 한 번 관자놀이를 꾹꾹 눌렀다. 두통은 점점 심해지고 있었다.

이젠 약을 찾아야겠다는 생각에 그가 메모지를 원래 있던 자리에 내려놓으려 할 때였다. 그러나 그는 약을 찾는 대신에 의자에 앉아 방금 전 보았던 종이를 뚫어져라 보았다. 뒤늦게 뒤에 적혀 있던 메모를 찾아냈기 때문이다.

『1. 면허.』

뒷장엔 번호까지 적혀 있는 리스트가 있었다.

면허.

그녀는 면허를 땄다. 열심히 공부하더니 한 번만에 척 붙어놓고서는, 그 후엔 더 이상 운전을 하지 않았다.

『2. 여행.』

여행 밑엔 '제주도' 라고 적혀 있었다. 제주도는 신혼여행을 다녀온 곳이었다.

"……아."

그의 눈망울이 흔들렸다.

『3. 친구.』

그 밑엔 웃는 이모티콘이 그려져 있었다.

그리고…….

『4. 사랑.
5. 아이.』

마지막 두 목록 위엔 그녀의 마음처럼 엉망인 붉은 선들이 힘껏 그어져 있었다.

❖

뽀드득. 뽀드득.

눈이 녹기도 전에 하늘은 또다시 눈송이를 뿌렸다. 눈발은 바람을 타고 날렸지만 나연은 머리 위에 하얀 눈이 쌓이는 것도 개의치 않은 채 높은 언덕 위를 힘차게 올랐다. 미끄러지지 않기 위해 다리에 힘을 주었다.

"아!"

넘어지지 않기 위해 되도록 눈이 쌓이지 않은 자리를 골라 걸어 올라갔지만, 바닥은 이미 빙판이었다. 몸이 휘청거렸고, 곧 시야엔 녹은 눈과 새까만 얼음으로 엉망인 바닥이 가득 찼다. 나연의 얼굴이 새하얗게 질렸을 때였다.

넘어질 거라는 생각과는 달리 힘찬 손길이 나연의 팔을 붙잡았다. 커다란 손은 나연의 몸을 넘어지지 않도록 붙잡아준다.

"아."

나연의 입술에서 방금 전과는 다른 신음이 흘렀다. 시선은 그녀와 마찬가지로 깜짝 놀란 남자에게로 향한다.

그 남자 역시 나연과 마찬가지로 검은 머리카락 위에 하얀 눈이 내려 있었다. 구릿빛 피부는 차가운 칼바람에 조금 붉어져 있는 것 같기도 하다.

나연이 깜짝 놀란 눈으로 남자를 보다 말고 퍼뜩 정신을 차렸다.

"고마워요, 찬희 씨."

그는 최근 나연의 옆을 맴돌고 있는 찬희였다. 아니, 그는 더 이상 주위를 맴돌지 않았다. 이젠 그녀의 곁에 서 있다.

"조심하세요."

걱정스럽게 말한 남자가 붙잡고 있던 나연의 팔을 놓아주었다. 두 사람 사이에 어색한 침묵이 흘렀다. 나연은 차마 그를 바라보지 못한 채 고개를 아래로 숙인다.

나연의 손에 들린 거라곤 작은 지갑이 전부였다. 짐은 모두 찬희가 들고 있었다. 그가 들고 있는 건 그들의 저녁거리가 담긴 검은 봉투였다. 정확히 말하자면 주인 할머니의 생신을 맞이하여 오늘 저녁을 함께하게 되었고, 메뉴는 할머니가 원한 돼지고기였다.

값싼 돼지고기가 들었을 묵직한 봉투를 바라본 나연은 차마 고개를 들지 못한 채 고개를 스웨터에 숨겼다. 예전엔 찬희와 함께 있는 것이 그리 불편하게 느껴지지 않았다.

하지만 최근엔 불편했다. 긴장까지 하고 있었다. 찬희는 최근 들어 종잡을 수 없는 행동을 했고, 나연을 놀라게 만들었다. 그래서 나연은 간혹, 안절부절못했고, 지금처럼 눈을 마주치지 못했다.

그녀가 아무런 말도 하지 못한 채 고개를 푹 숙이자 찬희가 고개를 기울였다.

"발목을 삔 겁니까?"

"아, 아니요."

"그럼 왜……."

"할머니 기다리시겠어요."

나연이 먼저 걸음을 옮겼다. 뒤에서 그녀의 반응을 이해하지 못한 찬희가 빤히 바라보고 있다는 걸 알면서도 아무렇지도 않은 척 씩씩하게 걸어갔다. 그러다가 갑자기 걸음을 우뚝 멈췄다.

"나연 씨."

그의 부름에 나연은 몸을 돌려 찬희를 보았다.

방금 전까지만 해도 나연은 망설이고 방황했으며, 예전처럼 도망치려고만 했었다. 하지만 그게 무척 바보 같은 짓이라는 걸 알고 있다. 도망치기만 하면 마지막 역시 그렇게 할 수밖에 없다는 것을.

"늘 고마워하고 있어요."

나지막한 말은 바람 소리와 뒤섞여 크지 않았다. 하지만 꽤 먼 간극을 두고 있는 찬희는 똑바로 들었나 보다.

"고마우면 나중에 제 부탁 들어주십시오."

"……."

"어려운 부탁은 드리지 않겠습니다."

찬희가 입가에 미소를 머금으며 말했다. 그래서 나연은 아무런 말도 하지 못한 채 말간 눈으로 그를 바라보기만 했다. 애달픈 마음과 미안한 마음이 뒤섞인 눈망울로.

미처 하지 못한 답은 어느새 긍정이 되었다.

두 사람은 뼈가 시리고, 살이 꽁꽁 얼 때까지 서로를 바라보았다. 찬희는 웃고 있었다. 그 웃음에 나연의 마음은 차가운 겨울바람에 얼어붙었다.

이 남자의 부탁은 뭘까.

어렵지 않은 부탁이라고 하니 더욱 감이 잡히질 않는다.

하지만 김나연은 애써 그 의문을 접었다. 그가 나연에게 다가오고 있었다.

“할머니 기다리시겠습니다.”

“아, 네.”

두 사람은 어깨를 다정하게 맞대고 언덕을 다시 오르기 시작했다.

뽀드득. 뽀드득.

찬희는 그녀의 걸음에 맞춰 주었다.

높은 언덕을 모두 오른 두 사람은 곧장 주인 할머니의 집으로 들어갔다. 찬희의 말대로 주인 할머니는 문 앞에서 두 사람을 기다리고 있었다.

“왜 이렇게 늦게 왔어? 된장찌개는 다 끓여놨어!”

“청한 야채 가게까지 갔다 오느라요.”

청한 야채 가게에서는 싱싱한 채소를 싼 가격에 구입할 수 있었다. 걸어서 15분이나 걸리는 거리였기에, 할머니는 더 이상 말하지 않았다. 그 대신 몸을 비켜 두 사람을 채근했다.

“춥겠다. 어여 들어와.”

집 안으로 들어가자 좁은 거실엔 꽤 그럴듯한 상이 차려져 있었다. 된장찌개는 가스레인지 위에 올려져 있었는데, 주인 할머니는 기다렸다는 듯이 냄비를 상 가운데 올려두었다. 된장찌개 냄새가 집 안에 가득하다. 고추까지 썰어 넣은 할머니의 된장찌개는 무척 맛이 좋아 나연 역시 좋아했다.

“우와, 된장찌개다.”

나연은 부러 호들갑을 떨었다. 그러자 할머니가 어서 식사하자며 밥을 펐다.

"불편한 건 아니지, 총각?"

"아닙니다."

오늘의 생일 파티를 가장 먼저 제안한 건 나연이었다. 예전에 할머니가 흘리듯 했던 말을 기억하고 있었기 때문이다. 사별한 후, 장성한 자식들은 더 이상 자신의 어머니를 찾지 않았다. 주인 할머니는 명절에도, 생일에도 혼자였고, 같은 건물에 살게 된 지 몇 달 되지 않았지만 새해에도 나연과 함께 떡국을 나눠 먹었다.

생일날 저녁을 함께 먹자는 말에 주인 할머니는 무척 좋아하셨다. 그러면서 찬희와도 함께 식사를 하고 싶다고 말씀하신 거다. 생일날엔 북적북적한 게 좋다고. 찬희는 흔쾌히 초대에 응했다.

"늙은이가 눈치 없이 부른 건 아닌가 걱정했어."

소녀처럼 웃으며 하는 말에 찬희는 고개를 저었다.

"아닙니다. 저도 혼자 살아서, 함께 식사할 수 있어서 기쁩니다."

"어쩜 말도 이렇게 예쁘게 할까."

주인 할머니는 찬희가 무척 마음에 든 듯했다.

두 사람을 번갈아 보던 나연이 먼저 상 앞에 자리를 잡고 앉자 찬희가 그 옆에 앉았다. 지나치게 가까운 거리에 두 사람의 다리가 닿았다. 나연은 슬쩍 옆으로 비켜서며 불판에 불을 켰다.

"제가 구울게요."

나연의 말에 찬희는 고개를 저었다.

"제가 굽겠습니다. 밥값은 해야 하지 않겠습니까."

"고기도 찬희 씨가 사셨는데요?"

그러면서 나연은 찬희의 옆에 놓여 있던 검은 봉지를 펼쳤다.

뜨겁게 달군 불판 위에서 삼겹살이 지글지글 익기 시작했다.

❖

눈으로 뒤덮였던 세상이 조금씩 녹아가고 있었다.

겨울과 봄, 그 어느 경계에 있는 날.

나연의 손엔 만화책이 가득 든 종이 가방이 들려 있었다.

이젠 단골이 되어버린 만화책 방에 책을 반납한 나연은 한가롭게 만화책을 골랐다. 오늘은 한 달에 네 번 있는 휴일이었다. 귤을 까먹으며 하루를 보낼 책을 골라야 했다.

만화책을 한 권 뽑아서 앞부분을 읽던 나연은 주머니에 넣어둔 휴대전화 벨 소리에 액정을 확인했다. 유화에게서 온 전화였다.

그녀가 평소 자주 찾는 대여점은 만화를 읽을 수 있는 공간도 따로 있었기에 따가운 시선이 나연에게 닿았다.

꾸벅 고개를 숙인 나연이 책방을 빠져나오자마자 전화를 받았다.

"언니."

좋지 못한 타이밍에 걸려온 전화였지만, 나연의 목소린 밝았다. 하지만 곧 이어진 다급한 목소리에 고개가 옆으로 기운다.

—지금 어디야?

"오늘 휴일이어서 집에 있어요."

—빨리 다른 곳으로 가. 민성우가 널 찾았어.

"네?"

나연은 한번에 그 말을 이해하지 못했다. 어려운 단어를 써서 한 말도 아니었지만 단번에 이해할 수가 없었다.

—지금 너한테 가고 있대. 빨리, 빨리!

다급한 유화의 목소리에 나연의 얼굴이 창백하게 질렸다. 이번엔 제대로 알아들었다.

민성우가 날 찾았어.

벌벌 떨리는 손에 당장이라도 휴대전화를 놓쳐 버릴 듯 힘이 빠졌다.

—다른 곳으로 피해 있어. 기세가 대단했다고 하니까, 빨리.

나연의 발길이 자연스럽게 집으로 향한다. 쏜살같이 집으로 내달리는 얼굴은 공포로 질려 있었다.

얼마 뛰지 않았는데도 벌써부터 거친 숨이 토해졌다. 숨을 헐떡이며 높다란 언덕 위를 달리는 나연의 눈가가 빨갛게 불타오른다.

"아, 안 돼."

자신의 세계가 무너질까 봐.

나연은 겁을 잔뜩 집어먹었다.

❖

민성우 사장의 오전 스케줄이 모두 취소되었다. 이제껏 단 한 번도 없었던 일이었다.

그는 웬만한 일이 아니면 시간 약속도 늦지 않았다. 하지만 특별한 일도 없이 오늘 그는 중요한 미팅을 캔슬했다. 그건 아침 일찍 전달된 물건 때문이었다.

홀로 집무실 의자에 앉아 있는 그는 오전 내내 김지아 비서가 건넨 물건에서 시선을 떼지 못했다. 그녀가 전해준 것은 김나연의 네 번째 손가락에 언제나 자리 잡고 있었던 결혼반지와 그것을 팔 때 적은 인적 사항, 그리고 사진 열 장이었다.

그는 김나연이 어디 있는지 알게 됐다. 당장이라도 김나연을 만나러 가야 했지만 그는 아직 결정하지 못했다. 냉혹한 눈매는 당장이라도 그녀를 찾아내 찢어발길 것처럼 거칠었지만 아직 김나연을 어떻게 처분할 건진 생각하지 못했다. 그건 최근 김나연의 모습이 찍힌 사진 때문이었다.

"……볼품없긴."

사진 속 김나연은 뺨에 살이 조금 올라 있었다. 예전보다 표정도 좋아 보였다. 발그레한 뺨에서 시선이 떨어지지 않는다.

하지만 이 모든 걸 가릴 만큼 김나연은 볼품없는 옷을 입고 있었다. 목은 조금 늘어나 보였고, 보풀이 일어난 스웨터는 쓰레기통에 있던 걸 다시 꺼내 입은 것 같았다.

하지만 그런 것들은 아무래도 좋았다. 그녀가 아무리 거지 같은 행색을 하고 있었다 하더라도 상관없었다. 그녀가 돈 한 푼 가지고 나가지 않았다는 걸 아니까.

하지만 비빌 구석이 있었는지는 몰랐다. 사진 속 김나연은 부드럽게 미소 짓고 있었고, 그 웃음은 맞은편에 선 남자에게로 향해 있었다.

으드득.

민성우가 이를 악물었다. 턱이 움푹 꺼졌고, 기분은 한없이 아래로 내려앉았다.

그녀는 자신을 비난했다. 다른 여자가 있었다고. 하지만 자신에겐 여자가 없었다. 비난을 받아야 할 건 자신이 아닌 그녀였다.

타인에게 흠 잡힐 만한 일은 하지 말라 했다. 결혼을 결정짓기 전에 확실히 그렇게 말했었다. 그런데 지금 그녀가 하는 행동은 이와 반대였다. 집을 나갔고, 지금은 한 남자와 함께 지내고 있었다.

"김나연."

널 도대체 어떻게 해야 할까.

씹어먹어도 시원치 않을 것 같았다.

이혼해 달라는 이유를 이제야 알 것 같다. 모두 이 남자 때문이다. 결혼하기 전부터 함께 있던 남자. 김나연은 앙큼하게 자신을 숨겼다.

그가 책상 위에 있던 반지를 집어 들어 힘껏 내던졌다. 가슴께가 뻐근해질 정도로 심장이 빠르게 뛰었다. 분노였다.

자리에서 일어나 집무실 문을 열고 밖으로 나온 그는 곧장 엘리베이터로 향했다. 지하 주차장으로 내려갔고, 직접 차에 올랐다.

그는 결정했다.

김나연을 데리고 오기로.

그 후에, 그녀를 벌하기로.

빠르게 내달린 차는 현재 그녀가 지내고 있다는 동네 입구에 들어섰다. 좁은 도로 때문에 달릴 수가 없어 짜증이 차올랐다.

하지만 핸들을 움켜쥐며 짜증을 삭였다. 그의 시선이 내비게이션이 가리키고 있는 골목을 올려다보았다. 이 길 가장 높은 곳에 김나연이 있다.

두근두근.

그 생각만으로도 심장은 더욱 빠르게 뛰고, 얼굴이 일그러졌다.

따로 인도가 없어서 차는 더디게 앞으로 향했다. 해가 저물 시간이어서 그런지 거리엔 사람들이 많았다.

하지만 그는 놀랍게도 인파 속에서 김나연을 찾아냈다. 그녀는 앞만 보며 달려가고 있었다.

집에 저렇게까지 빠르게 달려갈 일이 뭐가 있을까.

생각을 해보면 답은 간단하다. 그녀는 또다시 자신에게서 도망치려 하고 있다는 걸.

하지만 그는 차에서 내려 김나연을 뒤쫓지 않았다. 적어도 겉으로는 느긋한 표정으로 김나연의 뒤를 쫓았다.

내비게이션에서 목적지에 도착했다는 알림음이 울렸다. 김나연은 낡은 계단을 올라 2층으로 올라가고 있었다.

차에서 내린 그는 김나연이 걸었던 그 길을 걸었다.

탕. 탕. 탕.

철제로 된 계단은 그가 발걸음을 옮길 때마다 날카로운 소리가 울렸다.

그는 망설이지 않은 채 손잡이를 붙잡아 문을 열었다. 기괴한 소리가 났지만 상관하지 않았다.

헤집어진 집 안.

김나연이 자리에 주저앉아 있었다.

어깨가 움찔 떨리는 걸 보면 자신이 들어온 것을 알고 있는 듯 얼어붙어 버린 모습이다.

"찾았다."

그의 입술이 일자로 굳어졌다. 이 여자를 찾기 위해 무던히 애썼던 시간들이 눈앞을 지나갔다. 그 시간 동안 이 여잔 다른 남자와 놀아나고 있었다.

으드득.

이가 악물렸다. 턱이 뻐근하게 아플 정도였지만 그는 욕설이 튀어나오려는 걸 참아냈다. 그 대신 비웃음을 머금었다.

도망치던 날갯짓은 푸드덕거리는 소리만 냈을 뿐, 날아가지 못했다. 하지만 앞으론 그 날갯짓조차 하지 못하게 만들 작정이었다.

날개를 부러뜨려 주지. 어디로든 날아가지 못하게. 아니, 날아갈 생각조차 할 수 없도록 만들어줄 생각이었다.

속에서 괴물이 깨어났다. 성큼성큼 걸음을 옮긴 그는 곧장 나연에게로 손을 뻗었다. 그녀의 표정이 궁금했다. 겁에 질려 있을 눈동자를 보고 싶기도 했다.

부드러운 머리카락 사이에 손가락을 묻었다. 손가락 사이로 얽혀드는 머리카락에 그의 입술이 비틀렸다.

"아!"

새된 비명이 터졌다. 머리카락을 우악스럽게 붙잡은 손엔 힘이 들어가 있었다.

고개가 뒤로 젖혀지자 그토록 보고 싶었던 김나연의 얼굴이 보였다. 입술이 비틀렸다.

툭. 툭.

김나연은 그를 보며 울고 있었다. 눈물로 젖어드는 얼굴을 보면 쾌감을 느낄 줄 알았는데 아니었다. 얹혀 버린 것처럼 목구멍이 답답했고, 눈가가 시큰거렸다.

그러나 그녀의 눈물을 마주한 이 순간 예전의 당혹스러운 마음은 없다. 이 여자를 가엽게 여기고 염려하지도 않았다.

통쾌했다. 후련하기도 하다.

하지만 이와는 상반되게 다시 두통이 시작되었다. 머리는 지끈지끈 아팠지만 감정이 거칠어졌다.

"네가?"

네가 날 배신했다.

그 남자와 도대체 무슨 일을 한 거야.

도대체 언제부터!

"감히."

감히 그렇게 날 속였다.

날 그렇게 기만하고, 거짓된 사랑과 애정을 보냈다.

"내게서?"

그의 눈망울이 경멸로 물들었다.

쓰라린 배신을 맛본 그는 분개했다.

모욕을 느꼈다. 자신이 아닌 다른 남자에게 안겼을 그녀를 생각하는 것만으로도 증오가 들끓었다.

뚝뚝 흘리는 이 눈물조차 연기일 것이다. 이 여잔 충분히 그렇게 할 수 있었다. 깜빡 속아 넘어간 과거가 있었으니, 이 여자의 손바닥 위에서 더 이상 놀아나지 않을 참이다.

"민성우 씨…… 나는."

"그 입 닥쳐."

그가 거친 말을 쏟아내며 몸을 떨었다.

4. 다시 돌아온 자리

눈을 감은 나연의 얼굴은 절망으로 일그러져 있었다. 그녀는 세상을 잃은 사람처럼 아파했다.

"내 말 좀……."

내 말 좀 들어줘요.

김나연은 아마도 그렇게 말하고 싶었던 것 같다. 하지만 원하던 말을 모두 하기도 전에 입을 꾹 다문다.

달달달.

몸을 떠는 여잔 두려움에 사로잡혀 있었다. 목소리 역시 흔들리며 더듬거렸다. 그 두려움의 이유가 단순히 갑자기 나타난 민성우의 존재 때문인지, 아니면 소용돌이치듯 거센 그의 감정을 읽은 것인지 모른다. 민성우도 딱히 그 부분에 대해선 신경 쓰지 않았다.

그것보다 더 중요한 건 계속 신경에 거슬리는 작은 입술.

저 입술에서 앞으로 나올 말들.

민성우의 콧잔등에 신경질적인 주름이 잡혔다.

“닥치라고 했어. 넌 지금 내게 입이 열 개라도 할 말이 없어야 해.”

적어도 조금은 날 생각해 준다면 그래야 해.

이어진 뒷말과 거친 표정에 나연의 입술이 굳게 다물렸다. 그럼 자신이 원하는 대로 된 것인데도 그의 기분은 좀처럼 나아지지 않았다. 아니, 오히려 기분이 더 더러워졌다.

“날 더 이상 화나게 하지 마.”

남자의 경고에 나연은 입을 굳게 다물었다. 무슨 말을 해도 통하지 않을 것 같은 표정에 나연의 입가가 굳어졌다.

누구보다 이성적이었던 남자.

하지만 지금의 민성우는 켜켜이 쌓고 살았던 그 이성의 끈을 놓아버린 듯 거칠고 감정적이었다.

“따라와.”

민성우의 명령에 나연은 몸에 힘이 없다는 듯이 손으로 바닥을 짚은 후 자리에서 일어난다. 여자의 눈은 여전히 붉었지만 마음은 이미 추슬렀나 보다. 눈물은 더 이상 흐르지 않았고, 감정이 가득 고여 있던 눈동자 역시 더 이상 떨림을 담고 있지 않았다.

두려움에 질려 있던 눈동자가 차분하게 가라앉았다. 앞서 보였던 감정은 모두 거짓이라는 듯 갈무리되는 감정에, 그의 눈매가 날카로워졌다.

“버려.”

나연이 가방을 집어 들자 성우가 내리깐 눈으로 그녀에게 일갈했다. 하지만 나연은 눈 하나 깜짝하지 않는다.

“이성을 찾으면 이야기해요.”

분명 얼굴은 삶에 찌들어 고단했는데, 음성만은 차분했다. 예전의 김나연은 자주 웃었는데, 지금의 김나연은 너무 이성적이어서 그의 신경을 긁었다.

예전의 아내는 자신을 바라보았다. 항상 웃었고, 사랑을 구걸하는 눈동자를 했었다. 하지만 지금의 김나연은 그렇지 않다. 그녀는, 날아가 버린 것 같았다. 자신의 곁에서.

나연은 지금은 더 이상 대화를 나누고 싶지 않다는 듯이 짐을 들었다. 그는 분명 버리라고 했지만, 가방을 챙기는 그녀의 손길과 표정은 단호했다.

민성우의 곁을 스쳐 지나간 나연이 밖으로 나갔다.

탕. 탕. 탕.

계단을 내려가는 소리가 점차 멀어졌다.

"후우."

그는 몇 번이고 심호흡을 했다. 하지만 감정은 쉬이 갈무리되지 않고 난판이다. 속을 들끓게 하는 수많은 감정에 그는 주먹이 하얗게 질릴 정도로 힘주어 쥐었다.

흥분을 가라앉혀야 했다. 감정적이면 결국 일을 그르치게 될 테니까.

더욱이 김나연은 만만한 여자가 아니었다. 천하의 민성우조차 속여 넘긴 사람이다.

감정을 추스르고 밖으로 나가자 차에 오르고 있는 나연의 뒷모습이 보였다.

"넌."

나를 화나게 한다.

자신과는 다르게 금세 이성을 찾고서 행동하는 모습에 더 화가 난다.

분노로 들끓는 마음을 추슬러야 함을 알지만, 민성우는 그렇게 하지 못했다.

어떻게 아무렇지 않을 수 있지?

어떻게 아무렇지도 않게 날 볼 수 있는 거냐고!

소리치고 싶었다. 그녀의 어깨를 부술 듯이 붙잡고서.

그렇게 악다구니치고 싶어졌다.

빠르게 달리던 차가 멈췄다. 이곳까지 달려오는 내내 한마디도 나누지 않은 두 사람은 집 앞에 도착한 후로도 정면만 보고 있었다. 누가 먼저 내리거나, 내리자고 하는 이도 없었다. 생각에 잠긴 사람처럼 말간 눈을 연신 깜빡일 뿐.

무던히 흘러가던 시간을 막을 생각도 없이 앞을 보던 두 사람 중에서 먼저 고개를 돌린 건 나연이었다.

아무도 없는 길을 바라보던 그녀는 시선을 비스듬히 내려 핸들을 보았다. 핸들을 붙잡고 있는 남자의 손은 하얗게 질려 있었다.

예전엔 저 손이 자신에게 닿길, 기다리고 바랐던 때도 있었다. 하지만 지금은…… 저 손에서 벗어나길 바란다.

"……할 말이 있어요. 우린 대화를 나눌 필요가 있어요."

"그 말, 익숙한 말이네."

민성우의 입술이 비틀렸다. 하나 이와는 반대로 나연의 입매는 아래로 축 늘어진다.

처음 섹스를 나눴던 그날, 민성우는 대화를 나눌 필요성을 느꼈다고 말했다. 교악하게도 눈으론 달콤한 유혹을 건네면서, 입술은 다정한 말을 속삭였었다.

"민성우 씨."

"저도 김나연 씨와 대화할 필요성을 느끼고 있습니다. 하지만 지금은 아닙니다."

많이 진정한 듯 그는 예의 그날로 돌아가 있었다. 어투는 진중했고, 높지도 않았다. 하지만 그게 전부다. 그가 쓰고 있는 거짓된 가면처럼, 목소리 역시 그럴 뿐이다.

그날의 그는 일관된 거짓으로 그녀를 속였다. 대화를 나눌 필요성을 느끼지 못했으면서, 원하는 것은 다른 것이었음에도 불구하고, 머리가 아득해질 만큼 달콤한 말로 그녀를 현혹했다.

"지금은 그 어떠한 말도 듣고 싶지 않습니다."

"그럼 하기라도 해요."

나연은 듣고 싶지 않다면 하고 싶은 말을 하라고 했다.

영악한 여자.

속은 그녀를 향한 비난으로 들끓었지만 그는 애써 표정을 갈무리했고, 무심한 어조로 물었다.

"왜 도망갔냐고 물어보라는 겁니까? 이유를 알고 있는데 굳이 그럴 필요가 있겠습니까? 시간 낭비밖에 되지 않는데."

"혼자만의 생각으로 재단하지 마세요."

똑 부러지게 말한 나연의 시선은 불이 켜진 집으로 향했다. 그리고 그 앞을 지키고 있는 남자들에게도.

예전과는 달리 집 주위 곳곳에 감시자들이 서 있었다. 개미 새끼 한 마리 들어갈 수 없을 만큼 빈틈없는 경호에 나연의 표정이 어두워졌다.

"그 어떠한 변명도 듣지 않겠습니다."

"저 남자들도 그 의지 중 하나예요?"

"내 허락 없인 집에서 한 발자국도 못 나갑니다. 왜 그런진 김나연 씨가 더 잘 아실 겁니다."
차가운 말은 비수가 되어 나연을 찔렀다.
"……똑같아."
메마른 땅처럼 갈라진 목소리에도 민성우는 눈 하나 깜짝하지 않았다.
그래, 그는 이런 사람이었다. 거짓을 진실로 꾸며내어 아무렇지도 않게 타인을 상처 낼 수 있는 사람.
그녀는 이런 사람을 너무나 잘 알고 있었다. 자신의 남편을 제외하고 한 사람 더.
"당신도 똑같아."
아버지처럼.
아버지는 자신의 이익을 위해선 무엇이든 하는 사람이다. 자신의 이득을 위해선 타인까지 죽일 수 있는!
"다 날 가두려고 해!"
결국 자신도 어머니처럼 감옥 같은 집에서 죽어갈 것이다. 손을 대지 않고도, 말로서 상처 내고 사람을 시들게 만들 거다. 아버지가 어머니에게 그랬던 것처럼! 그 역시 자신을 말라죽게 만들 것이다. 스스로 상처 내고 발악하도록! 스스로, 스스로……!
"전부 다!"
벌컥!
비명 같은 말에 민성우는 답을 하는 대신에 차 문을 열고 내렸다. 대화를 거부하는 모습이 그녀의 마음을 더욱 난도질했다.
"나쁜 놈!"
보닛 앞을 돌아오는 민성우와 시선을 맞춘 나연은 피하지 않았다. 아니, 오히려 더욱 심한 욕지거리를 해줄 참이었다. 하지만 그는 나연이 비난하기 전에 차에서 끌어 내렸고, 곧장 남자들이 열어주는 대문 너머로 그녀를 던졌다.

"민성우 씨!"

나연은 힘껏 소리쳤다. 아직 우리는 할 이야기가 많다고.

하지만 김나연이 밖으로 나가려고 하자 그가 붙인 남자들이 나연의 앞을 막아섰다.

"밖으로는 못 나가십니다."

"그렇게 말했나요? 당신의 허락이 떨어지기 전까지 날 내보내지 말라고?"

나연은 그의 등에 대고 악다구니를 썼다. 하지만 그는 뒤돌아보지 않았다. 걸음을 멈추고 있는 걸 보면 똑똑히 들은 게 분명한데도. 그리 멀지 않은 거리임에도 불구하고.

그는 김나연을 피하고 있었다.

"나 봐요! 보고 이야기해!"

"……."

"나 좀 보라니까요, 민성우 씨!"

나연의 부름이 커지자 성우의 걸음이 다시 옮겨지기 시작했다.

그는 점차 나연에게서 멀어졌다.

아주 느리게, 하지만 붙잡을 수 없이 빠르게.

❖

민성우가 자신의 손바닥을 멍하니 내려다보고 있다. 마치 그 손으로

잡았던 김나연의 체온이 남아 있다는 듯이. 손가락을 모아 힘껏 쥔 그의 입에서 신음이 흐른다.

"후."

신음과 함께 뒤섞인 한숨은 낮고 거칠었다.

아내를 다시 찾는다면, 아내가 원래의 위치로 돌아온다면, 그땐 곁을 떠나지 않을 생각이었다. 다시 놓치지 않도록 잠시도 눈을 떼지 않고 항상 곁에…… 늘 자신의 시야에 둘 생각이었다. 다시는 이런 일이 일어나지 않도록.

하지만 지금은 오히려 김나연을 만나지 않기 위해 집으로 들어가지 않고 있었다.

그녀를 데려온 지 2주가 흘렀다. 봄이 오기 전에 그녀를 집으로 데리고 왔었는데, 어느덧 세상은 서서히 따뜻한 봄바람이 불고 있었다.

"똑같습니다. 어제도 오늘도."

"외출은."

"하려 하지 않았답니다."

"식사는."

"제대로 하고 계시답니다."

"그게 전부입니까?"

"네. 평소와 같으십니다."

질문은 일상생활과 관련된 것이었고, 지아의 답 역시 별다를 것이 없었다. 모두 믿을 수는 없었다. 예전엔 지아의 보고에 허수가 섞여 있다고 생각하지 않았지만, 최근엔 모두 믿지 않았다. 하지만 상관없다. 김나연이 자신의 시선 안에 있다는 건 변함이 없으니까.

더욱이 이번엔 새로운 감시자까지 붙였다. 김나연이 만족할 만한. 그녀를 설득할 수 있는 사람으로.

김지아의 보고는 현재 입주 가정부로 들어와 있는 여주댁의 입에서 전해진 것이었다.

김나연이 집으로 돌아오면서 민성우는 여주댁에게 부탁을 했다. 그녀가 안정될 때까지 입주해서 일을 돌봐달라고. 아니, 김나연을 지켜봐 달라고.

처음엔 난색을 표했던 여주댁도 나연의 이야기를 듣고선 이내 수락했다. 현재는 주말을 제외하고선 집에서 나연과 함께 지내고 있었다.

여주댁이 곁을 지켜서일까.

김나연은 예상과는 달리 아주 잘 지내고 있었다. 취미도 여럿 두며.

컬러링 북부터 시작해서 다양한 소설책과 만화책. 어떤 날은 하루 종일 휴대전화만 들여다보고 있는 날도 있다고 했다. 작은 액정을 보는 나연은 까르르 웃음을 터뜨리거나, 가끔은 울기도 한다고 했다.

이 보고가 모두 사실인지는 모른다. 여주댁은 김나연을 위해서라면 자신에게도 거짓을 이야기할 수 있는 사람이었다. 그럼에도 집으로 들인 건, 순전히 김나연 때문이었다. 그래서 그녀가 조금이라도 안정이 된다면, 집에 있을 이유가 생긴다면 그걸로 됐다 생각했다.

"박찬희에 대해서 알아보셨습니까?"

김나연의 생활 전반과 더불어 이 질문 역시 최근 들어 민성우가 가장 많이 하는 것이었다. 지아 역시 예상했던 질문이라는 듯이 막힘없이 답했다.

"특별한 건 없었습니다. 동호건설을 퇴사한 지 몇 달 되기도 했고요. 김 회장과 개인적으로 만나는 일도 없다고 합니다."

"계속 주시하세요."

지아가 고개를 숙였다.

보고는 모두 마쳤다. 하지만 민성우는 여전히 생각에 잠긴 얼굴이어서, 지아는 밖으로 나가지 못한 채 민성우의 앞을 지켰다.

뭐지?

고민에 잠긴 민성우의 표정에 지아의 고개가 옆으로 기울어졌다.

"더 하실 말씀이……."

"김경아 씨와 만나보십시오."

"김 비서를요?"

의외의 말에 지아의 눈이 커다랗게 떠졌다. 그러자 민성우는 그것보다 더 놀라운 말을 했다.

"회사로 복귀하라고 하면 할 겁니다."

이제 그는 단순히 김나연을 가둬두는 것에서 그치지 않았다. 그녀가 이 터전을 떠날 수 없도록 하나, 둘, 단단한 벽을 쌓기 시작했다.

◈

유리창을 통해 거실 안으로 볕이 쏟아졌다. 따스한 기운에 몸은 저절로 나른해졌다. 이대로 낮잠을 잤으면 딱 좋겠다고 생각할 정도로.

집에 홀로 남은 이 순간, 나연은 소파에 앉아 멍하니 휴대전화를 내려다보고 있었다. 타인의 시선을 신경 쓰지 않은 나연의 얼굴은 창백하게 질려 있었고, 메말라 있었다. 지난 시간 나연은 겉으로 티 내진 않았지만 지금처럼 감정을 억누른 채 지내는 중이었다.

다시 만난 여주댁은 그녀를 각별히 신경 써주었다.

「도대체 어디 갔었던 거예요? 걱정했어요!」

자신을 보자마자 따끔하게 혼을 낸 여주댁은 곧장 나연을 안아주었다. 그러면서 토닥토닥, 등을 두드려 주며 고생이 많았다 위로해 줬다.

밖에서 고생한 것도, 힘들게 지냈던 적도 없었지만 눈물이 나왔다. 왜 그런지 모르겠지만 여주댁의 품에 안겨 한참을 울었다. 자신도 모르게 억눌러 온 무언가가 있었나 보다. 어미 새처럼 곁을 지켜주는 여주댁의 모습에 복합적인 감정이 뒤섞여 마음을 연신 흔들었다.

그 이후로 여주댁은 그녀의 곁을 잠시도 떠나지 않았다. 아침에 그녀가 일어날 때쯤 커피를 가져다주며 기분을 물었고, 함께 식사를 준비하고 시간을 보냈다. 그리고 지금처럼 간혹 홀로 남을 때면, 나연은 생각에 잠겼다. 그때 머릿속을 가득 채우는 건 민성우였다.

성우는 나연의 앞에 나타나지 않았다. 나연은 우린 이야기를 해야 한다고 했지만, 그는 잠시 대화할 시간도 주지 않았다.

그녀는 떨어져 지내면서 많은 생각을 하고, 마음을 다독여 앞으로의 길을 결정하려 노력했지만, 그는 그렇지 않은 듯 도망쳐 버렸다. 먼저 도망친 건 그녀였지만, 마지막에 도망친 건 민성우였다.

"……나쁜 놈."

휴대전화를 움켜쥔 나연이 혼잣말을 읊조렸다.

관계를 개선하고 함께 지내든 아니면 이혼을 하든 대화는 필요했다. 아무것도 하지 않은 채로 이대로 시간을 보내는 건 두 사람에게 독이 될 뿐이다. 아무런 도움도 되지 않는.

"……."

나연은 멍하니 창밖을 보았다. 창밖 너머 집 앞을 지키고 선 남자들이 보인다. 그녀가 지금 할 수 있는 건 아무것도 없다.
휴대전화를 내려다보던 나연이 번호를 찾아 통화 버튼을 눌렀다.
뚜르르. 뚜르르.
몇 번의 통화음 끝에 기계음 섞인 목소리가 들렸다. 전화를 받지 못한다는 안내 음성에 나연의 표정이 어두워졌다.
그때 초인종 소리가 집 안 가득 울렸다. 외출한 여주댁이 돌아온 거라면 직접 비밀번호를 누르고 들어왔을 텐데.
혹시 유화가 온 것일까?
민성우의 손에 이끌려 신혼집으로 돌아왔을 때 나연은 가장 먼저 유화에게 연락을 했다. 유화는 지금 당장 집으로 오겠다고 했지만, 결국은 그녀도 나연과 만날 수 없었다. 민성우의 허락이 떨어지지 않는다면 김나연은 이 집을 나가는 것도, 사람을 만나는 것도 불가능했다.
기대감이 가득 찬 얼굴로 나연이 문을 열고 밖으로 나가자, 서 있는 건 김경아였다.
"어?"
"……복귀했습니다, 다시."
경아는 미묘한 표정을 짓고 있었다. 어설픈 웃음은 다시 이렇게 만난 것에 기뻐해야 할지, 아니면 슬퍼해야 할지 모르겠다는 표정이었다. 그리고 그건 나연 역시 마찬가지였다.
"민성우 씨가 보냈나요?"
"사모님이 오셨으니 저 역시 제자리로 돌아와야죠."
여주댁처럼 김경아 역시 나연을 배려하는 민성우의 마음인가 보다.
유화와 만나는 것은 허락하지 않으면서 두 사람은 만날 수 있도록 한 이유는 무엇일까.

경아가 안으로 들어올 수 있도록 길을 열어주면서도 생각에 잠겼다. 그리고 이내 결론 한 가지를 내린다.

김경아와 여주댁은 민성우가 고용한 사람들이었지만, 정유화는 그렇지 않았다. 아마도 정유화는 감당이 안 되지만, 두 사람은 컨트롤 가능하다고 생각하고 있는 것일지도 모른다.

"민성우 씨는 어떻게 지내고 있나요?"

"……호텔에서 지내고 계십니다."

"어딘지 알고 있어요?"

"네."

짧은 답에 나연의 표정이 어두워졌다. 언제까지 이 답답한 시간을 이어 나가려고 하는 건지, 이해할 수가 없다. 더욱이, 평소 민성우 씨라면 이런 상황을 스스로 만들 사람도 아니었다.

도대체 왜 그런 걸까.

그는 많이 화가 나 있었다. 하지만 그와는 반대로 겁을 집어먹은 것 같기도 했다.

그건 정말이지 민성우 씨답지 않았다. 그와 가장 안 어울리는 감정이 바로 두려움이었다.

자신이 집을 떠나 있으면서 많은 게 변화했듯 그 역시 그런 걸까.

나연이 곰곰이 생각에 잠기자 경아가 말을 덧붙였다.

"다음 주에 캐나다 출장이 잡혀 있으십니다."

"아."

출장을 떠나면 한동안 그와 만나지 못할 거란 생각에 나연의 인상이 팍 구겨졌다. 뒤이어진 경아의 말은 이런 나연의 감정을 더욱 들쑤셨다.

"갑자기 잡힌 출장이라 하셨습니다."

경아는 자신이 알고 있는 정보는 모두 말해주었다. 그 일을 하기 위해 나연의 곁으로 돌아왔으니까.

맞은편에 앉아 있는 경아를 가만히 바라보던 나연이 자리에서 일어났다.

"좀 도와주시겠어요?"

나연의 물음에 경아는 의아한 눈으로 고개를 기울였다. 그러자 나연의 입술이 부드럽게 호를 그렸다.

"어쩜 경아 씨가 함께 있으면 가능할까 싶기도 해서요."

"뭐가 말입니까?"

"이 집에서 나가고 싶거든요. 그리고 민성우 씨와 이야기를 나누고 싶어요."

김나연을 피하기 위해 해외 출장까지 잡은 그였다. 최근 들어 동호건설과 DG그룹의 합병 과정이 속도를 내고 있었고, 집안의 큰 어른인 민 회장과 사돈댁인 김 회장의 일 때문에 대내외적으로 신경 쓸 것이 많았음에도 불구하고.

경아는 자신이 있어도 별 소용이 없을 걸 알고 있었지만 나연의 뒤를 따랐다. 역시나 김나연은 대문을 열기도 전에 앞에 서 있는 남자들에게 가로막혔다.

"성우 씨를 만나러 가려는 거예요."

"안 됩니다."

단호한 말에 나연의 표정이 굳어졌다. 하지만 그들은 김나연이 어떤 표정을 짓든 신경 하나 쓰지 않았다. 오롯이 자신들이 할 일만 할 뿐.

휴대전화를 꺼낸 나연은 딱딱한 얼굴로 어디론가 전화를 걸었다. 하지만 역시나 전화를 받지 않는 듯 얼굴을 구긴다.

이를 바라보던 경아가 한숨을 푹 내뱉었다. 남자들 앞에서 연거푸 전화를 거는 나연을 말려 집 안으로 데려가야 할지 고민할 때였다.

"찬희 씨. 오랜만이에요."

나연이 해사하게 웃으며 통화를 했다.

찬희 씨.

그 사람이 누군지 경아 역시 알고 있었다. 그리고 눈앞의 남자들 역시 그 남자의 존재에 대해 알고 있다는 듯 걸음을 옮긴다.

남자들의 행동을 바라보는 나연의 얼굴은 웃고 있지 않았지만, 목소리는 연신 밝았다.

"찾을 것 같아서 연락드렸어요. 집으로 돌아왔어요. 와도, 얼굴은 보지 못할 거예요. 민성우 씨가 허락하지 못하면 아무도 못 만나거든요."

머리끝까지 화가 난 나연은 연기를 하고 있었다.

뒤에서 이를 지켜보던 경아가 고개를 숙였다. 나연의 행동이 썩 좋은 방법이 아니라는 생각이 들면서도, 한편으로는 가장 효과적이란 것을 알기 때문이다.

또 바람이 불겠네.

봄바람이 산들산들 불어와 나연의 머리카락을 흩트렸다.

이를 경아는 말없이 바라보았다.

❖

민성우가 마당 안으로 성큼성큼 걸음을 옮긴다. 하얗게 질린 얼굴로 불이 켜진 집 안을 바라보는 그는 무심한 표정이었지만 머리끝까지 화가 나 있었다.

오랜만에 집으로 돌아온 그였다. 한동안은 이 집에 들어올 마음이 없었지만 영악한 여자는 그를 집 안으로 들이는 방법을 알고 있었다.

「박찬희 씨와 연락했습니다. 곧 집으로도 초대하실 거라고 했습니다.」

언젠가 박찬희와 연락을 할 줄은 알았지만 이런 식일 줄은 몰랐다. 김나연은 감시자들의 입으로 민성우에게 말하고 있었다. 더 이상 피하기만 하면 그의 눈치를 보지 않고 박찬희를 만나겠다고.

보고를 들은 민성우는 예정되어 있었던 제주도 출장을 캔슬하고 집으로 달려왔다. 김나연이 싸움을 걸어오는데 계속 피하고 있을 수만은 없으니까. 싸움을 걸어온다면 잘근잘근 밟아서라도 이길 생각이었다.

문을 열고 안으로 들어간 민성우는 가장 먼저 자신을 반기는 여주댁을 보았다.

"밖에 차가 준비되어 있습니다."

그 말인즉, 오늘은 집으로 돌아가 달란 뜻이었다.

여주댁은 난감한 표정으로 나연을 힐끗 보았다. 그녀는 그토록 만나고 싶어했던 민성우가 왔음에도 이쪽으론 시선도 주지 않았다.

"내일 일찍……."

"그동안 고생 많으셨습니다."

"네?"

"한동안은 쉬셔도 됩니다. 유급 휴가를 드리는 겁니다."

"사장님……."

이건 김나연을 향한 벌이었다. 배려를 해주었음에도 자신을 화나게 만들었으니, 더 이상 마음을 써줄 필요는 없다.

민성우의 냉혹한 표정에 여주댁은 고개를 숙이더니 밖으로 나간다. 드넓은 집에 남은 건 나연과 민성우, 단 두 사람뿐이었다.

민성우는 나연에게 시선을 두었다. 그녀는 보잘것없고 초라한 옷을 입고 있었다. 집 안엔 적절한 난방이 되어 있었지만, 그녀가 입고 있는 옷은 두툼하고 팔꿈치엔 올도 나가 있었다. 그게 자신을 향한 반항처럼 보여 민성우가 얼굴을 구겼다.

"겨우 그런 꼴을 하고 있으려고 도망친 겁니까?"

그의 시선이 자신의 옷으로 향해 있었음에도 나연은 뭐가 문제냐는 듯 어깨를 으쓱였다.

"뭐가요?"

"어울리지 않는 옷을 입고, 아무렇지도 않은 척하는 게 지금 김나연 씨가 자존심을 지키는 방법이냐고 묻고 있는 겁니다."

"뭐가 문제죠?"

나연은 정말 아무런 문제도 없는 것처럼 말했다. 그게 자신에 대한 반항으로 보였기에 민성우는 표정을 굳혔다.

"세상에서 나를 가장 비참하게 만들고 업신여기는 사람은 당신밖에 없어요."

"업신여긴 적 없습니다."

"아니요. 그랬어요. 당신의 행동 속에서. 말 한마디에서. 그걸 당신이 몰랐다고 해서 바뀔 건 없어요. 몰랐다고 해서 죄가 되지 않는 건 아니니까."

민성우의 눈썹이 꿈틀거렸다. 자신을 향한 일방적인 비난에 그의 입술이 움찔거렸지만 정작 나오는 말은 없었다. 지금은 무슨 말을 하던 변명밖에 되지 않을 것 같았다. 자신이 잘못을 저지르지 않았더라도, 김나연은 교묘하게 그에게 그런 생각을 하도록 만든다.

“당신한테서만 벗어나면 어떤 옷을 입든, 어떤 음식을 먹든, 어떠한 환경에서 생활하든 아무런 상관도 없어요. 지금 역시 같은 마음이에요.”

“…….”

“아무한테나 엎드리고 살아도 내 자신한테는 미안하지 않아요. 그런데 당신은 아니에요.”

잠시 숨을 고른 김나연은 무심한 시선을 내리깐 민성우를 올려다보았다. 그는 여전히 잘 깎아놓은 동상처럼 멋있었지만, 그게 전부였다. 예전에는 그를 보면 심장이 뛰고 마음이 술렁거렸지만…… 지금은 아니다.

“당신하고 살면 내가 너무 불쌍하고 비참해요.”

“왜.”

짧은 되물음에 이번엔 김나연의 입술이 굳게 다물렸다. 그는 고저 없이 말을 이었다.

“그 남자와 함께 있으면 어떤 몰골로 살든 상관없다, 이건가?”

“지금 무슨 이야기를…….”

“누구의 아이를 가지고 싶었던 거지?”

“아이?”

나연이 멍하니 되물었다. 그러자 그는 더 이상 자신을 속이고 기만하지 말라며 외쳤다.

“누구의 사랑을 원했던 거야!”

성큼성큼 걸음을 옮긴 그는 순식간에 간극을 좁혀 나연의 동그란 어깨를 붙들었다.

“날 비난했었지? 사랑을 가지고 흥정하면서 이혼을 요구했었지?”

흥정.

그 단어에 상처를 받지 않았다면 거짓이겠지만, 나연은 겉으론 감정을 숨긴 채 그를 올려다보았다. 하고 싶은 말이 있으면 지금 모두 하라는 듯이.

"원하던 것을 손에 넣고 나니 모든 게 싫어졌어? 모든 걸 계획했던 거야? 그 남자 곁에 있기 위해서!"

그가 말하는 남자는 '찬희'였다.

하지만 찬희와 그녀는 그런 사이가 아니었다. 찬희는 그녀에게 좋아한다고 고백했지만, 나연은 그 마음을 믿지 않았다. 아니, 그가 정말 그런 마음을 가졌다 하더라도 김나연은 결코 그 마음을 받아줄 수가 없었다.

그건 민성우 때문이 아니다.

그는 그녀에게 있어…….

"제가 처음으로 좋아한 사람이 당신인 것뿐이에요."

처음일 뿐.

좋아하고, 사랑하고, 의지하고…… 내 모든 걸 내어줘도 아깝지 않았던 첫 사람이었을 뿐…….

나연의 눈망울이 거센 떨림을 담았다. 숨이 울컥 내뱉어졌다. 거칠어진 감정은 비난 어린 눈동자를 보자 참지 못하고 밖으로 터져 나왔다.

"좋아한 거지, 당신이 날 비참하게 만들어도 된다고 허락한 적 없어!"

가슴께가 뻐근했다.

그래. 자신은 민성우를 좋아했다. 사랑했다. 하지만 그에게 자신을 이렇게 바닥까지 끌어내릴 권리를 주진 않았다. 자신이 그를 사랑한다 하여, 그래서 감정의 약자가 되었다고 해도 이럴 수는 없었다.

거칠어진 감정에 눈가에 눈물이 스며들었다. 슬퍼서 켜켜이 쌓인 슬픔은 아니다. 이건 비참함에서 오는 슬픔이었다.

"당신이야말로 만나고 있었잖아요."

"무슨 헛소리를 하는 거야."

전에도 김나연이 이혼 요구를 하며 거론했던 문제였기에 민성우의 표정이 일그러졌다. 그는 결백하다고 말했지만 김나연은 고개를 힘껏 내저었다.

"당신의 명의로 된, 로얄 빌라 5B."

"……뭐?"

"그 여잘 만났어요. 결혼 전부터 알고 있었죠."

민성우의 표정이 멍해졌다.

로얄 빌라 5B.

그곳은 현재 비어 있었다. 하지만 얼마 전까지 민아가 지내던 곳이다.

혹 그녀도 요즘 떠돌고 있는 찌라시를 읽은 것일까? 그래서 자신을 비난하기 위해 이런 말을 하고 있는 것일까?

그가 멍하니 바라보자 나연은 입술을 잘근잘근 씹었다.

"우리가 결혼반지를 맞추러 갔던 그날에 백화점에서 봤어요. 그 여자는 당신에게 이별 선물을 사러 왔다고 했어요. 그래서 끝난 줄 알았어요. 그 여자와의 관계는! 이별이라고 말했으니까!"

이런 말까지 하려던 건 아니었다. 말을 내뱉으면 내뱉을수록 내상을 입어 아팠으니까.

하지만 일그러지는 민성우의 얼굴을 보아하니 속이 시원하긴 했다. 지금은 비참함에서 오는 자신의 아픔보단 그의 당혹이 더 통쾌했다.

"그런데 당신의 집에서 살고 있었어! 당신은 날 속인 거예요!"

나연의 이야기에 민성우가 손을 들어 얼굴을 쓸어내렸다. 이제야 그녀가 민아의 존재를 진즉부터 알고 있었다는 걸 알았기 때문이다.

그는 갈 곳 잃은 시선을 이리저리 옮겼다. 그녀가 이혼을 요구했을 때 했던 말들이 이제야 이해가 되기 시작했다.

하지만 나연의 비난은 거기에서 끝나지 않고 계속 이어진다.

"민성우 씨 당신은 내 사정은 조금도 봐주지 않았어요. 나에게 상처가 되는 일 역시 당신의 면피용으로 사용하려고 했었죠."

하아. 하아!

말을 하면 할수록 나연이 숨을 허덕거렸다. 몸에 공기가 모자라다는 듯이. 그러다 모든 말을 마친 나연은 순식간에 진이 빠져 버린 듯 몸을 비틀거렸다.

그녀가 넘어질세라 그는 순간적으로 손을 뻗어 팔을 붙잡았다. 하지만 이내 그녀가 거칠게 쳐 내는 바람에 갈 곳을 잃은 손이 허공에 멈춘다.

비난이 역력한 붉은 눈동자가 그를 날카롭게 할퀴었다. 김나연은 아직도 분이 풀리지 않은 얼굴이다.

하고 싶은 말들은 가슴에 가득 쌓여 있었다. 그가 대화를 거부해 오는 동안, 상처는 진물이 흐르고 곪아 있었다.

"아이는…… 당신의 아이를 꿈꿨어."

멍청하게도 그랬었어.

흐느끼듯 이어지는 뒷말에 민성우의 얼굴이 일그러졌다.

더듬더듬.

그가 걸음을 뒤로 물리며 나연에게서 도망친다.

"난 이제 그 꿈에서 깨어났어요. 그러니까 이혼해 주세요."

나연의 눈동자와 꼭 닮아버린 민성우의 눈동자가 아래로 떨어졌다. 그는 혼란이 가득한 눈을 연신 깜빡이며 이 상황을 대처해 보려 애를 썼다.

하지만 아내는 그가 정신을 차리기도 전에 또다시 이혼을 요구했다.

안 돼.

단호한 말이 입안을 맴돌았다. 하지만 나연은 이를 미리 예상한 듯 말을 이었다.

"그러지 않으면 난 또다시 이 집에서 도망칠 거예요."

멀리.

그녀가 또다시 자신의 앞에서 사라질 거라 협박했다. 그래서 그는 떨림을 가득 담은 목소리로 말했다.

"그렇게 되도록 내버려 둘 것 같아?"

절대 그렇게 두지 않을 것이다. 사람들을 더 고용해 이 집을 둘러싸게 해서라도 쉬이 도망치도록 내버려 두지 않을 생각이었다.

그러자 나연이 입술을 비틀며 조소했다.

"이번엔 영영 사라져 버릴 거야."

"김나연."

"당신 앞에서 죽어주죠. 그래도 당신은 눈 하나 깜짝하지 않겠지만."

두 사람은 서로를 향해 날카로운 칼날을 들이댔다. 지금은 그게 가장 중요한 사실이라도 되는 것처럼. 서로를 상처 입히는 것이 가장 중요한 일처럼. 하지만 두 사람 중 더욱 상처받은 건 민성우인가 보다.

남자의 눈가에 맺혀 있던 눈물이 아래로 떨어졌다.

"그, 러지 마."

짧게 끊겼다 이어진 말에 나연 역시 놀란 듯 그를 바라보았다. 하지만 그는 마치 주문처럼 계속해 그러지 말라는 말만 내뱉을 뿐이었다.

매번 자신에게 열리지 않던 문이 오늘은 활짝 열렸다. 남자들을 힐끗 노려본 유화가 집 안으로 들어섰다. 그러자 이번엔 현관문 역시 쉬이 열렸다.

무슨 일이지?

유화는 불안한 눈으로 집 안으로 들어서다 말고 표정을 구겼다.

"……몰골이 그게 뭐야."

"오랜만이에요, 언니."

창백한 얼굴로 앉아 있던 나연은 집 안으로 들어서는 유화를 발견하고 선 말간 눈으로 웃는다. 힘 한 자락 느껴지지 않는 모습에 멈칫한 유화가 표정을 수습한 후에 나연에게 다가갔다.

"오늘은 웬일로 문을 열어주더라? 민성우 이 인간이 드디어 개과천선이라도 한 건가?"

나연이 고개를 절레절레 저었다.

그러자 유화는 말없이 맞은편에 앉는다. 당장 민성우에 대한 욕부터 날아올 줄 알았는데, 나연은 차분하게 가라앉은 표정으로 생각에 잠겨 있었다.

무슨 일인 걸까.

유화는 나연이 결혼반지를 빼고 나타났던 그날과 비슷한 분위기에, 불안한 감정을 애써 수습하려 애썼다. 하지만 동시에 확연한 마음이 있었다. 오늘은 김나연의 말을 끝까지 들을 것. 그리고 불안한 감정을 애써 넘기지 않을 것.

유화는 차분한 얼굴로 나연의 말을 기다렸다.

"다 이야기했어요. 그간 날 괴롭혔던 일들."

달싹이던 입술에서 흘러나온 말에 유화는 입술을 굳게 다물었다.

“그랬더니.”

짧게 말을 이은 나연이 입을 꾹 다물자 유화가 적절하게 질문을 던졌다.

“그랬더니 뭐래?”

유화의 질문에 나연은 답 없이 웃었다. 말하고 싶지 않은 표정이었다.

하지만 유화는 이번에도 끈질기게 나연의 답을 기다렸다. 침묵으로.

그러자 유화와 시선을 맞춘 나연의 얼굴이 일그러졌다.

“……울었어요.”

떨림을 담은 답에 유화는 깜짝 놀랐다.

뭐? 민성우가 울어?

상상도 가지 않는 모습이었다. 민성우가 김나연을 울렸다면 모를까, 반대의 경우는 예상하지 못했다.

“그래서?”

“나도 울었어요.”

“…….”

“눈물이 계속 났어요. 가슴이 아프더라고요.”

대화는 거기에서 끊겼다. 더 듣지 않아도 현재의 상황은 모두 알 수 있었다.

두 사람은 서로를 사랑하고 있는 것이다. 바보 같게도 빙빙 돌아, 서로를 할퀴고 상처낸 후에 겨우 여기까지 왔다.

그럼 뭐가 문제지?

유화는 이해하지 못한 표정으로 나연을 보았다. 자신이라면 무척 좋았을 것이다. 그간의 상처가 사라질 만큼 행복했을지도 모르겠다.

하지만 나연은 아닌가 보다. 그녀는 여전히 고민하고 있었고, 상처받은 표정을 하고 있었다.

유화가 나연의 깡마른 손을 향해 손을 뻗었다. 그리고 움찔 떨리는 손을 붙잡은 후에 고개를 기울이며 물었다.

"이 집에 있을 거야?"

"……모르겠어요."

망설인 끝에야 내뱉은 답에 유화가 숨을 왈칵 내뱉었다. 그러자 나연은 멍한 시선을 연신 깜빡이며 말을 잇는다.

"또 헛된 희망을 품었다가 상처받을까 봐 무서워요."

"헛된 희망은 아닐 거야. 민성우도 널……."

"알아요."

그의 감정을 남의 입을 통해 듣고 싶지 않다는 듯이 나연이 잘라 말했다. 아니, 어쩌면 인정하고 싶지 않은 걸지도 모르겠다. 상처받고 너덜너덜해진 마음은 그의 사랑을 받아들이기엔 너무 헤져 버렸을지도.

"그런데……."

말을 잇던 나연이 입술을 깨물었다.

그리고 더 이상의 말은 하지 않았다. 그렇다고 눈물을 쏟는 것도 아니다. 텅 빈 눈동자로 생각에 잠길 뿐.

그래서 유화는 한참의 시간이 흐른 후에 지금 김나연에게 가장 필요한 말을 해주었다.

"네가 무슨 결정을 하든 난 네 편이야."

"무슨 결정을 하든지요? 아무리 바보 같고, 이해하지 못할 결정을 하더라도……."

"그래. 난 네 사람이니까."

그 말이 힘이 된 듯 나연이 해사하게 웃자 유화 역시 따라 웃었다.

"그 웃음을 보고 싶었어."

◈

캐나다 출장은 취소되었다. 그뿐만이 아니었다. 그가 직접 챙기지 않아도 될 일들은 각자 실무자들이 떠맡게 되었고, 민성우는 집무실에서만 지내는 시간이 길어지고 있었다.

예전과는 달라진 모습에 그의 비서진들은 걱정이 이만저만이 아니었다. 임원들 역시 그가 아픈 것은 아닐까, 지아에게 와 슬쩍 묻곤 했다. 그만큼 최근 민성우의 상태는 최악이었다.

그와 큰 교류가 없는 직원들 역시 요즘 사장의 상태가 영 엉망이라고 말하는데, 정유화가 이를 눈치채지 못할 리가 없다. 그의 집무실에 들이닥친 유화는 감정 한 터럭 안 묻어나는 얼굴로 자신을 바라보는 민성우를 보며 헛웃음을 뱉었다.

"멍청한 남자."

신랄한 비난에도 민성우는 눈 하나 깜짝하지 않았다. 하지만 유화는 알 수 있었다. 이 남자의 깊은 우울을.

그를 더 닦달하고 비난하려고 왔지만 유화는 생각을 고쳐먹었다. 이 남자의 과거를 생각해 보면 이 정도로 바뀐 것도 엉덩이를 두드리고 칭찬해 줘야 할지도 모른다. 민성우는 원래 자신의 울타리 안에 타인을 두지 않는 남자였다.

사람이 갑자기 바뀌면 죽는다던데.

여기서 더 변하면 민성우는 정말 죽을지도 모르겠다.

"지금부터 결정해. 김나연을 평생 저렇게 가둬놓을 건지 아니면 관계를 개선할 수 있도록 노력할 건지."

"아내는 이미 답을 정해놓고 있어."

"그거야 당연하지. 나 같았으면 이렇게 되기도 전에 끝냈을 거야."

유화의 말에 민성우의 얼굴이 일그러졌다.

민성우는 뒤늦게 깨달은 것 같다. 자신의 마음도. 김나연의 감정의 크기도.

바보같이 너무 늦게 깨달아 민성우는 많이 아파 보였다.

실컷 비웃어주고 싶었지만 그러지 못했다. 이젠 민성우가 안타깝다. 그건 김나연 때문이었다. 사랑으로 얽힌 관계는 한 사람이 불행하면 상대 역시 불행해진다. 사랑이란 감정은 전염력이 강해서 상대의 감정에 쉬이 동화되기 마련이다.

김나연이 행복해지기 위해선 눈앞에 있는 이 남자 역시 행복해져야 했다.

그게 가능할까?

빙하처럼 차가운 남자였기 때문에 그리 쉬운 일만은 아니란 생각이 들었다. 하지만 그 얼음이 조금씩 녹고 있었다.

희망은 있다.

"김나연은 배신을 당한 거야. 자신이 사랑했던 남자에게."

그 말에 민성우의 고개가 들렸다. 김나연과 꼭 닮은 눈동자에 정유화는 한숨 같은 웃음을 뱉었다.

"김강철 회장에게 돈을 건넸지? 처음으로 나연이와 외박을 했던 날."

"……그건."

네가 어떻게 알고 있냐는 물음이었다. 하지만 정유화는 그 이야길 어디에서 들었는지 말하기보단 계속해서 말을 이었다.

"동호건설을 무너뜨리고 후에 돌아올 후폭풍을 대비해서 이런 개 같은 소리를 지껄인 보도 자료를 준비했고."

그 말을 하는 순간엔 가방에서 서류 하나를 꺼내 그의 앞으로 내밀었다. 보도 자료 초본이었다. 경아가 김나연에게 건넸던. 그 서류는 정유화의 손에도 들어와 있었다.

민성우는 서류를 직접 들어 읽어보진 않았으나, 눈으론 익숙한 문구들을 읽어 내리고 있었다. 그의 얼굴이 절망으로 일그러졌지만 유화는 비난을 멈추지 않았다.

"그 후에 김나연은 김 회장의 지시에 따라 이민아가 지내고 있는 당신의 빌라로 갔어. 그리고 거기서 당신의 여자를 만났어."

비난은 현실에 기초한 것이었다. 부정할 수 없을 만큼 명확한 근거도 가지고 있었다.

입이 열 개라도 할 말이 없는 걸까.

민성우는 입을 꾹 다물었다.

"이혼을 요구하는 말에 당신은 뭐라 말했을지 안 들어도 뻔해."

"그 여자와는 헤어졌어. 결혼 이야기가 오고 갔던 날에 이미."

"그게 뭐가 중요해?"

이 문제에 있어 사실은 중요하지 않았다. 사실 감정을 결정하는 데에 진실은 그다지 큰 영향을 끼치지 않으니까.

민성우 역시 이에 동의한다는 듯 흔들리는 눈망울을 감추기 위해 손을 들었다. 마른세수를 하는 남자는 힘들어 보였다.

"김나연이 예전에 말한 적 있어. 행복의 반대말은 보통 불행이라고 말한다고. 하지만 자신은 그렇지가 않다고."

만난 지 얼마 되지 않았을 때, 나연은 가벼운 대화를 가장해 자신의 속

마음을 말해주었다. 순진한 듯 순진하지 않고, 약한 듯 약하지 않은 여잔 교묘하게 자신의 감정을 숨기는 것에 익숙했다.

그땐 김나연에 대해 많은 것을 알지 못했기에 가볍게 넘겼었는데, 후에 와서 생각해 보니 그게 김나연의 마음이 그득한 대화였다는 걸 뒤늦게 깨달았다. 그걸, 민성우 역시 알아주길 바라며 유화는 나연의 말을 전했다.

"자기에게 있어 행복의 반대말은 아무것도 아니었다는 거. 그게 자신에게 있어 가장 슬픈 말이래."

"그래서……."

"맞아. 김나연은 자신이 오빠에게 아무것도 아닌 존재라고 생각했어. 그래서 떠난 거야."

"……."

"슬픔을 견딜 수 없어서."

민성우는 입을 꾹 다물었다. 하지만 소리 없는 절규에 얼굴은 붉게 물들었다. 눈가도 이와 비슷한 색으로 젖어들었지만 그는 애써 참고 있었다. 자존심이 강한 남자는 그렇게 억누르려 애를 썼지만, 유화는 그 속이 훤히 보여 안타까웠다.

예전에 민성우에게도 말한 적이 있었다. 자신과 참 닮았고. 오빠와 난 비슷한 면이 많다고.

정유화 역시 마찬가지였다. 이한영과의 이별 후에 끔찍한 슬픔과 후회를 맛봤다. 이득을 위해선 그깟 감정은 쉽게 내던질 수 있을 줄 알았다. 그렇게 교만했다.

하지만 아니라는 걸 알게 되는 순간 유화는 아주 큰 것을 잃었다는 걸 깨달았다. 관계를 어떻게든 회복하고 싶었지만 그럴 수 없었다. 사람의 감정이란 아주 섬세하고 정교해서, 작은 금이 가는 것만으로도 전체가 파괴될 수 있었다.

자신은 실패했지만 김나연은 그러지 않았으면 했다. 두 사람의 마음이 같다는 걸 알게 되었으니 과거 김나연이 꿈꿨던 결혼 생활을 영위하길 바랐다.

"오빠. 난 김나연이 행복하길 바라."

둘 중 하나는 행복해도 되니까.

"……그리고 오빠도 행복했으면 좋겠어. 나처럼 실패하지 않았으면 좋겠어."

떨리는 한숨 소리를 들은 유화가 천천히 눈을 감는다.

"그러니까 김나연에게 의미를 심어줘. 넌 가치가 있는 사람이라고 말해줘."

사랑한다고, 말해줘.

"오빤 나처럼 자존심 내세우면서 상대를 상처 입히지 않길 바라."

할 말을 모두 마친 유화가 자리에서 일어났다. 그녀가 할 수 있는 일은 이제 없다. 앞으로는 민성우가 스스로 움직여야 했고, 차갑게 닫힌 나연의 마음을 열어야 했다.

민성우를 내려다보던 그녀가 몸을 돌려 문으로 향하자 뒤에서 작은 음성이 들려온다.

"고맙다."

유화가 손을 들어 눈가를 가렸다.

찾아오는 봄에 다시 꽃이 피길 바라며.

❖

인정하고 싶지 않았음에도 할 수밖에 없었다.

홀로 집무실에 남은 민성우는 많은 생각 끝에 결론을 내렸다.

자신이 잘못된 생각으로 일을 처리했다는 건 죽어도 인정하기 싫을 만큼 그의 근간을 뒤흔들었지만, 내놓아진 진실들은 천하의 민성우 역시 인정하게 만들 수밖에 없었다.

해가 떠오를 시각이 되어서야 집무실을 나온 민성우는 앞을 지키고 있는 지아를 보았다. 지아는 정유화와 민성우가 나눴던 대화를 듣지 못했음에도 그 눈빛은 비난을 담고 있었다. 아니, 비난을 담고 있는 것 같아 지아의 눈을 차마 볼 수 없게 만들었다.

“이제 퇴근하십니까?”

“네.”

“호텔로 가십니까?”

지아의 물음에 민성우는 작게 고개를 저었다. 그러자 지아가 굳어 있던 얼굴을 느슨하게 만들었다.

“사장님.”

“말씀하십시오.”

“이미 늦었습니다. 그러니까, 더 늦지 않도록 노력하세요.”

지아의 말에 민성우는 고개를 끄덕인 후 걸음을 옮겼다. 그러다 문득 남은 말이 있는 사람처럼 걸음을 멈춘다.

“충고 고맙습니다.”

짧은 말과 함께 그가 걸음을 옮겼다.

호텔로 돌아온 그는 곧장 잠자리에 들지 못했다. 하지만 바닥까지 끌어 내려진 체력 때문에 졸도하듯 잠이 들었고, 해가 중천에 떠오르고 나서야 눈을 떴다.

그는 창밖을 잠시 멍하니 보았다. 머릿속은 아직도 정리가 되어 있지 않았지만 남자의 시선은 잠들기 전과는 달리 흔들림이 없었다.

한참 생각에 잠겨 있던 그가 침대에서 일어난 건 해가 기울기 시작한 무렵.

외출 준비를 서두르는 그의 모습에선 여유를 찾아볼 수가 없었다.

호텔을 나선 민성우는 가장 먼저 여주댁을 찾았다. 집에서 쉬고 있던 여주댁은 갑자기 만나자는 민성우의 말에 깜짝 놀라 나왔고, 곧 그의 물음에 착실하게 답해줬다. 그건 김경아 역시 마찬가지였다. 정유화가 한 말은 모두 사실이었다.

오해라고 말해도 모두 소용없는 내용뿐이었다. 역지사지로 생각해 보면 그 생각은 더욱 명확해졌다.

자신이라면 김나연만큼 참지도 못했을 거다. 진즉 두 손 두 발 들고 떠났겠지.

모든 진실을 알게 된 후, 그의 걸음은 자연스럽게 집으로 향했다. 문 앞을 지키고 있는 남자들 앞에서 그는 엄청난 절망을 느꼈다.

되돌리지 못할 거야.

모든 건 자신의 불찰이었고, 잘못이었다.

이제껏 나연에게 했던 끔찍한 말들과 생각들이 소용돌이가 되어 그를 집어삼키는 것만 같았다.

비척거리는 걸음으로 집 안으로 들어선 그는 소파에 앉아 있는 나연을 보았다. 그녀는 최근 들어 이 소파에 앉아 있는 일이 많다고 했다. 그간의 다양한 취미는 눈가림이었다는 듯이, 소파에 앉아 한없이 창밖을 보고 있다고.

그런 보고를 들을 때 그는 심장이 덜컹 내려앉는 걸 느꼈다. 그녀의 행동을 직접 두 눈으로 목격하지 않아도 그 갈증을 느낄 수 있었다.

그녀는 민성우가 귀가했다는 걸 알고 있을 텐데도 눈길 한번 돌리지 않았다. 김나연의 거부에 작은 등을 무던히 바라보던 시선이 아래로 떨어진다.

"미안합니다."

지금 해야 할 것은 진실을 설명하기보단 사과였다. 진심으로 뉘우치고 있노라고, 우리…… 헤어지지 말고 함께 지내자고 부탁하는 것.

그의 말에 깜짝 놀란 건지 나연이 시선을 돌렸다. 그러더니 말간 눈으로 그를 올려다본다. 그녀는 그에게서 진심을 찾고 있는 모양이었다. 아니, 그가 또다시 자신을 교악하게 속이려 드는 건 아닐까 알아내기 위해 바삐 시선을 옮긴다.

그래서 그는 다시 한 번 진심을 전했다.

"미안합니다. 몰랐다는 말은 변명밖에 되지 않는다는 걸 알기에, 몇 번이고 사과해야겠다는 생각을 했습니다."

"민성우 씨……."

독선적인 남자가 하는 사과는 파급력이 있었다. 김나연은 무슨 말을 해야 할지 모르겠다는 표정으로 그를 바라보았고, 민성우는 거기에서 그치지 않고 말을 이었다.

"부족하고, 많이 모자란 사람이어서 몰랐습니다."

김나연의 마음도. 자신의 마음도.

그게 큰 후회라고 그는 말했다.

"사람의 감정은 불필요한 약점이라고 생각했습니다. 부부 생활에서 필요한 건 서로의 이득뿐이라 생각했습니다. 변명을 조금 해보자면…… 제가 살아왔던 인생이 그랬기 때문에 나의 생각이 잘못된 것이라고 생각해 보지도 못했습니다. 그렇게 오만했습니다."

"……."

"많은 일들은 당신 역시 그럴 거라고 생각한 것에서 기인했습니다. 김나연 씨가 마음을 표현했을 때도, 아픔을 말했을 때도 이해하지 못했으면서 이해한 척했습니다. 그게 지금 무척…… 후회가 됩니다."

"……늦었어요."

"그것 역시 알고 있습니다. 하지만……."

하지만 쉬이 당신을 놓아줄 수가 없습니다.

여전히 그녀를 곁에 두고 싶다는 마음엔 변함이 없었다. 다른 것은 떠오르지 않았는데 김나연을 곁에 둬야 한다는 생각만은 확실했다.

그녀가 집을 떠나 있던 네 달간, 그의 삶은 엉망이 되었다. 하루도 김나연이 떠오르지 않는 날이 없어서 힘들기도 했다.

"부탁드리고 싶습니다. 떠나지 마세요."

내 곁에 있어달라고 그는 부탁했다. 다시 시작해 보자고.

"노력하겠습니다. 부족하겠지만…… 이해해 주세요."

영리한 남자가 더듬더듬 말을 내뱉었다. 마치 말을 처음 배우는 사람처럼.

단어 역시 아주 단순한 것들만 사용하며 말했다. 다른 건 떠오르지 않는다.

좀 더 그럴듯하게 말해야 하는데, 그래서 아내의 마음을 돌려놔야 하는데.

자신이 이렇게 무능한 사람인 줄 몰랐던 그는 연신 불안에 떨었다.

더듬더듬 내뱉는 진심에 나연은 생각에 잠긴 듯했다. 말간 눈으로 그를 바라보는 그녀는 알 수 없는 표정이었다.

이러다간 버림받을지도 모른다는 불안감이 차올랐다. 그래서 그는 생각하기에 앞서 몸을 먼저 움직였다.

그는 나연의 앞에 멈춰 서서 한쪽 무릎을 굽혔다. 그리고 나연의 손을 붙잡으며 작게 고개를 젓는다.

“나는…… 그러니까 나는…….”

이럴 땐 어떤 말을 해야 하지?

상대를 유혹하기 위한 달콤한 말은 잘도 지껄일 수 있으면서 진심 하나 제대로 전하지 못한다. 속마음을 내보이는 일이 잘못되었다 생각해 온 지난날들이 그를 아주 초라하고 못난 남자로 만들었다.

그가 아무런 말도 하지 못하자 나연은 작게 고개를 저었다. 그게 마치 거부 같아 그의 얼굴이 절망으로 물든다.

하지만 나연의 입에서 흘러나온 건 희망이었다.

“외박하지 마세요.”

“…….”

민성우가 나연을 놀란 눈으로 보았다.

“작은 것도 숨기지 마세요. 혼자 생각하고 결론 내리지 마세요.”

이제껏 서운했던 일들을 말하는 나연은 거침이 없었다. 그래서 그는 아무런 말도 하지 못한 채 나연의 말을 머릿속에 새겼다.

“아침에 일어나면 운동부터 하지 마세요. 내게 10초만 주세요.”

“그러겠습니다.”

“절 봐주세요.”

답은 지나치게 빨랐다. 하지만 그것 말고도 바라는 게 아주 많은 나연은 말을 멈추지도 않은 채 평소에 바랐던 아주 사소한 행동들을 말했다.

“출근할 땐 바로 등 돌리고 나가지 마세요. 내게 5초만 주세요. 입을 맞춰 줘요.”

“김나연 씨…….”

“퇴근한 후엔 곧장 씻으러 들어가지 마세요. 내게 3초만 주세요. 안아 주세요.”

그렇게 노력해 달라고 나연이 말했다. 그러자 그는 그렇게 하겠노라고 힘껏 고개를 끄덕였다.

그의 눈동자가 빛을 머금고 반짝이자 굳어 있던 나연의 표정이 부드럽게 풀렸다.

그녀가 날 용서해 주기로 했어! 내 곁에……!

그렇게 남아줄 거라고 그는 생각했다. 드디어 이 끔찍한 고통이 사라지고, 자신을 향해 웃어주던 그 얼굴을 볼 수 있을 거라고 기대했던 그때, 나연이 말을 잇는다.

“노력해도 안 되면 그땐…….”

말끝을 늘인 나연이 흔들리는 민성우의 눈동자를 똑바로 바라보며 말을 마쳤다.

“놓아주세요.”

5부.
마주 보다

1. 찾아온 봄

마지막 말을 듣지 못한 사람처럼 그는 고개를 끄덕였다. 원치 않았을 말인 게 분명한데도 그는 그 의견을 존중한다는 듯이 답했다.

"고맙습니다."

그녀가 수많은 고민 끝에 이러한 결론에 이르렀다는 걸 민성우는 알고 있다. 김나연은 쉬이 행동하는 여자가 아니었고, 머릿속으로 늘 치열하게 고민하기 때문이다.

자신 역시 쉬이 내린 결론은 아니었다.

나연이 자신을 밀어내기 위한 사전 작업으로서 한 번의 기회를 주는 거라는 걸 알면서도, 민성우는 이를 받아들일 수밖에 없었다. 그녀가 그간 당해왔던 상처는 자신이 상상하는 것 이상일 테니까.

그래서 말할 수밖에 없었다.

"다행이다."

이 한마디를.

그가 혼잣말처럼 작은 목소리로 말했다.

이를 똑똑히 들은 나연은 어색한 웃음을 흘렸다. 의뭉스러운 웃음엔 확신이 없어서 불안감이 증폭되었지만, 성우는 애써 마음을 다독였다. 이제야 겨우 대화를 하게 되었는데 마음을 다급하게 먹었다간 일을 그르칠 것 같았다.

눈앞에 있는 이 여자의 존재가 자신의 안에서 얼마나 큰지 이제야 겨우 알았다. 홀로 있는 시간은 이제 싫다. 이 길 끝에 어떤 모습으로 서로를 바라보게 될지는 아직 모른다. 지금 이 대화로 같이 걷게 될지, 아니면 각자의 길로 가게 될지.

하지만 민성우는 어렴풋이 그 끝을 예상했을지도 모른다. 그랬기에 애써 마음을 다잡으려 노력했다. 여기서 더 밑바닥을 보여줄 수야 없으니까.

그가 자신의 얼굴을 빤히 바라보자 나연은 잠시 숨을 고른 후 말을 이었다.

"단, 조건이 있어요."

그의 몸이 움찔 떨렸다. 듣지 않아도 그녀가 하고자 하는 말은 쉬이 예상이 되었다.

"일단은 집으로 돌아갈래요."

자신의 생각과 별반 다를 바 없는 요구에 그의 표정이 굳어졌다. 하지만 나연은 물러설 수 없다는 듯 가만히 시선을 두었다.

그곳에는 짧은 시간 구축한 그녀의 삶이 있었다. 그에겐 하찮은 것들이겠지만 김나연에겐 무척 중요하고, 의미 있는 것들이. 책임감 있게 행동해야 하는 일자리 역시 있었기에 나연은 자신의 생각을 관철시키기 위해 말을 덧붙였다.

"오래 걸리진 않을 거예요."

"여기도 당신 집입니다."

그의 반박에 나연의 눈망울이 흔들렸다. 금세 눈물을 쏟아낼 것만 같은 습기 가득한 눈동자에 그의 표정이 일그러졌다.

"울지 마세요."

예전엔 그녀의 감정에 일희일비하지 않았다. 그는 타인의 감정을 중요하게 여겨본 적도 없었고, 신경을 쓰지도 않았다. 그가 타인의 감정에 관심을 가지는 것은 사업에 목적을 두었을 때밖에 없었다.

김나연으로 인해 그는 처음으로 상대의 감정을 눈여겨보고 두려움을 느꼈다. 첫 경험은 그에게 더 큰 두려움을 주었다.

"울면 어쩔 수 없지 않습니까."

일그러진 얼굴로 숨을 터뜨린 그가 고개를 숙였다.

그렇다. 어쩔 수 없다.

김나연과의 관계 개선을 위해선. 그녀의 요구를 들어줄 수밖에 없었다.

"고마워요."

나연은 방금 전 성우가 했던 말을 되풀이했다.

지금은 이별해야 할 때라는 걸 두 사람은 본능적으로 알았다.

달칵.

문이 닫히는 소리가 등 뒤에서 들렸다. 이제껏 숨을 쉬는 것도 잊은 사람처럼 호흡을 멈추고 있던 나연이 깊게 한숨을 내뱉는다.

손을 든 그녀가 이마를 매만졌다. 당혹스러운 일을 당한 사람처럼 나연은 눈동자를 굴렸다.

지금 자신에게 일어난 일들이 꿈처럼 느껴졌다.

홀로 방에 남자 나연은 자신에게 일어난 일들을 머릿속으로 정리했다. 그런 후에 자리에서 일어난다. 생각을 마친 나연은 지금 자신이 해야 할 일들부터 이성적으로 해나가기 시작했다.

지금 해야 할 건 그녀의 생활 일부를 정리하는 일이었다. 집주인 할머니에게 양해를 구하고 집을 정리해야 했고, 원치 않게 집으로 오는 순간부터 형우에게 아르바이트 역시 대타를 부탁했기에 이 역시 정리해야 했다.

노력하기로 했으니 이 지옥 같은 집으로 돌아와야 한다. 하지만 나연은 이젠 알고 있었다. 공간에 대한 감각, 감정을 정하는 것은 본인이라고. 괴로운 기억만 가득한 이 집을 바꿀 수 있는 사람 역시 자신뿐이라는 것 역시 이젠 안다.

「여기도 당신 집입니다.」

그의 음성이 귓가에서 울렸다. 그래, 이곳도 자신의 집이었다. 그걸 이제껏 잊고 있었다.

나연은 이 집으로 끌려오던 당일 가지고 왔던 낡은 가방에 짐을 싸기 시작했다. 그래 봤자 옷 몇 벌이 전부였던 터라 정리는 금방 끝났다. 나연은 이 집으로 돌아온 이후로 사용했던 작은 방을 둘러본 후에 자리에서 일어났다.

밖으로 나오는데 방에 들어가 있을 줄 알았던 성우가 기다리고 있었다. 걸음을 멈춘 나연이 빤히 바라보자 성우는 나연의 손에 들려 있는 가방을 보며 물었다.

"준비 다 하셨습니까?"

표정에선 그의 생각을 전혀 읽을 수 없었다. 평소와 같은, 아무렇지도 않은 듯한 모습에 나연이 고개를 끄덕였다. 방금 전, 자신의 생각과 감정을 모두 표현하던 그는 사라지고 없었다.

"네."

나연의 답에 그가 입술에 미소를 머금었다. 그러더니 나연의 손에 들려 있는 가방을 받아 들더니 앞서 걸어나간다.

그의 넓은 등을 바라보던 나연이 뒤를 쫓았다. 뒷좌석에 짐을 실은 그가 보조석 문을 열어주었고, 나연은 망설인 후 차에 올랐다.

차가 달리는 동안 나연은 창밖을 보았다. 그녀는 빠르게 변하는 세상 밖을 보는 일을 좋아했었다. 그 시간이 유일하게 타인의 세계를 들여다볼 수 있는 세계여서 늘 흥미진진했다. 그곳엔 늘 즐거운 일들만이 가득할 것 같았다.

사람들이 살아가는 세상 속에 뒤섞이고 보니, 막상 즐거운 일들만 가득한 건 아니었다. 개중에선 괴로운 일도, 힘든 일도, 견디기 힘든 무거운 일도 있었다. 창밖을 바라보는 그녀의 눈빛은 예전과 많이 달라져 있었다.

이를 곁에서 힐끗 바라보던 민성우가 시선을 돌려 정면을 보았다.

꽉 막혀 있던 길은 다리를 건너면서부터 조금씩 여유로워지기 시작했다. 차 안엔 내비게이션의 기계 음성만이 들렸고, 두 사람은 한마디도 나누지 않았다. 아니, 못했다. 각자의 생각에 잠겨.

얼마 지나지 않아 차는 좁은 골목으로 들어섰다. 도로와 보도가 구별되어 있지 않아 사람과 차가 뒤섞여 언덕을 오르기 시작한다.

길거리 곳곳엔 아무렇지도 않게 던져 놓은 쓰레기봉투가 쌓여 있었고, 건물 중 일부는 공사에 들어간 건지 벽엔 '철거' 란 글자가 커다랗게 적혀 있었다.

낙후되고, 더러운 동네에 성우가 미간을 좁혔다. 처음, 김나연을 데리러 오기 위해 이 동네를 찾았을 땐 못 봤던 것들이다. 그땐 오롯이 김나연의 뒷모습만 쫓았었다.

안전한 동네가 아니란 생각이 듦과 동시에 그가 나연을 힐끗 보았다. 나연은 익숙한 동네가 눈에 들어오자 입가에 미소를 머금고 있었다.

차가 나연의 집 앞에 부드럽게 멈춰 섰다. 그가 안전벨트를 풀고 있는데, 나연은 먼저 차에서 내린다. 그가 서둘러서 차에서 내린 후, 나연의 손에 들려 있는 가방을 가져와 들었다.

'왜요?'

나연의 시선은 마치 그렇게 묻고 있는 것 같았다. 하지만 그는 별다른 답 없이 먼저 걸음을 옮겨 나연의 집으로 이어진 계단 위를 오른다.

탕. 탕.

철제 계단이 날카로운 소리를 냈다.

그가 문 앞에 섰지만, 뒤따라오지 않은 나연은 밑에서 성우를 올려다 보았다.

"안 올라오고 뭐 하십니까?"

나지막한 물음에 나연은 고민하는 표정을 짓더니 이내 계단을 올라왔다. 그는 집 안까지 들어갈 모양이다. 성우의 시선 아래에서 열쇠로 문을 연 나연이 먼저 집 안으로 들어갔다. 그러자 민성우는 예상과는 달리 현관 앞에 가방을 내려놓은 후에 시선으로 집 안을 훑는다.

그의 시선이 집 안을 훑고 현관문까지 보자 나연의 몸이 굳었다. 마치

망친 시험을 친 학생이 되어버린 듯한 기분이 들었다. 민성우는 선생님이고.

"언제 돌아오실 겁니까?"

고저 없는 물음에 멍한 표정을 짓던 나연은 서둘러 고개를 끄덕였다.

"정리하고요."

그리고 각오도.

명확하지 않은 답에도 민성우는 별말 없이 미소를 지었다.

"연락하겠습니다."

나연의 표정이 흐려졌다.

몸을 돌리는 민성우의 어깨가 유독 아래로 내려와 보이는 건 이런 그녀의 마음 때문일지도 모르겠다.

❖

몸은 당장이라도 녹아내릴 것처럼 피곤했는데, 한숨도 자지 못했다.

나연은 창밖이 밝아오자 몸을 일으켰다. 멍한 표정은 아무런 생각도 하고 있지 않아 보였는데 속은 시끄럽다.

고개를 내린 나연은 굳이 손가락까지 꼽아가며 자신이 해야 할 일들을 정리했다. 성우에겐 언제까지 이곳에 머물겠다 말하지 않았지만, 약속했다. 돌아가기로. 이곳에서 신세졌던 이들에게 마지막 인사 정도는 해야 한다. 갑자기 마음이 다급해졌다.

샤워를 마치고 밖으로 나온 나연은 가장 먼저 냉장고 정리부터 했다. 상해 버린 우유를 버리고, 가스레인지 위에 올려두었던 냄비 안에서 썩어가고 있는 찌개까지 깨끗하게 정리한 후에 계란 프라이를 했다.

가볍게 식사를 마친 후에는 옷장 앞에 섰다.

창에선 따뜻한 햇살이 쏟아지고 있었지만 나연은 두툼한 스웨터를 꺼내 입은 뒤 1층 주인 할머니 댁으로 향했다.

"어머! 이게 어찌 된 일이야? 돌아온 거야?"

"네. 어젯밤에요."

"연락 후에 도통 얼굴을 볼 수 없어서 깜짝 놀랐잖아!"

주인 할머니는 그간 걱정했다고 말하며 나연의 팔뚝을 내려쳤다. 전화로 걱정하지 말라고 말씀은 드렸지만 그래도 마음을 놓진 못했나 보다.

나연의 팔을 붙잡고 집 안으로 들어온 주인 할머니는 가장 따뜻한 자리에 나연을 앉혔다. 그러고선 나연의 얼굴을 살피며 묻는다.

"어떻게 된 거야?"

"남편이 찾아왔어요."

"남편?"

나연의 사정을 자세히 모르는 주인 할머니는 깜짝 놀라 눈을 크게 떴다. 그러더니 이내 이해한다는 듯 고개를 끄덕인다.

"사정이 있는 줄은 알았어."

20대 중반 아가씨라기에는 너무 지친 표정을 자주 지었었다. 평범한 아가씨일 거라고는 생각하지 않았기에, 주인 할머니는 놀라긴 했지만 자세히 묻지는 않았다. 나연의 표정이 자세한 이야기는 하고 싶지 않다는 듯 곤란스레 굳어 있었기 때문이다.

오랜 시간을 살아왔기에 사람에겐 각기 풀지 못한 문제가 있다는 것도, 또 그에 남이 참견할 권리 또한 없다는 걸 주인 할머니는 알고 있었다. 그녀의 인생 역시 그리 녹록지 않았기에 동변상련 같은 걸 느끼기도 했다.

주인 할머니가 나연의 무릎 위에 있던 작은 손을 붙잡은 후에 토닥토닥 두드려 준다. 위로가 가득한 손길에 굳어 있던 나연의 입술이 아래로 뚝 떨어졌다.

"그래서 돌아가려고요."

"돌아간다고? 남편한테?"

"네."

"그래. 그렇다면 어쩔 수 없지. 이야기는 잘된 거야?"

"잘 모르겠어요."

작게 고개를 내저은 나연은 제 손 위에 겹쳐진 주름진 손을 붙잡았다. 이렇게 갑작스러운 이별을 하게 될 줄은 몰랐기에 나연은 사과의 말을 했다.

"죄송해요. 할머니."

"아니야. 차라리 잘된 걸지도 몰라. 아들이 돌아올 거라고 연락을 했거든."

"아들이요?"

"그래. 작은아들. 다음 주에 오기로 했거든."

"어머, 정말요?"

부산에 있다는 아들은 결혼도 하지 않은 채 혼자 살고 있다고 했었다. 사별 후에 가족과의 교류도 거의 없이 외롭게 살던 할머니 곁에 아들이 돌아온다는 소식에 나연은 진심으로 기뻐해 줬다.

"다행이에요."

"그래도 자주 찾아와야 하는 거 알지? 아가씨 없으면 또 말동무가 없잖아."

토닥. 토닥.

나연은 자신의 손을 두드려 주는 할머니를 보며 고개를 끄덕였다.

❖

아침엔 겨울바람과 닮은 시린 공기가 느껴지는 초봄. 커다란 창을 통해 따뜻한 봄볕이 쏟아지고 있었지만 아직은 두꺼운 옷을 입는 그 계절이 돌아왔다.

세 면이 통유리인 민성우의 집무실 안으로 눈이 부실 만큼 환한 봄볕이 쏟아지고 있었다. 그 중심에 선 민성우는 따뜻한 햇살 아래에 서 있었다. 그는 제왕처럼 가장 높은 곳에서 사람들을 내려다보는 것이 익숙한 사람이었다.

하지만 오늘의 표정은 어쩐 일인지 조금 달랐다. 표정은 평소처럼 무심했지만 가벼워진 옷차림을 바라보는 눈빛은 어딘가 씁쓸했다. 어느새 성큼 다가온 봄 햇살에 녹을 법한데도. 민성우에게 있어 그 빛은 환상처럼 몽롱하게 느껴졌다.

우우웅! 우우우웅!

무심한 표정으로 창밖을 보던 민성우가 침묵을 깨는 소리에 고개를 돌렸다. 그의 시선 끝이 책상 위에 올려져 있던 휴대전화로 향했다. 순식간에 변한 남자의 표정을 보아하니 아마도 기다리던 연락인가 보다.

—사장님, 지금 출발합니다!

"네, 알겠습니다."

점심시간에 맞춰 온 전화를 받아 든 민성우가 외투를 집어 들었다. 남자가 도착할 때쯤에 맞춰 가야 했기에 걸음이 성급했다.

집무실을 나서는 민성우는 중요한 약속을 앞둔 사람처럼 보였다. 전화를 끊은 민성우가 손목시계를 확인했다. 차가 막힐 시간이어서 마음이 다급해졌다.

"사장님 어디 가세요?"

지아가 다가와 물었다. 딱히 특별한 스케줄이 있다는 이야길 듣지 못했던 터라 의아한 표정이었다.

그제야 민성우는 지아에게 말하지도 않은 채 개인 스케줄을 소화해 내려 했다는 걸 깨달았다. 자신답지 않은 실수였지만 민성우는 뒤늦게 물었다.

"나갔다 오겠습니다. 오후 스케줄은 어떻게 됩니까?"

"여섯 시에 김포공항으로 가셔야 합니다."

제주도 출장길에 올라야 한다는 사실이 뒤늦게 떠올랐다. 민성우는 늦지 않게 회사로 돌아오겠다고 말한 후 엘리베이터에 올랐다. 엘리베이터는 곧장 지하 주차장으로 향했다.

민성우가 걸음을 옮길 때마다 그와 눈이 마주친 직원들은 고개부터 숙였고, 그 역시 고갯짓으로 인사를 받아주었다. 다급한 걸음에 직원들의 눈빛엔 호기심이 어렸지만, 그는 개의치 않은 채 차에 올랐다. 타인의 눈을 누구보다 신경 쓰는 그였지만 지금은 아니었다.

차에 오른 그가 시동을 켜자마자, 서늘했던 공간은 은은한 히터 바람으로 인해 따뜻해졌다. 내비게이션의 안내 없이, 그는 익숙한 공간으로 가듯 차를 몰았다. 기억력이 좋기도 했지만 바로 어제 다녀온 곳이었기에 어렵지 않게 목적지에 도착할 수 있었다.

낡은 철문 앞에 차를 세운 민성우는 자신을 기다리고 있는 남자를 보았다. 남자는 작업할 곳이 어디냐고 물었고, 민성우는 2층 문을 가리켰다.

남자는 낡은 철제 계단을 올라 2층으로 향했다. 그사이 민성우는 나연의 집 문을 빤히 바라보았다.

“무슨 일이시죠?”

각도 때문에 문을 열고 나온 나연의 모습은 보이지 않았지만 나지막하고 차분한 음성은 명확히 들렸다. 이어 남자의 목소리가 들렸는데, 대화는 그가 부탁한 대로 흘러가고 있었다.

“안녕하세요, 김나연 씨죠?”

“네, 그런데요?”

“8282 열쇠집입니다. 민성우 사장님께서 보내셨습니다. 전자 키와 안전장치를 설치해 달라고 하셔서요.”

수리공의 말에 나연은 깜짝 놀라 ‘네?’라고 되물었다. 그러면서 민성우도 함께 왔냐고 물어보았다. 수리공은 전화로 연락을 받았고, 비용은 이미 받았다고 답했다. 모두 그가 부탁한 대로였다.

그들의 음성을 들은 민성우는 차에 올랐다. 타이밍 좋게 옷 안에 넣어 둔 휴대전화가 삐릭삐릭 울었다. 예상대로 나연에게서 온 전화였다.

액정을 보는 민성우는 굳은 표정이었다. 김나연이 어떠한 말을 할지 이미 모두 예상한 듯, 전화를 받고 싶어하지 않는 것 같기도 했다.

하지만 그는 망설임 끝에 전화를 받았다.

—안녕하세요, 성우 씨.

나연은 간단하게 인사를 건넨 후 바로 본론부터 꺼냈다.

—저 다름이 아니라, 열쇠집 아저씨가 오셨어요. 민성우 씨가 보냈다고 해서요. 그래서…….

“부담스러울 거 압니다. 제 도움을 받고 싶지 않다는 것 또한, 알고 있습니다.”

그걸 알면서도 그렇게 할 수밖에 없었다. 김나연은 당장 집으로 돌아오지 않을 것이다. 정리를 하고 들어온다고 했지만, 그 말이 단순히 신변 정리를 하겠다는 말이 아니라는 걸 민성우도 잘 알고 있었다.

그렇다면 저 집에서 한동안은 지내야 할 텐데, 문이 너무 부실했다. 여자 혼자 살기엔 적절하지 않았기에, 그는 그녀가 간섭하길 좋아하지 않으리란 생각을 하면서도 수리공을 보낼 수밖에 없었다. 수리공이 집 앞으로 찾아오면 김나연이 거절하지 못하리란 걸 알았기 때문이다.

예상대로 나연은 마음에 들지 않는다는 듯 한동안 답을 하지 않았다. 그의 마음은 김나연의 마음을 돌려놔야 한다는 생각에 조급해졌지만 겉으론 무심을 가장해 말했다.

"위험해 보여서 그랬습니다."

—하지만…….

"당장 돌아오라고 하지 않겠습니다. 그러니까, 이번 일만큼은 제 뜻대로 해주세요."

이렇게 말해도 김나연의 마음은 바뀌지 않을 것 같았다. 단호했던 그녀의 모습을 떠올린 그가 말을 덧붙이려 할 때였다.

—……고마워요.

감사 인사는 예상하지 못했기에 민성우는 말문이 막혔다.

—위험할 거라곤 미처 신경 쓰지 못하고 살았어요.

그는 어떤 말을 해야 할지 몰라 눈을 굴렸다. 한마디 한마디가 조심스러웠다.

다시 운을 뗀 건 나연이었다.

—바쁘지 않아요?

"음."

그는 긍정도 부정도 하지 않았다. 하지만 그게 이렇다 할 명확한 답은 되지 못했다. 전화 너머로 침묵이 들려오자 그는 서둘러 답했다.

"제주도 출장이 있습니다. 1박 2일. 제주도에 짓고 있는 호텔 건으로 갑니다."

제주도 호텔은 원래라면 동호건설과 합작을 해서 짓기로 예정되어 있었던 공사였다. 현재 구속 수사를 받고 있는 동호건설 김 회장을 떠올린 그가 뒤늦게 미간을 좁혔다. 이 문제를 두고서도 김나연과 크게 언쟁을 펼쳤었기 때문이다.

"동호건설과 현재 합병을 추진하고 있습니다. 직원들은 대부분 그대로 고용하는 조건으로요. 김나연 씨가 신경 썼던 건……."

—고마워요.

나연의 말에 그는 다시 한 번 말문이 막혔다. 고저 없이 이어지는 말들이었기에 김나연이 실제로 어떠한 감정을 가지고 통화를 하고 있는지 알 수가 없어 마음이 답답했다.

당장 차 문을 열고 밖으로 나간다면 원하는 대로 김나연의 얼굴을 보고서 말할 수 있었다. 하지만 용기가 나지 않았다. 그래서 입을 다물었고, 보일 리가 없는데도 짙게 선팅되어 있는 차창문 밖을 보았다.

"사과…… 하고 싶은 말이 많습니다."

—조심히 다녀오세요. 다녀오시면…… 함께 식사해요.

"알겠습니다."

전화가 끊겼다. 이번엔 아내가 먼저 전화를 걸어왔지만 자신 역시 때때로 이런 전화를 걸어도 좋을 것 같다. 그는 자신도 모르게 그런 생각을 하며 미소 짓고 있었다.

내 생각이, 내 마음이 조금은 전해지지 않았을까?

그는 조금의 시간이 지난 후 차에서 내렸다. 위를 올려다보자 수리공과 나연이 간간이 대화를 나누는 소리와 함께 전동 드릴 소리가 들렸다.

백색소음 같은 잡소리를 한쪽 귀로 듣고 흘리던 그가 차에 등을 기댔다. 지금이라도 사무실로 돌아가 출장 준비를 해야 했지만 그에게 중요했던 것들은 차후로 밀린 지 오래였다. 그에게 있어 지금 가장 중요한 건 아내와의 관계였다.

오해로 시작된 것들은 걷잡을 수 없이 덩치를 키워 나가 두 사람에게 큰 상처가 되었다. 그 모든 것들이 오해였다며 김나연에게 말할 수 없었던 건, 자신이 그 오해를 불러일으켰다는 책임감을 느꼈기 때문이다.

하지만 좀 전의 통화로 많은 것들이 변할 수 있을 거란 기대가 생겼다.

"문제 있으시면 명함에 있는 연락처로 전화 주시면 돼요."

"고맙습니다."

설치가 끝났는지 두 사람이 인사를 나눴다. 퍼뜩 사념에서 벗어난 그가 손목시계를 확인했다. 시간이 꽤 흘러 있었다.

차에 오른 그는 철제 계단을 통해 열쇠 수리공 남자가 내려온 것까지 확인한 후에 시동을 켰다. 이젠 자신의 자리로 돌아가야 할 시간이었다.

튼튼한 안전장치와 전자 키를 본 나연이 걸음을 옮겨 도로를 보았다. 이 동네와 어울리지 않는 검은색 세단 차량이 좁은 골목을 빠져나가고 있었다.

수리공이 오고 난 후 나연은 얼마 지나지 않아 낯익은 차를 발견했다. 그의 차 번호까지 외우는 것은 아니었지만 이 동네와는 어울리지 않는 엄청난 고가의 차종이었기에 나연은 단숨에 민성우가 자신을 찾았다는 걸 유추해 낼 수 있었다.

하지만 일부러 알은체하지 않았다. 그가 어떤 마음으로 수리공을 보내고 이 동네를 찾은 것인지 알 것 같았지만, 나쁜 마음이 그에게로 향하는 발길을 막았다.

"후."

그의 차가 사라진 자리를 말간 눈으로 바라보던 나연은 복잡한 표정을 짓고 있었다. 그가 조금 더 아팠으면 좋겠다는 나쁜 마음이 들었다.

시간이 흐른 후 나연은 집을 나섰다. 그녀의 발걸음이 향한 곳은 처음으로 경제 활동이란 걸 할 수 있었던 편의점이었다. 문을 열고 안으로 들어가자 예상대로 형우가 나연을 반겼다.

"누나, 어디 갔었어요? 걱정 많이 했잖아요."

"미안해. 나 때문에 고생이 많았지?"

"일단 친구한테 부탁은 해서 땜빵은 했지만……."

형우는 더는 힘들다는 표정을 지었다.

원치 않게 집으로 돌아간 후 나연은 가장 먼저 형우에게 전화를 걸었다. 당장 해야 하는 아르바이트가 가장 걱정이었기 때문이다. 말도 없이 출근을 하지 않으면 여러 사람에게 피해를 줄 거라는 사실에 형우에게 아르바이트 대타를 부탁했고, 사장님께도 따로 연락을 드렸다.

그땐 '며칠만' 이란 가정을 두었지만 어쩌다 보니 시간이 훌쩍 지나 버렸다.

나연은 다시 한 번 사과의 말을 건넨 후에 CCTV가 설치되어 있는 창고를 보았다. 일부러 사장이 편의점에 나올 시간에 맞춰 온 그녀였다.

"안 그래도 일 그만둔다고 사장님께 말씀드리려고. 안에 계시지?"

"갑자기요?"

형우가 눈을 동그랗게 떴다. 최저 시급을 받으면서도 누구보다 열심히 일했던 나연이었기에, 그 말이 무척이나 의외였던 모양이다.

나연 역시 일이 이렇게 될 줄은 몰랐다는 듯 어색한 웃음을 지었다.

"새 아르바이트생 구할 때까지만 일하려고."

"왜요? 누나, 무슨 일 있어요?"

걱정스러운 물음에 나연은 고개를 저었다.

"아니, 무슨 일이 있는 건 아니고 이사를 가야 할 것 같아."

"그러면 어쩔 수 없지만…… 아쉬워요."

"자주 연락하고 지내면 되지."

형우의 어깨를 툭툭 두드린 나연이 창고로 들어갔다. 원체 부지런한 사장은 안에서 직접 재고 정리를 하고 있었다.

"어? 이게 누구야? 나연 씨 아니야?"

"사장님, 죄송해요."

나연은 가장 먼저 깊숙이 허리를 숙였다.

세 달 남짓.

이곳에서 그녀가 삶을 꾸려 나간 건 인생에 있어서 엄청나게 짧은 시간이었지만, 많은 사람들에게 도움을 받았다.

이곳을 떠나기 싫었지만 나연은 민성우의 곁으로 돌아가기로 어렵게 결정을 내렸다. 후에 후회하지 않도록.

마음을 모두 털어낼 생각이었다.

❖

제주도 출장에서 돌아온 민성우는 김포공항에서 자신을 기다리고 있는 사람들을 뒤로한 채 직접 차를 몰았다. 원래대로라면 오늘 저녁 마지막 비행기를 타고 돌아오는 일정이었지만, 그는 일을 단시간에 마친 뒤 서울로 돌아왔다.

이번 출장 일정은 동호건설 직원들과의 협상을 위해서였다.

동호건설 직원 중 주요 직원들 대부분은 제주도 건설 현장에 파견 나가 있었고, DG와 합병 소식이 전해지면서부터 많은 동요를 일으키고 있다고 했다. 그들 중에선 미래가 창창한 젊은이들도 있었지만 대부분은 한 가정을 책임져야 하는 가장이었다. 동요를 막아보려고 했지만 자신들의 처지가 어찌 될지 몰랐기에 공사는 지지부진했고, 민성우는 이를 일단락 짓기 위해 담당자들과 함께 제주로 날아가 협상을 마쳤다.

모두가 만족스러운 결과는 아니겠지만 DG 쪽에서 많은 배려를 했고, 동호건설 측 역시 파견 나와 있는 직원들 대부분이 현상 유지를 하는 쪽으로 합의를 마쳤다.

제주공항에서 김포공항으로 가기 전, 민성우는 나연과 통화를 하려 했다. 하지만 아직 하루를 시작하기엔 너무 이른 시간이어서 그럴까. 나연은 전화를 받지 않았다.

출장의 여독을 풀고 나연에게 향해도 되겠지만, 그는 그 시간조차 무척 길게 느껴진다는 듯 차를 출발시켰다. 서울로 향하는 동안 그는 핸들을 툭툭 두드리기도 하고 괜스레 창밖도 살펴보며, 신경을 다른 곳으로 돌려보려 노력했다.

하지만 이런 노력에도 불구하고, 결국 성우는 다시 나연에게 전화를 걸어보았다. 블루투스로 연결이 되어 있어 차 안에 통화음이 가득 울려 퍼졌다. 이번에도 나연은 전화를 받지 않았다.

「조심히 다녀오세요. 다녀오시면…… 식사해요.」

출장을 떠나기 전, 나연이 했던 말이 뇌리를 스쳤다.

혹 자신이 만들어낸 환청은 아니었을까. 아니면 자신이 편한 대로 장면을 재구성한 건 아닐까, 하는 생각도 들었지만 이내 고개를 저었다.

바로 어제 나눴던 통화였다. 낮은 음성에서 그 감정을 알 수는 없었지만 분명 그렇게 말했었다.

핸들을 움켜쥔 그가 이른 시간에 뻥 뚫린 도로 위를 거침없이 달렸다. 이대로 20분은 더 달려야 했지만 연결이 되지 않은 전화 때문일까, 마음은 계속 조급해졌다.

그렇게 한참을 달린 그는 익숙한 길로 들어서자 굳어진 미간을 애써 폈다. 이제 곧 나연을 만날 수 있다는 생각에 표정은 느슨하게 풀렸지만 반대로 심장은 빠르게 뛰었다.

감정은 가슴께가 크게 들썩일 만큼 격하게 찾아왔다. 하지만 난생처음 느껴보는 감정은 낯설기만 해서 적응이 되지 않았다.

만나면 뭐라고 하지?

아내는 갑자기 나타난 자신을 어색하게 생각할 것이다. 그리고 그 분위기에 자신 역시 휩쓸릴 것 같았다.

그러고 싶진 않은데.

그는 나연을 만나면 무슨 말을 해야 할지 머릿속으로 되뇌었다. 능숙하진 못하더라도 자신의 감정을 솔직하게 표현하는 게 좋을 것이다. 말하지 않아 생긴 오해는 크나큰 독이 된다는 걸 그는 몸소 겪어 알고 있었다.

인사부터 해야겠지.

그런 후엔, 조금 어려운 이야기라도 말하는 게 좋을 것이다.

한숨이 왈칵 쏟아질 것 같았지만 그는 애써 삼켰다. 그러면서도 머릿속은 바쁘게 돌아간다.

꽃을 사고 싶은데.

이 시간에 연 꽃집이 없다는 것을 알면서도 그는 갑자기 빈손으로 가야 한다는 게 마음에 걸렸다.

언덕만 오르면 바로 나연의 집이었지만 그는 차를 멈췄다. 꽃다발이 있으면 어색한 분위기를 조금이나마 상쇄시킬 수 있을 거란 생각이 들었다. 게다가 그는 나연에게 잘 보여야 하는 입장이 아니던가.

인터넷으로 이 근처에 연 꽃집이 없는지 검색해 보았지만 없었다. 결국 차를 돌린 그가 향한 곳은 꽃 시장이었다. 언젠가 나연과 함께 오려고 생각해 두었던 장소를 홀로 찾은 그는, 꽤 많은 인파로 복작거리는 시장을 누볐다.

길 곳곳에 놓여 있는 꽃을 바라보던 그는 난감한 표정을 지었다. 자신의 눈엔 색과 모양만 약간 달라 보일 뿐이지, 뭐가 더 예쁜지 눈에 들어오지 않았기 때문이다.

뭐가 좋을까.

고민에 잠긴 그는 사람들의 시선을 모았다. 이른 아침에 슈트를 입고 나타난 남자가 꽃 시장을 거니는 건 꽤 특별해 보였기 때문이다. 개중에선 민성우를 알아보는 사람들도 있어서 그의 주위엔 이상한 분위기의 인간 벽이 생겨나기 시작했다.

"사장님, 뭐 찾으시는 것 있습니까?"

그가 고민한 표정으로 뚫어져라 꽃을 바라보자 기다리던 상인이 물었다. 상인의 질문에 민성우는 조금은 안도한 표정을 지었다. 도움을 청할 수 있는 사람이 생겼다는 것에 본의 아니게 나온 표정이었다.

"저…… 선물을 하려고 하는데요."

"여자 친구분에게요? 아니면 사업 파트너?"

"……아내요. 꽃을 많이 좋아합니다."

"아, 아내분! 좋네요, 로맨틱하고."

이 시간에 아내에게 줄 꽃을 사러 왔다는 말에 상인은 이것저것 추천을 해주기 시작했다.

"조팝나무인데, 최근 많이 찾고 있는 거예요. 꽃나무이지만 봄소식을 알려주기도 하고, 또 심플하고 예뻐서 많이들 선물하거든요."

상인은 조팝나무 한 단을 들어 그에게 보여주었다. 꽃나무였지만 흐드러지게 핀 하얀 꽃망울은 꽤 탐스럽고 예쁘게 보였다. 나연도 몇 번이나 사와 꽃다발로 만들던 것이 기억났다.

하지만 그의 시선은 그 옆에 놓인 하얀 튤립으로 향했다. 민성우의 시선 끝에 닿아 있는 튤립을 집어 들어 보여준 상인이 능숙하게 옆에 놓인 히아신스를 집어 들어 보여주었다.

"꽃다발로 만드실 거면 요 하얀 튤립이랑 핑크색 히아신스를 매치하면 더 화사하고 예쁘답니다."

두 꽃을 겹쳐 보니 은은한 색상이 참 예뻤다.

나연의 취향은 잘 몰랐지만, 자신의 눈엔 꽤 그럴듯하게 보여서 고민은 길지 않았다.

"꽃다발로 만들어 드릴까요?"

"네."

짧은 답과 함께 그가 카드를 건넸다. 계산을 마친 상인은 바로 뒤쪽에 있는 상가로 그를 이끌었다.

"우리 집은 꽃만 판매를 하거든요. 이 뒷집이 꽃다발을 잘 만들어요. 아내분이 분명 마음에 들어 하실 거예요."

상인의 말대로 완성된 꽃다발은 그의 마음에도 꽤나 들었다. 봄기운이 가득한 꽃다발을 받아 든 그가 주차해 둔 차로 향했다.

다시 나연에게로 향하는 길의 그는 방금 전과는 달리 들뜬 마음이었다. 불안한 마음은 보조석에 놓인 꽃다발로 어느 정도 가신 뒤다.

김나연은 꽃을 좋아했다. 힘들고 지루한 시간도 꽃과 함께 보낼 정도로 나약한 식물을 사랑하는 여자였다.

좋아해 주겠지?

자신이 직접 고른 꽃이 나연의 마음에 들진 몰랐지만, 빈손으로 갈 때보단 나았다.

하지만 입가에 머금고 있던 미소는 시간이 지날수록 사라지기 시작했다. 그녀가 꽃을 좋아한다는 건 만난 지 얼마 되지 않았을 때부터 알았다. 가던 길을 멈추고서 길가에 핀 이름 모를 꽃을 한참이나 보았으니까.

그런 여자에게 그는 단 한 번 비서가 준비해 준 꽃다발을 선물해 주었다. 별 뜻 없이, 기사에 실릴 사진에 꽤 그럴싸한 연출이 되어줄 거란 마음으로.

굳은 표정으로 나연의 집으로 향하는 골목에 들어선 그의 차가 점차 속도를 늦췄다. 그녀에게 향하는 발길이 그랬을 것처럼. 하지만 결국은 나연의 집이 가까워졌다.

"아."

나연의 집 계단으로 이어지는 골목.

그 앞에 서 있는 두 사람을 바라보는 민성우의 눈동자가 얼음장처럼 차가워졌다.

남녀는 그도 잘 알고 있는 인물이었다. 여잔 자신의 아내 김나연이었고, 남잔 김지아가 올린 보고서에서 봤던 사람이었다. 아니, 저 남잘 과거에도 만난 적이 있었다. 김나연의 곁을 지키던 남자. 저 남잔 아내가 집을 나간 후에도 줄곧 그녀 곁을 맴돌았었다.

「누구의 사랑을 원했던 거야!」

비명처럼 내질렀던 자신의 목소리가 머릿속에서 쾅쾅 울려댔다.

그래, 자신이 오해했던 그 대상 역시 저 남자였다.

서로 시선을 맞추고 있는 두 사람의 모습을 바라보던 민성우가 질끈 눈을 감았다. 당장 차에서 내리고 싶은 충동을 그는 애써 참고 있었다.

벌 받는 거다.

한 사람의 마음을 다치게 한 대가를 비슷한 방식으로 받고 있는 거다.

민성우의 눈시울이 붉어졌다.

당장이라도 도망가고 싶은 마음과 저 두 사람의 가운데 서서 떼어놓고 싶은 마음이 동시에 요동쳤다. 하지만 이런 마음도 곧 소리 소문 없이 모래알이 되어 손가락 사이로 빠져나간다.

"……."

그는 멍하니 나연을 보았다.

그녀와 분명 시선이 마주쳤던 것 같은데, 김나연은 신경 쓰지 않는다는 표정으로 고개를 돌리더니 남자와 대화를 나누었다.

그러다 몸을 돌린다.

찬희와 나연의 몸은 닿지 않았지만 간극은 가까웠다.

"왜 그러십니까?"

나연은 자신의 곁에 선 찬희가 물어오는 말에 작게 고개를 저었다. 마치 당혹스러운 모습을 보여준 사람처럼 말이다.

이상함을 느낀 찬희가 고개를 돌리려고 하자, 나연이 그의 손을 붙잡았다.

"돌아보지 마세요."

"왜……."

"남편이에요."

"……."

"남편이 뒤에 있어요."

나연의 말에 찬희는 뒤돌아보지 않았다. 그 대신에 자신의 팔을 붙잡고 있던 나연의 손을 붙잡았다. 그녀는 깜짝 놀라 고개를 들었지만, 찬희는 입가에 희미한 웃음을 머금었다.

"미안해요, 찬희 씨."

나연은 이런 일에 그가 휘말렸다는 것에 진심으로 사과했다. 집으로 돌아갔을 때도 괜스레 그의 이름을 꺼내가며 통화하는 척했던 적도 있었다. 그의 이름이 민성우에게 어떤 의미로 다가갈지 알고서 일부러 그런 거였다.

찬희를 민성우와 자신의 관계에 이용하고 있다는 것에 나연은 미안한 마음을 느꼈다. 하지만 찬희는 그럴 필요 없다는 듯이 고개를 젓는다.

"아닙니다. 저도 민성우 사장에게 화가 났거든요. 갑자기 김나연 씨를 데리고 가지 않았습니까. 원치도 않았는데."

"찬희 씨."

"전 나연 씨가 행복해지길 바라는 사람입니다. 그 행복을 위해 제가 필요하다면 얼마든지 이용하셔도 됩니다."

단호한 말에 나연은 말간 눈으로 그를 올려다보았다. 그러자 찬희가 말을 잇는다.

"저 역시 그러고 있으니까요."

그의 말에 나연은 어수룩한 웃음을 지었다.

두 사람은 근처에 있는 공원으로 향했다. 텅 빈 놀이터 한편에 있는 벤치에 앉은 두 사람은 잠시 침묵을 지켰다. 서로 하고 싶은 말이 많은 표정이었지만, 둘은 각자의 생각에 잠겨 있었다.

먼저 운을 뗀 건 찬희였다.

"갑자기 돌아갔다고 해서 깜짝 놀랐습니다."

"주인 할머니 때문에라도 오실 것 같아서요. 걱정하지 말라고 연락드린 거였어요."

"걱정했습니다."

찬희에게 굳이 연락을 한 이유는 간단했다. 이 남자와의 연을 계속 이어 나가기 위해서라기보단, 이미 연이 이어졌기에 걱정을 하지 않았으면 해서였다.

박찬희는 그녀에게 이미 충분한 구애를 했다. 하지만 그 구애에도 나연이 쉬이 마음을 열 수 없었던 건 두 사람 사이에 어느 순간부터 금기어처럼 된 일 때문이었다.

"찬희 씨…… 저는."

"오늘은 그저 얼굴이 보고 싶어서 온 겁니다. 그러니까……."

말끝을 늘인 찬희는 미처 말을 끝맺지 못하고 입을 꾹 다물었다. 그는 여전히 고민하는 듯 보였고, 나연은 그 고민을 끝내주고 싶었다.

"다음으로 미뤄주십시오. 나연 씨가 지금 하려는 말."

박찬희는 참 좋은 사람이었다. 그가 '이성'으로 다가오진 않았지만 참

고마운 사람이었다.

그래서 끝내 나연은 침묵을 지켰다. 다음에 만나면, 원하지 않아도 두 사람은 각자의 길로 가게 될 테니까.

2. 벌

일상은 그다지 변하지 않았다. 민성우의 손에 이끌려 집으로 돌아가기 전과 마찬가지로 나연은 맞춰진 시간에 출퇴근을 했고, 다음 타임인 형우와 반갑게 인사를 한 후에 편의점을 나섰다.

모든 것이 제자리로 돌아온 듯했지만 사실은 많은 게 바뀌어 있었다.

오늘 사장님은 아르바이트생 면접을 봤다고 알렸다. 그중 마음에 드는 학생이 있어서 다음 주부터는 출근을 하지 않아도 될 것 같다는 말도 전해줬다.

이곳에서의 생활이 정리되어 간다는 생각에 아쉬운 마음이 들었지만 나연은 애써 표현하지 않았다. 모든 건 자신이 결정한 일이었다.

나연은 곧장 집으로 향했다. 오늘은 유화와 만나기로 약속이 되어 있었다. 외출 준비를 하고 곧장 나설 생각이었던 나연은 때마침 집 밖으로 나오는 주인 할머니를 보았다.

"왔어?"

"네. 식사는 하셨어요?"

나연의 물음이 들리지 않은 건지 주인 할머니는 나연의 손을 붙잡았다.

"마침 잘됐다! 오늘 아들이 올라왔거든."

나연의 시선이 자연스럽게 굽은 어깨 너머로 향했다. 그곳엔 한 남자가 서 있었다.

주인 할머니의 아들은 생각했던 것과는 달리 남루한 차림의 중년 남성이었다. 이곳으로 오기까지 꽤 고단한 삶을 산 것인지 두툼한 외투엔 알 수 없는 이물질과 페인트가 튀어 있었고, 바지 역시 작업복으로 사용하던 것인지 허름했다.

나연의 시선이 아들에게로 향하자 주인 할머니는 '내 정신 봐라!' 라며 연이어 호들갑을 떨더니 두 사람을 인사시켜 줬다.

"여긴 내 아들, 정인규. 이 아가씨는 2층에 사는 아가씨야."

"아아."

알 수 없는 감탄사를 내뱉은 남자가 나연을 머리부터 발끝까지 훑어보더니 고개를 까딱였다. 노골적인 남자의 눈빛이 기분 나빴지만, 나연은 애써 웃는 얼굴로 인사를 건넸다.

"반갑습니다. 김나연이에요."

짧은 인사에도 남자는 듣는 둥 마는 둥 하더니 집 안으로 쑥 들어가 버린다. 괜스레 남은 두 사람만 멋쩍은 표정을 지었다.

"내 아들이 좀 저래. 일만 하다 보니까, 나한테도 저런다니까?"

"아, 네. 방금 올라오신 거예요?"

"그래, 나도 깜짝 놀랐다니까? 다음 주에 올라온다더니 정리를 싹 하고 왔지 뭐야? 미리 연락이라도 해줬으면 오죽 좋아."

예상하지 못한 아들의 등장에 나연은 편의점 일이 거의 다 정리되어 감에도 아쉬운 표정을 지었다. 예상보다 이 동네와의 이별이 빠를 것 같다는 생각이 들었다.

삶의 질이 다른 지역보다 높진 않았지만, 그래도 나연은 자신을 처음으로 받아준 동네에 감사함을 느끼고 있었다. 아무것도 없이 세상에 내쳐진 느낌이 들었을 때에, 이 동네에서의 삶은 녹록하진 않았지만 즐거운 추억이 많았다.

혼자서도 잘할 수 있다는 마음을 먹게 해준 것도 이 동네가 처음이자 마지막이었다. 언젠가, 민성우와 이별을 한다면 이곳으로 다시 돌아오고 싶은 마음이 가득했지만, 벌써부터 자신의 자리가 사라지고 있다는 생각이 들었다.

"그럼 당장 방을 빼드려야 하나요?"

"아니, 아니야. 아가씨 편할 때까지 있어. 아들은 한동안 나랑 지내면 돼."

말은 그렇게 했지만 그리 오랫동안 시간을 끌 수 없다는 예감이 들었다.

주인 할머니와 간단한 대화를 주고받은 후 나연은 집으로 들어가 외출 준비를 서둘렀다.

준비를 하는데 꽤 오랜 시간이 걸렸다. 옷을 골랐고, 이곳에 온 이후로 거의 쓰지 않은 화장품을 꺼냈다.

일을 할 땐 움직임이 편한 옷을 선호했지만 유화를 만나러 간다는 생각에 원색의 코트를 꺼냈고, 얼굴엔 옅은 화장까지 했다.

거울 속 자신의 모습을 마지막으로 확인한 나연이 집을 나섰다. 하지만 걸음은 얼마 가지 못하고 멈췄다. 약속 시간이 다가와 서둘러야 했지만, 계단 앞 골목에 인규가 쪼그리고 앉아 담배를 태우고 있었다.

"뭐야. 누가 잡아먹어?"

남자가 거친 경사도 사투리로 톡 쏘아붙였다. 이에 나연은 몸을 떨었지만 이내 계단을 내려갔다. 반대로 생각해 보면 기분이 나쁠 듯도 해서 사과를 했다.

"미안해요. 깜짝 놀라서……."

나연은 고개까지 숙였지만, 남잔 만족스럽지 못한 듯했다. 인규가 기분 나쁜 티가 역력한 표정으로 바닥에 침을 뱉더니 혼잣말을 중얼거린다.

"나, 참. 기분 더러워서."

거친 남자의 말에 나연은 다시 한 번 고개를 숙인 후에 큰길과 연결된 골목을 걷기 시작했다.

뒤통수가 따가울 만큼 시선이 느껴졌지만 나연은 애써 아무렇지도 않은 척 걸음을 옮겼다. 이런 생각을 하는 자신이 한심하게 느껴지기도 했다. 사람을 겉으로만 판단하면 안 된다는 생각이 들면서도 본능적으로 위험을 감지한 몸은 빠르게 집을 벗어났다.

"하아."

멈추고 있던 숨을 내뱉은 나연이 뒤를 힐끗 보았다. 자신의 과한 생각이었는지 남자의 모습은 보이지 않았다.

"뭐야, 혼자 괜히."

괜히 마음 졸였다는 생각에 허탈한 웃음이 흘러나왔다. 하지만 곧 그 웃음은 소리 없이 사라졌다. 맞은편에서 올라오는 검은 세단 때문이었다.

차는 분명 민성우의 것이었다. 요즘 들어 나연은 저 차를 참 자주 보고 있었다.

하지만 막상 민성우의 얼굴은 보지 못했다. 남잔, 자신이 알고 있다는 걸 아는지 모르는지 차 밖으론 내리지 않았다.

운전을 하고 있는 민성우와 눈이 마주쳤지만 나연은 못 본 척 걸음을 옮겼다.

"언니, 기다리겠다."

괜히 혼잣말을 중얼거리며.

"왔어?"

나연이 사무실 안으로 들어오자 유화는 반가운 기색이 역력한 얼굴로 인사부터 건넸다. 화려한 화장으로 가리고 있긴 했지만 눈 밑엔 피곤이 그득했다.

"많이 바쁜가 봐요."

"그렇지, 뭐. 커피 괜찮지?"

"네."

"여기 앉아서 기다려. 금방 타 올게."

유화가 안내한 자리에 앉은 나연은 좁은 사무실을 눈으로 훑었다. 미술관 관장이라고 하기에 아주 넓은 사무실을 쓸 줄 알았는데, 아니었다. 높게 쌓여 있는 서류들 때문인지 사무실은 더 좁아 보였다.

한동안 바쁘다더니 정말이었다. 유화의 사무실에는 많은 화가의 정보가 담긴 포트폴리오가 창고를 연상시킬 정도로 쌓여, 분류 작업도 없이 나뒹굴고 있었다.

커다란 머그잔 두 개를 들고 안으로 들어온 유화가 분홍색 컵을 건넸다.

"어떻게 된 거야?"

"정리하고 들어가려고요."

답은 심플했지만 속마음은 진창일 거란 걸 알기에 유화가 복잡한 눈으로 나연을 보았다. 두 사람 사이에 깊숙이 관여해 버린 그녀였기에, 그저 타인처럼 나연을 보고 있을 수만은 없나 보다.

"잘 지내지 못했을 것 같은데 얼굴은 좋아 보인다?"

이어진 질문은 날카로웠다. 하지만 나연은 자신의 마음을 숨기는 것에 능숙한 사람이었다. 여러 감정을 숨긴 채 나연은 의뭉스럽게 말했다.

"뭐랄까, 마음이 편해요."

"결정은 한 거야?"

민성우의 곁에 남을지, 아니면 떠날지.

유화의 물음은 둘 중 하나를 답으로 가정한 것이었지만 막상 나연의 입술을 통해 흘러나온 말은 예상 밖의 것이었다.

"괴롭히고 있어요, 성우 씨를."

네가? 설마.

유화는 그런 표정으로 나연을 보았다.

나연은 누군가를 괴롭힐 수 있는 사람이 아니었다. 단단한 것 같기도 하지만 한없이 나약했고, 만지면 부러질 듯 가녀리고 약해 보이기도 했지만 어쩔 땐 놀라울 만큼 의연하게 굴기도 하는 사람이었다.

하지만 독한 사람은 되지 못하는 여자였다. 더욱이 사랑하는 사람을 괴롭힐 만한 위인도 되지 못한다.

유화는 상상할 수 없는 모습에 고개를 갸웃거렸고, 나연은 따뜻한 머그컵을 감싸 쥐며 말을 이었다.

"일주일에 두세 번 집 앞에 찾아와요. 그런데 나한테 연락은 하지 않아요. 늘 멀리서 지켜봐요. 오늘도 그랬어요."

"왜?"

유화는 진심으로 궁금한 듯 물었다. 그래서 나연은 최근 들어 가장 솔직하게 자신의 속마음을 털어놓았다.

"박찬희 씨와 함께 있는 걸 봤거든요. 그 후론 연락을 하지 않더라고요."

"넌? 넌 했어?"

나연은 가볍게 고개를 저었다. 그러더니 난감한 표정을 짓고 있는 유화의 마음을 잘 알고 있다는 듯 웃었다.

"알아요. 제 행동이 옳지는 않다는 거."

"아니. 난 네 의견을 존중해. 비난할 문제도 아니라고 생각해."

달칵.

들고 있던 머그컵을 책상 위에 올려놓은 유화는 나연의 맞은편에 앉았다. 그러면서도 그녀는 말을 멈추지 않았다.

"그러니까 너도 널 비난하지 마. 난 이해해. 나도 상처받았다면 가해자에게 복수했을 거야."

"복수……."

"그래, 복수."

김나연은 이제껏 자신의 안에서 싸우던 감정을 정의하지 못했었다. 하지만 지금은 조금 알겠다는 표정이다.

그래, 난 지금 민성우 씨에게 복수를 하고 있는 거구나.

멍하니 읊조리던 나연은 유화의 물음에 고개를 번뜩 들었다.

"속은 시원해?"

나연의 입술이 길어졌다.

정말 복수인 걸까?

복수를 하고 있는 거라면 홀가분하기라도 해야 할 텐데 그렇지 못했다. 그래서 나연은 솔직하게 고개를 저으며 답했다.

"그건 잘 모르겠어요. 하지만 하나는 알겠어요."

유화는 대화를 잇지 않았다. 그저 잘게 떨리는 나연의 입술이 다시 열리길 기다렸다.

얼마의 시간이 흐른 후 나연은 침을 꼴깍 삼켰다.

"난 그 사람이 후회했으면 좋겠어요. 그리고 나만큼 아프고 또 아팠으면 좋겠어. 내가 느꼈던 그 절망감을 성우 씨도 똑같이 겪었으면 좋겠어요."

그래. 그거다.

이것 때문에 나연은 굳이 그의 곁으로 돌아가기로 마음먹었다.

멀리 떨어져 있으면 민성우의 슬픔을 보지 못하니까.

"알지? 그럼 너도 상처받을 거야."

유화의 말에 나연은 힘껏 고개를 끄덕였다. 자신 역시 잘 알고 있다고.

하지만 멈출 수가 없었다, 바보처럼.

그가 더 괴로워했음 했다.

❖

어제만 해도 비가 내리더니 토요일 아침, 하늘은 거짓말처럼 맑게 개었다.

오랜만에 맞는 여유로운 주말이었기에 좀 더 침실에 머물러도 됐지만, 민성우는 일찍 자리를 털고 일어났다. 하지만 몇 시간 자지 못한 듯 얼굴은 조금 부어 있었다.

밖으로 나온 민성우는 부엌에서 들리는 달그락 소리에 걸음을 멈췄다.
“설마.”
그럴 리가 없다는 걸 알면서도 그의 눈동자엔 기대감이 서렸다. 이 시간에 부엌에 있을 사람은 단 한 명밖에 떠오르지 않았다.
차가웠던 눈빛.
자신을 거부하는 것만 같은 몸짓.
거부.
아내는 현재 그에게 벌을 주고 있었다. 삶이 그녀 중심으로 흐르면서부터 그의 시간은 급격하게 피폐해졌지만, 그럼에도 버틸 수 있는 건 지금과 같은 기대감 때문이었다.
빠르게 걸음을 옮긴 그는 조리대 앞에 서 있는 여자를 보았다.
“일어나셨…… 어머, 사장님.”
여주댁이었다.
앞치마에 손을 닦는 여주댁을 보며 그는 고개를 돌렸다. 두통이 몰려왔다.
“안색이 많이 안 좋으세요. 김 박사님께 연락드릴까요?”
“아닙니다.”
봄이 찾아왔는데, 햇살은 따스한데, 마음은 얼어버려 좀처럼 녹을 생각을 하지 않았다. 괴로웠지만 괴롭다고 소리칠 수도 없었다. 나약해진 자신의 마음을 김나연에게 보여주는 일 역시 할 수가 없었다.
“아침부터 어쩐 일이십니까? 오늘은 쉬는 날이시잖아요.”
“아, 그건…….”
말을 잇던 여주댁이 초인종 소리에 말을 멈췄다. 그러더니 눈에 띄게 밝은 기색으로 인터폰으로 종종걸음을 옮긴다.

"사모님 오셨네요."

민성우가 놀란 눈으로 여주댁을 보았다. 그러자 버튼을 눌러 문을 열어주던 여주댁 역시 눈을 동그랗게 뜨더니 묻는다.

"어머, 모르셨어요?"

여주댁의 물음에도 그는 빠르게 걸음을 옮겨 현관으로 향했다. 눈으로 직접 봐야 믿을 수 있을 것 같았다. 아니, 직접 만져 봐야 지금 이 상황이 꿈인지 아니면 현실인지 깨달을 수 있을 것 같았다.

문을 벌컥 열고 밖으로 나가자 거짓말처럼 아직 봄의 기운은 닿지 못한 마당을 둘러보는 작은 뒷모습과 마주쳤다. 김나연이었다.

갑작스럽게 열리는 문에 나연은 깜짝 놀라 돌아보았다. 하지만 하늘에 맹세코 그녀보다 자신이 더 놀랐다고 말할 수 있었다. 심장까지 왈칵 아래로 쏟아지는 기분을 느꼈으니까.

"김나연……."

민성우는 한 대 얻어맞은 사람처럼 멍한 표정이었다. 어느 순간부터 인형처럼 굳어진 표정이 꿈에서 보았던 것과 비슷했다. 환영처럼 느껴지는 김나연을 현실로 끌어들이기 위해선 체온을 느껴야 했다. 하지만 그의 허공에서 멈춘 그의 손끝은 나연에게 닿지 못했다.

그는 속마음이 고스란히 드러나 보이는 표정을 짓고 있었다. 하지만 나연은 그에게 가까이 다가가지 않았다. 오히려 한 걸음 더 물러서며, 그를 시험에 들게 했고 벌했다.

"식사, 하자고 했잖아요."

딱딱거리는 어조는 아니었지만 거리감을 느끼기엔 충분했기에, 민성우는 나연과 멀어진 간극을 좁히지 못했다.

그가 말없이 고개를 끄덕이자 나연은 '안으로 들어가도 돼요?' 라고 물었고, 민성우는 몸을 살짝 피해주는 것으로 길을 열었다.

그녀는 남편과 옷자락이 닿는 것도 조심스럽다는 듯 몸을 움직였다. 그녀가 현관 안으로 들어가고 얼마 지나지 않아 집 안에선 반가운 인사가 오고 갔다.

"사모님."

"아주머니, 잘 지내셨죠?"

"그러게. 오랜만에 얼굴 보니까 너무 반가워요."

"자주 연락드리려고 했는데, 죄송해요."

두 사람의 웃음소리에 민성우는 말도 안 되는 소외감 같은 걸 느꼈다. 이 집에서 지내고 있는 건 분명 자신이었는데, 이방인이 되어버린 기분이었다.

성우가 집 안으로 들어가자 외투를 벗던 나연이 그에게 시선을 두었다.

"여주댁 아주머니께 부탁드렸어요. 아주머니와 함께 식사하고 싶다고. 괜찮죠?"

"물론."

민성우 사장의 눈치를 슬쩍 보던 여주댁이 두 사람 사이에서 어색한 웃음을 지었다. 고래 싸움에 낀 새우가 되어버린 기분이었다.

"사장님 식사 준비 다 됐어요. 사모님도 들어와서 식사하시면 돼요."

"같이 준비하자니까요."

"오랜만에 사모님이 좋아하시는 것들 준비해 봤어요. 힘들지 않았으니까 그런 표정은 거두시고요."

두 사람이 식탁으로 향하는 것을 말없이 바라보던 민성우가 뒤따라 발

걸음을 옮겼다. 오랜만에 아내와 단둘이서 식사를 하게 될 줄 알았는데, 그런 뜻으로 한 제안은 아니었나 보다.

세 사람이 둘러앉은 식탁에서 대화를 주도한 건 여주댁과 나연이었다. 여주댁은 간혹 민성우의 눈치를 보았지만 나연은 아니었다. 나연은 마치 식탁에 여주댁과 단둘이 있는 것처럼 대화를 이어 나갔다. 세 사람은 한 식탁에 앉아 있었지만 마음은 동떨어져 있었다.

달그락, 달그락.

식기와 수저가 부딪히는 소리 사이로 여주댁과 나연의 웃음소리가 뒤섞였다.

"전에 제가 보내 드린 티켓은, 쓰셨어요?"

"아! 뮤지컬이요? 아들이랑 봤어요. 엄청 좋아하더라고. 나도 그런 공연은 처음이어서 엄청 신기하고 좋았고."

슬쩍.

성우는 뺨에 닿는 시선을 느꼈지만 고개를 들지 않았다. 여주댁의 시선이 성우에게 향한 걸 나연 역시 본 것 같았지만, 대화가 끊어지지 않도록 이었다.

"다행이에요. 다음에도 표 생기면 드릴게요. 전 뮤지컬은 별로 안 좋아해서요."

"어머, 정말요? 그럼 나야 좋죠."

대화는 맥을 짚고 따라가기엔 충분히 쉬운 것들이었다. 김나연이 여주댁에게 뮤지컬 티켓을 준 듯했고, 여주댁은 그걸 가지고 아들과 공연을 봤다는 이야기였다.

민성우는 눈치가 빠르고, 대화를 능숙하게 이끌어 나갈 능력이 있었다.

하지만 그는 그렇게 하지 않았다. 두 사람을 번갈아보며 내용에 귀를 기울였고, 간혹 가볍게 고개를 끄덕이는 것으로 대화에 참여했다. 장장 30여 분 동안 말이다.

"커피 드릴까요?"

"아닙니다."

식사가 끝나자 가장 먼저 일어난 건 민성우였다. 여주댁의 물음을 가볍게 거절한 그는, 식기를 정리하고 있는 나연을 보았다.

"같이 외출하고 싶은데, 괜찮으시겠습니까?"

그의 물음에 나연은 얼떨결에 고개를 끄덕였다. 뒤늦게 고민도 없이 수락했다는 생각이 들었지만 민성우는 이미 방 안으로 들어가 버린 뒤였다.

외출이었지만 별일은 없을 거란 생각이 들었다. 나연은 멈췄던 손을 다시 움직이기 시작했다.

여주댁은 자신을 돕기 위해 조리대 앞에 선 나연을 힐끗 보았다. 방금 전까진 아무렇지도 않은 척 굴긴 했지만, 아무래도 마음이 쓰이나 보다.

"아이고, 체하는 줄 알았네. 사장님은 모르셨던 거예요?"

"네. 말하지 않았어요. 마지막까지 고민했거든요. 사실, 오늘 집에 없었으면 하기도 했고요."

담담한 어조에 여주댁이 안쓰럽다는 듯 나연을 바라보았다. 하지만 방금 전 심상치 않았던 민성우의 반응을 쉬이 넘길 수 없었기에 연이어 물었다.

"정말 이래도 되는 거예요?"

목소리를 낮춰 말한 여주댁은 체기가 있다는 듯이 가슴께를 쓸어내렸다. 그러자 나연이 입가에 잔잔한 웃음을 머금더니 묻는다.

"왜요? 아주머니는 저와 식사하는 게 싫으세요?"

"아니, 그건 아니지만……."

말을 길게 늘어뜨린 여주댁은 아무래도 마음이 쓰인다는 듯이 뒤를 힐끗 보았다.

하지만 나연은 가볍게 고개를 저었다.

"아주머니가 아니었으면 함께 식사할 생각은 못했을 거예요. 이 집에 올 생각도 못했을 거고."

집으로 오기 전, 나연은 여주댁에게 집에서 함께 식사를 하자고 말했다. 민성우와 함께 식사한다는 것에 여주댁은 난색을 표했지만 나연은 부탁했다. 아직은 두 사람이 함께 무언가를 한다는 것에 어색함을 느끼고 있고, 마음이 불편하다고.

처음엔 여주댁도 망설였지만 김나연의 결혼 생활을 잘 알고 있었기에 곧 수락했다. 민성우 사장이 크게 화를 낼 줄 알았지만 그것도 아니었다.

부러 그를 따돌린 것도 아니었지만 여주댁에게 있어 민성우 사장은 무척 어려운 사람이었고, 대화의 방향은 자연스럽게 김나연과 여주댁이 주도하게 되었다. 여주댁은 뒤늦게 아차 싶었지만 나연은 아무렇지도 않게 웃었고, 그녀가 자연스럽게 이끌어가는 대화에 여주댁 역시 동조해 버렸다.

"이 공간을 아직은 밝은 기억으로 채우지 못했거든요. 오늘은 그 첫발을 뗀 거예요."

"그렇게 말해서 나도 일단은 동조했지만…… 그래도 난 사장님이 무서워요."

"무서운 사람이죠."

딱 잘라 말한 나연은 이내 다른 생각이 든 것인지 가볍게 고개를 젓는다.

“그리고 저도요. 이렇게까지 무서울 정도로 유치해질 수 있을지 몰랐어요.”

“사모님…….”

“내가 느꼈던 감정 모두를 저 사람도 느꼈으면 좋겠어요. 그래야지 여기에 맺힌 응어리를 풀 수 있을 것 같아요.”

달그락. 달그락.

능숙하게 설거지를 하는 나연을 바라보던 여주댁이 고개를 아래로 내렸다. 예전엔 잘 관리되어 있던 손톱이 지금은 짤막하게 잘려 있었다.

방으로 돌아온 민성우는 욕실 입구에 놓인 꽃다발을 보았다. 김나연에게 전해주기 위해 직접 고른 꽃. 그리고 예쁘게 만들어진 꽃다발을 들고 들뜬 마음으로 김나연을 찾았었다.

저 꽃다발을 받고 기뻐하는 아내를 보고 싶었지만 현실은 생각보다 더 냉혹했다. 박찬희와 함께 사라지던 김나연의 모습에 심장이 끓었다.

“후.”

깊게 한숨을 내뱉은 그가 마른세수를 했다. 아내의 마음이 그 남자에게로 향했다고 믿지 않았다. 아내가 말했다. 그 남자를 사랑했던 게 아니라고.

아내는 감정을 가지고 거짓을 말하는 사람이 아니었다. 그러니까, 아내를 믿는다.

그는 가장 먼저 샤워부터 했다. 그런 후 외출 준비를 서둘렀다. 평소보다 빠른 준비를 마친 그가 방을 나왔을 땐 두꺼운 스웨터에 짙은 청바지 차림이었다. 거실에서 커피를 마시고 있던 나연은 그의 모습을 빤히 바라보았다.

“지금 나가려고 하는데 괜찮습니까?”

“어디 가는 건가요?”

나연이 머그컵을 협탁 위에 올려놓으며 자리에서 일어났다. 그러자 그는 손목시계를 확인한 후에 말했다.

“오늘부터 김나연 씨가 하고 싶었던 일을 하나씩 해볼 생각입니다.”

“내가 하고 싶었던 일요?”

외투와 가방을 집어 들던 나연이 의아한 표정으로 물었다. 그러자 그는 작게 고개를 끄덕인 후에 말을 잇는다.

“네. 앞으론 제가 하고 싶은 일이 될 겁니다.”

나연은 감도 잡지 못하겠다는 듯 고개를 기울였다. 하지만 그게 무엇인지 묻지는 않는다.

“갈까요?”

그렇게 물은 민성우가 나연의 앞으로 손을 내밀었다.

커다란 손을 말없이 바라보던 나연은 망설이는 듯했지만, 이내 양손으로 가방을 쥐었다. 명백한 거절에 그는 어수룩한 미소를 지었다.

함께 마당에 세워져 있던 차를 타고 향한 곳은 상점들이 하나둘 문 닫기 시작한 꽃 시장이었다. 그가 이끌고 온 곳이었지만 김나연이 더 잘 알고 있는 장소. 예전엔 이곳을 민성우와 함께 오고 싶었던 적이 있었다.

의외의 장소에 나연은 놀란 눈으로 그를 보았지만 민성우는 목적지가 있다는 듯이 거침없이 걸음을 옮겼다. 그의 손에 이끌려 한 상점 앞에 멈춘 나연은 얼떨떨한 표정이었다. 나연의 감정은 상인과 인사를 건네는 민성우를 보는 순간 더욱 커졌다.

“또 오셨네요?”

"기억하고 계십니까?"

"물론이죠. 아침부터 슈트 쫙 빼입은 남자가 혼자 이곳을 찾는 일은 좀처럼 없거든요."

반갑게 인사를 건넨 상인이 이번엔 그의 곁에 서 있는 나연에게로 시선을 옮겼다. 반갑다고 인사를 건넨 상인은 곧 알겠다는 듯 고개를 끄덕인다.

"아내분이신가 봐요?"

"네."

짧은 답과 함께 그가 카드를 건네며 말을 이었다.

"저번과 같은 것으로 주세요."

"아내분이 마음에 들어 하셨나 봐요. 잠시만 기다리세요."

상인은 민성우에게 하얀 튤립과 분홍색 히아신스를 보여준 후에 계산을 마쳤다. 그런 후에 지난번과 마찬가지로 꽃다발을 만들어주었던 뒷집으로 향하자, 나연은 혼란스러운 표정을 짓는다.

성우 씨가 이곳에 왔었다고?

거기에다가 상인은 자신의 존재까지 알고 있는 듯한 어투였다.

민성우와 꽃 시장은 좀처럼 어울리지 않는 조합이었다.

"무슨 이야기인지 모르겠어요."

설명해 달라는 나연의 표정에, 민성우는 나연을 내려다보더니 진중한 어투로 답을 해주었다.

"꽃다발을 사러 왔었습니다. 제주도 출장에서 돌아왔던 날."

제주도 출장에서 돌아왔던 날.

나연은 자신의 집 앞을 찾았던 민성우를 떠올렸다. 그날, 나연은 박찬희와 함께였다.

그는 꽃다발을 들고 자신을 찾아왔던 걸까?

이제야 모든 게 이해가 되었다. 마음이 술렁거리기 시작한다.

"그때 샀던 건 시들어 버려서요."

"……민성우 씨답지 않아요."

"압니다. 저도 제가 꽃 시장에 올 줄은 몰랐으니까요."

말문이 막힌 듯 나연의 입술이 굳게 닫혔다. 그러자 그는 유쾌하지 않은 분위기를 부러 밝게 만들려는 사람처럼 웃음기 섞인 목소리로 말을 잇는다.

"좋아합니다."

"……."

"그랬더니 김나연 씨가 좋아하는 일을 찾게 되었습니다."

❖

"마음에 드십니까? 처음으로 골라본 건데."

가벼운 물음에 나연의 입술이 비틀렸다.

좋아해 줘야 하나? 그가 자신을 신경 써줬음에?

난생처음 고르고 산 꽃을 다른 남자와 함께 있어서 전해주지 못했는데도 아무렇지 않게 반응해 주니까? 웃어주니까? 이 상황을 좋아해야 해?

좋아할 수가 없다.

"……늦었어요."

나연의 음성은 메말라서 갈라졌다. 괴로움이 그득한 음성에 민성우의 표정이 굳어졌다.

예전에 이 꽃다발을 받았다면 나연은 진심을 다해 기뻐했을 것이다.

하지만 늦었다. 나연은 그 점을 꼬집었다.

"압니다."

민성우는 점잖은 표정으로 자신 역시 알고 있다는 듯 말을 이었다.

"하지만 더 늦어버리기 전에 노력하는 겁니다."

당신은 뭐가 그렇게 쉽냐고 따져 묻고 싶었다. 나는 하나같이 쉽지 않았는데, 지금도 어려워서 하루에도 몇 번이나 마음이 싸우는데. 민성우는 너무 쉬워 보여 못난 마음이 일그러진다.

"김나연 씨, 난……."

그의 부름에도 나연의 시선은 한곳에 머물러 좀처럼 움직이지 않았다.

나연이 보고 있는 건 완성된 꽃다발을 들고 있는 아가씨였다. 꽃시장 내에서 꽃다발을 만들어주고 포장 재료를 파는 상인으로, 나연 역시 알고 있는 인물이었다.

민성우는 상인을 뚫어져라 보고 있는 나연이 이상하다는 듯 고개를 기울였다.

"당신은 여기 오지 말았어야 했어요."

"김나연 씨, 나는……."

"여긴 나에게…… 나에게……."

말을 잇던 나연이 걸음을 옮겨 상인에게 다가갔다.

"오랜만이에요, 사장님."

"아, 맞네. 한동안 오지 않아서 무슨 일 있나 했어요. 남편분이에요?"

상인은 나연을 기억하고 있었다. 그럴 수밖에 없었다. 꽃 시장에서 민성우가 튀듯이, 거의 매일 와 웬만한 도매상보다 더 많은 꽃을 구입해 갔던 그녀를 기억하는 사람들이 많을 수밖에 없었다.

그녀의 물음에 나연은 고개를 돌려 민성우를 보았다.

"네, 남편이에요."

"아, 결혼하신 줄 몰랐어요. 늘 여자분이랑 오셔서……."

여자라 함은 경아를 말하는 것이리라.

나연은 입가에 어수룩한 웃음을 머금으며 그녀의 손에 들려 있던 꽃다발을 받았다.

"예쁘네요."

"고마워요."

가벼운 인사를 건넨 나연은 민성우는 신경도 쓰지 않은 채 먼저 걸음을 옮겼다. 나연을 본 상인들은 하나같이 반가운 인사를 건넸다.

오랜만이에요.

한동안 왜 안 오셨어요?

기다렸어요.

다들 나연과 잘 알고 있다는 듯이 인사를 건넸고, 나연은 마치 오랜만에 반가운 친구를 만난 사람처럼 인사를 되돌렸다.

그러다가 나연은 우연히 눈에 띈 꽃 한 단을 집어 들었다. 탐스러운 꽃망울을 터뜨린 로렌 작약이었다.

한동안 신부들에게 큰 사랑을 받았던 꽃은 연약한 잎사귀가 겹겹이 있어 조심스럽게 대해야 했다. 하지만 나연은 그 꽃을 거칠게 민성우의 품에 안긴 후, 그린 작약까지 집어 들었다.

그 후로 나연은 거침없이 꽃을 고르기 시작했다. 신경질적으로 느껴지는 행동에 지켜보던 사람들은 놀란 표정을 지었지만, 나연은 아네모네와 라넌큘러스까지 고른 후에야 그를 보았다.

민성우는 꽃을 한 아름 안고서 나연을 내려다보고 있었다. 그녀의 감정이 어떤지 모두 알고 있다는 듯한 표정이었다.

지금은 보는 눈들이 너무 많았다. 우습게도 김나연 역시 평생 남들의 시선을 신경 쓰고 살아온 사람이었다. 주위엔 많은 사람이 모여 있었고, 나연은 웃는 얼굴로 사근사근 말했다.

"사줄 거죠? 전부 다."

그는 한 아름 꽃을 안고 있었지만 나연은 나눠 들지 않았다. 그가 힘들게 카드를 꺼내 상인에게 내밀었고, 나연은 이를 빤히 보기만 했다.

꽃은 모두 쓸데없는 것들이었다. 지금은 시간을 흘려보내지 않아도 되기에 더 이상 꽃다발을 만들지 않았다. 어느 순간부터, 매일 습관적으로 찾곤 하던 친모의 묘 역시 가지 않았다.

그런데도 나연은 민성우에게 꽃을 사라고 말했고, 시장을 벗어날 때까지 웃음을 유지했다. 그리고 주위의 사람들 모두가 사라지고 저 멀리 성우의 차가 보여서야 걸음을 멈췄다.

거칠게 몸을 돌린 나연은 아무런 감정도 읽을 수 없는 민성우의 얼굴을 빤히 보았다. 그는 모든 걸 받아주겠다는 듯 나연을 가만히 내려다보고 있을 뿐이었다.

"나를 위해 그만큼 노력했다는 걸 말하고 싶었던 건가요? 이걸 어쩌죠?"

그렇게 되물은 나연은 비웃음을 머금은 후에 계속 말을 이었다.

"이곳엔 괴로웠던 시절의 내가 있어요."

오지 않는 당신을 기다리며 시간을 보내기 위해서 이곳을 찾았다. 그는 몰랐다고 말하겠지만 부정할 수 없는 과거다.

그때의 자신은 원하는 바를 제대로 말하지도 못하는 바보 천치였다. 그때 좀 더 솔직하게 말했으면, 나 외롭다고 좀 더 날 봐달라고 말했으면 많은 게 바뀌었을까? 적어도 제주도에서처럼, 그의 앞에서 솔직한 날 보여줬으면 우리의 관계는 지금보다 더 최악으로 치닫진 않았을 것 같다.

하지만 이미 물은 엎질러졌다. 나연은 민성우가 품에 안고 있는 꽃다발을 보며 고저 없이 말했다.

“꽃은 당신이 가져요. 필요 없어졌어요.”

차갑게 말한 나연이 몸을 돌렸다. 지금 당장 이 자리를 피하고 싶었다. 민성우의 시선 역시 더 이상 자신에게 닿지 않길 바랐다.

하지만 민성우가 이런 나연의 마음을 알 리가 없다.

툭. 툭.

뒤에서 뭔가 바닥에 떨어지는 소리와 함께 커다란 손이 나연의 팔목을 붙잡았다. 단숨에 몸이 돌려진 나연이 시선을 아래로 내렸다.

“데려다 드리겠습니다.”

“민성우 씨. 난 지금 당신의 얼굴이 보고 싶지 않아요. 못된 소리만 할 것 같아.”

자신의 팔목을 붙잡고 있는 손을 보았다. 처음만 해도 단단하게 옭아매고 있던 악력이 점차 약해지는 게 피부로 느껴졌다.

조금만 더 시간이 흐르면 별다른 말을 하지 않더라도 손이 떨어져 나갈 것 같았다. 하지만 나연은 더 이상 기다리지 못하고, 고개를 들며 말했다.

“날 더 이상 밑바닥까지 끌어내리지 마세요.”

지옥에 있는 건 나뿐이라고 생각했다. 하지만 민성우의 눈망울을 보는 순간 나연은 생각을 고쳐먹었다.

나뿐만이 아니구나.

그 역시 자신과 마찬가지로 끔찍한 지옥을, 답을 찾을 수 없는 길을 헤매고 있는 모양이다.

❖

바닥에 나뒹구는 꽃은 마치 자신의 마음 같았다. 그대로 두면 누군가의 구둣발에 밟히고, 상품성을 잃어 쓰레기통에 처박힐 것이 분명했다.

그래서 웃기게도 나연이 아무렇게나 고른 꽃을 들고 집으로 갔다. 자신에겐 아무런 쓸모도 없는 것이었음에도.

덕분에 시들어 버린 꽃다발 옆엔 그와 꼭 닮은 싱싱한 꽃다발 하나와 신문지에 아무렇게나 쌓인 수많은 꽃이 놓였다. 예전 나연이 있었을 때처럼 방 안은 온통 꽃 내음으로 가득 찼다.

그리웠던 것 중 하나였다. 나연이 집을 떠난 순간부터 집에선 향기가 사라졌다. 빈 꽃병을 볼 때면 마음이 왈칵 내려앉기도 했다.

그런데 지금은 그 꽃들을 보고 있는 게 더 아프다. 김나연에게 꽃이란 단순히 즐거운 감정만을 불러일으키는 게 아니라는 걸 알았기 때문이다.

가만히 있을 수가 없어서 나연의 집 앞을 찾았다. 하지만 늘 그랬던 것처럼 그는 한 걸음도 움직이지 못한 채 나연의 집을 올려다보았다.

불이 켜진 창을 보고, 그는 몸을 돌렸다. 그리고선 곧장 한영에게 전화를 걸었다.

"만나자."

민성우는 다짜고짜 본론부터 꺼냈다. 그러자 한영은 깜짝 놀란 듯 무슨 일이냐고 묻는다.

그가 위태로운 모습으로 머리를 쓸어 올렸다.

"안 바쁘면 술이나 한잔하자고."

예전엔 기분이 나쁘거나 슬픈 일이 있을 땐 술을 마시지 않았다. 그럼 슬픔과 고통은 배가되고, 결국 마지막엔 과음하게 되기 때문이다. 그때 자신은 슬픔을 잊기 위해 술을 마신다는 사람들을 이해하지 못했다. 아니, 비웃기까지 했다. 술기운으로 현실을 잊는 작자들이라니. 병신 같다고 생각했다.

하지만 지금의 자신은 홀로 술을 들이켜고 있었다. 종잇장처럼 일그러진 얼굴이 알코올로 인해 더욱 엉망이 되리라는 걸 알면서도. 어쩜 이 술자리의 끝에 자신이 가장 싫어하는 추태를 보여주게 될지도 모른다는 생각이 들면서도 술을 들이켜는 속도는 빠르기만 했다.

잊고 싶은 일이 차곡차곡 쌓여갔다.

그럼에도 잊을 수 없는 건 미안함 때문이리라.

누구보다 착하고 순수했던 김나연에게 괴로움을 준 것은 다름 아닌 자신이었다.

“히익, 이게 다 뭐야. 먼저 시작한 거야?”

문을 열고 들어온 한영이 급히 걸음을 멈추더니 테이블 위에 세워져 있는 빈 술병들을 보았다. 보통 사람이라면 흥건하게 취했겠지만 민성우를 흐트러뜨리기엔 아직 부족한 양이었다.

문제라면 이 술을 마신 시간이었다.

“뭐야. 뭔 술을 그렇게 급하게 마셔?”

“아.”

짧은 소리로 인사를 건넨 민성우가 다시 술잔을 들이켜자 한영이 미간을 좁히며 잔을 빼앗는다.

“천천히 마시라고.”

“음.”

민성우가 말없이 고개를 끄덕이자 한영은 그의 맞은편에 앉으며 외투를 벗었다. 민성우가 한영에게 연락한 건 고작 한 시간 전이었다. 갑작스럽게 제안한 술자리에 열 일 제쳐 두고 달려왔는데도 성우의 입장에선 많이 늦었나 보다.

"왜. 나연 씨 때문에 그래?"

"아니."

"그럼 뭐야. 회사일 때문에? 요즘 DG가 시끄럽긴 하더라."

"음."

민성우의 말문이 막혔다. 평범한 일은 아니었던 터라 한영의 표정이 놀라움에 젖었다.

"내가 뭘 하고 싶은 건지 모르겠어."

"민성우의 입에서 나올 법한 말은 아닌데?"

그의 물음에 성우는 이 역시 어떠한 답을 해야 할지 모르겠다는 듯 입을 다물었다. 묵묵히 술잔을 기울이는 친구를 보며 한영은 다시 한 번 술잔을 빼앗으려다가 말았다. 그는 정말 술이 필요한 표정이었다.

"넌 지금 아내와 잘 지내보고 싶은 거잖아. 그래서 너답지 않게 지금 술까지 퍼마시게 된 거고."

"나답지 않다라……."

혼잣말처럼 읊조린 민성우가 입가에 웃음을 머금었다.

"그래. 나연 씨에 관한 일이라면 어느 순간부터 민성우가 미쳐 버렸지."

"아니야. 난 지금도 아주 나다워."

"그런 표정으로 술 마시고 있는데? 예전의 너라면 지금 그 기분에 술 따윈 안 마셨을 거야. 날 갑자기 이렇게 불러내 술자리를 만들지도 않았을 거고."

남에게 약한 모습을 보여주는 걸 죽도록 싫어하는 녀석이 이렇게 변했는데, 뭐가 민성우답다는 걸까.

한영은 고개를 저었지만, 민성우는 그 말에 동의하지 못하겠다는 듯 말했다.

"남이 불행하더라도 내가 원하는 목표를 이루고 싶어하잖아."

민성우는 목표를 설정해 두고 그곳으로 달려가는 것에 망설임이 없는 사람이었다. 경영 일선에 뛰어들기 전, 어린 시절부터 늘 훗날을 기약하며 배움을 게을리하지 않았다. 그는 일반적인 학생들과는 다른 학창 시절을 보냈다.

그에겐 늘 해야 할 일이 있었고, 그걸 하기 위해 민성우는 많은 시간을 투자했다. 그리고 그와 동시에, 원하는 바를 이루기 위해선 그 어떠한 일도 감수할 줄 아는 이성적이고, 이기적인 사람이었다.

"아내가 괴롭더라도 날 위해서 계속 고집을 부리는 중이야."

"……."

"함께 있고 싶어서."

이번 일 역시 그랬다.

그는 고집을 부리는 중이다.

아내를 곁에 두기 위해서.

지금 민성우의 모습이 사랑을 고백하는 남자처럼 보인다면 제 눈이 미친 건가. 아니, 어쩌면 참회하듯 읊조리는 말에 마음이 내려앉는 건 민성우의 말과 표정에서 과거 자신이 보여서 그런 걸지도 모르겠다.

그래서 한영은 마치 과거의 자신에게, 그리고 현재의 자신에게 이야기하듯 읊조렸다.

"그건 단순히 너 때문이라서 그런 게 아니야. 사람이라면 누구나 그래. 사랑하는 사람이 희생해서라도 내 옆에 있어주길 바라. 날 위해서 그 정도도 못해주냐며 화를 내기도 하고 과한 요구도 해."

과거의 한영은 그랬다. 그리고 유화 역시 같은 주장을 펼쳤었다.

상대의 상황과 생각. 꿈꾸는 미래는 생각하지 않고 자신의 입장에서만 말하다 보니 간극은 좁혀지지 않고 벌어지기만 했다. 대부분의 사람은 그렇게 다투고 싸우다가 합의점을 찾지만 자신과 유화는 그렇게 하지 못했다.

"그게 사람이야. 사람은 다른 사람보다 자신이 가장 중요하니까."

타인을 배려하는 일은 무척 어렵다. 역지사지라는 게 잘되지 않고, 자신의 주장만 옳다고 말하는 경우가 많다.

어떤 이들은 자신은 그렇지 않다고 말할지도 모른다. 그리고 남을 배려하지 않는 사람들을 뒤에서 손가락질하고 욕한다. 하지만 그들 역시 다르지 않다.

"그걸 위선자들은 이기적이라고 욕하기도 해. 하지만 막상 그 사람도 그래. 다들 그렇게 살아."

말을 마친 한영이 씁쓸한 얼굴로 술잔을 기울였다.

뒤늦게 그 사실을 깨달았지만 사랑은 끝났다. 아무리 인생이 타이밍이라지만, 식을 것 같지 않았던 사랑은 순식간에 사라졌고 남은 건 미움뿐이었다.

그 미움도 누군가는 사랑이라고 말하지만, 한영에겐 아니었다. 지쳤다. 괴로웠던 시간은 사랑을 놓게 만들었다.

그때에 유화의 상황을 조금이라도 배려해 줬다면, 사랑이라는 이름으로 인간의 욕구를 조금이라도 죽였다면 많은 게 달라졌을지도 모른다. 하지만 이미 늦었고, 바뀌는 것은 아무것도 없었다.

자신은 그랬지만 친구는 그러지 않았으면 했다. 성우와 나연이 어떠한 일들을 겪었고, 어떠한 대화를 나누었는지는 자세히 모르지만 아직 늦었다 생각하지 않았다.

놀랍게도 민성우는 많은 게 변하지 않았는가? 그리고 앞으로도 더욱 많은 변화가 일어날 것이다.

걱정되는 게 있다면, 서른이 훌쩍 넘어서야 처음 사랑이라는 걸 해보는 친구는 많이 약해져 있었다. 술잔을 바라보는 눈빛 역시 슬픔이 가득하다.

"힘들어 해. 어쩌면 나만 아내의 인생에서 사라져 주면 모든 게 행복할지도 몰라."

"정말 그렇게 생각해?"

한영의 물음에 민성우는 고개를 끄덕인 후에 말을 이었다.

"원하는 대로 이혼을 해주면 더 행복하게 살 수 있겠지. 아내가 원하는 건 평범한 삶이니까."

그녀가 원하는 것은 다 너무 소소한 행복들이었지만 민성우가 주기엔 무리였다. 그리고 김나연 역시 평범한 삶을 살 수 있는 위치에 있지 못했다. 남들과는 다른 인생을 살아가는 사람들이었기에 이미 평범과는 거리가 멀었다.

남들은 다 손에 넣는 그 평범한 행복을 좇는 건 김나연의 욕심이다.

"그런데 못 그러겠어."

친구는 과도기를 겪고 있었다. 지금 자신이 할 행동은 조언이 아니라 친구를 묵묵히 지켜봐 주는 것이라고, 한영은 생각했다. 지금 아무리 떠들어대도 성우의 귀엔 아무것도 들어오지 않을 테니까.

더 이상의 대화는 없었지만 두 사람은 그 후로 꽤 오랫동안 술잔을 나눴다.

각자의 생각에 잠긴 채.

3. 약한 매듭

"감사했습니다."

"내가 더 고마웠지. 열심히 일해줘서."

마지막 인사는 늘 슬픈 것이라고 생각했었다. 하지만 요즘은 안다. 저마다 이별의 무게가 다르다는 걸. 이별을 무겁게 생각하는 사람에게도, 조금은 덜 무거운 헤어짐이 있다는 것도.

"어디 가서든 잘 지내요."

"네."

꾸벅 인사를 건넨 나연이 편의점을 나섰다. 그녀의 걸음은 자연스럽게 이 동네에서 커피가 가장 맛있다는 커피숍으로 향했다.

젊은 사람들이 많이 찾는 커피숍이었지만 대부분 테이크아웃으로 운영이 되는 곳이었기에, 테이블은 얼마 안 차 있었다. 개중에서 한 남자가 앉아 있는 테이블이 보였다. 찬희는 생각에 잠겨 물을 마시고 있었다.

딸랑.

문에 달아놓은 맑은 종소리를 들으며 나연은 찬희의 앞에 앉았다.

"커피 마실래요?"

찬희의 물음에 나연은 입가에 웃음을 머금었다.

"사주시게요?"

"기꺼이요."

"아니에요. 제가 살게요. 이제껏 많이 얻어먹었는데."

오늘은 마지막이잖아요.

나연은 마지막 말을 삼켰다. 그런 후 두 사람 모두 따뜻한 아메리카노를 주문했다.

마주 앉고 보니 두 사람 모두 복잡한 표정으로 말을 삼갔다.

침묵을 깨준 건 종업원의 등장이었다.

"맛있게 드세요."

두 사람 사이에 따뜻한 김이 모락모락 올라오는 머그잔이 놓였다. 머그잔을 쥐고서 먼저 운을 뗀 건 찬희였다.

"예상하셨을 겁니다."

그는 오랜 생각을 끝마친 후에야 조심스럽게 운을 뗐다.

주어가 없는 말이었지만 나연은 그가 하고자 하는 말을 어느 정도는 알고 있다는 표정이었다. 정작 대답한 말은 그렇지 않았지만.

"뭘요?"

"아시면서 그렇게 묻지 마세요. 더 말하기 어렵거든요."

"정말 예상하지 못해서 그래요. 찬희 씨가 말하고 싶은 게 내가 예상하고 있는 것과 같은 건지 몰라서."

천천히 이어진 말에 찬희는 가만히 듣고만 있었다. 그래서 나연은 자신이 하고 싶은 말을 마지막까지 마칠 수 있었다.

"되도록 아니었으면 하고요."

"맞을 겁니다. 그게."

듣고 싶지 않은 말이었지만 나연의 표정은 차분하기만 했다. 이에 용기를 얻은 것일까. 이 말이 김나연에게 있어서 상처가 될지도 모른다는 걸, 아니, 분명 상처라는 걸 알 텐데도 찬희의 말은 거침이 없었다.

"김 회장님을 도와주세요. 많이 힘들어하십니다."

"사법부에서 결정한 일을 제가 어떻게 할 수 있겠어요."

김 회장은 구속 재판 중이었다. 일부 사람들은 재벌 기업을 싫어하는 일반 시민들의 생각이 반영된 여론 재판이라며 비난하는 이들도 있었지만, 대부분은 그의 불법에 합당한 죗값을 물려가는 과정이라 평했다.

그녀가 거절할 줄 알았던 건지 찬희는 '다시 한 번만' 이라고 말했다.

손끝이 차가워져서 나연은 머그잔으로 손을 뻗었다.

"왜 저희 아버지를 위해서 이런 부탁까지 하시나요?"

"은혜를 갚기 위해서입니다."

나연은 커피를 마시며 찬희의 이야기를 들었다. 학비와 어머니의 수술비, 그리고 선수 시절에 김 회장으로부터 많은 지원을 받았다고 했다. 그러면서 한다는 말이 참 인간적이다.

"전 그분께 은혜를 갚아야 합니다."

"……제가 뭘 도와드리면 되나요?"

"민성우 사장에게 말해주십시오."

"……."

"그분이라면…… 할 수 있지 않습니까."

인간적인 말은 나연을 슬프게 했다. 인간은 이기적이다.

끝내 답하지 않은 나연이 자리에서 일어났다.

"저번에 들어달라고 했던 부탁이 이건가요?"

"네, 그렇습니다."

마음은 애초에 엇갈리고 있었는지 모른다. 고마워하고 있다는 말에, 그는 훗날 자신의 부탁을 들어달라고 했었다. 그땐 민성우를 다시 만난 것도 아니었으며 다시 그의 아내 자리로 돌아갈 마음도 없었다.

그런데도 그는 그런 말을 했다. 자신은 홀로 살아가기 위해 노력하고 있었는데, 박찬희는 그런 내 노력에 응원을 해주고 있다고 생각했었는데.

이 남자의 호의가 진심이었는지, 아니면 처음부터 이런 상황을 예상하고 그랬는지. 좋아한다는 말 역시 거짓으로 점철된 것이었는지는 생각하지 않기로 했다. 이젠 사람의 마음이란 게 그리 명확하고 분명하지 않다는 걸 아는 어른이 되었으니까.

❖

방 한가운데 이불을 널찍하게 깐 나연이 조심스레 그 위에 누웠다. 이불은 뽀송뽀송했고, 따뜻한 볕 냄새도 났다.

"흐음."

한숨 같은 호흡을 내뱉은 그녀가 이불을 가슴 아래까지 덮었다. 이제 그만 잠자리에 들어야 했다. 모레 신혼집으로 돌아가기 위해서 내일 하루는 혼자 사는 집을 정리하는데 많은 시간을 써야 했다.

하지만 머릿속에 가득한 생각들 때문인지 잠은 쉬이 오지 않고, 시간이 지날수록 정신은 또렷해졌다. 결국 참고 있던 한숨을 내뱉으며 상체를 일으킨 나연이 휴대전화를 확인했다. 자정이 넘은 시간이었다. 그때였다.

탕.

탕. 탕.

나연의 시선이 현관문으로 향했다. 분명 자신의 집으로 올라오는 계단에서 나는 소리였다. 계단은 오롯이 나연의 집으로만 연결되어 있었다. 3층으로 올라가는 계단은 건물 안으로 돌아가야 했기에 그곳에서 나는 소리도 아닐 터다.

'뭐지?'

나연은 자신도 모르게 터져 나오려는 말을 손으로 틀어막았다.

탕. 탕.

그사이에 걸음은 더욱 가까워졌다.

나연은 불안한 눈을 연신 깜빡였다. 누군가가 집을 잘못 찾아서 그런 걸지도 모른다는 일말의 희망을 품어보며.

하지만 헛된 희망은 아무런 위로도 되어주지 못한 건지, 인기척이 가까워질수록 몸의 떨림은 더욱 커져 갔다.

나연은 겁에 잔뜩 질린 얼굴로 현관문을 보았다. 문의 일부는 빛만 들어올 수 있는 유리로 되어 있었다.

뭐지?

분명 사람의 실루엣이었다.

나연의 목울대가 아플 정도로 크게 움직였다. 하지만 몸은 점차 현관문과 가까워지고 있었다. 밖의 기색을 조금이라도 알아야 했기 때문이다.

현관문과 가까워졌을 때 남자의 목소리가 들렸다.

"없나?"

중년 남자의 것으로 들리는 목소리였다.

그 순간 나연의 눈동자가 공포로 물들었다. 남자가 찾고 있는 게 자신이라는 걸 단번에 알아차렸기 때문이다.

덜컹덜컹.

현관문을 당길 땐 숨이 왈칵 넘어가기도 했다.

하지만 이내 안심이 됐다. 밖과 집 안을 연결해 주는 철제문을 단단히 잠가놓았기 때문이다. 거기에다가 성우가 설치해 준 단단한 키와 잠금장치도 있지 않은가.

하지만 예상하지 못한 상황에 누군지도 모를 남자가 집 앞을 기웃거리는 상황은 그녀에겐 커다란 위협이 되었다.

툭. 툭.

잠금장치에 걸려 문이 열리지 않자 그림자가 옆으로 이동하는 게 보였다. 더 지체했다간 큰일 날 것 같은 생각에 나연은 본능적으로 휴대전화를 찾았다.

손은 자연스럽게 지금 가장 필요한 사람의 연락처를 눌렀다. 전화를 하면 밖에 있는 남자가 자신의 존재를 눈치챌까 봐, 손가락은 빠르게 문자를 쓰고 있었다.

『도와주세요. 집에 누가 찾아왔어요.』

제발. 제발 빨리 와주세요.

나연의 눈가에 눈물이 맺혔다.

❖

띠리리리— 띠리리리—

멋없는 벨 소리에 깊은 잠에 빠져 있던 민성우가 한쪽 눈만 겨우 떴다. 방 안은 알코올 냄새가 진동했다.

어젠 대학 모임이 있었다. 나름 친분이 있는 사람들은 모임 이후 따로 나와 술자리를 가졌고, 거기에서 이기지도 못할 술을 마셨다.

동반 모임은 아니었지만 배우자가 있다면 데리고 오는 분위기였다. 하지만 민성우는 혼자 참석을 했고, 동기들은 최근 찌라시로 돌고 있는 불화설을 기정사실화하는 모양이었다. 눈빛들은 기분이 나빴지만 그래도 꽤 괜찮았다. 그가 말없이 술만 마셔도 말리는 이가 없었으니까.

일찍 시작된 모임이었기 때문에 자정이 되기도 전에 얼큰하게 취해 집으로 돌아왔다. 숙면에 든 지 두 시간도 넘었지만, 민성우는 걸려온 전화를 받을 정신도 없다는 듯 눈빛이 텅 비어 있었다.

하지만 걸려온 전화는 끈질겼다. 그가 받을 때까지 계속 울릴 태세여서 결국 전화를 받을 수밖에 없었다.

"……여보세요?"

반쯤 죽어가는 목소리에도 상대는 본론만을 전했다.

—지금 좀 와주셔야겠는데요.

인사도 없이 다짜고짜 오라는 연락에 성우는 액정을 확인했다. 저장되어 있지 않은 연락처였기에 미간을 좁힌 민성우는 당장 전화를 끊을 생각이었다.

하지만 상대는 침묵이 이어지자 자신의 실수를 깨달은 듯 설명을 덧붙였다.

—아, 여기 태동 1가 파출소입니다. 아내분이 와 계십니다.

"아내가요?"

—네. 지금 좀 와주세요.

아내라면 분명 김나연을 말하는 것일 터다.

나연이 파출소에 있다는 걸 안 순간부터 상체를 벌떡 일으킨 민성우는 지금 당장 가겠다는 말을 남긴 채 전화를 끊었다.

지금 자신의 꼴이 어떤지도 생각하지 못한 채 휴대전화와 차 키만 챙긴 채 현관으로 내달린 민성우가 뒤늦게 침실로 돌아갔다. 술을 마신지 고작 두 시간밖에 지나지 않았기에 운전을 할 수 없다는 사실을 깨달았기 때문이다.

"망할."

차 키를 내려놓은 민성우는 지갑을 챙겨 들고 집 밖으로 뛰어나갔다. 머릿속을 가득 채운 건 하필 이때 술을 마신 자신, 그리고 혼자 두려움에 떨고 있을 나연뿐이었다.

평일이었지만 새벽 한 시 반이 넘어가는 파출소 안은 취객들로 인해 엉망이었다. 경찰들이 술에 취한 사람들을 자제시켜 보려 애를 썼지만, 막무가내로 소리를 질러대거나 한쪽에 토악질을 하는 사람도 있었다.

그들 중 유일하게 얌전한 사람은 가만히 의자에 앉아 있었다. 파출소 안으로 뛰어들어 온 민성우는 단번에 나연을 찾아내고선 숨을 들이켰다.

이곳으로 오는 내내 얼마나 애를 태웠는지 모른다. 혹여 나연에게 무슨 일이 생긴 건 아닌지. 그럼에도 걸려온 전화로 다시 전화를 걸지 않은 건…… 정말 큰일이 생기면 견딜 수 없을 것 같았기 때문이다.

시선으로 나연이 괜찮다는 걸 확인한 그가 가슴을 쓸어내렸다. 안도가 되자 몸에 힘이 풀렸다.

자리에서 비틀거리는 민성우를 발견한 경찰이 다가와 물었다.

"무슨 일 때문에 오셨어요?"

"김나연 씨 보호자입니다."

"아. 저기 계시네요."

경찰은 단숨에 나연을 찾고서 손으로 안내해 주었다. 그러더니 간단하게 나연에게 일어난 일들을 말해준다.

"집 앞에 낯선 남자가 있다고 문자로 신고를 하셨어요. 출동을 했더니 집에는 도저히 못 들어가겠다고 하셔서요."

낯선 남자.

그 말에 민성우의 눈앞이 핑 돌았다.

"침입자는 찾았습니까?"

"아니요. 주위에 순찰을 돌기는 했지만 못 찾았습니다."

마음에 들지 않는 답이었다. 그래서 그는 집요한 얼굴로 물었다.

"근처의 CCTV는 확인해 보셨습니까. 집 앞에 CCTV가 있던데요."

"아, 그게……."

"블랙박스는요."

"범죄가 일어난 건 아니라서……."

경찰의 말을 듣던 민성우는 변명처럼 들리는 말에 결국 표정을 굳혔다.

하지만 화를 내거나 소리를 치르지 않았다. 그저 지갑에서 명함을 꺼내 앞으로 내밀었고, 놀라는 경찰을 보며 고저 없이 말했을 뿐이다.

"사건 진행되면 연락 주십시오."

"네, 알겠습니다."

더 이상 나연을 홀로 둘 수가 없었다. 걸음을 옮긴 그는 곧장 나연에게로 향했다.

그녀는 고개를 푹 숙인 채 옴짝달싹하지 않았다. 움직임이 없는 물건

같았다.

그래서 더 마음이 쓰였다.

그는 한쪽 무릎을 굽히고 앉았다. 머리카락 사이로 그를 발견한 건지 나연이 천천히 고개를 들더니 민성우의 얼굴에서 시선을 멈췄다.

괜찮습니까?

그렇게 물으려고 했지만 쉽지가 않았다. 입술을 달싹인 그가 입을 다물자 나연은 파르르 떨리는 입술로 어렵게 첫 마디를 뗐다.

"……나."

하지만 그녀 역시 쉽지가 않았나 보다. 그래서 민성우는 손을 나연의 무릎 위에 내려놓았다.

"무서웠어요. 아무것도…… 못하겠더라고요."

나연의 눈가가 촉촉하게 젖었다. 성우의 모습에 드디어 안심을 했나 보다. 하지만 그녀는 울지 않았다. 그저 그를 보았고, 작은 숨을 내뱉었을 뿐.

그러다가 이내 굽히고 있던 허리를 펴더니 무릎을 굽히고 있는 남편을 내려다보았다.

"그런데 옷이 그게 뭐예요? 술 냄새도 많이 나요."

"미안합니다."

짧은 사과의 말을 건넨 그가 자리에서 일어났다. 그런 후 방금 전까지 나연의 무릎 위에 올리고 있던 손을 앞으로 내민다.

"가요, 집에."

큰일을 당할 뻔한 건 분명 김나연인데, 민성우의 눈동자가 더 두려움에 차 있다. 이를 뒤늦게 발견한 나연의 입술이 벌어졌다.

"성우 씨……."

"일단 집에 가서 쉬어요."

원치 않았던 사건 뒤에 두 사람은 함께 집으로 돌아가게 되었다.

❖

혼자 살던 집과는 비교할 수 없을 만큼 호사스러운 욕조에 몸을 푹 담갔다. 팽팽하게 당겨졌던 긴장이 느슨하게 풀어지는 것을 느꼈다. 그런 후엔 싸구려 세면도구가 아닌 꽤 오랫동안 사용해 온 용품으로 깨끗하게 샤워를 했다.

신혼집을 떠나온 지 오래되었지만, 집 곳곳엔 그녀의 흔적이 고스란히 남아 있었다. 뽀송뽀송한 가운 역시 마찬가지였다. 가운을 손끝으로 만지던 나연이 한동안 지냈던 작은 방 안으로 들어왔다. 작은 방 한가운데에는 깨끗한 요가 펼쳐져 있었다.

민성우는 알고 있었나 보다. 그녀가 오늘도 두 사람의 침실이 아닌 이곳으로 돌아오리라는 것을. 요 옆엔 작은 협탁이 옮겨져 있었고, 그 위엔 김이 모락모락 올라오는 머그잔까지 놓여 있었다.

이렇게 섬세한 남자였나?

머그잔을 조심스럽게 집어 든 나연은 뜨거운 우유를 마시며 눈을 감았다. 마음을 편히 먹어보려 하는데도 쉽지가 않았다.

덜컹!

"엄마!"

바람 때문에 창이 흔들리자 깜짝 놀란 나연이 비명을 내질렀다. 그러더니 마른세수를 한다.

좁고 동그란 어깨가 간헐적으로 떨렸고, 눈물까지 핑 돈다.

그의 배려로 따뜻한 우유 한 잔을 말끔하게 비운 나연이 요 위에 누웠다. 포근한 이불은 큰마음 먹고 산 원룸 방에 놓인 것보다 더 좋았다.

익숙한 냄새를 힘껏 들이켜며 자신에겐 그 어떠한 위협도 더 이상 존재하지 않는다는 사실을 계속 되새겼다. 더욱이 이 집엔 남편까지 있었다.

그럼에도 좀처럼 잠이 오지 않았다.

이대로라면 해가 뜰 때까지 뜬눈으로 지새울 것 같다는 생각을 할 때였다.

똑똑.

노크 소리에 나연의 몸이 튀어 올랐다. 그녀의 시선이 문으로 향한다.

"주무십니까?"

"……아니요."

낮은 어조의 목소리에 나연이 뒤늦게 답했다. 그러자 나연의 마음을 모두 이해한 건지 민성우가 조심스러운 어조로 말했다.

"안 들어갈 겁니다. 그냥, 잠이 오지 않으실 것 같아서요."

그 말에 믿음을 가졌다면 너무 가벼울까.

자리에서 일어난 나연이 문으로 다가갔다. 그런 후 문에 등을 기대고 앉는다.

무릎까지 끌어안은 나연은 그의 말이 이어지길 기다렸다.

"많이 생각해 봤습니다. 전에…… 나연 씨가 했던 말."

나지막한 목소리에 나연이 눈을 감았다. 참 듣기 좋은 목소리였다. 예전부터 그런 생각을 했다. 그땐 저 목소리에 다정함이 스며들길 간절하게 바랐었다.

"나연 씨가 적어놓은 메모를 봤습니다. 저는, 여전히 나연 씨가 그 일들을 해보고 싶어하는 줄 알았습니다."

"아."

그런데 지금이 그랬다. 그의 목소리에 감정이 스며들었다.

"……듣고 계십니까?"

그녀가 답이 없자 자는 줄 알았던지 민성우가 물었다. 그리고 원래라면 그럴 생각이었다. 하지만 뜻과 다르게 입술은 멋대로 움직인다. 감정을, 느꼈기 때문일까.

"오늘 참 힘든 하루였어요. 그런데 예전에 비하면 그렇게 힘든 하루는 아니었던 것 같아요."

이번엔 민성우가 답이 없었다. 그래도 나연은 상관없다는 듯이 말을 이었다.

"메모를 보셨다면 아시겠네요. 그곳에 적어놨던 일들, 나 혼자서 열심히 했던 거. 그런데 생각해 보니까 애초에 거긴 민성우 씨가 없었던 거예요. 나는 민성우 씨와 함께하고 싶었던 건 줄 알았는데 아니었어요."

그녀 역시 자신의 인생에 민성우 씨를 넣어두지 않았다. 돌이켜 보니 그때, 민성우가 그것들을 함께해 줬으면 하는 생각은 하지 않았던 것 같다. 그게 당연히 들어주지 않을 거라는 마음에서 비롯된 것인지는 모르겠지만.

"하지만 번호까지 매겨가면서 정말 하고 싶었던 다섯 가지에는 민성우 씨가 있었어요. 나 혼자는 할 수 없는 것뿐이니까. ……사랑을 혼자 할 수는 없으니까."

처음 면허를 땄던 것도 그와 어머니 묘를 다녀왔던 당일에 생각했던 일이었다. 그 일에 성취감을 느끼는 건 덤이었다.

여행은 신혼여행으로 갔던 제주도에 함께 다시 가고 싶어서 적어두었던 거고, 사랑 역시 그와 하고 싶었다. 그리고 그의 단단함을 닮은 아이를 낳고 싶었다.

"같이 해줬으면 했을 때, 왜 같이 안 해줬어요. 전 그게 무척 원망스러웠어요."

많이도 아팠다. 혼자 땅굴을 파고 안으로 들어가고 싶을 만큼.

하지만 이젠 아프지 않았다. 어쩐 일인지, 가슴에 뭉쳐져 있던 응어리가 조금은 내려간 듯했다.

"오늘 고마워요."

"……아닙니다."

그의 답에 나연은 작게 고개를 저었다. 그러더니 입매에 웃음을 머금는다.

"덕분에, 잠이 올 것 같아요."

아주 다디단 꿈을 꿀지, 아니면 불행한 악몽을 꿀지는 모르지만.

"그럼 잘 자요."

문을 사이에 두고 대화를 나눈 두 사람은 각자의 잠자리로 돌아갔다.

나연은 얼마 지나지 않아 깊은 잠에 들었지만, 민성우는 그 후로 한동안 잠들지 못했다. 현관문으로 나가 나연의 신발이 제대로 있는지 확인했고, 방 앞을 서성거리다가 문에 귀를 대기도 했다.

그리고 나연이 깊은 잠이 들었다는 판단이 들었을 때 다시 방으로 들어갔다.

❖

번뜩 눈을 뜬 성우가 밝은 창밖을 확인한 후에 헐레벌떡 자리에서 일어났다.

늦잠을 자버렸다. 최근 생활 전반이 엉망이 되어버렸지만, 오늘은 일찍 일어나려고 마음까지 먹었는데 뜻대로 되지 않았다.

벌컥!

문을 열고 밖으로 나간 그는 당장 현관문으로 달려갈 기세였다. 그가 잠든 사이에 혹여 김나연이 돌아가 버린 건 아닌가 하고. 마음속은 지옥이 되었다.

하지만 그의 걸음은 현관이 아닌 부엌 앞에 멈춰 섰다.

"일어났어요?"

나연은 부엌에 있었다. 예전에 늘 입곤 하던 앞치마까지 하고서 조리대 앞을 바쁘게 움직이던 나연은, 얼떨떨한 표정으로 서 있는 성우를 본 후에 힘없이 웃었다.

"씻고 나오세요."

"네?"

"아침 먹어야죠."

그제야 민성우의 눈에 식탁이 들어왔다. 식탁엔 수저 두 벌이 마주 보고 놓여 있었다.

"해장국 끓였어요. 괜찮죠?"

"좋습니다."

나연이 빤히 민성우의 얼굴을 보았다.

그는 알고 있는 걸까. 지금 자신이 어떤 표정을 짓고 있는지.

그의 해사한 웃음에 나연이 다시 음식 준비를 서둘렀다.

❖

헐레벌떡 방으로 돌아간 그는 깨끗하게 샤워를 마친 후에 밖으로 나왔다. 머리는 아직 촉촉하게 젖어 있었지만 개의치 않는 모습이었다.

마주 보고 앉은 두 사람은 오랜만에 함께 식사를 했다.

"맛있습니다."

그는 웃으며 연신 맛있다고 말했다. 그가 잘 먹지 못하는 고기반찬에도 젓가락이 두 번이나 갔다.

그런 후에 예전처럼 민성우는 커피를 내렸고, 나연은 식탁을 정리했다. 마치 그렇게 하자고 미리 말이라도 한 사람들처럼 자연스럽게.

하지만 식탁을 말끔하게 치운 나연이 의자에 앉아 커피를 기다리는 순간부터 민성우의 행동이 부산스러워졌다. 평정심을 잃은 모습이었다.

달그락.

나연의 손이 닿는 자리에 커피를 내려놓은 그는 굳이 손잡이 부분을 돌려준 후에 자리에 앉았다.

"드세요."

"고마워요."

형식적인 인사를 주고받은 다음, 두 사람은 마주 보고 앉았다. 더 이상의 대화는 없었다.

하지만 시선만은 달랐다. 나연과 마주 앉아 커피를 마시면서도 민성우의 시선은 바삐 움직였다. 맞은편에 앉은 아내의 얼굴을 보기도 했고, 눈이 마주치면 다급하게 시선을 옮겼다. 연애를 하기 전의 남녀가 그러한 것처럼 두 사람 사이에 팽팽한 긴장감이 흘렀다.

대화를 나눌 법도 했지만 두 사람은 커피를 다 마실 때까지 제대로 된 말을 주고받지 못했다. 민성우는 끊임없이 대화의 주제를 찾아보려고 했지만 마땅한 걸 떠올리지 못했고, 나연은 딱히 대화를 나눌 생각을 하지 않는 듯했다.

아니, 사실 민성우는 하고 싶은 말이 있었다.

'오늘 돌아가실 겁니까?'

'집에 계셨으면 좋겠습니다.'

그 두 마디가 계속 입안에서 맴돌았다. 그럼에도 혹 그 말을 아내가 싫어할까 싶어 하지 못했다.

커피를 다 마신 나연이 먼저 자리에서 일어나자 정작 한다는 소리가 이거다.

"설거지는 제가 하겠습니다."

"성우 씨가요?"

"네."

나연은 성우를 보았다. 하지만 이내 그렇게 하라는 듯 머그컵을 싱크대 안에 넣어둔 후 방으로 돌아간다. 부엌에 홀로 남은 민성우는 나연의 뒷모습을 보다 말고 뒷머리를 벅벅 긁었다.

"나 지금 뭐 하냐."

방문이 닫히는 소리를 들으며 그가 한탄하듯 말했다.

하지만 입 밖으로 내뱉은 말을 지키기 위해 싱크대 앞에 선다.

달그락. 달그락.

"풋."

나연이 허리를 접으며 참지 못한 웃음을 터뜨렸다. 참기 위해 애를 썼는데, 쉽지가 않았다.

아침에 일어났을 때 몸이 한결 가벼운 것을 느꼈다. 이렇게 다디단 잠을 잔 건 참 오랜만이어서, 어제 있었던 일을 모두 잊은 듯 하루를 시작할 수 있었다.

일찍이 일어난 나연은 깨끗하게 씻은 후에 부엌으로 향했다. 부엌은 그녀에게 있어서 이 집에서 가장 익숙한 장소이자 가장 많은 시간을 보냈던 곳이었다. 냉장고 문을 열자 여주댁의 깔끔한 성격이 보여 웃음이 나왔다.

그렇게 한참 음식을 준비하고 있는데, 뒤에서 인기척이 들렸다. 민성우였다.

방금 전에 잠에서 일어난 듯 남편은 머리에 까치집을 짓고, 옷 역시 후줄근했다. 좀처럼 흐트러진 모습을 보여주지 않는 사람이었는데, 어제 파출소에서도 그렇고 오늘도 생소한 모습으로 자신을 찾았다.

혹여 자신이 돌아갔을까 봐 걱정하는 눈빛을 모른 척했다. 식사를 하는 내내 제 눈치를 보는 것도 무시했다. 커피를 다 마시고 나서 하고 싶은 말이 많은 사람처럼 안절부절못하는 남편을 못 본 척했다. 그리고 방으로 돌아와 혼자 남은 지금 웃는다. 남편의 행동 하나하나에.

나연이 양치를 마친 후에 다시 부엌으로 갔을 땐 싱크대 안은 깨끗했다. 물기가 잘 빠지도록 세워져 있는 그릇을 본 그녀가 몸을 돌렸다. 침실 문은 굳게 닫혀 있었다.

"잘하네."

물기까지 깨끗하게 닦아놓은 걸 본 나연이 다시 냉장고 앞으로 다가갔다.

"흠, 여기 있을 텐데."

쪼그리고 앉은 나연이 냉동고 안을 뒤지기 시작했다. 이 집을 떠나 있었던 기간이 꽤 길었기에 이미 버리고 없을지도 몰랐지만 나연은 해산물이 가득 얼려져 있는 칸을 뒤졌다.

"아, 없네."

나연은 사두었던 고기가 없는 걸 발견하고선 한숨을 푹 내뱉었다.

거실로 간 그녀는 예전에 늘 앉았던 자리에 앉았다. 그런 후에 포스트잇과 볼펜을 가져와 글을 쓰기 시작한다. 간혹 엉망인 마당을 보면서.

그 자리에 앉아 햇살을 받고서 오늘 하루 할 일과 사야 할 물품을 정리하고 있으니 예전으로 돌아간 것 같았다. 메모를 모두 한 후에 거실 창 앞에 서 메마른 땅을 본다. 열심히 가꿨던 식물들은 겨울을 이기지 못하고 죽어 있었다.

하지만 모두 죽어버린 것은 아니다. 추운 땅을 뚫고 올라온 이름 모를 풀과 잡초들이 머리를 비집고 나오고 있었다. 마당에 꽃을 심거나 예쁘게 관리하지는 않더라도 정리는 해야 할 것 같았다. 황폐한 땅을 언제까지 내버려 둘 수는 없으니까.

점심을 먹고 난 후에 마당을 정리해야겠다.

오늘 하루 일과를 정리한 나연이 침실로 향했다. 방문은 여전히 닫혀 있었다. 평일이었고, 출근 시간을 훌쩍 지났음에도 열릴 기미가 없는 문을 보던 나연이 손을 뻗었다.

똑똑.

노크 소리에도 안에서는 아무런 답도 들려오지 않았다.

혹시나 내가 씻는 사이에 출근한 걸까?

나연이 의아한 눈으로 문을 열었다. 그러자 똥 마려운 강아지처럼 안절부절못하던 민성우가 그녀를 보며 행동을 멈춘다.

"출근 안 하세요?"

"네, 오늘은."

그가 머쓱하게 웃었다. 하지만 나연은 고저 없는 목소리로 계속 질문만 했다.

"안 바쁘세요?"

"불편하시면……."

"장 보러 갈 건데 같이 가실래요? 점심에 국수가 먹고 싶어서요."

"아."

나갔으면 좋겠다는 말을 하려는 건 줄 알았나 보다. 저렇게 놀라는 걸 보면.

눈을 커다랗게 뜬 민성우가 아무런 답도 하지 않자 나연은 미소를 머금었다.

"싫으시면 혼자……."

"좋아요."

다급한 답에 나연은 준비를 하고 나오라고 말했다. 그리고 거실로 돌아온 순간 그녀가 가슴을 쓸어내렸다.

심장이 펄떡펄떡 뛰었다.

두 사람은 집 근처에 있는 대형 마트로 향했다. 거기에서 간단하게 장을 봤다. 주로 물건을 집는 건 나연이었고, 성우는 뒤에서 카트를 끌고 졸졸 쫓아왔다.

예전엔 어느 공간을 가든 어색해하고 낯설어하는 건 김나연이었지만, 이번은 반대가 되었다. 김나연은 이런 행위들이 익숙하다는 듯이 물건을 골랐지만 민성우는 꿔다 놓은 보릿자루처럼 어색한 표정을 지었다.

하지만 계산대 앞에 도착해서는 달랐다. 카드를 내밀고 봉투 안에 담은 식자재를 번쩍 들어 먼저 앞서 걸었다. 그 모습을 말없이 바라보던 나연이 곧 뒤를 따랐다.

집으로 돌아온 나연은 고기국수를 만들었다. 자신의 것엔 커다란 수육이 두 장이나 올라갔지만 민성우의 그릇엔 아무것도 올리지 않았다.

"언제…… 돌아가실 겁니까?"

입맛이 없는 건지 연신 국수를 들쑤시기만 하던 민성우가 물었다. 뜬금없는 물음이라고 생각했는지 그가 덧붙여 설명하려고 했지만 나연은 굳이 그럴 필요 없다며 고개를 저었다.

"아침부터 그게 궁금하셨어요?"

그는 이번에도 많이 놀란 모양이었다. 마치 그걸 어떻게 알았냐는 듯한 표정에 나연은 국수를 크게 집으며 말했다.

"그 집엔 돌아가기 싫어요."

얼마 전까지만 해도 그곳은 김나연에게 있어 지키고 싶었던 공간이었다. 하지만 지금은 아니다. 주인 할머니의 얼굴을 차마 보지 못할 만큼, 그곳은 나연에게 불편한 공간이 되어버렸다.

"그럼……."

"짐 좀 부탁드려도 될까요?"

"알겠습니다."

"고마워요."

짧은 인사와 함께 나연은 다시 국수를 먹기 시작했다. 예전에는 최대한 입에 묻히지 않고 먹기 위해서 노력을 하던 그녀였는데, 지금은 참 복스럽게도 먹는다.

후루룩. 후루룩.

면이 입안으로 빨려 들어가는 것을 보던 민성우가 젓가락을 내려놓았다.

"혹시, 남자가 누군지 아십니까?"

이번엔 김나연도 꽤나 놀랐나 보다.

눈을 커다랗게 뜨는 것을 본 민성우는 깨달았다. 김나연은 자신의 집에 침입하려 했던 남자를 이미 알고 있다는 것. 그래서 파출소까지 갔었던 것이고, 어찌 보면 불편할 남편에게까지 이 사실을 알렸다는 것.

"……아니요. 몰라요."

그리고 지금 자신의 아내는 거짓말을 하고 있다는 것도.

씁쓸한 웃음을 머금은 그가 젓가락을 집어 들었다.

국수를 좋아하지는 않았지만 그는 면을 먹었고, 국물까지 들이켰다.

"어때요. 괜찮아요?"

나연의 물음에 그는 작게 웃음을 뱉더니 고개를 끄덕인다.

"맛있네요."

"좋아하지 않으면서."

딱 잘라 하는 말에 그의 웃음이 어수룩하게 변했다.

"김나연 씨와 함께 먹으니 맛있습니다."

출근을 하지 않은 성우는 지아에게 부탁해 서류를 메일로 받았다. 검토가 필요한 일들이 대부분이었다.

한창 일에 집중하고 있던 성우는 원목 책상 위에 올려두었던 휴대전화가 울리자 시선을 돌렸다. 액정엔 모르는 번호가 떠 있었다.

"여보세요?"

—민성우 사장님이십니까? 태동 1가 파출소 김성환 경위입니다.

분명 민성우가 명함을 건넨 자는 순경이었지만, 연락은 경위에게서 왔다. 하지만 그는 알 만하다는 듯 고개를 끄덕였다.

"네, 맞습니다."

—어제 있었던 사건 범인을 잡아서 연락드렸습니다.

"누구입니까?"

—1층에 사는 주인 아들이었습니다. 부산에서도 동종 범죄를 저지른 적이 있었고 자백 또한 받았습니다.

통화 내용에 민성우가 이마를 긁었다. 그제야 김나연의 행동이 이해가 되었다.

"알겠습니다."

일 처리가 되는대로 연락을 주겠다는 말과 함께 통화는 끝났다. 다시 일에 집중해야 했지만, 민성우는 도통 손에 잡히지 않는다는 듯 자리에서 일어났다. 걸음은 자연스럽게 나연을 찾았다.

밖으로 나온 성우가 거실 창가로 향했다. 나연은 커다란 챙 모자를 쓰고서 죽어서 엉겨 붙은 풀들을 쓸어내고 있었다. 새로운 생명이 잘 자라려면 필요한 작업이었다.

창틀에 어깨를 기대고서 나연을 바라보던 그가 깊은 한숨을 내뱉었다.

❖

"일찍 퇴근하겠습니다."

이른 아침, 민성우는 아쉽다는 얼굴로 출근길에 올랐다. 다급한 연락을 받은 건지 그의 행동은 성급했다.

뒤에서 이를 바라보던 나연은 문을 열고 나가려던 그가 몸을 돌리자 의아한 마음에 고개를 기울였다.

"저……."

"왜요?"

하고 싶은 말이 많은 표정에 나연의 의문은 커져 갔다. 그러자 그가 한 걸음 다가와 나연의 어깨를 붙잡더니 진중한 표정으로 묻는다.

"입을 맞춰도 되겠습니까?"

"네?"

화들짝 놀란 나연이 눈을 커다랗게 떴다.

"전에…… 출근을 할 때 5초만 시간을 내달라고 하셨잖습니까."

그의 말에 나연은 언젠가 자신이 했던 말을 떠올렸다.

「출근할 땐 바로 등 돌리고 나가지 마세요. 내게 5초만 주세요. 입을 맞춰 줘요.」

나연의 얼굴이 화르륵 불타올랐다.

하지만 그녀가 답하기도 전에 민성우는 고개를 내려 대뜸 입을 맞췄다. 입맞춤은 짧고 가벼웠다.

히끅.

숨을 들이켠 나연이 그를 빤히 올려다보자 그가 손목시계를 확인했다. 그러더니 말한다.

"다녀오겠습니다."

순식간에 사라지는 그의 뒷모습에 나연이 그제야 숨을 훅 내뱉었다.

"뭐야."

부부 사이에 가벼운 입맞춤은 과한 것도 아닌데, 심장이 아플 정도로 뛰었다. 손은 계속 입술을 만지작거렸다.

4. 이 길 끝에

어색한 마음으로 몸을 돌린 나연이 소파에 앉았다. 갑자기 열이 오르는 느낌에 열심히 손으로 부채질을 해본다.

"왜 이래, 정말."

나연은 투정 같은 것을 부려보았다. 자신의 모습이 스스로도 이해가 되지 않았기 때문이다. 입술에 닿았던 촉감과 자신보단 서늘했던 체온이 계속 느껴져서 안절부절못했다. 관계를 전혀 모르는 여자처럼. 순진한 반응에 기가 찼다.

그러다가 결국 다른 곳으로 시선을 돌리기 위해 리모컨을 집어 들었다. 텔레비전을 켜자 보이는 건 뉴스 전문 채널이다.

—재벌의 문제는 비단 어제오늘만의 문제는 아닙니다. 하지만 이렇게까지 할 줄은 몰랐습니다. 특권층으로 분류되었던 재벌들의 갑질 논란이 불거지기 시작하면서 국민들은 그들의 범법 행위에 더 이상 눈을 감아주면 안 된

다는 여론이 확산되고 있습니다. 이런 와중에 동호건설 김강철 회장의 수사가 가속화되고 있습니다.

영상엔 김 회장이 호송되어 검찰로 들어가는 모습이 보인다. 플래시 세례에도 고개만 푹 숙이고 있는 김 회장에게 욕설을 하는 사람들도 있었다.

국민들이 본다면 자신의 사리사욕을 채우기 위해 거대한 기업체 하나를 무너뜨린 김 회장을 욕하는 건 당연할지도 모른다. 거기에다가 그는 회사가 힘든 걸 알면서도 끊임없이 회사 돈을 개인적인 일에 유용했고, 불법적인 방법을 이용해 배를 불리려 했던 정황까지 나왔다.

그럼에도 욕을 하는 이들이 많지 않은 건 DG그룹에서 빠르게 수습에 들어갔기 때문일지도 모른다. 기자 역시 그 점을 들어 김 회장의 처벌이 가벼워질 수도 있다고 예상했다.

이를 바라보는 나연의 얼굴엔 그 어떠한 감정도 미치지 않았다. 아무렇지도 않게 김 회장이 죄수복을 입고 끌려가는 걸 보았다.

그가 이제껏 나연에게 했던 학대와 쓰디쓴 말들을 떠올리면 속이 시원하다든가 해야 할 텐데, 그렇지도 않았다.

「더러운 아이다, 너는. 그리고 말을 안 듣는 나쁜 아이지.」

기억 속에 명확하게 남아 있는 말은 여전히 가슴을 찌르는데도, 나연은 무심한 얼굴로 브라운관만 보았다. 화면은 어느새 다음 뉴스로 넘어가 있었다.

「민성우 사장이 왜 너와 결혼을 했겠느냐. 첫눈에 반해서? 사랑이란 그

허상에 가까운 감정 때문에? 다 쓰러져 가는 동호건설을 보고? 동호건설이 쓰러지면 너 역시 버릴 거다. 그리고 민성우 사장은 동호건설이 내뱉는 것들로 이득을 취하겠지.」

토씨 하나 빼놓지 않고 기억나는 걸 보면 그때 들었던 말이 꽤나 충격이었나 보다. 사랑, 사랑이라는 걸 했으니까. 난생처음 겪어본 그 감정이 너무 달콤해 도취되어 있었으니까.

"……아버지."

나연이 입술을 달싹였다. 그러곤 웃는다.

그땐 한마디도 하지 못했었다. 바보같이. 아버지가 떠들어대는 말들을 모두 받아들였다.

하지만 지금은 아니었다.

"성우 씨는 내 곁을 떠나려고 하지 않아요. 오히려 떠나려고 했던 건 나였지."

가슴께를 매만져 보니 아프지 않았다. 오히려 너무 아무렇지도 않아 이상했다.

그래서 다시 한 번 웃어버렸다.

"이건 뭐야."

용서를 한 건지, 아니면 포기를 한 건지 몰라도 마음에 남아 있는 게 아무것도 없었다. 두려움도 미움도. 모두 사라져 버렸다.

—감사합니다.

마지막 문구에 나연이 고개를 들었다. 뉴스가 끝나고 세제 CF가 이어지고 있었다.

띠리릭.

텔레비전을 끈 나연이 자리에서 일어났다.

걸음을 옮긴 나연은 부부 침실 앞에 멈췄다. 이제껏 열어볼 생각조차 하지 않았던 방 앞에 멈춰 선 그녀가 조심스럽게 문을 열고 안으로 들어간다. 말끔하게 정돈된 침실 안은 변한 것이 아무것도 없었다.

이 방문을 열고 들어오길 꺼렸던 건 이곳에서 있었던 일들 때문이었다. 침실엔 그의 아래에서 자지러지며 흥분했던 자신의 과거가 있다.

모든 걸 알아버렸다고 믿었을 때, 그것만이 오롯이 진실이라고 믿었을 때, 자신이 무척 더러운 여자처럼 느껴졌다. 첫 관계 이후 돈을 요구한 아버지나 그걸 받아들여 돈을 건넨 민성우 씨의 이야기를 들었을 땐 정말 죽고 싶었다. 창녀가 되어버린 기분이었다.

그리고 지금도 그런 생각은 바뀌지 않았다. 여기에 대해선 진솔한 대화를 나누지 못했다.

더욱 상처받고 아플까 봐, 그에게 물어보지 않았다. 그때 왜 그랬냐고.

나연의 시선이 한곳에 머물렀다. 거기엔 시들어 버린 꽃들이 층층이 쌓여 있었다. 그와 꽃시장에 갔을 때 마구잡이로 잡아 구입한 것들이었다. 예쁜 꽃들은 누군가에게 기쁨도 되지 못한 채 죽어 있었다.

이를 말없이 바라보던 나연은 꽃시장에서 성우가 샀던 꽃다발을 보았다. 이 역시 시들어 있었다.

꽃다발을 집어 든 나연이 쓰레기통에 버리려다 말고 다시 원래의 자리에 내려놓았다.

예쁘게 말리지 않은 꽃다발은 참 볼품이 없었다. 그런데 그게 왜 민성우의 마음 같을까.

알 수 없다.

❖

생각보다 퇴근이 늦었다. 손목시계를 확인한 민성우가 자리에서 일어났다. 릴레이하듯 계속 이어진 미팅에 피곤할 법도 했지만 퇴근을 준비하는 손길은 빠르기만 했다.

그때 똑똑, 누군가가 노크를 했다. 시선은 문에 두지 않은 채 그가 말했다.

"들어오세요."

그의 허락에 문을 열고 들어온 사람은 김지아였다. 지아의 손엔 커다란 가방 두 개가 들려 있었다.

그제야 성우는 지아에게 나연의 짐을 부탁했던 일이 떠올랐다.

"감사합니다."

두 개의 가방 모두 고가의 제품이었다. 하지만 손잡이는 헤져 있었고, 가죽 곳곳은 긁혀 있었다. 명품을 좋아하는 사람들이라면 기겁을 할 상태였다.

두 개의 가방은 그녀가 신혼집을 나섰던 때에 가져갔던 가방이었다. 캐리어 안에 마구잡이로 넣었던 가방은 그간 고생이 많았던 것 같았다.

"다른 짐은 없었습니까?"

"네. 집 안까지 들어갔다가 왔습니다."

지아가 꼼꼼하게 살폈다고 하니 이게 전부란 말이었다. 짐은 그가 생각했던 것보다 훨씬 적었다.

그가 말없이 가방을 바라보았다. 민성우는 복잡한 표정을 짓고 있었지만 지아는 망설임 끝에 말을 이었다.

"저 그리고…… 주인 할머니를 만났습니다."

"1층에 사는 사람 말입니까?"

"네. 직접 문을 열어주셨습니다."

이 말을 하려고 망설인 건 아닐 텐데.

그가 지아를 빤히 내려다보았다. 그 뒷말은 어떤 식으로 꺼내야 할지 모르겠다는 듯이 숨을 삼켰다.

"하고 싶으신 말이 뭡니까."

딱딱거리는 물음 후 그가 습관적으로 손목시계를 확인했다. 민성우는 작은 행동으로 답을 재촉했다.

"아들을 선처해 달라고…… 사모님께 너무 미안하다고 전해달라고 하셨습니다. 전화를 계속 받지 않는다고요."

"들으셨습니까?"

사건에 대해 들었냐는 물음에 지아는 망설임 끝에 고개를 끄덕였다.

"네."

"그럼 김 비서도 알겠군요. 그 일을 결정할 수 있는 건 아내밖에 없다는 걸."

"주제넘었습니다."

"김 비서의 사과를 들으려고 한 말은 아니었습니다."

가방을 든 그가 집무실을 나섰다.

짐은 왜 이렇게 가벼운지.

왜 김나연의 주위에 있는 사람들은 계속 그녀에게 사정을 봐달라고만 하는 건지.

왜 그 사람 중에 자신 역시 속해 있는 건지.

마음이 아팠다.

퇴근 시간이 조금 지나 있었지만 도로는 주차장처럼 꽉꽉 막혔다. 정체가 풀릴 시간인데도 답답하게 앞으로 나갔다 멈추길 반복했다.

탁. 탁.

핸들을 손가락으로 두드리며 생각에 잠겨 있던 그가 힐끗 옆자리를 보았다. 가방 두 개를 바라보는 눈동자가 깊이 침잠했다.

딩동.

초인종 소리에 나연이 자리에서 벌떡 일어났다. 인터폰을 확인해 보자 예상대로 민성우가 서 있었다. 문을 열어주어야 하는데 선뜻 그러질 못했다. 아침의 입맞춤이 아직도 생생해서.

딩동.

다시 한 번 초인종이 울렸다. 그는 문을 열어줄 때까지 초인종을 누를 생각인가 보다. 걸음을 옮긴 나연이 문을 열었다.

"왔어요?"

민성우가 빤히 나연을 내려다보았다. 그러더니 들고 있는 가방을 나연에게 내밀었다. 그는 부탁한 지 하루 만에 가방을 가져다주었다.

"아. 고마워요."

가방을 양손으로 받아 든 나연이 안으로 들어가려던 찰나였다. 갑자기 그가 나연의 몸을 끌어안는다.

「퇴근한 후엔 곧장 씻으러 들어가지 마세요. 내게 3초만 주세요. 안아주세요.」

그 부탁을 기억하고 있는 걸까.

그래서 이렇게 안아주는 걸까.

나연이 그의 품에 안겨 멍한 눈을 깜빡였다. 그러자 그가 나연을 끌어안고 있던 손에 힘을 주며 자신의 품으로 잡아당긴다. 단순히 자신의 부탁 때문에 그가 끌어안은 건 아니라는 생각이 들었다.

"왜 그……."

"미안합니다."

"……."

"후회합니다."

"뭘요?"

"당신의 마음을 재단했던 일. 나의 상황만을 먼저 생각해 당신을 기만했던 일. 착한 당신의 마음을 무조건 당연하다고 생각했던 것도."

성우의 말이 이어지자 나연이 천천히 눈을 감았다.

"다 미안합니다."

떨림을 닮은 사과는 달콤한 고백처럼 들렸다. 마음이 술렁술렁거렸다.

❖

부스럭.

요에 누워 있던 나연이 잠들지 못하고 몸을 연신 뒤척였다.

"후우."

왠지 오늘 밤엔 편히 잠을 이루지 못할 것 같았다. 상체를 일으킨 나연이 어깨를 연신 쓸어내렸다.

「용서하시기 힘들 것 압니다. 용서해 달라고 말하지 않겠습니다.」

마음이 풀릴 때까지 기다리겠노라고 그는 말했다.
어떤 심경의 변화 때문에 그런 말을 한 걸까.

「정말 미안합니다.」

남편은 이미 많은 것이 바뀌었다. 그 마음을 의심했던 적은 없었다.
하지만 오늘의 그는 완전히 다른 사람 같았다.
무슨 일이 있었냐고, 왜 이런 말을 하는 것이냐고 묻고 싶었지만 그러지 못했다. 포옹 후의 그는 말없이 침실 안으로 들어갔고, 그 후로 방을 나오지 않았다. 또다시 대화가 단절되어 버린 느낌에 몸이 서늘해지는 기분이다.
물어볼까, 지금이라도.
문을 바라보던 나연이 자리에서 일어났다. 그녀는 더 이상 자신이 하고자 하는 일에 망설이지 않았다.
하지만 침실 문 앞에 서는 순간은 달랐다. 차마 문을 열고 안으로 들어갈 용기까지는 나지 않는 것인지 손톱을 딱딱 물어뜯었다. 그러나 그녀는 도망을 치는 대신에 손을 뻗는다.
똑똑.
자신의 방문을 노크했던 그가 어떠한 마음이었는지 경험을 통해 알게 된다. 그도 자신처럼 떨렸을까. 혹여 '안에서 아무런 답도 들려오지 않으면 어쩌지' 라는 마음과 함께 '그가 답을 하지 않았으면 좋겠다' 는 마음이 동시에 들었다. 우습게도.
지금이라도 방으로 돌아갈까.
그러한 생각을 할 때였다.

"네."

안에서 그의 목소리가 들렸다.

"아까 왜 그러셨어요?"

나연은 문을 여는 대신에 그렇게 물었다. 그러자 문 너머에선 아무런 답도 들려오지 않았다.

그가 답하기 어려운 질문이었을까.

나연은 문에 등을 기댄 후 바닥에 앉았다.

"궁금해서 잠이 안 와요."

"경찰에서 연락이 왔습니다."

그 말인즉 집에 침입하려고 했던 남자가 잡혔다는 말일 거다.

나연이 깜짝 놀란 얼굴로 입을 가렸다. 하마터면 신음을 내뱉을 뻔했다.

"어떻게 하실 생각이십니까. 법대로 하실 생각이십니까?"

"그건……."

"남자를 이미 알고 있었죠? 잡히지 않을 줄 알았고."

나연이 커다란 눈을 깜빡였다.

「없나? 집에 들어가는 걸 봤는데.」

남자의 목소리는 분명 들어본 목소리였다. 얼굴을 직접 확인해 본 것은 아니어서 단순한 추측이었지만, 주인 할머니의 돌아온 아들이었다.

경찰은 의심 가는 사람이 있냐고 물었지만 나연은 입을 다물었다. 할머니 생각에 차마 말을 할 수가 없었다.

"……네."

꼴깍, 침을 삼킨 나연이 말을 이었다. 덕분에 목소리는 떨림을 담고 흘러나왔다.

"알고 있었어요. 아무에게도 말하지 못했지만."

자칫 잘못 들으면 우는 듯한 목소리여서 그는 잠시 말이 없었다. 나연의 감정에 젖어든 듯 그의 목소리도 슬펐다.

"어떻게 하고 싶으신 겁니까?"

"……주인 할머니에게 고마운 게 참 많아요. 힘들었을 때, 절 지탱해 줬거든요."

힘든 시간을 겪었다. 어쩜 지금도 힘들지 모른다.

하지만 많이 안정됐다. 모두 주인 할머니 덕분이었다. 할머니가 나눠 줬던 따뜻한 음식이 나연을 위로했다. 그랬기에, 나연은 자신이 무서운 경험을 했음에도 선뜻 벌을 줘야 한다고 말하지 못했다.

그런 마음을 성우는 인지하고 있었다. 그랬기에 파출소에서 연락이 왔을 때도 나연에게 말하지 못했다. 그녀가 거짓을 말하고 있다는 걸 미리 알았기 때문이다.

"많이 슬퍼하고 계시죠?"

나연의 물음에 그는 망설임 끝에 답했다.

"김 비서가 짐을 가지고 왔는데…… 아들을 선처해 줬으면 한다고."

왜 나연만이 늘 그렇게 배려해야 하는지 모를 일이다. 그래서 민성우는 참 많이 슬펐다. 그녀가 조금만 못됐다면, 자신만을 생각했다면 그렇게 슬프지 않았을 것이다. 하지만 김나연은 늘 남을 배려했기에, 이번 일 역시 그녀의 결론이 미리 예상이 되었다.

"그렇게 말했답니다."

"……그렇군요."

벽을 사이에 둔 사람은 나지막한 목소리로 대화를 나눴다. 서로 얼굴을 볼 때는 한 번도 경험해 보지 못한 일이었다.

그랬기에 나연은 더욱 용기를 낼 수 있었던 걸지도 모른다.

"궁금한 게 있어요."

"네, 말씀하세요."

"아버지에게 돈은 왜 주신 거예요? 우리, 첫날밤 보낸 후에."

이제껏 가슴속에만 담아두었던 물음이었다. 무슨 답을 듣던 간에 상처일 것 같아서 이제껏 한 번도 물어보지 못했었다.

하지만 오늘은 물었다. 관계의 변화가 용기를 내게 만들어주기도 했지만, 더 이상 자신을 더러운 여자로 치부하고 싶지 않기도 했다.

다행히도 목소리가 떨리지 않고 나와줘서 다행이라는 생각을 할 즈음, 그가 답했다.

"김나연 씨와 결혼하기로 결정했을 땐 많은 이유가 있었습니다. 결혼을 하지 않아 나에 대해 투자자들 사이에 많은 말들이 오가고 있기도 했고, 아버지의 일 또한 그 이유 중 하나였습니다."

그 역시 마찬가지였다. 슬픔이 그득했던 목소리가 아니었다. 이성적이고 냉철한 목소리는 평소의 민성우였다. 하지만 감정이 섞여 있지 않아 오히려 믿음이 갔다.

"하지만 김나연 씨였기 때문입니다. 김나연 씨는 내가 생각했던 배우자로 적당했습니다."

아, 그랬구나.

나연은 속으로 생각하며 고개를 끄덕였다. 자신의 어떤 점이 그의 마음에 들었는지 나연은 알 수 있었다. 예전의 그녀는 참 바보 같았으니까. 자신의 생각을 말하는 건 무지하고 멍청한 짓이라고 배웠고 그렇게 길러졌었다.

"김 회장님과 처음 만났을 때 그분이 김나연 씨를 어떻게 생각하고 있는지 들었습니다. 그리고 확신하게 되었습니다. 불편하지 않은, 적당한 결혼 생활을 할 수 있겠구나. 그런데 다른 한편으로는 불편한 감정도 들었습니다. 친부가 하는 딸에 대한 야박한 평가가."

예상과 같은 이유로 결혼을 했다는 사실에 나연의 미간이 좁혀졌다.

"그리고 알게 되었습니다. 김나연 씨의 어머니에 대한 이야기. 후에 김 회장님이 일부러 그 사실을 DG 쪽에 흘렸다는 사실도 알게 되었고요."

"……그건 알아요. 저도 아버지에게 들었어요."

"김나연 씨가 싫어할 줄 알았습니다."

"그래서요?"

"……동호건설 자금 사정이 많이 좋지 않았습니다. 그 금액이면 주저앉히는데 충분했습니다."

그의 목적은 동호건설의 부도였나 보다. 아버지는 회사가 망하면 민성우가 더 이상 자신을 아내로 두지 않을 거라 생각했는데, 예상은 보기 좋게 빗나가 있었다.

이 사실을 알게 되었으니 통쾌해야 했다. 하지만 마음은 더욱 차분하게 가라앉았다.

"그래서 주신 건가요?"

"네. 좋아하진 않더라도 흘가분해할 줄 알았습니다."

목적을 가진 결혼이었다. 그가 어떤 목적을 가지고 결혼을 했든 상관없었다. 자신 역시, 그 집을 나오고 싶었기에 한 결혼이었다. 사랑 이전에, 그 사실이 더 중요했다.

사랑을 바랐던 건 자신의 욕심이었다. 아버지의 감시를 벗어나는 것만으로도 충분히 행복할 수 있었는데. 그를 사랑하는 순간 자신은 불행해져 버렸다.

그러니까 애초에 자신의 잘못이었는지도 모른다. 결혼 생활이 끔찍해진 건.

민성우가 자신의 마음을 받아주지 않는다는 것에 화를 내는 건 염치없는 짓이었는지도 모른다. 자신은, 이제껏 이유 없는 사랑을 받아본 적 없는 사람이었으니까. 민성우 씨에게만 그걸 바란다는 건 너무 웃기지 않은가.

"박찬희 씨가 제게 부탁했어요."

찬희 역시 그랬다. 자신의 곁에 있는 사람들 모두가 자신에게 바라기만 했다. 목적 없이 자신의 곁을 지킨 사람은 이제껏 단 한 명도 없었다. 일 때문에, 바라는 바가 있어서. 모두 그랬다.

"아버지를 도와달래요. 성우 씨라면 그렇게 해줄 수 있을 거라고."

"문을 열어도 되겠습니까?"

"아니요."

빠르게 답한 나연이 침을 꿀꺽 삼켰다. 얼굴이 축축해서 손을 들어보니 어느새 뺨이 젖어 있었다. 인식을 하지 못하고 있었는데 울고 있었던 모양이다.

바보 같아. 이깟 일에 눈물이라니!

신경질적으로 눈물을 닦아낸 나연이 숨을 깊게 들이마셨다. 눈을 질끈 감으니 눈가에 맺혀 있던 눈물이 무게를 더해 아래로 떨어진다.

하지만 아직 해야 할 말이 남아 있었다. 목소리를 가다듬은 나연이 계속 말을 이었다.

"성우 씨, 들어줄 수 있나요? 아버지를 도와주세요."

"……."

그는 답을 하는 대신에 문을 열었다. 그리고 울고 있는 나연을 가만히 내려다보며 묻는다.

"정말 그걸 원하시는 겁니까?"

덕분에 이번에 침묵한 것은 나연이다. 그녀는 성우를 말간 눈으로 올려다보며 끊임없이 눈물을 흘렸다.

"정말 원하는 것이 그것이냐, 물었습니다."

흐으!

나연이 흐느꼈다. 그러더니 손등으로 거칠게 눈물을 닦는다.

"정말 원하시면 들어드리겠습니다. 김나연 씨가 원하는 거라면, 무엇이든 할 준비가 되어 있거든요."

"시, 싫어요! 싫어! 아버지가 처벌받았으면 좋겠어요, 난! 아주 나쁜 거 아는데, 키워준 사람에게 그러면 안 된다는 걸 아는데, 그래도 싫어! 흐윽! 싫다고요!"

그녀는 어린아이처럼 울음을 터뜨렸다. 닭똥 같은 눈물을 뚝뚝 흘리며 연신 싫다고 외친다.

이를 내려다보던 민성우가 두 무릎을 꿇고 나연의 앞에 앉았다. 그러더니 너른 품으로 그녀를 끌어당겨 힘껏 끌어안는다.

"벌 받았으면 좋겠어요! 그랬으면 좋겠어, 난!"

벼락처럼 외친 나연이 몸을 푸르르 떨었다. 슬픔으로 점철된 아내를 품에 안은 그는 함께 슬퍼하고 있었다.

이 여자의 슬픔이, 아픔이, 더욱 명확하고 가깝게 다가왔다.

❖

딩동.

초인종 소리에 나연의 시선이 현관으로 향했다. 현관문을 열자 아침에 통화를 했던 유화가 서 있었다.

"언니 왔어요?"

"헉! 너 누, 눈이……."

깜짝 놀라는 유화를 보며 나연이 웃었다.

"많이 부었죠?"

"왜 그래, 무슨 일 있어?"

"그냥, 일이 조금……."

"뭐야, 민성우가 울린 거야? 그 자식이 또 무슨 짓 했어?!"

유화에겐 민성우가 이미 천하의 불한당이 되어버렸나 보다. 누가 봐도 밤새 울음을 터뜨린 것 같은 나연의 얼굴에 당장 그 사람부터 의심하는 걸 보면.

평소엔 귀신처럼 눈치가 빠른 유화였지만 이번엔 잘못 짚었다. 아니, 아닌가? 어쩜 그녀를 울린 건 민성우일지도 모르겠다. 그의 위로에 말도 안 될 만큼 수많은 눈물을 쏟았다.

"아니요. 민성우 씨는 아무 짓도 하지 않았어요. 위로해 줬지."

"위, 위로?"

"네. 밤새요."

고개까지 끄덕인 나연이 심상치 않은 미소를 지었다. 그러자 유화의 얼굴에 기쁨이 서렸다. 그 미소가 마치 재결합을 뜻하는 것 같았기 때문이다.

"어머, 그럼 다시……."

유화가 얼굴을 발그레 붉혔다. 하지만 나연은 잘못 짚었다는 듯 고개를 저었다.

속에 있던 응어리를 모두 풀어냈다. 그의 품에 안겨 아주 오랜 시간 울어서야 겨우. 민성우는 그녀가 울음을 그칠 때까지 기다려 주었고, 한참의 시간이 흐른 후에야 울음을 그친 나연에게 말했다.

「속이 시원하십니까?」

그의 물음에 나연은 얼굴을 발그레 붉혔다. 그게 어젯밤의 일이었다. 아침엔 차마 그의 얼굴을 볼 수가 없어 고개를 푹 숙이고 있어야 했다.

"그럼?"

"언니, 천천히 물어보면 안 돼요? 차도 한잔하면서. 우리 아직 현관에서 있어요."

"어머, 어머. 내가 너무 흥분했네."

"들어오세요. 커피 내려놨는데, 괜찮죠?"

"좋지."

나연의 말대로 집 안으로 들어오자 향긋한 커피 내음이 가득했다. 커피에 있어서만큼은 워낙 까다롭게 구는 유화였기에 나연은 머그컵을 건네면서도 긴장한 표정이었다.

뜨거운 커피를 한입 맛본 유화가 오버스럽게 엄지손가락을 척 내밀었다.

"굿."

짧고 명쾌한 칭찬에 나연이 웃음을 터뜨렸다. 그러자 유화가 그녀를 장난스럽게 흘기며 말한다.

"너 지금 웃지 마. 눈 진짜 끔찍해."

"많이 부었어요?"

"말이라고. 내가 너였으면 아침에 나한테 연락 왔을 때 무시했을 거야."

"언니 연락을 어떻게 무시해요."

"뭐, 내가 너한테 그만큼 특별한 존재란 말이지?"

장난스럽게 되물은 유화가 수줍게 고개를 끄덕이는 나연을 보았다. 눈이 불어터진 만두같이 엉망이었지만 그 모습조차 귀엽게 보였다.

턱을 괸 유화가 물었다.

"자, 그럼 지금부터 솔직하게 털어놔 봐. 무슨 일이 있었던 거야? 민성우가 안 울렸으면 널 누가 울려?"

"저한테 민성우 씨만 절대적인 줄 아세요?"

"그럼? 절대적인 사람이 또 있어?"

"언니요."

"뭐, 나야 당연하지."

슬슬 말을 돌리는 게 심상치가 않았다. 유화의 표정이 걱정으로 물들자 나연은 작게 고개를 저었다. 별일 아니라고 포석부터 까는 모습에 유화의 걱정은 더욱 커졌다.

"얼마 전까지만 해도 저는 민성우 씨가 힘들고 괴롭길 바랐어요. 예전의 저처럼."

"그래, 그랬었지."

이미 유화에게도 몇 번이나 털어놓았던 적이 있었던 마음이었다. 그때 유화는 마음이 가는 대로 하라고 했었다.

그 일로 펑펑 울었던 걸까?

유화가 손을 뻗어 식탁 위에 올려져 있던 나연의 손을 붙잡았다. 그러자 나연이 힘없이 웃었다.

"민성우 씨는 날 불안한 눈으로 봐요. 같은 공간에 있는데도 날 찾아요. 그래서 못되게 못 굴겠어요."

"그래서. 불쌍해서 봐주기로 한 거야?"

"아니요. 그냥 알아가는 중이에요."

"뭘?"

"민성우 씨도 평범한 남자라는 거."

참 인상 깊은 말이다. 민성우도 평범한 남자라니.

하지만 그렇게 느낀 걸 보면 나연이 민성우에 대해 꽤 많은 걸 알게 되었고, 두 사람의 관계가 그만큼 깊어졌다는 걸 뜻하기도 했다. 민성우를 평범한 남자라고 말할 수 있는 여잔 이 세상에 아마 존재하지 않을 테니까. 아니, 김나연뿐일 것이다.

유화가 눈을 가늘게 뜨며 장난스럽게 물었다.

"평범한 남자를 잘 아는 것처럼 이야기한다?"

"그러게요. 전 사람 보는 눈이 없는데."

그렇게 말하며 씁쓸하게 웃는 나연을 보며 유화가 시선을 돌렸다. 분명 말 못할 일이 나연에게 생긴 게 분명했다. 이런 말을 하는 걸 보면.

하지만 좋은 방향으로 풀려간다는 생각에 유화는 깊이 묻지 않기로 했다. 그래서 괜스레 휑한 마당을 보자 나연이 묻는다.

"언니는요?"

"나는 뭐?"

"이한영 씨랑요. 아직 안 끝났잖아요."

나연의 물음에 유화는 잠시 놀란 표정을 짓더니 이내 고개를 저었다.

"우린 너무 늦었어."

"저도 그렇다고 생각했었어요."

"너랑은 결이 달라."

그렇게 말하는 유화는 씁쓸해 보였다. 속이 쓰리다는 듯이.

"내가 몹쓸 짓을 했어. 그 사람에게 평생 지울 수 없는 상처를 줬고."

너무 큰 상처는 쉽게 아물지 않을 것이다. 이런 상황에서 다시 사랑을 한다면 그건 미련이고 후회다.

유화 역시 이를 인정하려고 노력 중이었다. 어렵지만, 받아들여야 했다. 한영이 원한다면.

"나는 여전히 사랑해. 하지만…… 우린 안 돼."

"언니……."

"사랑은 타이밍이거든. 그 타이밍이 맞지 않았어."

씁쓸하게 말한 유화는 더 이상 말하고 싶지 않다는 듯 고개를 저었다. 그러더니 이내 의미 없는 물음을 던진다.

"마당 치웠네?"

"네."

"아무것도 안 심으려고?"

"글쎄요."

의뭉스럽게 말한 나연이 이내 고개를 저었다.

"뭘 심을지 고민해 봐야겠어요."

❖

후덥지근한 바람이 머리카락을 가른 후에 사라진다. 나연은 불어오는 바람으로 계절이 바뀌었음을 실감했다.

하지만 그게 전부였다. 누군가에게 여름은 방학이 있는 계절이고, 또 누군가에게 여름은 기나긴 휴가를 떠날 수 있는 계절이었지만, 나연에겐 특별할 것이 없었다. 이 계절에게 특별함을 줄 만한 건 민성우와의 추억뿐이었다.

그와 이 계절에 만나 결혼했다. 신혼여행을 떠났을 당시에도 땀이 흘렀었다.

작년 이맘때의 그녀는 참 행복해서 무서울 것이 없었다. 그 역시 자신을 바라봐 줄 거라는 희망에 부풀어 있었다.

1년이 돌아 다시 이 계절이 오자, 남편은 정말 자신을 보고 있었다. 그 사이, 힘든 시련도 있었고 끔찍한 기억들도 있었지만 그 속에서 받은 상처들은 꽤나 옅어져 있었다. 더욱 짙고 오래가지 않은 건, 그녀가 단단해진 탓도 있었지만 성우의 노력과 끈기 또한 한몫했다.

마당 한편에 놓여 있는 벤치에 앉은 나연이 눈을 감았다. 유화가 마당을 가꿀 거냐, 물어봐서일까. 갑자기 푸르죽죽하게 죽어버린 마당을 예쁜 꽃으로 가득 수놓고 싶어졌다.

하지만 예전과는 다른 방식으로 가꾸고 싶었다. 그때의 나연은 싹을 틔우고 자랄 때까지 기다릴 수가 없어서 다 큰 꽃을 사와 심었었다. 하지만 이번엔 씨앗부터 뿌리고 싶었다. 그렇게 차근차근 키워 나가고 싶다.

바람을 느끼며 다소 뜨겁게 느껴지는 볕을 받고 있길 얼마의 시간이 지났을까.

문이 열리는 소리와 함께 바로 앞에서 인기척이 느껴졌다.

"괜찮습니까?"

성우의 음성에 나연은 천천히 눈을 떴다. 그리고 태양을 등지고 서 있는 그를 본다.

넥타이를 느슨하게 끌어 내린 남자는, 해가 아직 중천에 떠 있었음에도 불구하고 빠른 퇴근을 했다. 집에 홀로 있을 나연을 위해서.

"뭐가요?"

나연은 그가 뭘 묻고자 하는 건지 알고 있으면서도 짐짓 모른 척 물었다. 눈은 하루 종일 얼음으로 찜질을 했음에도 아직 붓기가 덜 빠졌다.

그녀가 시선을 돌리며 모른 척하자 민성우는 웃는 얼굴로 '아닙니다'라고 답했다. 표정은 다 알고 있다고 말하는 것 같았는데도.

하지만 굳이 집요하게 묻진 않을 건가 보다. 나연을 말없이 바라보던 그가 걸음을 옮겨 그녀의 곁에 앉았다.

"퇴근이 이르시네요."

"열심히 일하고 있습니다. 그러니까 걱정하지 않으셔도 됩니다."

농담처럼 가벼운 어투였다. 그럴 수밖에. 나연은 그를 걱정하고 있지 않았다.

그는 자신의 일을 내팽개칠 사람도 아니었을뿐더러, 아버지처럼 자신의 사리사욕을 위해 회사를 망가뜨릴 사람도 아니었다. 그런 사람이었다면 이렇게 젊은 나이에 높은 자리에 오를 수 없었을 테니까.

그는 부모님의 후광 이상의 일을 하고 있었고, 그 증거로 민 회장의 수감 이후로도 DG그룹은 별다른 타격 없이 잘 굴러가고 있었다.

성우는 말끔하게 치워진 마당을 보았다. 김나연이 이 집을 떠난 이후로 마당은 죽은 땅이었는데, 그녀가 돌아오자 거짓말처럼 푸른빛이 보였다. 그것이 잡초라 하더라도 생명은 생명이다. 모든 게 제자리로 돌아온 것 같은 착각을 불러일으켰다.

그래서 그는 몇 번이고 머릿속으로만 상상했던 물음을 할 수 있었다.

"한강, 가보셨습니까?"

"한강이요?"

"네."

"가 고 싶었지만 시간이 없어서……."

한강은 그녀의 메모 속에 있던 장소였다. 하지만 지금은 꽃시장처럼 가고 싶지 않은 장소가 되었을지도 모른다는 생각에 그가 물었다.

"그럼 내일 함께 가시겠습니까?"

의외의 제안이었던지 나연의 눈이 동그랗게 떠졌다. 하지만 싫지는 않은 모양이다. 그녀가 가볍게 고개를 끄덕이자 일자로 굳어 있던 그의 입술이 부드럽게 휘어진다.

"예전에 했던 약속도 지키고 싶습니다."

두 사람 사이로 잔잔한 바람이 불었다.

후덥지근한 그 계절에 만났던 것처럼, 두 사람의 관계가 새로 시작되었다.

◈

토요일, 점심시간이 조금 지난 시간에 찾은 한강엔 많은 인파가 모여 있었다. 데이트를 즐기는 젊은 남녀들은 물론, 가족 단위로 피크닉을 나온 사람들까지 잔디밭 곳곳엔 여유로운 웃음을 짓는 이들이 그득했다.

러닝을 하거나 자전거를 타는 사람들도 많았는데, 대부분 전문가처럼 옷까지 맞춰 입은 이들이었다.

인파가 가득한 곳과 조금 떨어진 곳.

인적이 드문 곳에 나연과 성우가 있다. 그들은 평소와는 달리 편안한 트레이닝복 차림이었다.

그는 분홍색 자전거를 옆에 둔 채였고, 나연은 자전거를 보며 어색한 웃음을 짓고 있었다.

"막상 타보려니까 무서워요."

"그러실까 봐 헬멧과 무릎 보호대까지 준비하지 않았습니까. 넘어져도 전혀 다치지 않을 테니까 걱정하지 마세요."

지금 내가 하고자 하는 이야기는 그게 아닐 텐데?

나연이 황당한 눈으로 바라보자 그가 안장을 손바닥으로 두드렸다.

"일단 앉으세요."

"저는 운동은 젬병이라……."

"골프 칠 때 보니 그것도 아니던데요? 김나연 씨는 뭐든 잘할 분이십니다. 게다가 이 자전거에는 보조 바퀴도 달려 있지 않습니까. 안 넘어질 겁니다."

나연은 의심스러운 눈으로 자전거를 내려다보았다. 그의 말대로 뒷바퀴엔 작은 보조 바퀴 두 개가 달려 있었다.

"처음 자전거를 배울 때 다들 이렇게 배웁니다. 핸들 조작이 익숙해지면 보조 바퀴를 떼고요."

"……오늘 뗄 생각은 아니시죠?"

"나연 씨는 하실 수 있을 겁니다."

울상을 지은 나연이 고개를 저었다. 작게 반항을 해보았지만 성우는 단호한 얼굴로 안장을 두드렸다.

그녀가 안장에 엉덩이를 걸치고 앉자 성우는 자전거 핸들에 걸어두었던 헬멧을 나연의 머리 위에 씌워주었다. 그런 후에 한쪽 무릎을 꿇고 앉아 무릎 보호대까지 해주었다.

"페달에 발을 올리고 천천히 앞으로 밀듯이 밟으시면 됩니다."

"천천히요?"

"힘차게 밟으면 빨리 나가겠죠?"

뭘 그렇게 당연한 걸 묻냐는 말에 나연이 어색한 웃음을 지었다.

"왜 이렇게 무섭게 가르치시는 거예요?"

"보통 자전거는 다들 이렇게 배우거든요."

"정말요?"

"네. 물론 전 쉽게 배웠기 때문에 많이 혼나진 않았지만요. 자, 됐습니다."

꼴깍.

나연은 긴장한 얼굴로 민성우를 보았다. 그러자 그는 오늘 하루 훌륭한 선생님이 되기로 마음먹기라도 한 사람처럼 엄히 고개를 끄덕인다.

"긴장만 하지 않으시면 됩니다. 무엇보다 배우고 싶어했잖습니까."

"그, 그렇죠. 제가 배우고 싶어한 거였죠?"

"잊으신 것 같아서 다시 한 번 말씀드렸습니다."

무심한 말에 나연이 입술을 깨물었다. 그의 말이 맞았다. 자전거를 배워보고 싶었던 것도 자신이었고, 가르쳐 달라 한 것도 자신이다.

"네, 제가 잊고 있었네요."

나연은 굳게 결심한 얼굴로 페달 위에 발을 올려놓았다. 그러더니 바닥을 짚고 있는 오른쪽 발을 내려다보며 묻는다.

"얠 못 떼겠어요."

"보기보다 겁이 많으십니다."

"그걸 이제 알았다니 안타깝네요."

긴장감 때문일까. 따박따박 지지 않고 답한 나연이 침을 꼴깍 삼킨다.

긴장감에 입안이 마르고 목이 탔다.

오른발을 들었다가 급히 내리길 반복하던 그녀가 성우를 보았다. 도와달라는 눈빛에 가까이 다가온 그가 나연의 허리를 붙잡았다. 손길이 닿은 곳 때문일까. 그 딴엔 긴장감을 풀어주기 위해 한 행동 같았지만, 몸은 아플 정도로 떨렸다.

"많이 무서우십니까?"

민성우 씨가 이렇게 눈치가 없다는 것이 무서워요.

그 말이 턱까지 올라왔지만 나연은 고개를 내저은 후에 정면을 보았다. 심호흡을 한 그녀가 결심한 표정으로 오른쪽 발까지 페달 위에 올려두었다.

거기까지 하니까 다음은 쉬웠다. 그가 시키는 대로 한 발씩 천천히 앞으로 밀듯 발을 움직이자 자전거가 앞으로 나갔다. 보조 바퀴 때문에 몸이 크게 흔들리지 않아, 긴장감은 빠르게 쾌감으로 바뀌었다.

"우와!"

핸들을 아플 정도로 붙잡고 있기는 했지만, 나연은 처음 느껴보는 느낌에 크게 소리쳤다. 민성우가 어느새 손을 놓은 채 뒤에서 보고 있다는 것도 미처 인식하지 못한 채 천천히 페달을 밟아 앞으로 나갔다.

"재미있어요, 엄청!"

바람을 가르며 힘차게 자전거를 타는 나연은 마치 어린아이 같았다. 소리를 지르는 모습도 처음 보았다.

"그렇게 재미있습니까?"

"바퀴 달린 건 처음 타봐요!"

그렇게 외친 나연은 급기야 커다랗게 웃음을 터뜨렸다. 처음 경험해 보는 감각에 나연은 흠뻑 취해 있었다.

나연은 익스트림 스포츠를 해본 적이 없었다. 요즘은 많이들 즐기는 스키나 보드를 타본 적도 없었고, 수영이나 스노클링을 해본 적도 없었다.

그렇다고 술을 마셔본 것도 아니었다. 자신의 감정을 급격하게 변화시킬 만한 경험을 해본 적이 없는 그녀는 자전거가 신세계라는 듯이 즐거워하고 있었다.

"핸들을 오른쪽으로 조금 돌려보세요!"

이미 훌쩍 멀어진 그녀를 향해 그가 외쳤다. 점처럼 멀어졌던 그녀가 다행히 그의 목소리를 들었던 건지 멈춰 섰다가 핸들을 돌리는 것이 보였다. 처음엔 멈칫했지만 이내 핸들 조작 또한 꽤 잘해내고 있었다.

"우와!"

연신 소리를 지르던 나연이 핸들을 조작해 그에게로 되돌아오기 시작했다. 활짝 웃고 있는 나연의 모습에 그가 팔짱을 꼈다.

계속 우울하게 있을 것 같아서 데리고 나온 것이었는데, 즐거워하니 다행이었다.

새처럼 웃는 나연을 보던 그가 다시 한 번 입 앞에 손을 모았다.

"이리 오세요! 보조 바퀴 떼게!"

"싫어요!"

그렇게 외치는 목소리에도 웃음은 가득했다.

"아파요."

나연은 무릎 보호대 위를 손바닥으로 문지르며 울상을 지었다. 결국 보조 바퀴를 떼고 자전거를 배운 나연은 그가 손을 잡아주고 허리까지 붙잡았음에도 두 번이나 넘어졌다.

포기할 줄 알았는데 나연은 포기하지 않았다. 결국 마지막엔 두발자전거 타기에 성공한 나연은 기쁨에 환성을 질렀다.

"그래도 이젠 자전거 탈 줄 알잖습니까."

"네. 포기하지 않아서 다행이에요."

그렇게 말한 나연은 따뜻한 커피를 양손으로 붙잡으며 활짝 웃었다. 자그마치 두 시간이나 자전거를 탔더니 근육이 놀라 몸이 아팠다. 배도 슬슬 고파오는 시간이라 나연이 배를 쓰다듬었다.

해가 지기 시작한 하늘을 올려다보던 그가 나연을 곁눈질하며 물었다. 두 사람은 나란히 앉아 있었으나 어깨가 닿을 만큼 가까운 거리에 있었다.

"맥주 한잔하시겠습니까?"

"전 술은…… 아니에요. 한잔해요."

그녀가 수락할 줄은 몰랐다.

민성우가 진짜 마실 거냐고 되묻자 나연은 고개를 끄덕였다.

"좋습니다. 그럼 오늘 새로운 경험을 해볼까요?"

"새로운 경험이요?"

그는 의아한 표정에 답을 하는 대신 자리에서 일어났다. 그리고 비스듬히 세워두었던 자전거 핸들을 붙잡으며 웃는다.

"이건 저도 처음 해보는 겁니다."

천천히 걸음을 옮긴 두 사람이 향한 곳은 한강이 바로 보이는 곳에 위치한 편의점이었다. 거기에서 캔 맥주 두 개와 라면 두 개를 구입한 두 사람이 밖으로 나왔다.

라면을 자동으로 끓여주는 기계 앞에 선 민성우가 설명서를 읽기 시작했다. 그런데 온통 외계어처럼 느껴져 어떻게 작동시키는 건지 알 수가 없었다.

그가 기계를 읽고만 있자 곁에 서 있던 나연이 옆에서 라면을 끓이고 있는 여고생들에게 다가가 물었다.

“이거 어떻게 하는 거예요?”

나연의 물음에 여고생들은 친절하게 다가와 직접 바코드까지 찍어주었다. 보글보글 끓기 시작한 라면을 보며 나연은 고맙다는 인사를 건넸다.

“물어보면 되지.”

“남자의 자존심 때문입니다.”

“이런 거에 자존심 부릴 필요 있어요?”

그녀의 타박에 성우가 머쓱한 표정을 지었다.

“자, 다 됐어요.”

나연이 직접 라면을 들고 옮기자 성우가 그 뒤를 따랐다. 분명 이곳에서 맥주를 마시자고 한 건 그였지만 오히려 그녀가 능숙하게 리드를 한다.

밖에 설치된 테이블에 자리한 나연은 민성우가 자신을 보자 고개를 옆으로 기울였다. 왜 그런 표정으로 보냐는 듯한 몸짓에 그가 짧게 웃음을 터뜨렸다.

“많이 변하셨습니다.”

“제가요?”

“네. 보기 좋습니다.”

긍정적인 쪽으로 변화한 아내는 더욱 매력적인 여자가 되었다. 환하게 웃는 나연은 낯설었지만 계속 보고 싶게 만들어서, 그의 눈길을 쉼 없이 사로잡는다.

그의 말에 나연은 입술을 안으로 말아 넣었다. 어떻게 반응해야 할지 모르겠다는 표정에 그는 말없이 웃기만 했다. 그의 눈빛이 어색하기만 해서 나연은 시선을 돌렸다.

"……오늘 민성우 씨 많이 낯설어요."

"김나연 씨도 많이 낯섭니다."

오늘 두 사람은 서로의 다른 모습을 참 많이 보았다. 그건 두 사람에겐 익숙하지 않은 상황에 놓여 그런 걸지도 모르지만, 진상을 들여다보면 서로 마음을 열어서라는 걸 알 수 있다.

그건 나쁜 신호라기보다는 긍정적인 신호였다.

"나쁘지 않네요."

나연의 말에 민성우 역시 공감한다며 고개를 끄덕였다. 그러더니 성우는 시선을 내려 테이블 위에 놓인 캔 맥주 두 개와 인스턴트 라면을 보았다. 이것 역시 낯선 것이었다. 그리고 김나연에게도 익숙하지 않은 것.

"더 가까워진 것 같아서요."

"제 생각도 같습니다. 또 하고 싶은 일이 있습니까?"

그의 물음에 나연은 눈동자까지 굴려가며 생각에 잠기더니 이내 고개를 저었다.

"나중에 생기면 말씀드릴게요."

"꼭 말씀해 주세요."

말하면요?

그런 물음을 담은 눈초리에 그는 은은한 미소를 머금으며 말했다.

"그 일에 함께하고 싶습니다."

가슴이 울렁거렸다.

"기회는 한 번뿐이니까."

그의 말을, 무작정 또 믿어보고 싶어진다.

흔들리는 눈망울로 성우를 바라보던 나연이 퍼뜩 고개를 돌렸다. 충동적인 감정으로 결정을 해버리면 훗날 후회할 게 분명했다. 이미 한 번 상처를 받았기에 쉬이 그에게 다가서지 못하고 한 걸음 뒤로 물러선다.

"우선 지금은 맥주를 마시고 싶어요."

나연은 어색하게 웃으며 캔 맥주를 집어 들었다.

치익!

캔을 따자 탄산이 올라오는 소리가 들렸다. 두 사람은 캔을 부딪친 후에 기울였다.

"으!"

나연이 입을 가리며 인상을 찌푸렸다. 예상했던 맛과는 거리가 멀었기에 나연은 이게 뭐냐는 듯 성우를 본다.

"무슨 맛으로 먹는 거예요?"

"단맛이 나는 칵테일이나 샴페인만 마시는 김나연 씨는 이해하기 힘든 맛이긴 하죠."

그렇게 말한 성우가 작게 웃음을 터뜨렸다. 그리고 나연은 괜스레 그 웃음을 멍하니 본다.

❖

나연은 아침 일찍 집을 찾아온 경아를 보았다. 그녀를 보자마자 나연이 활짝 웃었다.

"사모님, 오랜만에 뵙겠습니다."

"잘 지내셨어요, 경아 씨?"

"네, 잘 지냈습니다. 사모님께서도 잘 지내셨나 봐요. 표정이 아주 좋으십니다."

능청스러운 말에 나연은 뺨을 만지며 입술을 입안으로 말아 넣었다.

"티 많이 나요?"

"편해 보이시거든요. 다행입니다."

두 사람은 서로 반가움을 담고 인사를 건넸다. 이제야 모두 제자리로 돌아온 기분이 들었다.

오늘 새벽에 출장을 떠난 성우는 아침에 경아가 올 것이라 말해주었다. 2박 3일 일정으로 중국으로 떠난 출장이었기 때문에 그는 쉬이 발걸음이 떨어지지 않는다는 듯이 나연을 보았다.

「가고 싶지 않았는데…….」

민성우답지 않은 말이었다. 그래서 나연은 어린아이처럼 우습게도 감동 비슷한 것까지 받았다.

그는 나연과 떨어진다는 것에 대한 아쉬움보단 걱정스러운 눈을 하고 있었다. 그녀에게 수많은 문제들이 산적해 있는 와중에 혼자 두는 것이 마음 쓰인다는 듯이.

하지만 나연은 잘 갔다 오라고 말해주었고, 두 사람은 현관 앞에서 포옹을 나눴다. 이젠 그와 잠시 이별을 나눌 때 하는 이 인사와 의식이 익숙해지고 있었다.

「조심히 다녀오세요.」

「무슨 일 있으면 바로 연락 주세요.」

연락해도 바로 달려올 수 없는 거리로 떠나는 거였지만, 나연은 그러겠노라 답했다. 이틀은 그리 길지 않은 시간이라 생각하며.

그가 미리 언질을 주어 식사는 경아의 몫까지 2인분이 준비되어 있었고, 두 사람은 날이 좋은 날 함께 아침을 먹었다.

맛있게 밥을 먹은 두 사람은 점심시간 때쯤 길을 나섰다. 함께 간 곳은 정미희 여사의 묘였다.

길은 봄꽃이 지고 푸른 녹음만이 예쁘게 빛나고 있었다. 볕을 받은 생명들은 커다란 잎사귀가 꽃이라도 되는 것마냥 예쁘게 펼쳐져 있었다.

오랜만에 어머니를 만나러 가는 길이었지만 나연의 표정은 더 이상 예전처럼 우울하지 않았다. 창밖을 보며 무작정 구경만 하지도 않았고, 시간을 흘려보내지도 않았다.

가는 내내 그녀는 경아와 대화를 나누었다. 민감한 질문은 피한 채였지만 그래도 꽤 편안한 시간이었다.

"그렇군요. 그럼 이번 동호건설과 합병하는 과정 전반을 경아 씨가 책임지신 거예요?"

"네, 한 번 때려치웠더니 기회를 주시더라고요."

"잘됐다. 잘됐어요."

경아가 다른 누구보다 일에 대한 갈증을 많이 느꼈던 걸 알았기에, 나연은 손뼉까지 쳐 가며 진심으로 기뻐해 줬다.

"그럼 오늘도 바쁜 거 아니에요?"

"많이 일단락됐어요. 그리고 오랜만에 사모님 밥이 먹고 싶기도 했고요."

"밥 안 줬으면 큰일 날 뻔했네요."

"뻔뻔하게 달라고 했겠죠."

경아가 눈썹을 씰룩이며 말하자 나연이 까르르 웃었다. 아이처럼 웃는 모습에 경아는 남몰래 안도의 한숨을 내뱉는다.

오랜만에 만난 김나연은 참 많이 변해 있었다. 예전엔 속으로 삭이고, 감정을 억누르려는 성향이 강했는데 오늘은 그렇지 않았다. 마치 단단한 껍질을 벗고 나온 것 같았다.

하지만 두 사람은 묘지 입구에 도착한 후, 말을 잃고서 서로를 바라보았다.

"사모님이 하신 거예요?"

"아니요. 저도 오랜만에 온 건데……."

"그럼 이건 누가……."

"저도 모르겠어요."

나연은 자신도 모르겠다는 듯이 고개를 내저었다.

묘로 올라가는 길은 제대로 닦여 있지 않아 잡초가 무성했다. 그래서 늘 키만큼 자란 잡초를 힘들게 걷어내며 올라갔었다.

그런데 지금은 아니었다. 잡초는 사라져 있었고, 흙길은 아스팔트로 말끔하게 정돈되어 있었다.

경아 역시 나연을 따라 이곳에 몇 번이나 왔었기에 놀랐나 보다. 두 사람은 천천히 잘 닦인 길을 걸어 위로 올라갔다. 그리고 정상에 도착한 순간, 나연은 품에 안고 있던 꽃다발을 힘껏 끌어안았다.

꽃다발은 이곳으로 오기 전에 구입한 것이었다. 볼품없는 국화가 듬성듬성한 꽃다발은 미리 준비를 하지 않아 급하게 구입한 것이었다.

어쩔 수 없다며 구입한 거였는데, 갑자기 부끄러워졌다. 묘에 가득한 꽃다발을 보며. 예쁘고 알록달록한 싱그러운 꽃망울들을 보며.

"혹시 사모님 아버님이……."

꽃다발과 함께 놓여 있는 작은 화분들은 누군가가 형식을 갖추기 위해 가져다 놓은 게 아니었다. 매번 새로운 꽃을 골라 준비한 듯한 화분과 꽃다발들은 나연의 눈에 대부분 익숙한 꽃들이었다.

하얀 튤립이랑 핑크색 히아신스를 섞어 만든 꽃다발은 남편이 자신을 위해 처음으로 고른 꽃.

탐스러운 로렌 작약은 신경질적으로 그녀가 집어 들었던 첫 번째 꽃.

이어서 의미 없이 집어 들었던 그린 작약과 아네모네, 라넌큘러스.

"그럴 리가 없어요."

"그럼 이건……."

경아의 물음에 나연은 입을 굳게 다물었다.

이 꽃을 누가 가져다 놓았는지 나연은 알고 있었다. 하지만 입 밖으로 차마 내뱉지 않았다. 그럼 심장이 정말 터져 버릴 것만 같아서.

❖

달그락. 달그락.

나연은 여주댁이 설거지하는 소리를 백색소음 삼아 거실에 앉아 있었다.

"사장님은 내일 오시죠?"

부엌에서 들려오는 말에 나연은 그렇다고 답했다. 그런 후 휴대전화를 들고 자리에서 일어났다. 걸음은 여름의 햇살이 고스란히 내리쬐는 마당으로 향했다.

"후우."

심호흡을 한 나연은 휴대전화를 보았다.

더 이상 늦출 수 없는 문제였다. 미룰 수 있다면 최대한 미루고 싶은 일이었지만 그럴수록 마음에 박힌 가시가 더욱 깊숙이 파고들 터다.

더욱 결정을 내렸다. 이 결정은 앞으로도 바뀌지 않을 게 분명한데, 말하기 힘들다는 이유로 계속 미룬다면 상황은 좋아지지 않을 거다. 나빠지기만 할 뿐이겠지.

차분한 표정으로 액정을 보던 나연은 최근 통화 내역에서 익숙한 이름을 찾았다.

—네, 나연 씨.

"찬희 씨, 오랜만이에요."

나연이 전화를 건 상대는 박찬희였다. 두 사람의 마지막 만남 이후, 연락을 한 건 처음이었다.

그때의 나연은 슬펐지만 찬희의 부탁을 들어주려 했었다. 그만큼 박찬희는 나연에게 있어서 고마운 사람이었다. 슬프고 힘든 부탁이라도 기꺼이 들어주고 싶은, 그런 사람.

그런 사람이 한 부탁이었기 때문에 듣는 것만으로도 힘들었지만, 성우에게 부탁까지 하려 했었다. 지금은, 아니지만.

"찬희 씨의 부탁은 들어드리지 못할 것 같아요."

나연은 조용히 자신의 생각을 전했다. 이 결정을 내리기까지 큰 힘이 되어준 건 민성우였다. 더 이상 남을 배려하기 위해 자신을 희생시킬 필요 없다고. 마음이 가는대로 행동하라는 그의 말에 나연은 구원받았다.

"전 아버지가 죗값을 치르셨으면 좋겠어요. 아버지에게도 그렇게 전해주세요."

—그러실 거라 예상은 하고 있었습니다.

“그럼 왜 그런 부탁을 하셨나요. 하지 않았으면 더 좋았을 거예요.”

—저는…… 마음의 빚 같은 것이 있었거든요. 저 편하자고 했던 겁니다. 이기적이게도.

비난을 바라는 어투였기에 나연은 부러 아무런 말도 하지 않았다. 기나긴 침묵에 전화 너머로 깊은 한숨 소리가 들려왔다.

—나연 씨.

“네, 말씀하세요.”

—예전에 아가씨로 모셨을 때도, 그리고 지금도. 전 나연 씨의 행복을 바랐습니다. 그 마음엔…… 바라는 게 없었습니다.

그 말에 나연은 긍정도 부정도 하지 않았다. 그저 시선을 아득히 멀리 두었고, 생각에 잠겼다. 그러다 입술을 연 것은 한참의 시간이 흐른 후다.

“찬희 씨, 이젠 제 행복을 바라지 마세요.”

말동무 하나 없었을 때, 유일하게 자신의 이야기를 들어주었던 사람이었다. 불행하기만 했을 때 유일하게 자신의 행복을 빌어주던 사람이기도 했다.

그러니까 이젠 자신이 그의 행복을 빌어주기로 했다.

“당신의 행복을 바라세요. 그래야 조금이라도 행복해지더라고요.”

—……감사합니다.

“잘 지내세요.”

전화를 끊은 나연은 집 안으로 들어가는 대신에 벤치에 앉았다. 아주 짧은 시간이 흘렀을 뿐인데도 이마에 땀이 송골송골 맺혔다.

이제 그만 집으로 돌아가려던 나연은 휴대전화가 울리자 액정을 확인했다. 민성우에게 걸려온 전화였다.

“일은 잘되고 계세요?”

—빨리 돌아가려고 노력 중입니다. 별일 없으십니까? 식사는, 하셨고요?

"네. 맛있는 거 먹었어요."

그는 출장 도중에 시간이 나서 잠시 전화한 거라고 했다. 그러면서 안부를 물어오는 말에 나연은 다시 벤치에 앉았다.

—한동안 출장은 잡지 말라고 회사에도 말해뒀습니다.

"사장님이 그래도 돼요?"

—DG엔 유능한 직원들이 아주 많습니다.

장난스럽게 하는 말에 나연은 홀가분하게 웃었다. 마음에 비로소 평안이 찾아왔다.

5. 행복으로 가는 길

입국장 문이 열리자 민성우가 밖으로 걸어나왔다. 함께 출장을 떠난 실무자들과 대화를 하면서 나오는 성우를 보며 지아가 빠르게 옆에 따라붙었다. 이번 출장에 지아는 함께하지 않았다. 국내에도 많은 일들이 산적해 있었기 때문이다.

"사장님, 오셨습니까."

지아가 깍듯하게 허리를 숙여 인사를 건네자 성우는 웃으며 고개를 끄덕였다. 사드 보복이 어느 정도 풀리면서 일이 잘 해결되었다. 중국엔 이미 꽤 많은 공장이 들어가 있었기에, 이번에 해결하지 않았다면 회사 쪽의 피해가 막심했을 텐데 미리 막을 수 있어 다행이었다.

대기 중이던 차에 오른 그가 의자에 몸을 편히 기댔다. 최대한 짧게 다녀와야 하다 보니 분 단위로 쪼개어가며 일정을 소화해야 했다. 이만 쉬었으면 했지만 빠뜨리면 안 되는 정찬 모임이 있었다.

민성우가 눈을 감으며 깊은 한숨을 내뱉었다. 그러자 보조석에 앉아 있던 지아가 연신 그를 힐끗거린다. 마치 눈치를 보는 것만 같은 행동이었다.

부스럭거리는 인기척 때문일까, 슬쩍 눈을 뜬 성우가 물었다.

"하실 말씀 있으십니까?"

지아는 답을 하는 대신에 가방에서 잡지책 하나를 꺼내 내밀었다. 주요 독자층이 여성인 잡지여서일까. 성우는 처음 본 잡지 브랜드였다.

"이게 뭡니까?"

"이번 달에 출시된 여성 잡지인데요. 사장님 기사가 실려서……."

"제 기사가요?"

"네. 32p입니다."

자세를 바로잡은 성우는 지아의 말대로 32p를 펼쳤다.

『재벌 사모님의 위험한 외도! 은밀하고 위험한 탐욕을 파헤쳐 보자!』

제일 위에 적힌 자극적인 문구는 너무 유치해서 웃음조차 나오지 않았다. 그건 기사 역시 마찬가지였다. 기업 이름도, 이름도 모두 이니셜로 적혀 있는 기사는 전혀 믿음이 가지 않았다.

하지만 조금이라도 재벌가의 사생활에 관심이 있는 사람이라면 이 이야기에서 나오는 사장님 A씨는 민성우, 사모님 B씨는 김나연이라는 걸 쉬이 유추해 낼 수 있을 만큼 상세했다. 그룹 이름은 기자가 의도적으로 적은 것인지 D와 H였다. DG그룹의 D, 동호건설의 H를 각각 딴 이니셜이었다.

『위험한 사모님이 언론에 등장한 건 작년이었다. 가슴 뛰는 로맨스 소설 같은 러브스토리의 주인공이었던 사모님 B씨는 현재엔 사라질 위기에 놓인 H의 외동딸이었다. 그럼에도 사모님 B씨의 이야기는 자세히 전해지지 않았다.

기자 역시 사모님 B씨의 과거를 알고 싶어 오랫동안 취재를 해보았지만 쉽지 않았다. 그때만 해도 대인관계가 넓지 않은 온실 속 화초인 줄 알았다.』

그래도 삼류 잡지는 DG그룹이 무서웠던 것인지 두 사람의 결혼사진까지는 가져다 쓰지 않았다. 하지만 그 뒤로 이어지는 내용은 그의 신경을 달달 긁어먹는 것들이었다. 이걸 보면 삼류 잡지가 그를 겁내하지 않는 것 같기도 했다.

『하지만 최근 찌라시로 돌았던 사장님 A씨와 사모님 B씨의 불화설을 바탕으로 취재를 진행한 결과, 사모님 B씨가 온실 속 화초가 아니란 걸 알게 되었다. 부부의 관계가 나빠지면서 사모님 B씨가 집을 나가게 되었는데, 그때 내연남 C씨와 만나고 있었던 것이다.

내연남 C씨는 사모님 B씨가 결혼하기 전부터 곁을 지킨 비서 겸 보디가드라 했다. 이건 팩트다. 그리고 이 팩트를 보았을 때 사장님 A씨와 사모님 B씨의 관계가 그리 순탄치 않았던 건 사모님 B씨가 과거부터 만나왔던 내연남 C씨 때문이라는 소문이 그리 허황되지만은 않았다는 걸 알 수 있다. 그래서 기자는 이 소문이 단순한 뜬소문인지, 아니면 확실한 근거가 있는 내용인지 알기 위해서 취재에 나섰다.

사모님 B씨를 찾는 건 어려웠다. 설마 평생 부유하게 살아온 사모님 B씨가 원룸과 고시원이 모여 있는 동네에서 지낼 것이라곤 상상도 하지 못했기 때문이다.

하지만 그곳에서 사모님 B씨를 찾았다. 그리고 내연남 C씨와 함께 있는 모습 또한 카메라에 담을 수 있었다.』

기사 밑엔 어두운 골목, 두 사람이 함께 마주 보고 있는 사진이 실려 있었다. 완전히 겁을 상실한 건 아닌지 모자이크 처리가 되어 있긴 하지만 그게 전부다. 김나연을 알고 있는 사람이라면 사진 속 여자가 그녀라는 것쯤은 쉬이 유추해 낼 수 있을 정도는 됐다.

『단순히 사모님의 위험한 사생활이라면 기자 역시 이번 일을 이렇게 많은 지문을 할애해 가며 열성적으로 알리진 않았을 것이다. 사실 이번 일을 취재하고 기사를 쓰는 이 순간에도 몇 번이나 고소당할지도 모른다는 생각을 했고, 아마 잡지가 나간 후엔 정말 그 일이 벌어질 수도 있으니까. 사실 그만한 각오를 한 데엔 다 이유가 있다.

앞서 말했듯 사모님 B씨는 H의 외동딸이다. 그리고 H는 요즘 뉴스에서도 쉽게 찾아볼 수 있는 회사로, 회장은 구속, 회사는 법정 관리에 들어갔다가 최근 사장님 A씨의 회사와 합병 절차에 들어갔다.

이런 와중에 우리의 사모님 B씨는 은밀한 사생활을 위해 집을 나와 내연남 C씨를 만나고 있는 것이다!

처음 이 찌라시가 돌았을 땐 기자도 믿지 않았다. 설마 아무리 부모와 데면데면 지낸다 하더라도 아버지가 구속 상태에서 수사를 받고 있는데 남녀의 오입질에 더 집중할 자식이 어디 있겠는가?

그런데 있었다. 바로 사모님 B씨. 아버지는 수감 생활을 이어 나가고 있는데, 사모님 B씨는 남자가 더 중요했던 것이다.』

으드득.

이를 악문 그가 거친 숨을 몰아쉬었다. 분노가 머리끝까지 치고 올라와 이성을 찾을 수가 없었다.

하지만 지금은 화를 내고 분노를 터뜨릴 때가 아니었다. 잡지는 이미 출간되었고, 얼마나 많은 사람이 이 잡지를 읽었을지 모를 일이었으니 수습을 해야 했다.

"연락이 온 적은 있습니까?"

"없었습니다."

바보 같은 물음이었다. 홍보팀으로 연락이 왔다면 자신의 귀에도 들어왔을 텐데. 더욱이 이런 악의적인 기사라면 절대 내보낼 리 없다.

잡지를 힘껏 구긴 그가 한쪽으로 집어 던져 버렸다. 거칠게 머리카락을 쓸어 올린 그는 지금 이 순간 가장 중요한 것부터 물었다.

"아내는. 압니까?"

"모르십니다."

나연이 모르고 있다니 그나마 다행이라는 생각이 들었다. 하지만 첩첩산중이라고 문제는 다른 곳에서 터졌다.

"주주들의 움직임이 심상치 않습니다."

주주들은 아주 사소한 소문에도 신경 쓰는 이들이었다. 최근 그룹이 동호건설과 합병에 들어가는 것에 반대하는 이들을 겨우 설득했는데, 이번 일로 전면 백지가 될지도 모르는 것이다.

하지만 민성우는 이 일은 차차 해결해 나가기로 했다. 이 일은 자신이 해결할 수 있는 문제였지만 나연의 마음만큼은 달랐다. 이제야 겨우 소소한 행복을 찾아 평안을 되찾아가는 그녀에게 큰 시련을 안겨주고 싶진 않았다.

“아내의 귀에 들어가지 않도록 하세요.”

민성우는 몇 번이나 신신당부했다. 그러면서도 위험한 상상을 현실로 만들 모양인지 고저 없이 말을 이었다.

“그리고 취재가 언제부터 이뤄진 건지, 취재한 기자는 누구인지 알아내십시오.”

“그럼…….”

“잡지사뿐만 아니라 기자 역시 고소하세요.”

지극히 감정을 배제한 모습이었지만 실상은 달랐다. 그의 주먹은 여전히 자잘하게 떨리고 있었고, 입술 역시 굳게 다물려 있었다. 민성우가 극히 화가 났을 때 보이는 모습이었다.

하지만 지아는 사장의 심기가 나쁘다는 걸 알면서도 토를 달 수밖에 없었다.

“사장님, 기사에 실려 있는 대로 대응하면 문제가 더 커질 수도 있습니다.”

“상관없습니다.”

민성우는 단호했다. 쉽게 마음을 돌리지 않을 것 같은 모습에 지아의 얼굴이 걱정으로 일그러졌다.

“사장님, 괜히 벌집을 들쑤시는 것만 될지도 모릅니다. 그럼 사모님이 더 상처받을 수도 있습니다.”

“…….”

으드득. 으드득.

그가 연신 이를 갈았다. 턱이 부러질 만큼 힘껏 이를 악문 모습에 지아가 입술을 잘근 깨물었다.

“감정적으로 대응할 일은…….”

"알겠습니다."

힘들어할 아내의 모습을 생각하며 그는 분노를 삭였다. 그녀에게 절망이 다가오지 않길, 바라고 또 바라며.

"댁으로 모실까요?"

그가 회사로 들어가 일을 할 기분이 아니라는 걸 안 지아가 물었다. 그러자 성우는 관자놀이를 손가락으로 꾹꾹 누르더니 작게 고개를 젓는다.

"아닙니다."

그러면서 그가 말한 목적지는 지금 이 순간 나연을 가장 걱정하고 있을 사람이 있는 곳이었다.

❖

아침 일찍 일어난 나연은 꽃 시장을 찾았다. 혼자 오는 것은 이번이 처음이었지만, 그녀는 익숙한 가게들을 돌아다니며 꽃을 찾았고 간혹 상인들에게 묻기도 했다.

「제 남편이 여기에 다시 왔었나요?」

그 물음에 다들 고개를 끄덕였다.

싱싱하고 예쁜 꽃들을 고르다 보니 품 안 가득 안길 정도로 많이 사들여 버렸다. 하지만 나연은 낑낑거리면서도 다시 택시를 타고 집으로 돌아왔고, 정성 들여 꽃다발을 만들었다. 꽃다발은 두 개였다. 하나는 작고 심플한 모양의 꽃다발이었고, 하나는 이제껏 찾지 못한 미안함까지 담았더니 품에 가득 안아야 할 만큼 커다랗고 화려해졌다. 테이블 한쪽이 잘라

낸 줄기로 가득 쌓였다.

나연은 깔아놓은 신문지를 돌돌 말아 커다란 쓰레기봉투에 넣었다. 바닥은 청소기를 돌려 잔해까지 깨끗하게 치웠다. 이젠 외출을 해야 할 때였다. 시계를 확인해 보니 경아가 곧 집으로 올 시간이었다.

딩동.

때맞춰 초인종이 울렸다.

"왔어요?"

"어? 어디 가시게요?"

옅게 화장까지 마친 나연을 보며 경아가 물었다. 그러자 나연은 테이블 위에 놓인 꽃다발을 손으로 가리켰다.

"오늘은 제대로 찾아뵙게요."

"우와, 크기 한번 엄청 나네요."

경아는 테이블 위에 놓여 있는 꽃다발을 보며 눈을 커다랗게 떴다.

"안 예뻐요? 예뻐야 하는데……."

"걱정하지 않으셔도 예뻐요."

나연은 오랜만에 어머니께 가져다줄 거라 신경 쓰인다고 말했다. 그러면서 꽃다발을 만지작거리는 걸 보니, 잘못하면 여기에 꽃을 더 보탤 것 같았다.

"준비는 다 하셨습니까?"

"네. 외투만 입으면 돼요."

드레스 룸으로 들어간 나연은 외투와 가방을 들고 바로 밖으로 나왔다.

"이제 가요."

두 사람은 집 앞에 세워져 있던 차에 올랐다. 운전은 당연하게도 경아가 했고, 나연은 뒷좌석에 꽃다발을 잘 올려둔 후에 보조석에 앉았다.

"방금 사장님 공항에 도착하셨대요. 연락은 받으셨습니까?"

"아니요. 아직이요."

"많이 바쁘신가 보네요. 안 그래도 저 나올 때도 비서들 비상이더라고요. 들어오자마자 미팅 진행할 거라고 다들 바쁜데 저만 탈출했다니까요?"

나연은 경아의 이야기를 들으며 고개를 끄덕였다. 민성우는 아주 바쁜 사람이었다. 최근에야 나연을 신경 쓰느라 일정을 많이 줄이긴 했지만, 그래도 어쩔 수 없이 그가 직접 나서야 할 일들이 있었다.

"역시. 책임질 게 많은 사람은 인생이 참 고단해요? 출장 돌아온 날에 쉬지도 못하고."

경아는 마냥 많이 가진 것에 부러워할 필요는 없을 거라는 말을 했다. 그러면서도 시선은 뻥 뚫린 도로에서 떼지 않았다.

두 사람은 도란도란 대화를 나눴다. 그러는 사이 차는 커다란 거목이 펼쳐진 머나먼 산을 정면에 둔 채, 나지막한 언덕 같은 산을 몇 개나 지났다.

"오후엔 일정 생각해 두신 것 있으세요?"

"음, 성우 씨가 돌아오니까 집에 있으려고요. 저녁 준비해야죠."

"주부의 삶이네요."

"전업주부니까요."

장난스러운 말을 내뱉는 순간 차가 미희의 묘가 있는 샛길로 빠졌다. 나연의 시선이 미희의 묘지가 있는 곳 어딘가로 향했다.

"오늘은 하고 싶은 말이 참 많아요."

짧은 답과 함께 눈을 감은 나연이 입가를 부드럽게 휘었다.

❖

어머니를 찾아뵐 때면 늘 힘들다며 울기만 했었다. 마음은 늘 그랬다.

도와달라고 빌었던 적도 있었다. 행복하고 싶다고. 이렇게 불행하기만 하다면 차라리 어머니의 곁으로 가고 싶다고. 몇 번이나 그랬다.

이젠 행복에 가까워졌다. 예전처럼 마음이 아픈 일은 더 이상 없을 거라고. 아니, 그런 일이 일어나더라도 이젠 이겨낼 자신이 있다고. 어머니에게 말하고 싶었다.

그러면서 내가 이렇게 될 수 있었던 건 어머니를 찾아왔던 그 남자 때문이라고도 알려주고 싶었다. 나에게 시련을 준 것도 그 사람이었지만, 단단하게 만들어준 것 역시 그 남자라고.

미움과 사랑이 한 선상에 있다는 걸 알게 해준 그 남자를 예전처럼 맹목적으로 사랑할 수는 없겠지만, 그래도 나는 그를 사랑하고 있노라고.

그렇게 말하고 싶었다.

주차를 마친 후에도 나연은 차에서 내릴 생각을 하지 않은 채 커다란 눈을 깜빡이고 있었다. 그러자 차에서 먼저 내린 경아가 뒷좌석에서 꽃다발을 꺼낸 후 보조석 문을 연다.

"혼자 올라가실 거죠?"

"네?"

예상하지 못한 물음에 나연은 고개를 기울였다. 그러자 경아는 뭘 그렇게 놀랄 일이냐는 듯 되물었다.

"하실 말씀이 많다고 했잖아요. 제가 있으면 불편하실 것 같아서."

경아 나름의 배려라는 걸 알게 된 나연이 웃으며 차에서 내렸다. 그런 후 꽃다발을 건네받으며 고개를 끄덕인다.

"그것도 좋겠네요."

"실컷 이야기하고 오세요. 그리고…… 오실 때는 사장님 차 타고 오실 거죠?"

그러면서 경아는 뒤쪽 한구석에 세워져 있는 검은 세단을 가리켰다. 검은 세단은 이젠 번호판까지 외우고 있는 민성우의 차였다.

"어?"

저 차가 왜 여기에 있지?

그가 인천공항에 도착한 건 두 시간 전이었다. 지금쯤 회사에서 한창 일하고 있어야 할 시간에 왜 여기에 있는지 알 수 없는 일이었다.

혹시…….

나연이 경아를 바라보자 그녀는 고개를 내저었다.

"전 회사에 보고하지 않았어요. 우연이죠. 놀라운 우연. 아, 아닌가? 사모님께서 요즘 여길 자주 찾으시니까 예고된 우연일 수도 있고."

"……."

"어떻게 할까요? 회사로 돌아가 대기하고 있을까요?"

경아의 물음에 나연은 얼떨떨한 표정으로 고개를 저었다.

"아니, 아니요."

"그럼 기다리고 있을……."

"아니에요. 성우 씨 차 타고 돌아갈게요. 회사에서 대기하실 필요도 없고."

"우와, 그럼 저 오늘 하루 땡땡이쳐도 되는 거죠?"

장난스럽게 말한 경아가 고개를 올려 미희의 묘가 있는 곳을 보며 말했다.

"그 꽃도 그럼 사장님이 다 가져다 놓으신 거네요. 로맨틱하다고 해야 하나. 사장님이랑 잘 매치는 안 되지만요. 그럼 모레 뵐게요."

"네, 조심히 가세요. 고마워요."

경아를 뒤로한 채 나연은 홀로 언덕을 올랐다. 높은 구두를 신고 있었지만 잘 닦인 길 때문에 굽이 푹푹 빠지지 않아 수월했다.

「그 길, DG그룹 쪽에서 정리한 거로 알고 있는데요. 모르셨습니까?」

묘를 관리하고 있는 관리인과 했던 통화 내용이 귓가를 맴돌았다. 모든 게 그의 배려다. 자신도 모르는 사이에 민성우는 자신에게 필요한 일들을 하나씩 하고 있었다.

따각. 따각.

아스팔트길을 한참 오른 나연이 걸음을 멈췄다. 목적지에 당도하기 전이었다.

"출장은, 잘 다녀왔나요?"

성우가 그곳에 있었다. 그는 갑작스러운 만남에 깜짝 놀란 듯 아무런 말도 하지 못하고 있었다.

그러면서도 끊임없이 나연의 표정을 살핀다. 무표정한 그녀의 얼굴에 그는 혹여 나연이 화가 났을까 싶어 고개를 숙였다.

"네."

짧은 답에 나연은 그제야 걸음을 옮겨 그에게 다가갔다. 그리고 묘비 앞에 준비해 온 꽃을 내려놓은 후 말없이 눈을 감는다.

하고 싶은 말이 아주 많았다. 어머니에게도. 그리고 성우에게도.

하지만 그 말 중 대부분은 감사한 마음을 표현하는 거였다.

어머니, 어머니가 지켜봐 주셔서 행복이 온 것 같아요.

하고 싶은 말들 중 유일하게 어머니의 앞에서 할 수 있었던 말은 그것뿐이었다.

눈을 뜨자 민성우는 그녀처럼 미희의 묘비를 내려다보며, 알 수 없는 표정으로 곁에 서 있었다.

"전에 와보고 알았어요. 당신이 여기에 왔다는 거."

"……싫습니까?"

조심스러운 기색이 역력한 음색에 나연은 작게 고개를 저었다.

"아니요. 감사해요."

"……."

"어머니가 많이 외로우셨을 거예요."

성우는 아무 말 없이 그녀를 빤히 바라보기만 했다. 그래서 이번엔 본의 아니게 나연이 고개를 돌려 버렸다.

그녀가 먼저 걸음을 옮기자 성우가 그 뒤를 따른다. 혼자 걸어 올라왔던 길을, 이젠 두 사람이 함께 걸어 내려간다.

집으로 돌아오는 내내 입을 꾹 다문 채 보조석에 앉아 있는 나연을 몇 번이나 신경 썼는지 모른다. 그녀는 고맙다고 말했지만 계속 신경이 쓰이는 건 어쩔 수가 없었다.

차가 집 앞에 멈춰 서자 나연은 곧장 가방을 들고 차에서 내렸다. 그 뒤를 민성우가 천천히 따랐다.

"후."

나지막한 한숨을 내뱉은 그가 뒷머리를 긁적였다. 좀 더 제대로 설명을 해야 했음에도 머리는 백지가 되어버린 듯 아무것도 떠오르지 않는다. 자신이 이런 멍청한 남자인지 처음 알았다. 요령이 꽤 좋다고 자부하며 살아왔는데 그것도 아니었다.

그가 어떻게 대화를 시작해야 할지 몰라 난감해할 때였다.

"언니, 무슨 일이에요? 모레요? 집에 있죠."

전화를 받은 나연은 아주 높고 발랄한 목소리로 말했다. 언니라고 하는 걸 보면 정유화일 터다.

두 사람은 보통의 사람이라면 이해하기 어려운 관계였다. 정유화는 과거에 민성우와 결혼을 진행했다가 결국 이뤄지지 못했었고, 김나연은 민성우의 아내였다. 두 사람의 관계는 정계에서도 꽤 주목을 받았다.

"네? 아, 당연히 가야죠. 네네. 11시쯤 미술관으로 갈게요. 네, 언니. 그때 봬요."

통화를 끝낸 나연은 현관문을 열다 말고 뒤를 힐끗 보았다.

"식사는 하셨어요?"

"아니요. 아직 안 했습니다."

"점심을 안 드신 거죠?"

"네."

"금방 준비해 드릴게요."

나연이 집 안으로 들어가자 그도 따라 들어갔다. 옷을 벗고 서둘러 음식 준비를 하는 나연을 보던 그가 문득 거실에서 시선을 멈췄다.

"이건……."

그의 시선이 테이블 위에 놓여 있는 꽃다발로 향했다. 미희의 묘에서 함께 온 길이었던 터라 어머니 선물로 준비한 게 아니라는 걸 알면서도.

앞치마를 매던 나연이 말없이 꽃다발을 내려다보고 있는 성우를 힐끗 보았다.

"선물이에요."

"키스해도 됩니까?"

"……."

잘못 들은 건가?

나연은 그런 표정으로 성우를 보고 있었다.

하지만 제대로 들은 게 맞나 보다.

성큼성큼 걸음을 옮긴 성우가 나연을 향해 손을 뻗었다. 커다란 손에 나연의 허리가 활처럼 휘었고, 다른 손은 나연의 뺨을 가볍게 감싸 쥐었다. 그가, 나연의 입술에 곧장 입을 맞춘다.

비스듬히 겹쳐진 입술은 빈틈없이 꽉 맞물린 톱니바퀴 같다. 호흡할 공간도 없이 나연의 입술을 덮은 성우가 혀를 빼내 입술을 핥았다.

입맞춤은 노골적이었다. 행위의 전초로 충분할 정도로. 말캉한 혀로 도톰한 입술을 핥다가 힘껏 빨아들였다. 노골적인 소리에 나연의 몸이 움찔 떨렸다.

하지만 집요한 입술은 거기에서 멈출 줄 몰랐다. 공간을 만들기 위해 입술 사이를 파고든 혀는 이내 나연의 입안으로 부드럽게 빨려 들어갔다. 치열을 훑고, 달큰한 타액을 힘껏 마셨다. 키스는 두 사람의 몸을 순식간에 달아오르게 만들었다.

"……하아."

입술이 떨어진 후에도 나연은 눈을 감고 있었다. 길게 그림자를 드리운 속눈썹이 파르르, 힘없이 떨린다.

내게 무슨 일이 일어난 거지?

부지불식간에 닥친 일에 나연은 정신을 차릴 수가 없었다. 생각 회로

가 멈춰 버린 것만 같다고 생각한 순간, 위에서 나지막한 목소리가 울렸다.

"한 번 더 해도 됩니까?"

물음은 답을 기다려 주지 않았다. 다시 입을 맞춘 그가 나연의 몸을 힘껏 끌어안았다.

❖

나연의 얼굴은 맑게 갠 하늘처럼 화사하다. 사랑을 받고 있는 여잔 마치 이제 막 피어난 꽃망울처럼, 아침 일찍 맺힌 이슬처럼 싱그럽고 예뻤다.

더욱 나연은 오랜만에 제대로 된 외출을 위해 예쁘게 꾸미기까지 했다. 머리엔 커다란 컬이 들어가 있었고, 향기로운 냄새까지 났다. 늘 피부톤만 정돈하는 수준에 그쳤던 화장 역시 화려한 색감이 들어가 있었다.

그녀와 잘 어울리는 아이보리색 원피스와 잘 어울리는 하얀색 하이힐이 힘차게 움직였다. 나연이 향하고 있는 곳은 유화의 소유인 '나래 미술관' 이었다.

오늘은 유화가 처음으로 기획한 전시회가 있는 날이었다. 이를 축하하기 위해 직접 예쁜 꽃다발까지 만들어온 나연이 미술관 안으로 들어가기 위해 계단을 올랐다. 계단은 열 개도 채 되지 않았다.

"언니, 저 지금 도착……."

—너 거기서 딱 기다려. 내가 갈 테니까.

걸려온 전화를 받은 나연이 말을 채 끝내기도 전이었다. 유화는 딱딱거리는 목소리로 말을 가로챈 후에 무작정 전화를 끊어버렸다.

전화가 끊긴 액정을 본 나연이 고개를 기울였다.

"뭐지?"

목소리가 너무 심각했다.

뭔 일이 터진 게 분명한 듯했지만 감도 잡히질 않았다.

불안한 마음이 들었지만 나연은 애써 아무렇지도 않은 척 유화를 기다렸다. 얼마 지나지 않아 미술관 안에서 뛰어나온 유화가 무작정 나연의 팔을 잡아끌며 구석으로 향했다.

"언니, 왜 그래요?"

"조용히 따라와!"

언성을 낮춘 유화가 소리쳤다. 그러더니 인기척이 느껴지지 않는 뒤뜰까지 나연을 끌고 가서야 붙잡고 있던 손을 놓아주었다.

"너 어떻게 된 거야!"

"네? 언니, 어떻게 된 거긴요. 언니가 기획한 첫 작품전이라서 오라고……."

이해할 수 없는 행동과 말에 나연의 눈이 동그랗게 변했다. 그러자 유화가 기가 차다는 듯이 되물었다.

"뭐야, 너 아무것도 몰라? 그래. 모르니까 여기까지 왔지."

"언니, 그게 무슨 말이에요?"

상황을 전혀 모르고 있는 나연이 오히려 기가 막힌다는 듯 유화가 미간을 좁혔다. 그러더니 주머니에서 휴대전화를 꺼내 갤러리로 들어간다. 거기엔 친구에게 부탁해서 받은 잡지 기사가 찍혀 있었다.

"직접 읽어봐."

나연이 휴대전화를 받아 들었다. 그런 후에 자그마치 여섯 페이지나 되는 기사를 천천히 읽었다.

천천히 읽지 않을 수가 없었다. 한글을 모르는 것도 아니었는데 문맥이 제대로 읽히지 않아, 아니, 머리로 받아들여지지 않아 몇 번이고 다시 읽어야 했다.

"오빠가 수습을 하고 있는 모양인데, 이미 출판된 잡지를 어떻게 할 수 있겠어? 회수해 봤자 팔리지 않은 것들만 하는 수준일 텐데."

유화의 말에도 나연은 멍하니 액정만 들여다보았다.

뭐야, 이게…….

"언니, 이게……."

"누가 봐도 A는 오빠, B는 너, C는 박찬희잖아. 박찬희를 모르는 사람들이더라도 DG그룹과 동호건설 이야기라고 다 알 수 있고. 지금 이것 때문에 안에 있는 고상한 여자들도 난리야."

"이, 이게……. 언니, 아니에요. 나는…… 찬희 씨와 사귄 적이 없어요. 박찬희 씨 때문에 민성우 씨와 관계가 나빠졌던 것도 아니에요. 정말 아니에요."

나연은 자신의 결백을 믿어달라고 호소했다. 그러자 유화가 나연의 손을 힘껏 붙잡으며 고개를 끄덕인다.

"알아. 내가 다 안다고. 아무것도 모르는 사람들이 떠드는 거야. 그러니까 그렇게 상처받은 표정 할 것 없어."

"그, 그런데 왜…… 이게 사실처럼."

"소문은 금방 사그라들 거야. 하지만 쓸데없이 입방아 찧어대기 좋아하는 것들이 많으니까, 이만 집으로 돌아가는 게 좋겠어."

나연은 금방이라도 쓰러질 것 같았다. 핏기가 사라진 얼굴은 마치 플라스틱 인형처럼 보였다.

흔들리는 눈망울로 연신 고개를 젓던 그녀가 입술을 앞으로 쭉 내밀었다. 울음을 참기 위해 의식적으로 나온 행동이었다.

"너무 걱정하지 마. 일단 집으로 돌아가. 지금 내가 무슨 뜻으로 하는 말인지 알고 있지? 도망치라는 게 아니라 일단은 피해 있는 게……."

"알았어요."

걱정이 가득한 얼굴에 나연은 힘없이 고개를 끄덕였다. 그러더니 의뭉스러운 웃음을 짓는다.

"너무 걱정하지 마세요."

❖

DG그룹 본사 내에서 사람들의 출입에 가장 엄격한 곳은 민성우 사장의 집무실이었다. 본사의 일뿐만 아니라 지사에서 올라오는 다양한 정보까지 모이기 때문에 약속이 된 일부 사람들을 제외하고선 직원들까지도 쉬이 들어오지 못하는 곳.

김경아 역시 민성우의 비서로 일하고 있었지만, 높은 벽이 둘러진 것 같은 이곳에 들어와 본 일이 손에 꼽을 정도였다.

그런데 오늘 민성우 사장과 독대를 하게 됐다. 그의 집무실로 불려 올 땐 대부분 어떤 일 때문인지 짐작이 되곤 했는데 오늘은 그것조차 손에 잡히지 않아 불안한 마음이었다.

동호건설과의 합병 문제는 잘 마무리되었다. 이젠 높으신 양반들이 계약서에 서명만 하면 끝날 일일 테니, 그 일로 자신을 부른 것 같지는 않았다.

그렇다면 예상 가능한 일은 김나연에 관한 일뿐이었다. 하지만 이 일 역시 두 사람이 최근 들어 가깝게 잘 지내고 있다고 생각했던 터라 문제

삼을 만한 것이 떠오르지 않았다.

그가 집무실 안으로 들어오라는 말을 하는 순간부터 긴장감에 몸을 뻣뻣하게 굳히고 있던 경아는 자신의 앞으로 내밀어지는 여성 잡지를 보았다. 삼류 잡지는 이름조차 낯선 것이어서, 경아의 얼굴이 옆으로 기울었다.

"이게 뭡니까?"

"이번 달에 나온 잡지입니다."

그러니까 이걸 왜 자신에게 건네냐는 표정에 민성우는 페이지를 일러주며 펼쳐 보라고 말했다. 혹시 자신의 실수가 이 잡지에 실린 건 아닐까, 하는 걱정으로 경아가 페이지를 찾아 기사를 보았다.

글보다 먼저 보인 건 사진이었다.

"어?"

사진 속 인물들은 모두 모자이크 처리되어 있었다. 얼굴은 알아볼 수 없었지만 사진에서 알아낼 수 있는 정보는 많았다.

낡고 허름한 옷과 동네가 눈에 들어오긴 했지만 사진 속 여잔 분명 자신이 알고 있는 그 김나연이 맞았다. 그녀를 알고 있는 사람이라면 모두 알아볼 수 있을 정도였다.

하지만 경아는 확인이 필요하다는 눈으로 성우를 바라보았다. 사진은 명확한 근거가 되어주었지만, 나연이 이런 삼류 잡지에 등장할 이유가 없었기 때문이다.

하지만 민성우는 무심한 표정으로 고개를 끄덕였다. 모자이크가 된 여자의 정체를 알게 된 이상 기사를 읽는 눈길은 신중했고, 또 놀라움의 연속이었다.

"이건 너무 악의적이지 않습니까?"

기사를 모두 읽기도 전에 경아는 신경질이 가득한 표정으로 민성우에게 물었다. 그러자 그 역시 이에 공감한다는 듯 고개를 끄덕이더니 말을 잇는다.

"하지만 현재로선 저희 쪽에서 대응할 수 있는 게 없습니다. 작정하듯 기사에 고소고발까지 써놨으니까. 그럼 더 상처받고 힘든 건 아내가 될 겁니다."

그의 음성엔 감정이 배제되어 있었다. 그래서 경아는 민성우 사장의 얼굴을 빤히 바라볼 수밖에 없었다. 그의 감정을 조금이라도 읽기 위해서.

기사는 나연에 대한 비난뿐이었다. 뜬소문을 확신하듯이 써 내려가며 김나연의 인격을 무시하고, 그녀를 천하의 악녀로 묘사하고 있었다.

기사 속에서 민성우는 철저한 피해자였다. 기업 간의 이득을 위해 결혼까지 한 아내였지만, 그 아내가 자신의 의무를 다하지 않고 집을 나가면서 남편은 온갖 억측을 홀로 감당해야 할 상황에 놓였다는 거였다.

하지만 경아는 민성우와 김나연 사이에 있었던 일을 가장 잘 알고 있는 측근 중 한 명이었다. 김나연이 집을 나갔던 건 여기서 이야기하는 내연남 C 때문이 아닌 민성우 때문이었다.

"행복하게 사는 모습을 보여주면 악의적인 소문은 모두 사라질 겁니다. 전, 이 기사 자체를 나연 씨가 몰랐으면 합니다."

경아 역시 동의한다는 듯이 고개를 끄덕였다. 이 기사를 본다면 아무리 멘탈이 강한 사람이라도 견디기 힘들 것이다. 더욱이 김나연은 이런 일엔 면역력이 없는 사람이었다.

"곁에서 신경 써주세요. 여주댁에게도 말해놨습니다."

"네, 알겠습니다."

잡지를 덮어 원래의 자리에 돌려놓은 경아가 자리에서 일어났다. 꾸벅 인사를 하고 나가는 뒷모습을 말없이 바라보던 그가 잘 정리되어 있던 머리카락을 거칠게 쓸어 올렸다.

언제까지고 숨길 수 없는 문제라는 건 알고 있었다. 잡지는 급히 회수했지만, 전국에 이미 판매된 것들이 있었다.

아내에겐 이 문제에 대해 말을 해두어야 했다. 그는 박찬희와 김나연의 관계를 모두 알고 있었고, 또 박찬희가 김나연에게 어떠한 부탁을 했는지도 알고 있었다.

하지만 그 부탁을 어떤 식으로 처리를 했는지 모르는데, 아직 그녀가 어떤 결정을 내렸는지 제대로 듣지도 못했는데. 이런 상황에서 아내에게 어떤 식으로 이 문제에 대해 설명할 수 있을지 차마 입이 떨어지지 않았다.

최대한 상처받지 않도록 이 상황을 수습해야 한다는 생각이 머릿속을 가득 채울 때였다. 휴대전화가 시끄럽게 울었다.

액정에 뜬 이름은 정유화였다. 그녀가 오늘 나연과 약속이 있다는 걸 알고 있었기에, 그는 망설임 없이 전화를 집어 들었다.

—꽁꽁 감춰두지 그랬어.

"그게 무슨 소리야?"

다짜고짜 하는 말에 성우의 미간이 좁아졌다. 그러자 유화가 거친 숨을 내뱉으며 말을 잇는다.

—아니면 미리 말이라도 해주던가. 알고 있었지, 잡지? 나연이도 방금 알았어.

숨길 수 있을 줄 알았냐며, 유화는 성우에게 화를 냈다.

꽁꽁 숨겨둘 수만 있다면 얼마나 좋을까.

하지만 아내를 더 이상 그 집에 가둬둘 수만은 없었다. 그건 김나연에게 있어 큰 불행이라는 걸 알기 때문이다.

자유를 억압당한 채 살아왔던 그녀의 역사는 아직도 여물지 않은 채였다. 김 회장이 그랬던 과거. 그리고 자신이 그랬던 과거.

그런 나연에게 외출을 삼가고 집에만 있으라곤 차마 말할 수가 없었다.

—내가 보기엔 나연인 이 바닥과 어울리지 않아.

"……알아."

말끝이 흐려졌다. 눈을 질끈 감은 성우가 두통이 몰려오는 관자놀이를 손가락으로 꾹꾹 눌렀다.

애초에 조금만 더 신경을 써줬다면 이런 사태까지 오지 않았을 것이다. 자신이 진심으로 나연을 대했다면, 그녀의 마음을 가볍게 생각하지 않았었다면. 아니, 적어도 자신의 마음을 조금이라도 빨리 알아챘다면 그녀가 집을 나가는 일도 없었을 거다.

모든 건 자신의 무지로 인해 비롯된 일이었다. 그리고 그로 인해 나연은 더욱 고립되어 갔다.

—알면 잘 지켰어야지. 이게 뭐야.

부단히 노력하리라 마음먹었다.

그녀를 행복하게 할 수 있는 일이라면 그렇게 하리라 생각했었다.

하지만 나연은 그럴수록 불행해져만 갔다. 이 모든 일은, 어쩌면 자신으로 인해 비롯된 일일지도 모른다는 후회가 그를 괴롭게 했다.

답이 없자, 유화는 이런 그의 마음을 고스란히 읽은 모양이다. 그녀는 더 이상 비난을 쏟아내는 대신, 깊은 한숨 끝에 말없이 전화를 끊었다.

❖

아직 창밖은 훤히 밝았지만, 나연이 홀로 지내고 있는 방 안은 어두컴컴한 밤을 연상시켰다. 두꺼운 커튼으로 빛을 모두 차단시킨 나연은 두꺼운 요 위에 누워 깊은 잠에 빠진 듯 눈을 감고 있었다.

이를 가만히 바라보던 그가 나연의 곁으로 다가가 앉았다. 나연은 몸을 비스듬히 기울인 채 이불을 덮고 있었다.

모든 기력을 잃은 사람처럼 늘어져 있는 아내를 바라보던 그가 힘없이 말했다.

"나연 씨, 불행하십니까?"

나연은 당연히도 답이 없었다. 그럴 수밖에. 곤한 잠에 빠져 있는 나연은 옅은 숨을 내뱉고 있었다. 자는 척하는 것이 아닌 진짜 잠든 모습이다. 그래서 민성우는 차마 그녀에게 말할 수 없었던 말들을 차근차근 할 수 있었다.

"……전 이젠 김나연 씨도 행복했으면 합니다. 이젠 행복해질 때도 되지 않았나, 늘 생각합니다."

그녀의 행복을 진심으로 바랐다. 곁에서 지켜본 김나연은 바보 같을 만큼 순수하고, 자신에게 가해진 부당함까지도 이해하고 받아들일 만큼 착한 사람이었다.

그런 사람을 이용한 건 다름 아닌 자신이었다. 한 사람의 진심을 가볍게 치부해 버린 벌이 자신에게만 향한다면 좋을 텐데, 큰 상처를 받는 건 여전히 김나연이었다.

"이렇게 후회할지 몰랐습니다. 독선적이었을 때의 난, 자신만만했고 기고만장했었습니다. 바보 같게도."

그게 나연을 이렇게까지 지옥으로 빠뜨릴지 몰랐다.

"정말 몰랐습니다."

눈이 어둠 속에 익숙해지자 그는 한참이고 나연의 얼굴을 보았다.

이 여자의 행복을 바라게 된 건 순전히 마음속에 가득한 사랑 때문이었다. 이제야 그는 알게 되었다. 김나연이 자신에게 보였던 맹목적인 감정이 무엇인지. 그 맹목적인 감정은 오롯이 상대를 보게 만든다는 것도.

이른 아침. 나연이 이불을 걷고 자리에서 일어났다.

일찍 잠들어서일까. 아직 어둠이 물러나지 않은 시간에 일어난 그녀가 문을 열고 밖으로 나왔다. 목이 너무 타서 밖으로 나온 거였는데, 그녀는 부엌으로 향하기 전에 걸음을 멈췄다.

성우가 소파에 앉아 있었다. 불도 켜지 않은 채.

어둠 속에 홀로 있던 그는 이른 시간에 일어난 나연에게 인사를 건넸다.

"일어나셨습니까?"

"일찍 일어나셨네요."

나연이 그에게 다가오다 말고 다시 걸음을 멈췄다. 그녀의 시선이 머문 곳에 서류가 놓여 있었다.

『혼전 계약서』

나연의 눈망울이 흔들렸다.

"이건……."

나연은 미처 말을 끝맺지 못하고 입을 꾹 다물었다. 그러고 보니 두 사람은 결혼 전에 계약서를 썼다.

계약의 일부엔 이성 문제까지 포함이 되어 있었다.

이성이 있다면 정리를 해야 한다고 했다. 외부에 보는 눈이 많으니 되도록 그렇게 하라고. 타인에게 그 사실이 알려질 경우 계약 위반으로 이혼과 동시에 많은 위약금을 물어야 했다.

"아."

나연의 입술이 옆으로 길게 늘어졌다. 마치 울음을 참는 듯이.

잡지를 통해 나연의 사생활이 밝혀졌다. 찬희와의 일이 진실이든 거짓이든 상관없었다. 어찌 되었든 나연은 계약을 위반하게 되었고, 많은 위약금을 성우에게 줘야 했다.

성우의 맞은편에 힘없이 앉은 나연이 치마를 움켜쥐었다.

"가만히 생각해 봤습니다. 김나연 씨에게 가장 큰 족쇄가 뭘까. 그러다가 결론에 이르더군요. 김나연 씨에게 있어 가장 크고 힘든 건 결혼이라고."

"……미안해요."

상황은 많이 달라졌다. 그땐 부부 관계를 '파트너' 정도로 정의하기도 했었다.

하지만 상황이 어떻든 간에 서로 합의한 계약을 어겼다는 사실에 죄책감이 들었다. 나연이 흔들리는 눈망울을 아래로 내리더니 눈물을 뚝뚝 흘렸다.

그때였다.

쫙!

종이가 찢기는 소리에 나연이 고개를 퍼뜩 떴다. 방금 전까지 테이블 위에 올려져 있던 혼전 계약서가 그의 손에 의해 갈가리 찢겼다.

"지금 이게……."

"원하는 게 있으면 뭐든 들어드리겠습니다."

그는 종이를 산산조각 낸 후에 테이블 위에 올려두었다. 그러더니 평소의 모습 그대로 말을 이었다.

"집이든 돈이든 아니면 이혼이든. 말씀하세요."

고저 없는 목소리와 무표정한 얼굴엔 감정 한 터럭 느껴지지 않았다. 원래 민성우는 이런 사람이었다. 작은 감정에 흔들리지 않고, 본인의 생각을 관철시키는.

하지만 이 상황과 어울리지 않는 말과 행동이었다.

계약을 위반한 건 민성우가 아닌 김나연이었다. 더욱이 그는 다시 한 번 잘해보자고 말했다. 아내를 놓아줄 수 없다고. 그녀가 꼭 필요하다고.

그런데 지금의 그는 아내에게 모든 걸 주겠다고 말한다. 거기엔 두 사람의 이혼도 포함되어 있었다.

"왜 이렇게까지……."

성우의 행동을 이해할 수 없어 나연이 멍하니 물었다. 그는 철저한 사업가였다. 필요한 게 있다면 어떤 걸 주어서든 얻고야마는.

이번 행동에도 그런 계산이 서 있을 거라 생각했기에 나연은 물었고, 전혀 의외의 답을 들었다.

"사랑합니다."

짧은 말에 나연의 입술이 파르르 떨렸다.

'뭐?'

믿을 수가 없어 그의 얼굴을 빤히 바라본다.

"저는 어느 순간 이렇게 되어버렸습니다."

내가 깨닫기도 전에.

성우가 눈시울을 붉혔다.

그의 입에서 '사랑'을 들은 건 이번이 처음이었다. 말로 하지 않아도 전해지는 것들이 있지만, 말로 해야 더 명확해지는 것들도 있었다.

놀란 눈으로 성우를 바라보던 그녀가 입술을 깨물었다.

"바보 아니에요?"

그렇게 되물은 나연이 찢긴 계약서를 보았다.

이걸로 두 사람의 혼전 계약은 없던 일로 돌아가 버렸다. 얽히고설켜 엉망이 되었던 결혼 생활을 이렇게 종지부 찍어버려도 됐지만 나연은 거칠게 고개를 저었다.

"나도 그래요."

뚝뚝.

눈물을 흘린 나연이 성우를 올려다보았다. 어느새 그의 얼굴도 나연처럼 젖어 있었다.

"아프니까 함께 있어주세요."

사랑하면 함께해 달라고 나연이 말했다.

"그게 부부잖아요."

나연의 결정은 두 사람이 함께 있는 일이었다.

그게 부부니까.

부부는 그래야 하니까.

나연을 한참 바라보던 민성우가 힘없이 고개를 끄덕였다. 그러더니 자리에서 일어나 나연을 힘껏 끌어안는다.

에필로그.

사랑을 완성한 후에

알음알음 인터넷으로 떠돌기 시작한 민성우와 김나연의 스캔들은 사진 한 장으로 완벽하게 뒤집혔다. 두 사람의 불화설을 종식시킨 건 두 사람이 함께 산부인과에 들어가는 사진 한 장이었다.

그 이후로도 두 사람의 불화설은 계속되었다. 그 사진 역시 두 사람의 불화설을 불식시키기 위한 사진이라며 사람들은 끊임없이 의심을 제기했지만, DG그룹에서는 아무런 대응도 하지 않았다. 이런 소문 역시 자연스럽게 흘러가리라 믿는 것처럼.

꾸준하게 나오던 불화설은 김나연이 임신한 아이가 민성우의 씨가 아닐지도 모른다는 소문이 돌면서 다시 불길처럼 치솟았다.

대한민국 경제의 한 축을 책임지는 DG그룹 오너가의 사생활은 연신 TV로, 신문 기사로 알려졌다. 사람들의 호기심은 늘 끊이질 않았다.

그러면서 두 부부에게서 관심이 조금 멀어진 건 민성우 사장 부부의 소식을 덮어버릴 만큼 큰 스캔들이 있었기 때문이다.

다들 민성우 사장 부부가 언제 이혼할지 관심을 두었었는데, 정작 이혼을 한 건 민 회장 부부였던 것이다.

아무리 자식들을 다 분가시킨 후에 이혼하는 것이 유행이라지만, 민 회장이 감옥에 수감되어 있는 상황에서 이 여사가 독단적으로 법원에 제출한 이혼 서류 때문에 언론들은 1면으로 이 소식을 앞다퉈 보도하기 시작했다.

그러면서도 그들은 이 여사를 욕하기에 급급했다. 아들 부부 소식은 물론이고, 민 회장까지 옥살이로 힘든 도중에 이기적인 결정이라며 시끄럽게 떠들어댔다.

이런 세상 밖의 반응과는 달리 청담동에 위치한 한식당에 마주 앉은 두 사람은 조용히 식사를 이어나가고 있었다. 작은 룸 형태의 방 안에 앉아 있는 두 사람은 스캔들의 주인공인 이 여사와 그녀의 아들인 민성우였다.

이 여사가 이혼 서류를 제출하고 처음으로 만난 두 사람은 조용히 접시를 비워낸 후에 수저를 내려놓았다. 단둘이서 식사를 한 건 이번이 처음이었는데도 익숙한 듯이.

테이블 가득하던 접시가 치워지고 그 자리에 앙증맞은 다과와 차가 내어졌다. 뜨거운 차로 입안을 말끔히 하던 이 여사가 맞은편에 앉은 민성우를 힐끗 본다.

"네 아버지는 끝까지 최악이구나."

살가운 모자 사이는 아니었다. 그렇게 될 수밖에 없었던 건 두 사람 모두에게 가정이 그리 따뜻하지 않았기 때문이다. 끊임없이 여자 문제를 일으킨 민 회장은 이 여사에게 아무런 위로도 되어주지 못했고, 어릴 적부터 오너가의 일원으로서 교육만 받아온 민성우 역시 사랑받지 못한 채 슬퍼하는 가여운 여인을 신경 쓰지 않았다.

이 여사에게 있어서 민성우가 아들이 아니듯, 민성우에게도 그녀는 어머니가 아니었다. 그러다 보니 두 사람 사이에는 커다란 강 같은 것이 흘러서 서로에게 다가서지 못했었다.

이제 와 그걸 후회하는 건 아니었지만 이렇게 마지막을 맺는다 하니 신경이 쓰이는 건 어쩔 수 없었다. 내연녀와 면회를 꾸준히 가지고 있는 민 회장에게 이 여사가 할 수 있는 최고의 복수는 이혼뿐이었다.

“그래도 오래 버티셨습니다.”

“내가 모든 걸 눈 감았기 때문이지. 편하잖니, 나 같은 와이프.”

스스로를 비꼬듯 냉철하게 말한 이 여사가 활짝 웃었다. 이 상황에서 울음을 터뜨리는 것만큼 비참한 일은 없을 테니까. 게다가 민성우 앞에서 울어봤자 위로 하나 제대로 못하는 남자인데, 그럴 필요도 없었다.

“식사 끝났으면 이만 일어나 볼까? 나도 할 일이 많아서.”

드르륵.

의자를 끌며 자리에서 일어나려던 이 여사가 자신보다 먼저 일어서는 민성우를 보았다. 엉거주춤한 자세로 민성우를 올려다보던 이 여사가 다시 자리에 앉았다. 민성우의 허리가 아래로 내려갔다.

“죄송합니다, 어머니.”

고개를 숙이며 사과의 말을 건네는 성우를 놀란 눈으로 바라보던 이 여사가 작게 웃음을 터뜨렸다. 그러더니 이런 상황이 어색하다는 듯 머리를 쓰다듬는다.

“와이프는 잘 들였나 보구나.”

네가 그렇게 변한 걸 보면.

작게 이어지는 뒷말에 민성우 역시 어색하게 웃었다. 그러자 이 여사는 언론을 통해 접한 소식을 묻는다.

"몸조리는 잘하고 있니?"

"네."

나연과 이 여사가 만났던 건 결혼식에서 단 한 번뿐이었다. 민성우는 이 여사를 자신의 어머니로 인정하지 않았고, 결혼은 가족 간의 결합이라는 말도 믿지 않았다. 그에게 있어 결혼이란 그룹의 혈맹 그 이상도 이하도 아니었다.

철저하게 계산적이었던 결혼은 순탄치 않았다. 뒤늦게 결혼의 의의를 깨달았을 때 이 여사는 이미 가족의 구성에서 떨어져 나가려고 준비하고 있었다.

"자식을 보기도 전에 할머니부터 되나 했더니."

평생 자식 한번 보지 못한 이 여사가 씁쓸하게 말하자, 민성우는 오늘 아침에도 따라나서겠다고 말했던 나연을 떠올렸다. 양가 부모 모두 풍비박산이 났다고 해도 과언이 아닐 만큼 어려운 상황 속에 놓여 있었고, 집안 어른이라고는 이 여사밖에 없었기 때문이다.

"아내는 어머니와 만나뵙고 싶어했습니다."

"아니다. 굳이 그럴 것 있겠니? 이젠 완전한 남인데."

서둘러 감정을 갈무리한 이 여사가 평소의 냉혹한 표정으로 돌아갔다. 감정적인 상황에 놓일 처지가 아니었기 때문이다.

"위자료는 톡톡히 받아낼 생각이다."

이 여사는 아주 오랜 결혼 생활을 했다. 자신이 얻을 부분도 그만큼 아주 많았지만, DG그룹엔 아주 대단한 법무팀이 있었기에 이혼 소송이 길어질 거라 각오를 하고 있었다.

하지만 성우의 말은 의외의 것이었다.

"섭섭하시기 전에 챙겨 드리겠습니다. ……어머니."

힘겹게 이어진 뒷말에 이 여사가 자신도 모르게 미소 지었다.

"이제야 좀 아들 같구나."

짧은 말과 함께 이 여사가 자리에서 일어나 룸을 나섰다. 그리고 민성우는 한참이고 작은 뒷모습을 바라보고만 있었다.

❖

나연은 자신의 배를 조심스럽게 쓰다듬어 보았다. 아직은 티가 나지 않을 만큼 납작한 배였지만, 안에서 새로운 생명이 자라나고 있다고 생각하니 마음이 술렁거린다.

민성우는 단 한 번도 아이 생각을 하지 않았던 사람이었다. 사랑을 믿지 않았던 사람이었으니 아이를 바랄 리 만무했다. 젊은 시절 그는 피임을 위해 수술했다. 자신의 인생에서 아이는 없을 거라고.

그의 마음이 바뀐 건 순전히 나연 때문이었다.

정관복원술 후에는 임신할 확률이 적어지기에, 두 사람은 아이가 오길 바라면서도 크게 마음을 두지 않았다. 나연 또한 오롯이 사랑을 줄 아이가 있었으면 했지만 절대적인 것은 아니었기에 하루하루를 보내던 차에, 생리가 끊긴 것이다. 복원 수술 후 일곱 달이 지나서였다. 계절은 여름에서 가을로, 겨울에서 봄으로 이어졌다.

나연은 이젠 꼬깃꼬깃해진 종이를 보았다.

『1. 면허.』

『2. 여행.』

『3. 친구.』

『4. 사랑.』

『5. 아이.』

면허와 여행, 친구 위엔 예쁜 동그라미가 쳐져 있었다. 여행 위에 동그라미를 친 건 최근의 일이었다.

하지만 사랑과 아이 위엔 붉은 선들이 엉망으로 그어져 있었다. 신혼집을 도망치던 그날, 좌절감에 지워 버린 글귀를 보는 것만으로도 아직 마음은 찢어질 것처럼 아팠다.

나연은 붉은색 펜을 꺼내 사랑과 아이 위에도 동그라미를 쳤다. 그녀가 그토록 바랐던 리스트는 완벽하게 완성이 되었다. 여기에서 더 욕심을 내면 큰 벌을 받을지도 모른다는 생각이 들 만큼.

딩동.

초인종 소리에 나연은 메모지를 뒤로한 채 자리에서 일어났다. 문을 여니 성우가 서 있었다.

"왔어요?"

"네."

"와, 귀여워라."

나연의 시선은 곧장 그의 옆에 서 있는 작은 묘목으로 향했다. 작은 아이 나무는 나연이 성우에게 부탁한 것이었다.

나연이 묘목에서 시선을 떼지 못하자 성우가 미간을 좁히며 손을 뻗는다. 나연의 몸을 끌어안은 그가 짧게 입을 맞췄다.

"어?"

“저도 좀 봐주시죠?”

어린아이처럼 심통 맞은 표정에 나연이 새처럼 웃었다.

발뒤꿈치를 들어 성우의 입술에 짧게 입을 맞춘 그녀가 너른 가슴에 얼굴을 기댔다.

“사랑해요.”

“그렇게 말하면 제가…….”

“더 사랑해 주겠죠?”

나연은 성우의 말을 자신이 제멋대로 결론지어 버렸다. 그러면서 따사로운 볕처럼 웃는 나연을 보며 그가 어쩔 수 없다는 듯이 고개를 젓더니 이내 고개를 내린다.

두 사람의 입술이 다시 한 번 마주쳤다.

따사로운 햇살이 비치는 주말, 두 사람은 마당으로 나갔다. 언젠가 이 마당을 가득 꾸밀 생각은 했지만 나연이 선택한 건 예쁜 꽃이 아니었다.

아이가 힘껏 뛰어놀다가 넘어져도 다치지 않을 폭신한 잔디와 튼튼한 나무였다. 푸른 잔디는 이미 저번 주에 사람들이 와 깔아주었고, 나무가 심어질 자리 역시 마당 한 에 푹 파여 있었다.

나무는 며칠 전 성우와 나연이 고른 거였다. 하지만 나연은 가게에 있는 나무보다 좀 더 어린 나무를 원했고, 민성우는 나연의 마음에 드는 나무를 구하기 위해 직접 발 벗고 뛰었다. 나연과 함께 심을 나무는 직접 고르고 싶었기 때문이다. 그리고 오늘, 민성우는 튼튼하고 예쁜 나무를 구해왔다.

성우는 삽질을 하다 말고 곁에 앉아 있는 나연을 보았다. 그녀 역시 한 손 거들 모양인지 목장갑을 착용하고 있었다.

"무리하는 거 아닙니까?"

"가벼운 운동 정도는 좋다고 했어요. 너무 안 움직이는 것도 안 좋다고요."

"정말입니까?"

"네. 의사 선생님이 분명히 그랬어요."

나연의 말에 의심은 가면서도 성우는 고개를 끄덕일 수밖에 없었다. 그 뒤로 두 사람은 열심히 나무를 심기 시작했다. 아이의 태명인 '콩'을 딴 나무가 잘 자라길 바라며 성우는 흙으로 나무뿌리를 덮었고, 나연은 나무가 쓰러지지 않도록 꼭 붙잡고 있었다.

긴 호스를 가져온 성우가 흙에 물을 뿌리자 나연이 손을 내밀었다.

"제가 하고 싶어요."

직접 제 손으로 해보고 싶다는 말에 성우는 말없이 호스를 건넸다. 그러다 실수인지, 아니면 장난인지 몰라도 나연의 발 부분에 물이 튀었다.

"꺅!"

나연이 비명을 내지르며 자리에서 껑충껑충 뛰었다.

"미, 미안……."

서둘러 사과를 하는 걸 보니 장난이 아닌 실수였나 보다. 성우가 당황한 눈으로 나연을 바라보자 그녀가 눈을 삐죽였다. 그러더니 호스를 성우에게 곧장 들이댔다.

차아악!

"아!"

성우가 깜짝 놀라 비명을 질렀다. 그러자 나연이 웃음을 터뜨렸다.

"홀딱 젖었……."

말을 잇던 나연이 미처 끝내지 못하고 입을 꾹 다물었다. 머리에서부터 발끝까지 젖은 민성우가 심상치 않은 모습으로 다가왔기 때문이다.

"성우 씨, 내 말 들어봐요. 전 장난으로…… 아!"

빠르게 변명을 내뱉던 나연은 자신의 팔을 붙잡은 성우가 곧장 입을 맞추자 말을 끝맺지 못한 채 입을 다물었다.

달콤한 키스에 빠져 나연은 성우의 몸 때문에 제 몸이 젖는 줄도 모르고 있었다.

"으음."

나연의 눈이 스르륵 감겼다.

성우가 커다란 손으로 나연의 몸을 단단히 받치며 더욱 깊게 입맞춤을 했다. 그리고 정신이 쏘옥 빠질 것만 같은 키스 후에 정신을 앗아갈 만큼 황홀한 고백을 한다.

"사랑해, 나연아."

사랑해.

그 말은 나연이 가장 좋아하는 거였다. 예전엔 누군가에게 구걸을 하듯 바라던 감정과 말이었지만, 지금은 아니었다. 남편은 자신을 정말 사랑하고 있었다. 그 사실이 나연을 한없이 행복하게 만들었다.

"나도."

짧은 답과 함께 이번엔 나연이 발뒤꿈치를 들어 입을 맞췄다.

❖

커다란 창을 통해 아침 햇살이 쏟아져 들어오고 있었다. 이로 인해 공중에 떠 있던 미세한 먼지가 반짝반짝 빛난다. 마치 보석 같았다.

평화로운 분위기로 그득한 룸 안엔 아주 간단한 가구만이 놓여 있었다. 여성들을 위해 준비해 놓은 거지만 거의 사용하지 않은 화장대라든가, 간단한 물건을 올려놓을 수 있는 협탁 위엔 작은 스탠드 같은 것 말이다.

이 방에서 가장 많은 부분을 차지하는 건 빛이 가장 잘 들어오는 곳에 놓인 커다란 침대였다. 새하얀 이불이 깔끔히 깔려 있었을 게 분명한 침대 위엔 두 사람이 곤한 잠에 빠져 있었다.

이곳은 제주도 서귀포에 위치한 호텔이었고, 움직임 없이 잠든 이들은 나연과 성우였다. 최근에도 신문 1면으로 불화설을 알린 두 사람이었건만, 꼭 붙어 있는 몸은 이제 막 뜨거운 사랑을 시작한 연인 같았다.

두 사람은 그제 제주도에 왔다. 나연이 바라던 일 중 하나인 제주도 여행을 결혼 3주년 기념으로 떠나온 것이었다.

나연의 배는 그 사이에 볼록하게 올라와 있었고, 얼굴에도 제법 살이 올랐다. 하지만 배에 있는 생명체로 인해 팔다리는 깡말라 보기 안쓰러울 정도였다. 최근 민성우의 고민거리였다.

회사 일이 안정되면서 떠나온 길이었지만, 성우는 제주도에 도착한 첫날엔 오롯이 일로만 보내야 했다. 신혼여행을 왔을 때와 별반 달라지지 않은 상황이었지만, 나연은 경아와 함께 제주도 이곳저곳을 돌아다녔다. 성우가 없어도 재미있게 하루를 보낸 후 자랑까지 했었다.

오늘 하루는 두 사람이 온전히 함께 있을 수 있는 첫날이었다. 함께 추억의 장소를 돌아보기로 한 날이었지만 어제 무리를 해서일까. 나연은 평소라면 잠자리를 털고 일어났을 시간에도 깊이 잠들어 있었다.

덕분에 먼저 눈을 뜬 건 민성우였다. 눈을 뜨자마자 보이는 나연의 얼굴에 그가 손을 뻗는다.

따뜻한 체온에 그의 입술에 미소가 머금어졌다. 평온한 얼굴로 잠들어 있는 그녀를 보는 것만으로도 마음은 안정을 얻는다.

이렇게 되기까지 그는 참 많은 걸 잃고 또 노력했었다. 그 과정들이 헛되지 않았다는 것에 그는 진심으로 감사했다. 아내는, 이제 자신의 옆에서도 행복한 웃음을 지을 수 있게 되었다. 이제 두 사람을 갈라놓을 수 있는 건 아무것도 없었다.

하지만 마음을 쉬이 먹는 것도 아니었다. 감정이란 얼마든지 변할 수 있다는 걸 알기에 그는 많은 노력을 기울이고 있었다.

아이의 임신 소식을 들을 후로 그는 나연의 곁을 떠나지 않기 위해 노력했다. 그리고 함께 있으면서 부탁하는 작고 사소한 것들을 들어주는 것에 큰 기쁨을 느꼈다. 물론, 5월에 복숭아가 너무 먹고 싶다고 말했을 때는 구하는데 꽤 애를 먹긴 했지만.

엄지손가락으로 나연의 뺨을 조심스럽게 쓰다듬던 그가 바보처럼 웃는다. 나연은 그에게 있어 보는 것만으로도 좋은 감정을 불러일으키는 사람이었다.

"끄응……."

나연이 앓는 소리를 내며 몸을 움직이자 그가 숨을 멈췄다. 아침을 먹을 시간이었지만 최근 들어 잠을 잘 자지 못하는 나연이었기에 조금이라도 더 자게 내버려 두고 싶었기 때문이다.

숨을 멈춘 채 나연을 보던 그가 이내 멈추고 있던 호흡을 내뱉었다. 나연은 다행히도 다시 깊은 잠에 빠져들었다. 입맛까지 쩝쩝 다시며 잠든 나연을 바라보던 그가 조심스럽게 상체를 일으켰다.

그의 시선은 이번엔 나연의 배로 향했다. 볼록 올라온 배는 보고 있는 것만으로도 힘들어 보였다. 나연은 임신을 하면서 많은 몸의 변화를 겪었다. 똑바로 누워 있는 것도 간혹 힘들어했고, 발목이 아프다며 앉아 있거나 누워 있는 시간도 길어졌다.

나연이 힘들어하자 뱃속 아이가 밉기도 했지만, 그것도 잠시였다. 나연과 자신을 닮은 아이가 하루 빨리 품에 안기길 바랄 뿐.

누굴 더 닮았을까.

되도록 자신이 아닌 나연을 닮았으면 했다. 작고 소소한 일에도 행복을 느끼고, 세상을 늘 호기심 어린 눈으로 바라볼 수 있는 건강한 아이이길.

"콩아, 엄마 조금만 힘들게 해. 알았지?"

아이를 바라보며 그가 다정한 목소리로 속삭였다.

◈

잔디밭과 가장 가까운 위치에 주차를 마친 성우가 나연을 걱정스러운 눈으로 보았다.

"정말 가실 겁니까?"

"네. 거길 가보고 싶어서 온 건데요."

"그래도 많이 걸어야 하잖습니까."

성우가 네 사람이 걸을 수 있을 정도의 길을 보며 말했다.

나연은 주차장에서 한참이나 걸어야 갈 수 있는 지포 뮤지엄에 가고 싶다고 했다. 도저히 말릴 수가 없어서 일단 여기까지 오긴 했지만, 아무래도 걱정이 되는 건 어쩔 수 없었다.

"그게 왜요? 성우 씨도 들었잖아요. 조금씩 걷는 건 좋다고요."

"하지만 조금 걸어서 될 일이 아니어서 말하는 거잖습니까. 다음에 출산하고 나서 오면……."

그의 어조엔 걱정이 그득했다. 나연은 임신을 하고서도 체중이 많이 늘지 않았다. 배는 하루가 다르게 불러왔지만, 그에 반해 안 그래도 깡말랐던 몸은 더 약해져 가기만 했기 때문이다.

하지만 나연은 단호한 어조로 말했다.

"계속 다음으로 미루게 될 거예요. 거기에다가 난 엄청 바쁜 남편을 뒀잖아요."

입이 열 개라도 할 말이 없었다. 다음에 오자고는 했지만 언제 또 시간을 낼 수 있을지 확언할 수가 없었기 때문이다.

아이까지 태어나게 되면 한동안 여행은 물 건너갈 테니 더더욱 나연을 설득할 수가 없었다. 거짓으로 이 상황을 모면하고 싶지도 않았다.

나연이 고집스러운 얼굴로 자신을 바라보자 성우는 어쩔 수 없다는 듯이 고개를 끄덕였다. 그런 후에 이곳에 오기 전 미리 사두었던 물을 꺼내 차에서 내린다.

"너무 걱정하지 않아도 돼요. 신발도 엄청 편한 걸로 신고 왔고요."

"그래도 힘들면 꼭 말하세요."

"알았어요. 알았어. 요즘 걱정만 는 것 알아요?"

"늘 수밖에 없지 않습니까. 가장인데."

"어머, 예전엔 아니었나 보죠?"

"……."

한 번도 지지 않고 그를 몰아붙이는 말에 성우가 결국 다시 입을 다물었다. 요즘 들어 김나연은 한마디로도 성우의 입을 꾹 다물 수 있게 할 만큼 날카로운 말을 잘했다.

그가 시무룩한 표정으로 걸음을 옮기자 나연이 짧게 웃음을 내뱉었다. 그러더니 그의 팔에 찰싹 달라붙으며 팔에 얼굴을 비볐다.

“아, 행복해라.”

“……가끔 나연 씨가 무섭습니다.”

“아내를 무서워하는 남편이라니. 바람직하네요.”

도란도란 대화를 나누며 두 사람은 걸음을 옮겼다.

천천히 걸음을 옮기다 보니 지포라이터 형상을 한 쓰레기통이 여기저기 놓여 있는 게 보였다. 푸른 잔디는 잘 관리가 되어 있어 보는 것만으로도 싱그러웠다.

익숙한 길이 하나둘 보이기 시작하자 나연의 걸음이 빨라졌다. 그때마다 성우는 천천히 가도 된다며 주의를 주었다.

금이야 옥이야 하지는 않았지만 성우는 그녀가 무리하지 않도록 했다. 그리고 전에 함께 앉았던 벤치에 도착했을 땐 속주머니에서 손수건을 꺼내 깔아준다.

“앉으세요.”

그의 배려가 익숙하다는 듯이 나연이 먼저 벤치에 앉았다.

그녀의 곁에 앉은 성우는 잔잔한 바다를 보았다. 두 사람 사이에는 아주 많은 변화가 일어났는데, 제주도 바다는 여전했다. 여전히 깨끗하고 맑았고, 또 예쁜 색이었다.

바다를 가만히 바라보던 성우가 고개를 비스듬히 아래로 내렸다. 나연이 그의 어깨에 머리를 기댄 채 눈을 감고 있었다.

“하고 싶은 일이 있습니까?”

그토록 바랐던 제주도에 함께 왔다. 그러니 그다음도 궁금해져 물은 것이었는데, 나연은 그와 같은 바람을 가지고 있었다.

“음, 하루 빨리 아이를 만나고 싶어요.”

“그다음에는요?”

성우의 물음에 나연은 이미 생각해 둔 것이 있다는 듯 고개를 들어 그를 보았다. 그러더니 눈을 반짝이며 답한다.

"아이의 이름을 딴 재단을 만들고 싶어요."

"재단이요?"

"네."

재단이라니.

생각해 보지도 못했다는 듯 그가 바라보았다. 그러자 나연은 아직 구체적이지 않은 꿈을 말한다.

"그래서 좋은 일을 아주 많이 하고 싶어요. 우리 아이의 이름으로."

이 순간에도 그녀가 바라는 건 누군가를 돕는 일이었다. 그게 김나연다워서 그는 말없이 꿈을 들어주었다.

"아이의 이름으로 아주 좋은 일들을 많이 하다 보면 더 건강하고 예쁘게 자라주지 않을까요?"

"그럼 어떤 좋은 일을 하고 싶습니까?"

"거창한 건 아닌데……."

말끝을 흐린 나연이 바다를 보며 말을 이었다.

"힘든 분들이 많은 동네에 식당을 만들고 싶어요. 그리고 커피숍도."

"그리고요?"

"한곳이 아니라 여러 곳에 그러고 싶어요. 아, 젊은 사람들이 많은 곳에도 있으면 좋을 것 같아요. 지금 생각해 보니 꽃집도 좋을 것 같네요. 꽃을 받으면 아주 기뻐하지 않을까요?"

그렇게 많은 분들에게 맛있는 식사를 대접하고, 향기로운 커피도 대접하고, 꽃도 주면서 희망을 주고 싶다고 했다.

"희망이란 단어는 너무 거창한가? 그냥, 기분 좋은 하루를 선물하고 싶어요."

이어진 나연의 말에 성우가 허무한 표정을 짓는다.

자신의 아내답다는 생각을 하면서도 한편으론 좀 더 자신을 생각하며 살아가도 좋을 텐데, 라는 마음도 든다.

"김나연 씨에겐 좋은 일이 전혀 없잖습니까?"

그 물음에 대한 나연의 답은 너무나 간단했다.

"그게 다 나에게 돌아오리라 믿어요. 그 행복들이. 이것 봐요. 지금도 모두 제게 돌아왔잖아요?"

그렇게 되묻는 말에 성우가 작게 고개를 끄덕이더니 무릎 위에 올려져 있던 작은 손을 붙잡았다.

"제가 무슨 말을 해도 김나연 씨의 생각은 바뀌지 않겠네요. 늘 한결같았으니까."

"음, 제가 그랬나요?"

"네. 늘 남이 먼저였잖아요. 그러니까 전 앞으로 나연 씨의 행복만 생각하겠습니다."

두 사람의 만남은 철저한 계산하에 시작되었다. 김나연은 자유를 원했고, 민성우는 이 결혼으로 얻을 수 있는 이득만을 생각했다.

먼저 마음을 준 건 나연이었다. 하지만 사랑이란 감정에 무지했던 민성우는 그녀를 품어주지 못했다. 그래서 두 사람은 아주 먼 길을 돌아 여기까지 와야 했다. 그 길이 참 힘들어서 두 사람 모두 제자리에 주저앉아 울기도 했고, 또 어디로 가야 할지 몰라 길을 잃기도 했다.

하지만 지금의 두 사람은 다르다. 사랑이란 감정을 아주 조심스럽게 다뤄가는 부부는 앞으로의 일을 상상하며 도란도란 대화를 나누었다. 그리고, 같은 곳을 보며 웃었다. 서로의 행복을 바라며.

앞으론 둘이 아닌 셋이 되겠지.

그날이 되면 두 사람의 감정은 조금 다른 쪽으로 변하게 될지도 모른다. 이제껏 그래 왔던 것처럼.

하지만 두 사람 모두 확신하고 있었다.

그때에도 자신만을 바라보는 사람을 곁에 두고서 무척 행복하리라는 것을.

『맞춤형 와이프』 완결